文化转型与中国现当代文学

上海社会科学院文学研究所
中国现当代文学学科——编

中国出版集团　东方出版中心

图书在版编目（CIP）数据

文化转型与中国现当代文学 / 上海社会科学院文学研究所中国现当代文学学科编. —上海：东方出版中心，2020.10

ISBN 978-7-5473-1684-9

Ⅰ. ①文… Ⅱ. ①上… Ⅲ. ①中国文学－现代文学－文学研究②中国文学－当代文学－文学研究 Ⅳ. ①I206.6

中国版本图书馆CIP数据核字（2020）第162888号

文化转型与中国现当代文学

编　　者　上海社会科学院文学研究所中国现当代文学学科
责任编辑　曹雪敏
封面设计　钟　颖

出版发行　东方出版中心
地　　址　上海市仙霞路345号
邮政编码　200336
电　　话　021-62417400
印 刷 者　昆山市亭林印刷有限责任公司

开　　本　890mm × 1240mm　1/32
印　　张　13.625
字　　数　289千字
版　　次　2020年10月第1版
印　　次　2020年10月第1次印刷
定　　价　68.00元

编辑缘起

1979年，上海社会科学院文学研究所成立。建所之初即成立现代文学研究组，1982年成立当代文学研究室，中国现当代文学学科建设由此起步。1980到1990年代，学科研究重点从"孤岛文学""左联时期文学"到"上海抗战文学""新时期上海作家"等，既不断拓展，同时踏实而行，以一系列奠基性的研究著作和扎实的资料整理工作，整体确立了文学研究所在"上海文学研究"领域的优势地位。《上海近代文学史》《上海现代文学史》《上海文学通史》等厚重之作的先后出版，更可谓是本所中国现当代文学与古代文学等基础学科研究实绩的集中体现。

进入21世纪以来，继承学科特色和优势，我们在上海文学乃至中国文学的历史梳理、现代阐释和理论重建等方面均有所发展，而且各方向之间日益融合推进，走向城市文学与文化研究相结合的综合性研究新格局。

其一，依托上海文学史研究和当代文学批评方面的学科力量，自2006年起编辑出版《上海文学发展报告》，这是全国第一本地方性文学发展报告，也是迄今唯一跟踪上海文学发展现状的年度考察报告。十余年来，该报告不但印刻着上海文学的年轮，从中也可感知中国文学的潮汐。

其二，联合中国古代文学、文艺学等学科的相关研究，在共同建设"城市文学与文化"创新学科的过程中立足上海、面向中国，集中力量推出了《中国城市文学研究读本》（四卷本）等成果，将扎根于上海文学研究的学科视野拓展为对中国城市文学和文化发展的整体性关注。

其三，秉持着共通的学科意识与学术自觉，各具特色的个人专长研究在具体领域和重大问题的深耕细作中支撑起学科发展的坚实基础。

2019年，为纪念文学研究所成立四十周年，本所在职的中国现当代文学学科同仁择其代表作结集成册。尽管具体研究兴趣各异，但是聚拢起来，共同的问题意识亦更加明晰，那就是对自近代以来中国社会变迁、文化转型与文学发展的错综关系的认真思考。

谨以此书，作为文学研究所中国现当代文学学科发展在这一节点的真实记录，更以此表达对本学科几代学人孜孜矻矻创建实绩的敬慕，和对前辈们沉潜笃实的治学精神的继承。

2019年6月

目　录

乡土民间与百年文学

民族国家与大众文艺

城市文化与文学建构

作家研究与作品细读

文献考论与史料研究

乡土民间与百年文学

“民间”的现代价值

——中国现代文学与民间文化形态

王光东

讨论中国新文学的生成、发展以及有着怎样的传统等问题，自然不能忽略它与世界文化、文学间的联系，同样不能忽略它与本土的民间文化形态之间的关系。本文主要在乡土民间的范围内讨论中国现代文学与“民间”的关系，因为具体到20世纪中国知识分子的生存环境，乡村民间与他们的精神构成、文学追求有着极深刻的内在联系，也可以说现代知识分子对民间意义的发现，构成了中国新文学的一个方面，这是与启蒙文学密切相关的另一种传统。既然在中国现代文化、文学范围内讨论民间问题，最重要的就是思考：在何种意义上民间文化形态参与了中国现代文化、文学的构建。中国现代文化的内涵非常丰富，但它所具有的自由批判特征和现实战斗精神，却是极为重要的文化品格，对于民间文化形态价值的理解，也必然与这种文化精神发生关联。

一　文学史视野中的“民间”概念

在以往的文学史和文学批评著作中，“民间”虽也常被提到，但作为文学研究和批评的概念，真正引起重视却是在20世纪90年代，这意味着知识分子注重重建自己的精神世界，建立多元的文化与文学研究格局。这一变化还意味着，研究者把以往忽略的一个文学史空间展现出来，这为当下的文学研究与批评提供了不断发展和丰富的可能。

“民间”概念最早是由陈思和在20世纪90年代提出来的，他在《民间的浮沉》和《民间的还原》两篇论文中做了系统的阐述。作者主要从1937年以后文学史的发展过程中，探讨“民间”的存在形态、价值和意义。因为它触及对文学史的重新理解、知识分子的价值立场及精神重建等重大问题，立即引起学界的广泛注意，并导致强烈的争鸣。梳理这一讨论中的各种观点，提出我们对“民间”概念的理解，显然是进一步讨论“民间”与中国现代文学关系的必要前提。

陈思和认为民间是一个多维度、多层次的概念，从描述文学史的角度出发，它具备了以下几个特点。1. 它是在国家权力控制相对薄弱的领域产生的，保持了相对自由活泼的形式，能够比较真实地表达出民间社会生活的面貌和下层人民的情绪世界；虽然在政治权力面前民间总是以弱势的形态出现，但总是在一定程度内被接纳，并与国家权力相互渗透，它毕竟属于被统治的范畴，有着自己的独立历史和传统。2. 自由自在是它最基本的审美风格。民间的传统意味着人类原始的生命力紧紧拥抱生活本身的过程，由此迸发出对生活的爱憎，对人类欲望的追求，这是任何道德说教都无法规范、任何政治律条都无法约束，甚至连文明、进步、美这样一些抽象概念都无法涵盖的自由自在。在一个生命力普遍受到压抑的文明社会，这种境界的最高表现形态只能是审美的。所以，它往往是文学艺术产生的源泉。3. 它既然拥有民间宗教、哲学、文学艺术的传统背景，用政治术语说，民主性的精华与封建性的糟粕交杂在一起，构成了藏污纳垢的独特形态，因而要对之做简单的价值判断是困难的。①

① 参见《陈思和自选集》，广西师范大学出版社1997年版，第207—208页。

显然，这一民间概念是在抗战以后文学史的范围内，以文学作品为依据概括出来的。质疑者的观点认为："民间本身并不包含有多少现代性的内容，因为迄今为止的民间文化形态大致是悠久的农业文明的产物，在历史上当知识分子的道统与国家政统发生冲突时，政统更多的是通过民间发挥作用，中国民间文化传统与官方意识形态在历史当中形成了水乳交融的深层关系，民间的存在价值就值得考虑。"[①]还有人认为："民间的就意味着传统的和非现代的。""走向民间则意味着走向传统和丧失现代性。""真正的民间已经成为各种陈旧观念的旧货厂"，"当代中国的民间文化像一锅大杂烩，其中煮着全部自发的生机和几千年积淀的陈腐。在这里生机是微弱的，腐朽却因为长期发酵而气味特别浓烈"。[②]

对民间文化形态的理解为什么会出现截然相反的观点？其根本原因在于他们是在不同的层面来理解"民间"的。陈思和所说的"民间"是在文学史范围内，这个"民间"既联系着现实的民间文化空间，又包含着知识分子的民间价值立场，以及由此所认同的民间审美原则。而质疑者所讨论的"民间"则主要是现实的民间文化空间，现实的空间是丰富、复杂、多样的。既自由自在，又残酷丑陋；既有善的提升、美的升华，又有恶的堕落与欲望的冲动……这些复杂的内容在时代的变化中，在各种文化力量和政治力量的影响下又可能发生变化。这个"民间"虽与"民间的文学世界"相联，但又不能等同于"文学的民间"。那么，应怎样理解"民间"的内涵呢？

我们既然在中国现代文学史的范围内讨论民间问题，文学的民间内涵自然是思考的核心。我认为下面几个问题应该注

---

① 参见陈思和、李振声等：《理解九十年代》，人民文学出版社 1996 年版，第 178 页。
② 李新宇：《泥沼前的误导》，《文艺争鸣》1999 年第 3 期。

意：第一，现实民间文化形态中的许多内容不可能全部被文学史包含；第二，文学史上已出现的与“民间”相关的作品，由于作家进入民间的立场不同，其特点也不一样；第三，不管作家以何种立场进入“民间”，都会与现实民间所包含的文化因素发生联系，不然就无法获得现实的依托和支撑。由此，从文学史的意义上理解民间，至少有两个基本层次：一是民间作为现实的自在文化空间（包括民间文化精神层面的内容），它的丰富复杂为作家从不同立场去理解和表现它提供了依据，这就必然带来文学作品中“民间”世界的多样性。从现代知识分子的启蒙立场看民间，更多关注的是民间的愚昧无知、腐朽麻木；从政治革命立场看民间，看到的可能是民间社会蕴含的现实斗争的巨大力量；从民间价值立场看民间，看到的更多是民间所蕴含的自由精神以及对他们自在生活逻辑的尊重和理解。二是这种种不同的“民间”都与现实的本源性民间相联。那么，哪一种民间更接近民间文化的真相和艺术的根本性问题呢？从现实的民间文化角度看，“民间”的弱势地位决定了它不可能具有很大的独立自由空间，但是承认现实的严酷性，并不等于否定民间存在着向往自由的本能，也不等于否定民间自身文化、生存逻辑的存在，而且越是在现实中不存在或被压抑的东西，越是在心理上产生神圣、强烈的向往。这可在大量的民间传说、歌谣、绘画等民间艺术中找到证明。在这里，民间文化并不仅仅指民间物质形态的生活，同样也包含了民间生命的精神活动。更为重要的是，对民间文化自由性的理解，与文学审美的自由性有某种一致性：既然是在文学史范围内讨论民间问题，文学的根本性问题——文学审美的“自由”品性是不能忽略的，艺术创作中一旦消失了对于美、自由的追求，艺术也就难以称其为艺术了。另外，从知识分子的价值立场来说，现实的本源性民间所具有的自由自在的生机，有可能通过知识分子的中介，转化为一个自觉的自由艺术世界，这种转化过程必然包含知识分子自由精神的自觉或不自觉的投射。在这里民间的自由自在与知识分子的自由精神趋向一致，知识分子民间价值立场确立的根本理由就在于此。有了这种民间的立场，不仅使知识分子的精神获得了现实的支撑，而且在文学史研究中，获得了对能够体现知识分子精神的“民间”文本有着更为真切的把握。

在现实的民间文化空间、艺术的审美原则、知识分子的民间价值立场三者的联系中，确立了“民间”的核心内涵是“自由—自在”时，又该怎样理解“自由—自在”呢？“自由—自在”既包含生命的自由渴望，又包含民间生存的自在逻辑两个层面：第一，“自由”主要是在民间朴素、原始的生命力紧紧拥抱生活本身的过程中体现出来。生命总有向往自由的本能，在追求自由的过程中，不可避免要面对苦难和不幸，但民间的生命总是顽强地去承担或征服它，生命的这种精神总是或强或弱地弥漫于民间大地之上。这样一种民间文化精神不仅存在于现实的民间生活，同时也体现在与民间生活密切相关的民间文学中。第二，“自在”则是指民间本身的生存逻辑、伦理法则、生活习惯、审美趣味等的呈现形态。民间生存的这种自在状态，虽然也受到知识分子启蒙思想及其国家权力意识形态的渗透和影响，但却有着自身的发展逻辑，民间自有民间的喜怒哀乐和生活方式。这样一种“自由—自在”的民间文化形态与知识分子发生联系时，从民间的价值立场来说，就是理解、尊重、承认民间的完整、自足，并依据民间固有的价值原则去理解民间的生命与生活。民间文化形态正是以这种“自由—自在”的精神特质，参与自由的、批判的、战斗的现代文化、文学的构建过程。

当我们确认了知识分子从民间立场所理解的民间文化形态

的意义和审美原则时，是否意味着要忽略中国现代文学史上其他各种类型的民间形态（文学史中呈现的民间）的价值呢？显然不能，本文写作的目的恰恰在于：充分挖掘民间文化所具有的“自由—自在”特点对文学史发展具有的重要作用和意义。从中国现代文学史的发展来看，主要有三种民间理念：一是“五四”启蒙文化视角下的“民间”观。在五四时期，李大钊、周作人、胡适等人都明确提出了“民间”问题，他们所说的“民间”是作为底层的、普通百姓生存的那一文化空间。他们对这一民间文化形态意义和价值的发现，由于立场的差异，表达的内容和对民间的态度也就不同，但在现代文化、文学的范围内，民间文化形态的价值和意义都与“自由—自在”的精神品性相关。另一种民间理念主要体现在20世纪三四十年代的文学发展中，从政治革命的立场上，强调运用民间艺术形式传播革命观念，以达到启蒙大众的政治目的。明确提出“民间形式”问题的是向林冰。他在20世纪40年代“民族形式”论争中提出了这样的观点：以“民间形式”为“民族形式”的中心源泉。这一民间理念显然是20世纪30年代大众化讨论中出现的“民间”理念的继承和发展，只不过在提法上更加明确。“民间”所指涉的对象，《在延安文艺座谈会上的讲话》中又转化为“工农兵”和“人民”等，但在内涵上与民间有着同义关系。第三种民间理念是以老舍、沈从文、赵树理等作家为代表的民间观，这些作家把民间文化的价值原则作为自己判断是非的基本标准，或者把民间作为灵魂栖息的归宿，或者依据民间的道德伦理、生存逻辑去理解民间，进而表达自己对于政治、启蒙、社会文化潮流的认识和态度，比较真实、全面地体现了民间文化形态的自在生存逻辑和自由生命渴望，知识分子的民间价值立场及由此带来的审美趣味在此获得了完整体现。

中国现代文学还有一种民间类型，即通俗文学。通俗文学的文化指向是通俗文化，通俗文化自然具有民间文化的某些特点，但却明显具有时尚化、流行性的特征，并且与商业文化密切相关，因此，在这种文学类型中，民间文化心理及其审美原则，在商业、市场的引导下，更多表现出迎合大众审美趣味的倾向，民间文化中难以在这类作品中体现出参与现代文化构建的积极努力和主动追求，甚至体现出游戏的无聊和媚俗的恶习，因此，本文不拟进一步讨论民间文化形态与通俗文学的关系。

在中国现代文学史的范围内，确立了“民间”的内涵及其对象范围，因此，这一民间理论就成为我们分析与民间相关的各种文化、文学现象的基本出发点。这样，讨论民间与启蒙、民间与政治意识形态的复杂关系，知识分子对民间的理解，以及民间的现代意义就有了可靠的坚实的基础。

二　抗战前的民间文化形态

从中国现代文学的发展来看，五四时期，陈独秀、胡适等人发动了轰轰烈烈的新文学运动，这一时期的启蒙主题决定了知识分子与民间的关系是启蒙与被启蒙的关系，但也应充分重视这种关系所包含的另一内容，即他们在为民间启蒙时，也充分利用了民间文化资源。五四时期，中国现代知识分子对民间意义的发现，首先从下面两方面开始：一是对来自民间的口语、白话语言的重视；二是始于1918年春的民间歌谣搜集和整理。这两者共同构成了新文学产生的民间文化背景。这一民间文化形态进入现代知识分子的精神视野是与他们的文化启蒙思想和如何建立新文学的现代审美标准密切相关的。在胡适、刘半农、沈尹默等人看来，倡导白话文学，一面是“开通民智”，另一面则是“创造中国的文学”。从启蒙和新文学建设的立场出发，对来自民间的白话语言和体现了民间文化的民间文学，从审美的意义上进行了充分肯定。可以说，他们是从启蒙—民间的立场解释民间和民间文学的，这是现代作家与民间关系的第一种类型。胡适不仅在文学史研究中，得出民间的白话文学最有生命力的结论，而且不止一次在文章中提出民间是文学产生的源泉。在此意义上，这些现代知识分子对以民间文化形态为主要表现内容的民间文学有着极大的热情。他们先在 1918 年春发起征集近世歌谣运动，后于 1922 年 12 月创办《歌谣》周刊杂志，专门搜集、发表全国各地的民间歌谣和研究、介绍与民间文学相关的文章，从文学的意义上把民间文学纳入了新文学审美标准的建构中。胡适的《尝试集》用民间口语作诗，刘半农模仿家乡四句头山歌的曲调、用江阴方言创作《瓦釜集》，沈尹默、周作人、康白情诗中所流露出的民歌诗韵，都证明了来自民间的艺术因素对新诗建设所起的作用。这些现代知识分子不仅发现了来自民间的语言对新文学的意义，而且还看到了民间文学那种自由、真挚的情感表达方式。刘半农就认为，民歌的长处，全在于它能用“最自然的语言和最自然的声调来表达最自然的情感”。[①] “五四”现代知识分子对民歌“率性而为、自由表达”情感的肯定，实际上与个性主义的启蒙文化思想是一致的，他们在民间文化、文学中发现了反抗封建束缚的个性自由精神和对自我生命的认同。这种带有个性、自由因素的文学形态被现代作家自觉理解时，就转化成新文化、新文学的内容，与建立在个性主义基础上的“真情自然流露”诗学观融会起来，获得了强有力的现实依托和理论依据，对五四新文学的发展产生了积极作用。显然，这些作家从

---

① ［美］洪长泰：《到民间去：1918—1937 年的中国知识分子与民间文学运动》，董晓萍译，上海文艺出版社 1993 年版，第 98—99 页。

启蒙—民间的价值立场理解民间时，发现的是民间文化中与启蒙思想一致的内容，并从审美意义上肯定了民间审美形式的价值。

鲁迅、周作人等现代知识分子对民间的态度要复杂一些，当他们从启蒙立场理解民间时，对民间持二元态度，既强调批判民间达到启蒙的目的，又充分吸取和肯定民间蕴含的积极和健康成分。这是现代知识分子与民间关系的第二种类型。从启蒙立场理解民间所持的二元态度，带来了他们理论和小说的两种民间世界：第一，周作人从建设新文学的角度认为“民歌的最强烈最有价值的特色是它的真挚与诚信，这是艺术品的共同的精灵”。[①] 鲁迅在《社戏》中描述了洋溢着田园牧歌风味、自由自在、平等纯朴的民间文化世界，孩子们没有世俗观念，而是合乎自然地生活着，即使打了太公，一村的老老小小，也没有一个会想出“犯上”两个字来的。第二，在肯定这一民间时，周作人又认为民歌无论从形式还是从思想上都不能让我们满足，文体幼稚，缺少生活的真挚热情。[②] 鲁迅则在《阿Q正传》《祝福》等作品中，写了愚昧麻木、自欺欺人、妥协顺从、等级森严的民间生活形态。这两种民间哪一种更接近民间文化形态的本源状态？这种设问本身就与鲁迅、周作人等人的启蒙立场相矛盾，因为他们不是从民间立场认识、理解民间，而是把自己的启蒙思想贯彻于社会文化改造的实践过程中，作品中出现的两种民间形态，实际是从启蒙的不同视角认识民间社会和文化的结果，前者寄托了启蒙者的社会理想及对民间文化部分内容的认同，后者在现实层面深刻感受到民间文化形态中包含的封建落后内容。在这里，

---

① 周作人：《自己的园地》，《歌谣》1923年4月第16号，8版。
② 周作人：《猥亵的歌谣》，收《周作人民俗学论集》，上海文艺出版社1999年版，第165页。

“民间文化”呈现两方面的意义：一是它的纯朴、自由自在及其对现实的反抗性；二是其愚昧、麻木与自欺欺人。这两者交织在一起无法简单分开。如何理解这种形态的复杂性，往往体现出现代知识分子不同的价值立场。当鲁迅在现实的民间社会中展开启蒙思想时，两种异质文化必然发生激烈冲突，但这并不意味着民间文化与其创作毫无联系，在其小说中必然透露出民间文化对人物的制约。《阿Q正传》中阿Q那句唱词就来源于绍剧《龙虎斗》。绍剧早先的主要对象是农民，所以绍剧的内容非常符合农民刚直倔强的性格和反抗斗争的意愿。《龙虎斗》这出反映为国除奸、报仇雪恨的戏，在绍兴家喻户晓、妇孺皆知。难怪阿Q也能哼上几句，而这唱词也恰好表现了阿Q的原始反抗性格。[①] 对《祝福》中的祥林嫂命运产生重大影响的是对“鬼”的迷信，而“鬼”“阴间”的存在正是民间文化的重要内容。实际上，在鲁迅以乡村民间为背景的小说中，民间文化形态始终构成人物形象的精神意蕴，这样说并不意味着鲁迅认同民间文化的价值立场，他更多是在批判的意义上揭示民间文化中包含的非现代性内容。

既然鲁迅没有认同我们说的“自由自在”的民间价值立场，又如何说明鲁迅小说的民间意义呢？我以为在此应作两点辨析：第一，在中国现代启蒙文化中，“自由”是一个至为重要的观念，这种“自由”与民间的“自由自在”内涵并不完全相同，但在精神向往上有着一致的心理基础，鲁迅在批判乡村民间的非自由性和残酷性时，正是以“自由价值”的确立为前提的，这种启蒙精神的确立也暗含着对民间蕴含的自由精神的肯定，由此才有了《社戏》，有了对阿Q原始反抗精神的描述。有了这种“自由”的

---

① 参见裘士雄等：《鲁迅笔下的绍兴风情》，浙江教育出版社1985年版，第60—63页。

渴望，对乡村民间残酷性现实的描述就愈深刻，也就愈能显现出民间文化精神中“自由”因素的可贵，鲁迅启蒙小说的民间价值正在这里。第二，从人物形象的美学意义看，如果人物缺少本土的民间文化内容，也就缺少丰富、生动、真实的魅力，因为民间作为底层农民生存的文化环境，他们的行为方式、生活欲求、人生态度无不与此相关。失去了这种“文化”支撑，也就难有人物灵魂的深度。所以，知识分子不管与“民间”有着何种关系，始终无法脱离民间文化形态对其艺术创作的制约。

抗战前知识分子与民间关系的第三种类型是以李大钊、邓中夏等人为代表的民间观。这种民间观，后来与革命实践相结合，经过瞿秋白、毛泽东的努力使之成为中国现代文化、文学的重要组成部分。“民间”与革命性、政治性的意识形态联在一起，也是中国现代文化和文学的重要内容。从现代历史的发展逻辑看，“五四”思想启蒙运动的完成直接导致社会制度的变化，但在国内外各种力量的冲突碰撞中，在启蒙还未完成的条件下，便急剧转入社会政治革命。从当时的整体情形看，大部分知识分子由启蒙、文化的立场转向了政治、革命的立场。在这一转换过程中，李大钊所倡导的“到民间去”和改造民间的理想，与现实政治斗争的关系日益密切。在这一背景下，民间文化形态更多与“革命文学”的倡导者和左翼知识分子的“大众化”倡导者联在一起。

这种理解民间的方式为文学创作带来哪些新的因素，民间“自由—自在”的文化意蕴与其是怎样的关系呢？对于那些有乡村民间切身体验的作家来说，民间所蕴含的地域色彩、特殊文化意蕴仍旧给他们的小说带来了生动的艺术韵味，有着“政治宣传”本身包含不了的内容。如茅盾的《春蚕》、艾芜的《南行记》等作品就是如此。茅盾的《春蚕》是一篇主题先行的小说，演绎的是在帝国主义、封建主义、官僚资本主义的统治下，江南农村经济破产和蚕农们的悲剧命运。凭阅读感觉，这篇作品的真正魅力不在于写“蚕农”如何破产的过程，这个过程的描写是散乱、生硬，甚至干瘪的，造成蚕农破产的外部环境描写也不充分，倒是与这个“主题”没有太多联系的几个农妇的片段描写和老通宝对洋货的仇视心理及企盼蚕宝宝丰收的虔诚更能打动人心。像荷花与六宝的对骂、六宝和多多头的调情，在溪畔、桑田的映衬下，别有民间生活的情趣；老通宝的纯朴、勤快、守旧，也与自然形态的中国农村社会及文化观念相关，比较真实体现了挣扎在社会底层的农民的生活态度和精神状态。显然，《春蚕》的审美魅力主要不是来自“主题的深刻”，民间的审美力量在作家的“思想”之外获得了重要意义。在此，我们看到这类作品的“民间”呈现两个层面的内容：一是从政治、革命的立场理解民间；二是作家直接感受到的，有着自在形态和自由生存渴望的民间。前者体现了作家所谓的“主题思想”，后者则因其生动、真实决定了作品的美学价值。这样两个层次的民间在许多作品中都交织在一起，特别是 20 世纪 40 年代初解放区的许多作品，如孙犁的小说、李季的诗还有秧歌剧的改编等表现更为突出。这两个“民间”的相互关系，及它们对文学的意义和局限，构成了我们理解这一类作品的重要出发点。

沈从文、老舍和赵树理是来自民间，并从民间立场理解民间文化的三位作家。这是中国现代知识分子与民间关系的第四种类型。如果说胡适等人在体现民间文化的民歌中，从启蒙—民间立场发现了民间的语言形式及情感表达方式的现代审美意义；那么，沈从文则以知识分子的民间立场，在美丽、纯朴的湘西，描绘着那种“自由—自在”、相对活泼、体现着下层人生活情趣和态度的民间世界，他把一种人性的理想融于民间文化形态中，或者说他在民间中发现了这种人性的理想，一种更合理、更严谨的伦理道德标准，他倾心描绘着这种民间形态及其意义的庄严。民族文化形态里出现了另外一种特征——纯朴、善良、富有生命的自由活力，这种活力鼓舞着他以自己的天赋赞颂家乡的神话、习俗及原始的仪式，而不是对他们进行贬斥。老舍与沈从文虽然都从知识分子的民间立场去理解民间，但他关心的是民间自在的生存逻辑和自由生活的渴望在社会动荡、变化中的呈现形态。所谓知识分子的民间立场，在《骆驼祥子》中首先体现在他从祥子自身的生存逻辑和思维方式、行为方式出发，去想象、虚构他的艺术世界。老舍自己曾说："我自幼很贫，做事又很早，我的理想永远不和目前的事实相距很远，假如使我设想一个地上乐园，大概也和那初民的满地流蜜，河里都是鲜鱼的梦差不多。贫人的空想大概离不开肉馅馒头，我就是如此。明乎此，才能明白我为什么有说有笑，好讽刺而并没有绝高的见解。"①显然，老舍对祥子的想象和描写正是基于这种没有"绝高见解"的民间生活态度。祥子有自己的生活原则——靠卖力气挣钱吃饭，他不关心战争怎样毁田，也不关心春雨有无，只关心自己的车，有车就有钱，有钱就有烙饼和一切吃食。这种诚实、勤劳、利己的态度，正是在"土地"上讨日子的农民的生活逻辑，是与几千年的小农意识联系在一起的，我们可以说他狭隘、目光短浅，但对于在战乱、贫困中生存的祥子来说，追求这种起码的生存权利难道不合理吗？这种追求自然也有他对"自由"的理解，这种"自由"就是吃穿住行的满足和不受贫穷折磨的理想。但是这个"体面的、要强的、好梦想的、利己的、个人的、健壮的、伟大的祥子"消失了，他成了一个"自私的，不幸的，社会病胎里的产儿，个人主义的末路鬼"。② 民间文化所培育出的生存逻辑和梦想，被无

---

① 老舍：《我怎样写〈赵子曰〉》，《宇宙风》1935 年第 2 期。
② 老舍：《骆驼祥子》，收《老舍小说全集》，长江文艺出版社 1993 年版，第 435 页。

情的社会毁灭了。祥子的毁灭既是对社会、市民文化，甚至也包括对民间文化的批判，但他又在民间立场上体现了中国现代作家的现实战斗精神传统。这样一种写作与知识分子启蒙立场或政治立场的写作不同，它从民间的视角为中国现代文学带来了富有本土内涵的艺术世界，也直接启示我们从这一视角重新理解民间文化形态在中国现代文学中的意义和价值。

三　抗战以后的民间文化形态

1937 年全面抗战爆发后，中国社会的文化结构发生了重大变化，其主要标志是民间文化形态的意义和价值被置于重要地位，不管是国统区、沦陷区，还是解放区，民间文化形态以各种各样的方式和国家权力意识形态、知识分子精英意识发生联系。这种联系方式是复杂的，“在国统区，知识分子的代表是胡风，他以犀利深刻的理论风格把新文化传统推进抗战的炉膛深处，同时又一再受到来自政治权力的压迫；民间文化则以通俗文学与抗日主题相结合重新焕发活力。在沦陷区，知识分子的代表是周作人，以被奴役的身份萎缩了新文化的战斗性；而民间文化形态则复杂得多，一方面它受到侵略意识的渗透，伪满政权曾利用通俗演义故事来宣传所谓‘英雄史诗’，或把通俗文艺作为侵略的宣传品，但同时也有些都市通俗文学曲折地表达出新文化与民间文化的合流。在抗日根据地，民间文化则在抗日宣传的主题下得到了倡导”。[①] 在文化结构发生这种复杂变化的过程中，民间文化形态开始转变为文化的主导性因素，并且有着浓郁的政治意识形态色彩。如果说五四时期的民间文化形态在与启蒙

---

① 陈思和：《民间的沉浮》，收《陈思和自选集》，广西师范大学出版社 1997 年版，第 204 页。

文化形态的联系与冲突中，呈现出有利于新文化、文学建设的意义，是部分而非整体地进入“现代文化”的建构，那么，这一时期的民间文化形态在“抗战”影响下，成为与启蒙文化相对应而非包含于启蒙思想系统中的文化形态。它把20世纪30年代“大众化”问题的讨论，由理论的倡导转入具体的社会实践。在这种情况下，知识分子转到民间立场的写作就有了自己的特点。现主要以赵树理和孙犁为例进行探讨。

抗战时期对文学的通俗化、大众化以及民间艺术形式的重视，使许多新文学作家都以工农兵的生活和民众所喜欢的艺术形式进行创作。为什么赵树理成了“文学的方向”，而其他人则没有？其中一个重要原因是，赵树理自觉地站在民间立场写作。赵树理的人生经历决定了他与农民、与民间文化形态有着天然的血肉联系，他不需要像其他知识分子那样被要求改造世界观，他的世界观本来就属于农民，他从小就生活在农村，真正知道农民，知道农民的经济生活和农村各阶层的日子怎样过的，也熟悉农村各方面的知识、习惯、人情及其生活的欲望和理想，在这样的环境里，民间文化天然地成为他思考社会、理解人生的基本出发点，民间的自在生活逻辑、生活欲望及自由渴求及其与其他社会意识形态的关系成为他文学表达的重要内容。另外，他又通晓农民的艺术，特别是关于音乐戏剧方面的，他参加农民的“八音会”，锣鼓笙笛没有一样弄不响；他接近唱戏的，戏台上的乐器件件可以顶一手；他听了说书就能自己说，看了把戏就能自己耍，他能一个人打动鼓、钹、锣等数样乐器，而且舌头打梆子，口带胡琴还能弹唱。① 参加革命后，他又一直和农村生活保持着密切联系。因此，作为一个在民间文化形态中生长的作家，赵树

① 参见王春：《赵树理是怎样成为作家的》，《人民日报》1949年1月16日。

理一开始就深刻理解农民的生活、思想、情感，这使他描绘景物、叙述时间、塑造人物时，总以农民的感觉、印象为基础，用他们的眼光来观察，用他们的心灵来感受，不写他们不感兴趣的话题。与此密切相关的是，赵树理的艺术表现形式是通俗易懂，来自民间的叙述方式，从而使他的作品呈现出“五四”以来的新文学所没有的一种审美境界。

赵树理的小说呈现的这一民间世界，是否完全是民间本身？是否呈现出沟通政治意识形态的努力？这一点是肯定的，赵树理说他的小说要做到“老百姓喜欢看，政治上起作用”，就包含他从民间立场出发，沟通民间与政治关系的意思，但他思考民间的基本出发点是从民间立场开始的，试以《小二黑结婚》为例作一具体说明。董均伦在《赵树理如何处理〈小二黑结婚〉材料》一文中讲到《小二黑结婚》是赵树理在太行山里写的。那是 1943 年上半年，新政权在太行山已经建立了四年，土改才开始了一年，当年农村有个几乎与土改同等重要的问题是反对封建思想、封建习惯，因为那时不但地主维护封建，就是一般农民也是如此。[①]《小二黑结婚》就是在这样的情况下写出的，当时赵树理听到这样一个真实事件：一位名叫岳冬至的男青年和一位叫智英祥的女青年自由恋爱，反抗父母包办婚姻，智英祥同时又被出身于富农的两位已婚的村干部看中，他们遭到智英祥的拒绝，便联合其他村干部，以腐化的罪名斗争岳冬至，把岳冬至打死了。这部作品是赵树理在一个真实事件的基础上所作的“艺术创造”，我认为，最重要的“创造”在结尾，正是在结尾部分，体现出赵树理巧妙沟通民间文化形态与政治意识形态的努力。这一创造有两个方面值得重视：第一，乡村生活的残酷性被代表了“正义”的区

① 董均伦：《赵树理怎样处理〈小二黑结婚〉的材料》，《文艺报》1949 年第 10 期。

长、村长消解。依据赵树理熟悉的情况看，抗战初期，老实的农民对新政权还摸不着底子，不敢出头露面，有些流氓分子便乘机表现积极，常常被没经验的同志认为是积极分子，提拔为村干部。如果按照这种实际情况来写，不符合“歌颂无产阶级光明”的艺术方向，这种“改写”自然就具有了某种政治性的隐喻。第二，乡村生活的这种政治性“改写”又与民间文化形态中人们的心理愿望吻合。在民间社会里，由于人们所处的弱势地位，在遇到不平和苦难时，总寄托于另一种力量(往往是宗教或权力的)来拯救自己。所以就有了数不清的“清官”戏和通过神仙来救世救难的传说。赵树理在《小二黑结婚》中，通过村长、区长使两个青年人获得幸福的生活，也暗合了民间的这种文化心理。正由于赵树理这种民间立场写作中包含着政治性的指向，小说一发表不仅受到广大农民的欢迎，也得到了权力意识形态的肯定，这也同时说明了当时的“政治”与民间文化形态的生存追求有着天然的亲和关系。既然民间文化形态和权力政治意识有着并不相同的特点，两者就会有冲突和差异，特别是当政治对民间的改造过于强烈，以至于民间的利益受到某种影响时，来自真正民间立场上的写作就隐含着受到政治意识形态否定的可能。赵树理的人生追求以及对文学意义的理解，使他能够从民间的立场出发，去表达来自民间的声音，并寻求与政治之间的圆通，但他不会不顾民间的真实情形。在《小二黑结婚》《李有才板话》等作品之后，赵树理的创作精神就开始出现了某种无奈的悲凉感，这种情形在 1948 年写作《邪不压正》之后就表现出来。赵树理的小说始终关注农村中的小人物和真实状况，在写《小二黑结婚》时，他就看到了农村干部的问题，但并没有作为“主线”来写，《邪不压正》则主要写这一问题。小说发表后，引起争议，有人批评作者“善于表现落后的一面，不善于表现前进的一面，在作者所集中表现的一个问题上，没有结合整个历史的动向来写出合理的解决过程”。① 在抗战时期，由于抗战影响和《在延安文艺工作座谈会上的讲话》的权力推动，民间文化形态（特别是审美功能形态）在被提高到文学的重要位置，开拓出一片新的文学天地后，又随着社会的变动、发展，演变为政治意识形态的从属性内容，在这种情形之下，民间文化形态的美学意义变得更加重要。因为在文学创作中，他所指向的真实、感性、审美等内容，消解或淡化了由于政治宣传而带来的作品的概念化、观念化的弊端。赵树理所代表的民间立场写作，在 20 世纪 40 年代文学中的重要意义，就是保持了文学作品中民间的丰富和完整，以及对民间自身生存逻辑的尊重。

赵树理依据农民的眼光观察社会、人生，并在参与革命实践活动的过程中，使民间文化形态的意义得到多方面表现，尽管有时这种表现是隐晦、曲折的。孙犁的小说与赵树理有所不同，他在民间发现的是，在抗战中农民身上表现出的自觉的政治热情和爱国热情，民众在他笔下变得单纯、乐观，深明民族大义，他们别妻离家走向战场，绝无缠绵的哀伤，但有无畏的勇敢。显然，孙犁笔下的民间文化形态包含着更符合当时政治意识形态指向的价值追求。由此，他作品中的乡村生活变得简单却又富有诗意，人物形象变得崇高却又明净。如果说《边城》中的翠翠是一种自在状态的生活方式，昭示出人性的朴素与静穆的庄严，那么，孙犁《荷花淀》中的水生嫂则有着自觉的生活追求，在她身上人性的善良与抗日救亡的崇高行为是密切联系在一起的，她不再有祥林嫂的愚昧、麻木，也不再有虎妞的刁钻、蛮横，她是民间文化中的一个时代精灵。至于孙犁小说中的水生嫂（还有如水

① 竹可羽：《评〈邪不压正〉和〈传家宝〉》，《人民日报》1950 年 1 月 15 日。

生嫂一样崇高的众多女性形象）在多大意义上表达出民间文化形态的真实内涵暂且不论，让我感兴趣的问题是：在孙犁的小说中，知识分子与民间文化形态的关系。在抗战以前的文学作品中，代表了乡土民间文化形态的农民或农村妇女大多是被启蒙或批判、同情的对象，知识分子在他（她）们面前有一种精神优势，但在孙犁的小说中，民间文化形态的代表者成为被歌颂的对象。他（她）们的精神和行为使知识分子“自惭形秽”，在知识分子眼中，他（她）们才是历史的真正推动者，知识分子已有的价值体系、独特的话语表述，已完全被民间文化形态中所出现的高尚精神、政治热情所取代。这种根本性的变化说明了什么呢？

这种变化留给我们的思考是复杂的。在这种变化中，民间与政治、知识分子之间是怎样的一种关系呢？在前边的论述中已经看到民间文化形态意义的确立是抗战的需要，也是政治权力的推动。从政治权力的角度说，要求知识分子转移到工农兵的立场写作，这种转移就是要去歌颂劳动人民，唤醒民众的民族热情，而这又是为了国家权力的建立。由此看来，知识分子、民间文化形态、政治权利三者之间关系的沟通，在此是以“政治”为中心贯通在一起的。在这种情形下，我们就不难理解以胡风为代表的知识分子写作、以赵树理为代表的民间立场写作，为什么都会受到质疑和批判。但民间既然已被唤醒，它本身已有的文化价值系统就不可能完全被政治取代，由此延伸出民间与政治既同又异的复杂关系。

四　进入民间的视角与价值分析

应该说，中国现代作家不管持何立场，他们都以各自不同的方式与“民间”发生深刻的联系。自“五四”以来，民间文化形态始终是知识分子关注的对象，有的从民间文化中寻找审美的力量，有的从政治立场发现民间的革命性因素，还有的从民间立场寻找民间的精神……但他们理解和艺术地把握民间的思路不外乎两方面：一是知识分子从“民间”外部向“民间”内部进入，在这种进入的过程中，民间文化形态总是与知识分子已有的价值系统发生碰撞，在碰撞过程中呈现出对民间文化形态的理解；二是知识分子把自己置于民间之中，从民间内部发现民间的意义，因而对民间文化形态有着更直感的理解和把握。这两种理解民间的视角带来了文学中民间怎样的面貌，又给文学带来了怎样的特点？或者说，“民间”的现代价值到底体现在哪些方面呢？

既然是在中国现代文学史的范围内讨论知识分子与民间的关系，那么，民间的现代价值首先体现在丰富了创作主体的精神、情感，带来了富有本土内涵的个性化艺术世界。从“民间”的外部向“民间”的内部进入，理解民间的意义和价值的作家，在前一部分的论述中，可以明显地看到主要是五四时期的胡适、鲁迅以及 20 世纪 30 年代的茅盾、丁玲、艾芜等作家，也包括 20 世纪 40 年代解放区文学中的部分作家，这些作家与从民间立场来理解民间文化形态的老舍、沈从文、赵树理等人在创作主体的精神方面有着明显的不同。譬如：鲁迅和老舍。当鲁迅从启蒙主义的立场上去理解民间时，民间文化形态总是与知识分子已有的价值系统发生碰撞。这种冲撞使知识分子对现实思考的深度有了历史的纵深感，特别是像鲁迅这样的作家，在个体与群体、知识分子与民众的纠缠中，更深刻地理解了“中国人”存在的问题，其作品获得了现代性的意义。老舍与鲁迅不同，他是把自己置于民间之中，从民间内部发现“民间”的意义，因而他对民间文化形态有着更直接的理解，进而以此展开这一文化形态对于人的命运的作用。因此他的作品较少作为知识分子的独特痛苦，却有来自民间的辛酸和悲痛，因为民间作为社会的一个弱势群体，在寻求生存的过程中，总是要受到各种损害和凌辱。从精神上作为这一群体中的一部分，这种损害和凌辱也是属于他个人的，他与“他们”已经不是一种对话关系，而是出于同一价值系统中的话语言说，因此，《骆驼祥子》虽没有什么“绝高”的见解，但所展开的艺术世界却是具体、平实、生动的。它的幽默也就与平庸的幽默有了区别，是与苦难、不幸、伤痛联结在一起的流泪的幽默，他机智的语言也不会让人轻松，而是浸透着试图化解苦难的挣扎，他越是表现得轻松，内在挣扎的痛苦也就愈加深重，两者之间的张力所留下的空间则溢满了同情的眼泪、包容的无奈、批判的深刻。这就是老舍，他从民间的写作立场，创造出了一个不同于鲁迅笔下的艺术世界，他也“哀其不幸”，但哀的是无力挣脱文化制约的人，他也“怒其不争”，但这个“怒”是针对压迫人、毁灭人的社会，即使是“争”了的祥子，不是也被社会毁灭了吗？由此看来，只要有了人的良知和对人的存在的关怀，无论以何种方式进入民间，都会有一个引人思考的艺术世界出现。从这个意义上说，艺术的价值不仅仅在于立场，而且在于何种程度上与世界之间建立了别人无法替代的意义关系。沈从文和赵树理的小说创作也可作如是观，他们都把自己融于民间的文化世界中，以“下层人”的眼光去理解社会、人生、政治，去体悟民风民情，把自己的心交给那一浸润着民间文化精神的大地，叙说“乡下人”的心理内涵、生命渴求与行为方式。从创作主体精神的角度而言，他们缺少启蒙知识分子居高临下的精神优越感，在价值趋向上更多的认同民间文化自身所具有的生存伦理和道德法则，对于政治意识形态的理解和判断也是依据民间的经验，因此这些作家在精神上与民间处于同一种文化空间中，透露着民间文化的质朴、生动与生存智慧。

对于那些从民间的外部理解民间的作家而言，其创作主体的精神特点则较为复杂，虽然他们都拥有自己的一套价值言说系统，但与“民间”所建立起的关系却有着诸多差异，胡适、刘半农等人，从启蒙的立场上发现民间的意义，并纳入启蒙文学的构建过程中，把民间文化的部分内容转化到启蒙文化的系统之中，为启蒙文化找到了本土的理论支撑，同时也可以说是民间文化其自身的价值逻辑与启蒙文化部分地发生了对接。鲁迅虽然也有着这种特点，但更多是把启蒙文化贯彻于社会改造的实践过程中，因此，在他的小说中，主要表现出的是两种价值趋向的冲突，对民风、民俗的表达也是与启蒙话语空间相关的言说。在20世纪30年代“大众化”文学论争中，从政治的、革命的文化立场上去理解民间的过程中，情形也是如此。像茅盾的《春蚕》、丁玲的《水》等作品中的创作主体都体现出鲜明的政治性、革命性的风貌，而艾芜的《南行记》却以一个知识漂泊者的眼光，叙述边疆异域特殊的下层生活，他在“劳工神圣”的政治信仰支撑下，以特殊的敏感，在“藏污纳垢”的民间世界中，发现了民间生存中包含的强悍的生命力量，他和这一时期的沙汀、吴组缃、叶紫等作家不同，没有用政治的、革命性的眼光，仅仅去发现下层人民身上与革命要求相一致的内容，去批判那些反面的人物品质；而是以外来者的姿态，惊喜地看到了这一民间世界中闪光的精神，这种精神并不是以善恶是非二元对立的方式存在，而是包蕴在生命的整体之中。这种种复杂性也就使得“民间文化形态”在文学作品中有了不同的面貌，但就创作主体所具有的精神特质而言，却是共同的，这就是民间文化形态并不是他们能够全部认知的价值系统，他们的“外来者”认知角度，决定了他们不可能把民间文化形态的价值作为他们理解民间的立场。但是民间文化形态所具有的真实性及其民风、民俗、人情所具有的审美价值，却仍然在他们“外来者”的视阈中有着极其重要的意义，这些感性的、生动的文化因素，在他们思想、情感的表达过程中，构成极其重要的艺术内容。

其次，“民间”在文学史范围中的价值，还体现在使中国现代作家清醒地意识到了民间是新文学产生的重要精神、审美资源。正如《歌谣》周刊发刊词中所说：“我们相信民俗学的研究在现今的中国确是很重要的一件事业……歌谣是民俗学上的一种重要的资料，我们把它辑录起来，以备专门的研究，这是第一个目的。……从这学术的资料之中，再由文艺批评的眼光加以选择，编成一部国民心声的选集。意大利的卫太尔曾说‘根据在这些歌谣上，根据在人民的真情感之上，一种新的民族的诗也许能够产生出来’。所以这种工作不仅是表彰现在隐藏着的光辉，还是引起将来的民族诗的发展，这是第二个目的。”周作人更明确地说：“民歌在一方面是民族的文学的根基”，①又可以“供诗的变迁的研究，或作新诗的参考”。② 胡适也说中国新诗的范本有两个来源：“一个是外国文学，一个就是我们自己的民间的歌唱。”③显然，民间文化、文学成为新文学重要的精神资源和审美资源。从文学史的发展过程来看，一个时期的文学一旦形成规范、凝滞的情景，民间文化、文学往往以其纯朴的清新之风为文学带来新的生命活力。新文学作家同样在民间文化、文学中发现了新文学的活力所在。胡适就曾认为“中国文学上的许多优秀作品都与民间有着密不可分的联系，倡导民间歌谣也是要给中国文学开辟一块新的园地”。④ 胡适的这段话虽然写于

---

① 周作人：《中国民歌的价值》，《歌谣》1923 年 1 月第 6 号，8 版。
② 仲密：《自己的园地》，《歌谣》1923 年 4 月第 16 号，8 版。
③ 胡适：《歌谣》第二卷第一期复刊词，1936 年。
④ 同上。

1936年，但也正是现代作家倡导民歌的目的。在20世纪30年代的“大众化”讨论中，左翼作家“走向民间”的原因也与文学的审美形式的建立有着密切的关系。“左翼理论家对于‘五四’以来的白话文成就颇多微词，在他们眼里，汉语现状的最大问题还是不够通俗，这种白话文依旧保持了知识分子式的腔调。”“郭沫若曾经将这种腔调控告为‘知识阶级’的高蹈。”“瞿秋白的批评更为严厉：‘五四’的新文化运动，对于民众仿佛是白费了似的！‘五四’式的新文言（所谓白话）的文学，只是替欧化的绅商换换胃口的鱼翅宴席，劳动民众是没有福气吃的。”[①]在他们这种激进、偏颇的言辞中，所表现出的对五四新文学的评价，自然包含着更为复杂的社会文化内容和知识分子的道路选择不同而带来的深刻分歧，但如果仅仅从文学审美形式的角度来看，正是对于五四新文学审美语言形式的不满，使他们再一次要求文学应该有大众所乐于接受的形式，也使他们对方言、民谣、短剧、绘图本小说、漫画、木偶戏、连环画这些活跃于民间的艺术形式表示了浓厚的探寻兴趣。换句话说，他们也是从新文学建设的角度再一次在民间文化、文学中寻求文学发展的动力。由此可见，民间文化、文学中的审美形式一直是中国现代作家在文学建设中所关注的对象，构成了新文学发展过程中的一个重要精神资源。

再次，民间文化形态并不仅仅在艺术的审美形式上对新文学产生强有力的作用，而且为知识分子的精神生成提供了现实的文化土壤。自近代以来，民族意识的觉醒、启蒙思想的出现、世界文化的影响，三者非常复杂地交织在一起，对知识分子的道路选择产生了重大的影响。特别是1840年鸦片战争的爆发，使知识分子意识到“民族生存”的危机，进而到西方去寻求救国的

---

① 南帆：《民间的意义》，《文艺争鸣》1999年第2期。

真理，确立启蒙的意旨，而启蒙的根本目的又在于唤醒国民以求民族的强大，在这样一种背景下，与本民族本土文化密切相关的民间文化形态引起知识分子探寻的兴趣也就成为必然，在这里民族—国民—民间构成了现代知识分子思考“中国问题”的基本思路。在1840年鸦片战争爆发后，为了“强国”以达到求民族生存的目的，统治阶层的“开明派”和一些具有先进意识的知识分子携手开展了“洋务运动”以及后来的“戊戌变法”，前者以“经济”为中心，后者以“政治变革”为主导，两者的根本目的都在于迅速达到强国的目的。但是在中国的现实历史情境中都半途而废，即使后来的“辛亥革命”也未能把“共和”的梦想顺利实施，这对于具有西方启蒙主义思想的中国现代知识分子来说，就提出了一个严峻并且亟须回答的问题：既然经济和政治的变革，甚至是革命都不能从根本上解决中国的问题，那么，中国的出路在哪里呢？正是在这样的背景下，陈独秀、胡适、鲁迅等人以“革新人心”“促使新的国民产生”为己任，掀起了轰轰烈烈的新文化启蒙运动，“国民改造”成为新文化运动的核心问题。“国民”又是什么呢？在以农业为主的中国，农民——作为乡村民间文化形态的承担者，自然成为重要的关注对象，一旦“农民”进入中国现代知识分子的思想视野，民间文化形态的生存逻辑、伦理欲求、审美趋向也就与他们的文化观念、文学创作发生了密不可分的联系。这就是我们在前一部分，突出强调“民间”作为一个有着“自由—自在”文化品格的空间，在各种不同类型创作中的呈现形式以及对知识分子精神构成所产生的重要作用的原因。既然中国近现代历史、文学史已经证明民间不仅以其丰富的精神滋养着知识分子的灵魂，而且在知识分子精神与民间精神的联系中不断赋予民间以新的内涵，那么，“民间”的现代价值就是无法否认的。否认民间具有“现代性精神”特征的论点，一方面没有充分地意识到民间中所蕴含的自发的现代生机，另一方面则没有看到"现实的自在民间文化空间"与知识分子民间价值立场之间的关系，知识分子的民间价值立场并不是与"民间自在文化"的完全契合，而是从自身精神出发，对民间文化价值的认同。当这种精神品格与民间自在文化形态中蕴含的生命活力和生机相互对撞时，民间的、富有活力的生机（这种生机可能微弱，甚至与腐朽纠缠在一起），就会迸发出现代的精神光辉，而以知识分子心灵为中介，转化为具有审美意义的艺术世界。既然我们所理解的"民间"包含有"自由—自在"的文化精神和生命活力，在"民间"这个丰富、驳杂的世界中，多种文化因素相互纠缠、依存，那么，知识分子就有可能在此发现与自己的精神共鸣的契合点，同时也会在这种精神启示下，确立自己的现实文化立场，正是在这个意义上，民间文化形态为知识分子的精神生成提供了各种可能性，始终以其丰富的存在，召唤着知识分子前行的步伐。至于"民间文化"对新文学发展是否有负面影响，都市民间与新文学的关系等其他问题，限于篇幅，只能期待日后再作探讨了。

（原载《中国社会科学》2003 年第 6 期）

绅权与中国乡土社会

——对鲁迅短篇小说《离婚》的一种解读

袁红涛

《离婚》写于1925年，是鲁迅小说集《彷徨》的最后一篇。关于鲁迅的每一篇小说的研究都相当充分，不过贴近《离婚》这一短篇小说来分析，依然有含混模糊的地方。在既有研究中，小说中的主要人物慰老爷、七大人一般被视为"封建地主阶级的典型形象"，"体现出封建地主阶级的反动本质"；①爱姑则是一个富有反抗精神同时又有局限性的劳动妇女形象，"她对压迫她的封建统治和封建礼教并没有本质的认识，而却又幻想用个人的力量去反抗压迫"。② 关于小说讲述的故事，林非先生的阐释具有代表性——他指出爱姑找慰老爷、七大人裁决婚姻矛盾反映了"当时人民群众的不觉悟"，对于七大人的信任是"多么严重的误解"；而作为封建阶级的代表，七大人"一方面十分腐朽，另一方面又很有权威，这种权威造成了人民群众的一种莫明其妙的畏惧心理"。③ 那么，被压迫者何以"不觉悟"而对统治者抱有信任呢？被压迫者对统治者的"误解"与后者权威的建立之间有何关系？人民群众"莫明其妙"的畏惧心理究竟是怎么回事？

拓展学科视野，借鉴社会史研究成果，或能对小说人物关系

---

① 丁尔纲：《鲁迅小说讲话》，四川文艺出版社1985年版，第54页。

② 李希凡：《〈呐喊〉〈彷徨〉的思想和艺术》，上海文艺出版社1981年版，第61页。

③ 林非：《论〈离婚〉在鲁迅小说创作中的意义》，收严家炎、唐沅、丁尔纲编《中国现代文学论文集》，北京大学出版社1986年版。

有更加明晰的认识：爱姑与七大人其实处于中国乡土社会的"绅—民"关系格局中。围绕爱姑的婚姻纠纷调解事件，小说生动地展现了中国传统社会中很重要的权力形态——绅权的基础、特征与运作的过程。在《离婚》这一短篇小说中，亦包含着丰富的社会史信息。另一方面，对小说意义的阐发应当与对小说所呈现的社会空间的准确认识相结合。

一

小说开篇，通过船上一群人之间的谈话，得知庄木三和爱姑父女两人要到慰老爷家请求七大人裁决爱姑的婚姻纠纷。而且，这不是他们第一次去，这件事情已经拖延了两年多了，一直在找慰老爷进行调解，但是至今没有平息。这里的问题是：爱姑的婚姻纠纷为什么要找慰老爷、七大人来"说和"？慰老爷、七大人的身份是什么？从小说中可以看出七大人虽然很有权威，但是他不是"官"。虽然和知县大老爷换过帖，有点平起平坐的意思，但这也就显示他不属于知县所属的官僚系统，他并不掌握正式的权力。那么他们何以能够裁决爱姑的婚姻纠纷呢？研究者认为这是"由于当时的社会风气，社会心理。人民群众中发生了矛盾纠纷，如果不告到官里去，就要请地方上有势力、有地位的人物出面调解。这同样反映当时人民群众的不觉悟，不论庄家还是施家，都是这样认识的"。[①] 然而，爱姑等人找七大人说和，这不仅仅是一种社会风气、社会心理，也不单单取决于人民群众的"觉悟"状况，而是与乡土社会权力结构相关。慰老爷、七大人之所以成为"地方上有势力、有地位的人物"，乃是因为他们

---

① 林非：《论〈离婚〉在鲁迅小说创作中的意义》。

掌握着绅权，以此处理乡村事务，实行着对基层社会的控制。

费孝通先生认为，传统社会存在着双轨政治，即其权力系统是由自上而下的皇权和自下而上的绅权所构成，县以上通过官僚实现政治整合，县以下则通过乡绅实现社会整合。[①] 社会史考察指出，传统村庄的权力架构的特点是双层权力架构，有着"官方"与"非官方"、"体制内"与"体制外"之分，二者在村庄正常社会政治秩序运作中起着不可替代的作用。[②] 乡村社会秩序正常的运转则由体制外的权力组织——村庄内生的领袖承担并维持。[③] 基于这样一种社会秩序，乡里社会倡导"无讼"，一般纠纷都力求在乡村社会内部求得解决。正是在这样的社会格局中，爱姑父女才向慰老爷、七大人寻求调解。

那么，慰老爷、七大人何以赢得赫赫权威，从而能掌握调解乡里社会纠纷的权力呢？小说展现了七大人等人的权势最主要的两个基础：首先是因为他们知书识理；其次他们凭借其功名地位参与地方事务，并赢得村民们的信任。这体现了"士绅"的典型特征。

知书识理，尤其是要取得功名，这是士绅在乡里社会建立领袖地位的基础，是其地方领袖身份的首要特征。知书识理，一方面提供了处理地方事务、维护乡里秩序必要的知识和能力基础；最重要的是，功名需要通过参加科举考试才能获取，即需要取得皇权的认可，得到"国家合法性权威"的认定。通过这样的认可程序，从而保证士绅阶层在意识形态上与皇权体制的一致性。以功名为基础取得士绅地位，这样的制度设计保证了体制内与

---

① 参见费孝通：《乡土重建》，收费孝通《乡土中国》，上海人民出版社 2007 年版，第 275—284 页。

② 渠桂萍：《华北乡村民众视野里的社会分层及其变动（1901—1949）》，人民出版社 2010 年版，第 300 页。

③ 渠桂萍：《华北乡村民众视野里的社会分层及其变动（1901—1949）》，第 242 页。

体制外权力格局的衔接，士绅“遂成为沟通城市和乡村、封建皇权与基层地方社区的重要社会力量，使中国基层社会的行政权和自治权奇妙地融为一体”。[①] 另一方面，功名身份仅仅是获得士绅地位的基础，如果不参与诸如乡间纠纷调解这样的地方事务，其身份优势就无法转换为权威。如果将七大人拥有的财富视为经济资本，与知县大老爷的交情体现了他的社会资本，“知书识理”属于文化资本，那么他还需要参与乡村公共事务，才能将前述优势转化为象征资本，即赢得士绅的权威。某种意义上，这可以视为士绅对于乡村社会的责任。在行政能力不能达到的乡村社会，总有社会事务需要有人出面组织。

“士绅”正是凭借功名身份参与地方公共事务，赢得民众认同和个人声望，从而取得的一种社会地位。由此可见，“士绅领袖的权威来自于社区民众认同的合法性权威，其统治力与支配权并非通过‘暴力’方式获得的，而是一种布迪厄所说的‘温和支配力’”。[②] 在小说中爱姑等人相信“知书识理的人是讲公道话的”正体现了绅权这一典型特征。从爱姑这一方面来讲，找慰老爷、七大人不是因为他们拥有最强暴力，而是因为相信他们会讲“公道话”。这也是她面对七大人的威势一再据理力争、不断给自己打气、坚持自己的请求的心理基础。而且，不但慰老爷多次宣扬七大人是最讲公道话的、是最公平的，这也是与爱姑父女同船的村民们的共同看法。比如汪得贵最先说“他们知书识理的人是专替人家讲公道话的”，相信慰老爷不会因为接受施家的吃喝而偏袒对方。对于爱姑父女、汪得贵等人而言，这并非完全是由于自身的不觉悟。社会史考察指出，在具有一定自治性的乡

① 马敏：《官商之间——社会剧变中的近代绅商》，天津人民出版社 1995 年版，第 26 页。

② 渠桂萍：《华北乡村民众视野里的社会分层及其变动(1901—1949)》，第 141 页。

村社会格局中，村民并非完全被动地接受士绅阶层的统治，毋宁说这一社会格局是在绅—民双方互动关系中形成的。对士绅而言，调解纠纷既是他的权力，也是他的职责；对于村民而言，这既是他们基于实际需要对于士绅阶层的期待，他们也以社会舆论、道德评价等方式对这种权力进行约束。比如爱姑父女、八三哥、汪得贵等人在船上的议论就构成了这样的舆论空间。

二

爱姑父女到了慰老爷府上，吃完年糕汤后，就开始了又一次"说和"。爱姑眼中所见到的七大人首先在玩弄一个"屁塞"。研究者指出，"这说明七大人精神世界所关心，所引为自豪的，不是什么新鲜的、有意义的事物，而是腐朽的东西"，这一形象显示，"封建阶级威风凛凛，似乎很有势力，但却专门故弄玄虚，虚张声势，说明这是一个外强中干的腐朽的阶级"。[①] 然而，对于七大人来说，类似这样的小物件却是不可或缺的。读者由此见识到七大人的情趣不高，七大人却是以这样的"道具"来向众人展示其士绅地位。"诸如兴趣、爱好、生活情趣等身体化的文化资本是村庄领袖区别于其他阶层的又一显著标志"，它们"实际上是一个社区成员外显的地位符号，……人们的社区地位越高，对于他们身体化的文化资本则越喜欢展示"。[②] 七大人也正是借此谈古论今，向众人显示他的见识。而众人皆诺诺称是，来表达对七大人的恭敬。这个细节充满戏谑，讽刺意味尽显，然而其意义尚不限于此。它对于展示七大人的社会地位、推进叙事亦是重要

① 林非：《论〈离婚〉在鲁迅小说创作中的意义》。

② 渠桂萍：《华北乡村民众视野里的社会分层及其变动(1901—1949)》，第80—81页。

一笔。这与下文中爱姑突然胆怯的场景相联系就更为清楚了。

正式调解开始的时候，仍然是慰老爷出面。七大人虽不发话，然而很明显居于主导地位。慰老爷特意强调，新的调解方案得到了七大人的认可："现在七大人的意思也这样：和我一样。"强调这种一致性，既是借助于七大人的权威，也意在加强自己的权威。

由于父亲庄木三一直不开口说话，这让爱姑觉得事情危急起来。于是，她选择直接向七大人申诉。特别是她坚信"七大人是知书识理，顶明白的"，所以她坚持向七大人讲述自己所受的冤屈。慰老爷见状，力图压服爱姑："打官司打到府里，难道官府就不会问问七大人么？"——这既可以说慰老爷企图以"地主阶级的权力"压服爱姑，然而在其时其地体会，慰老爷这样说主要还是为了强调七大人的权威，也是在维护调解的权威，维护士绅的调解权力，不希望爱姑转而走"打官司"这条路，不愿在乡间事务方面将士绅的主导权让渡于正式的行政权力。假若爱姑不服从调解，转而"打官司打到府里"，这并没有在整体上挑战"地主阶级的统治"，却动摇了慰老爷、七大人的个人权威和士绅地位。

事已至此，七大人终于亲自出面：

> "……莫说府里，就是上海北京，就是外洋，都这样。你要不信，他就是刚从北京洋学堂里回来的，自己问他去。"于是转脸向着一个尖下巴的少爷道，"对不对？"
>
> "的的确确。"尖下巴少爷赶忙挺直了身子，必恭必敬地低声说。

七大人开口说话，着重突出的是自己说法的可信性，尤其是自己秉持的道理、调解的理据的普遍性，即着意强调自己的权威性。七大人在此既是压服也有劝服的意思，强调自己的权威而不是展示暴力，这正是士绅权力的特征。这让爱姑“觉得自己是完全孤立了”。这不仅仅是因为父兄都不为自己说话，此时此刻她处于孤立无助的境地。尤其是七大人的话，更让她有一种深深的孤立感。七大人通过强调自己的说法的普遍性，将爱姑孤立在他所主导的世界之外。这正是绅权的基础，士绅因为知书识理，从而掌握着意识形态、道德伦理规范的解释权。七大人的话，排除了爱姑在这个世界上获取支持的可能。因而，爱姑的抗争，就不仅仅是在和“小畜生”一家“赌气”，不仅仅是在挑战七大人个人的权威，也是在和七大人所代表的社会秩序对抗。但是倔强的爱姑在惊疑和失望中依然坚持自己的要求。

然而接下来出现了突变：

> 她打了一个寒噤，连忙住口，因为她看见七大人忽然两眼向上一翻，圆脸一仰，细长胡子围着的嘴里同时发出一种高大摇曳的声音来了。
>
> “来——兮！”七大人说。
>
> 她觉得心脏一停，接着便突突地乱跳，似乎大势已去，局面都变了；仿佛失足掉在水里一般，但又知道这实在是自己错。

——爱姑的突然胆怯和妥协很让批评家失望，并多少有些费解。其实让爱姑终于住口、突然胆怯、进而深感后悔的场面，不过是七大人唤进来一个“像木棍似的”男人恭恭敬敬地接受了七大人的吩咐然后为他捧上鼻烟壶罢了。何以爱姑就突然胆怯了呢？研究者认为这体现了“人民群众的一种莫明其妙的畏惧心理”。[1] 从士绅权威的构成因素来分析或可以更合理地解释。

① 林非：《论〈离婚〉在鲁迅小说创作中的意义》。

与出场摆弄“屁塞”的形象有着内在联系，七大人在这里着力展示的是士绅的威仪。吸鼻烟的习惯，通过颇具表演性的场景呈现，七大人以展示身份化的文化资本的方式来表现自己的权威地位，也意在凸显绅—民等级格局。拥有身份化的文化资本，这是士绅在绅—民等级格局中居于优势地位的显著体现。前面七大人以言语明确强调自己的权威，爱姑还不屈服，于是七大人进而通过仪式展示这一点。这具有很强表演性的场景所展示的士绅威仪，凸显了绅权的存在，终于惊醒、慑服了爱姑，让爱姑明确意识到了士绅的权威，于是胆怯进而顺从了。因为士绅权威虽然具有个人因素，但是基于乡土社会结构而形成的。爱姑不仅仅是慑服于七大人个人的威势，而且由此意识到她身处绅—民等级格局之中，面对的是士绅所主导的乡土社会秩序。

三

小说的尾声亦富有意味：

> “好！事情是圆功了。”慰老爷看见他们两面都显出告别的神气，便吐一口气，说。“那么，嗡，再没有什么别的了。恭喜大吉，总算解了一个结。你们要走了么？不要走，在我们家里喝了新年喜酒去：这是难得的。”

慰老爷此时很畅快，对事情结局很满意，这种满意不仅仅是作为统治者在压迫农民之后的洋洋自得，也包含着作为纠纷调解人的满足之情，庆幸自己的权威、士绅的地位最终得以维护。如果爱姑依然不接受调解，不但慰老爷本人面子受损，而且七大人的权威也将受到损害。在长出了一口气后，慰老爷接着客气地招呼纠纷双方留下来喝新年喜酒。经过士绅的调解和裁决，乡间的一个纠纷解决了，乡间社会又恢复了它的日常秩序。虽然调解过程中，通过爱姑的眼睛和心理活动，一度让人感受到如置身于“公堂”之上，但是事情结束之后，慰老爷的客气又提示我们这里毕竟不是“公堂”，无论是爱姑父女和施家，还有七大人，都是在慰老爷的宅院。纠纷的双方和调解人共同处在乡土社会中。他们之间具有不同的社会等级，阶级地位相互对立，在此之外，他们还是邻居，是乡亲，享有共同的乡土社会空间和日常生活秩序。

只是研究者已经没有从容心境来感受这一点。对于它的批评解读已经处于现代民族国家兴起的历史背景中。无论是对它所具有启蒙意义还是阶级革命意义的阐发，无论评论者无意或是自觉，都内在地包含着建构现代国家权力形态的要求。现代民族国家要求重构国家与社会的关系，直接面对最广大的群众进行社会动员并汲取资源，因而士绅这一中间阶层及其主导的非正式社会权力就成为其批判和打倒的对象。既往对于《离婚》中的事件和人物关系的解读，以不同话语表达着这一内在要求。

在政治革命话语体系中解读这一短篇小说，故事被阐释为一起表现了封建地主阶级压迫农民阶级的政治事件。研究者认定爱姑是一个富有反抗精神然而又有局限性、不彻底性的劳动女性形象，小说的主题即在于由此指出农民以个人力量反抗封建压迫的不可能性。[①] 然而，这样的认定和小说中的人物形象有一定的距离。贴近小说来分析，爱姑既不具备反抗压迫的自觉意识，也不具备反抗的主动精神。构成爱姑支撑因素的，第一，她个人的家庭背景具有一定的实力；第二，她本人性格中有一份蛮野；第三，她在婆家受到了不平对待，从而要“赌气”；第

① 丁尔纲：《鲁迅小说讲话》，第64—65页。

四，不可忽视的是，她一直坚信“知书识理的人是讲公道话的”。以上因素结合起来，才使得她特别倔强和顽强。然而，在她身上其实找不到挑战封建压迫的主观意识。只要她相信所谓“知书识理的人是讲公道话的”，她可以在这个秩序中求得公正，那么她就不会走上自觉反抗的道路。而事实上，她是相信的，让娘家人为自己出气，向士绅申诉以求得公正，她依然是在既有社会格局中进行抗争。她并非先行抗争，然后突然妥协。她的胆怯表现突然，却并非偶然。因为爱姑富于“反抗”精神的表现，其实是以承认士绅权威、信服士绅权威为基础的。正因为她坚信“知书识理的人是讲公道话的”，所以两三年来她一直在寻求士绅的调解；而只要她一直在这个权力格局中争取自己的权利，那么她早晚会接受士绅裁决的结果，只是如何接受士绅调解、最终接受什么样的调解结果而已。爱姑的倔强性格使得调解过程拖延了两三年，但是并没有对士绅权威构成根本挑战。相反，她的最终服从，稳固并加强了乡土社会中的绅权。

在20世纪80年代对于鲁迅小说思想革命意义的发掘中，研究者则认为这是一起反映了农民阶级尤其是劳动妇女的不觉悟状况的事件，进而发掘出爱姑身上其实还内含着“奴性”，小说由此表现了进行反封建思想革命的重要意义。然而，结合以上分析，正是爱姑对于士绅的信服，正是她的“不觉悟”成了她“反抗”精神的基础，她的“奴性”成了她挑战封建统治的凭依。这样的批评话语将小说人物置于悖论之中。统治者与被压迫者的阶级地位对立，但是处于共同的社会空间中。如果对于他们共处的社会空间本身缺乏充分认识，那么所谓被压迫者个人的不觉悟抑或是时代的局限性，更近乎一种宣判而不是人物分析，更多是研究者自身理念的展开，却与小说人物形象存在距离。

关于爱姑婚姻纠纷的调解，可以是一起地主阶级压迫农民阶级的政治事件，或者是一起表现农民需要启蒙的思想事件，但是这首先是，或者至少也是一起当时当地发生的社会事件。小说围绕爱姑的婚姻纠纷调解事件，由于倔强的爱姑不断挑战士绅权威，促使绅权得到了多角度、全方位的展示，从而揭示了绅权的基础、特征和运作过程，生动地呈现了中国乡土社会一个侧面。这乃是在中国延续千余年的权力结构和社会形态，作家在这一短篇小说中将之生动地展现出来，就此已足以体现它的价值。从中可以进而解读出政治解放、思想启蒙的意义，但也应该以小说所叙述的社会事件本身、所呈现的社会内容为基础。无论可以从中阐发出什么观念，首先应该对小说事件本身做出准确概括，对参与事件的人物关系、各自的角色和地位有准确把握，对于事件所发生的社会环境有基本清楚的认识，否则深刻的阐发却可能包含着疑问与含混。

在慰老爷、七大人之外，鲁迅小说还塑造了诸多这样的士绅人物形象。然而既有研究话语多以“地主”和“地主阶级”来指称这些人物，而忽略了在其时社会形态和权力结构中他们本有的“士绅”身份。在人物的阶级地位、阶级特征之外，借鉴社会史研究视野，辨识这些“地主阶级”人物当时的社会身份、所处的社会环境，把握其行为特征，有助于更全面、准确、充分地阐释鲁迅小说的丰富意蕴。进而言之，鲁迅小说生动而深刻地展现了士绅阶层在近现代社会剧变中分化、蜕变的复杂历程，已经构成了一个相对完整的人物谱系；从传统社会的“士绅”人物到现代社会的“知识分子”形象的转换乃是鲁迅小说的一个重要主题。在中国近现代社会转型的历史视野下，系统地梳理和分析这一人物谱系还是一个有待深入的课题。

（原载《浙江社会科学》2013 年第 5 期）

宗族村落与民族国家：重读《白鹿原》

袁红涛

小说《白鹿原》自面世至今，吸引众多批评家进行了广泛深入的探讨。然而，囿于既定知识构架，相关大量的批评和研究中对于小说所呈现的社会历史图景的分析尚不深入，对于小说人物形象的认识或有偏差。在近现代以来国家与社会关系变迁的历史背景下，深入文本，打开乡土社会的内在视野，将可能更贴近地认识小说人物形象，更深入地体会“白鹿原”上的风雨沧桑，从而更准确评价小说的叙事成就。

“白鹿原”上的社会变迁并不是对传统向现代演变这一必然规律的简单验证，而是一个具体的历史过程。社会史的考察告诉我们，中国宗族现象是特定的历史条件下国家与社会关系的产物。[①] 近代以来，这一关系格局发生了根本变化，带来了宗族的多舛命运。“白鹿原”本来作为皇权制度下具有自治性的村落社会，以宗族为主要社会组织，以士绅、族长等乡村精英为主导。自清末民初以来，现代民族国家兴起，并不断加强对基层社会的控制，日益深入村庄社会，改变了乡村社会的权力结构和文化体系；尤其是对村庄资源的汲取甚至掠夺，破坏了乡村精英的保护职能，进一步耗失其权力基础，从而导致这一阶层的衰落，宗法社会形态随之解体。只有将小说中主要人物角色的心理、性格

① 王铭铭：《社会人类学与中国研究》，广西师范大学出版社2005年版，第77页。

和命运置于乡土社会整体变迁的视野中才能恰切地加以认识和分析，在这一基础上才能准确评价小说突破性的文学成就。由此反观既有批评和研究，可以见出文学批评话语与意识形态、民族国家的内在联系，并须对现代知识框架带来的认识局限进行必要的反思。

一

评论家多看重《白鹿原》通过家族变迁来反映渭河平原乃至北方社会近半个世纪的历史风云的立意结构，对其所作“史诗”评价多依据于此。然而《白鹿原》的价值首先在于，它以宗族村落为叙事基点，从宗族的日常活动、代表人物的言行举止、婚丧嫁娶的风俗礼仪等方面，比较全面、生动地展现了乡土中国的社会形态、权力结构和运作机制。从这样一幅相对完整的乡土社会图景出发，对于一些人物形象会有更贴切的认识。

在小说开始的一段时间里，这里呈现的是一隅安宁和谐的乡村社会，其特征之一是自治性，这里基本上看不到官府的影子。在“白鹿原”上，宗族是村民生活世界中主要的社会组织，祠堂是宗族的象征和族人主要的活动场所；族长是宗族功能的人格化体现。如果有了纠纷，按乡里社会不成文规矩，首先应该在内部寻求解决，尽可能不要诉诸官府。比如白嘉轩和鹿子霖为李家寡妇那六分地起了争斗，一度想打官司。朱先生立刻劝阻双方，并晓以仁义大义，于是两人握手言和。这一处理方式得到了滋水县令的褒奖，显示出宗族村落的自治性是为官方所承认和支持的。在这一点上，“白鹿原”可为中国传统乡土社会的一个缩影。“在帝国统治下，行政机构的管理还没有渗透到乡村一级，而宗族特有的势力却维护着乡村的安定和秩序。”[1]韦伯在论述中国传统社会的时候也认为，村落是一种离旧政府的功能很远的自治单位，正规的政权在村落里并不施行任何控制，政府没有派遣自己的警察和官员管理村落，而是承认地方自治的合法性。[2]

在具有一定自治性的乡村社会，对其秩序的形成和维持，乡绅、长老、族长等人物起着主导作用。在“白鹿原”上，就是体现于朱先生、白嘉轩、冷先生、鹿子霖等人身上。在这些乡村精英身上集中展现了乡土社会秩序建构与运行的特征。

评论家面对朱先生这样一个人物形象，每每感觉无从定位。一种有代表性的评论认为朱先生“缺乏人间气和血肉之躯，他更像是作者的文化理想的‘人化’，更接近于抽象的精神化身”。[3]其实，从乡土社会形态本身出发，就会认识到朱先生这样的人物属于历史悠久的“士绅”阶层。社会学家指出：“士绅不仅是传统农村社会中一支主要的运作力量，而且士绅和农民是传统农村最基本的社会构成。”[4]朱先生并非超然世外、不食人间烟火的纯粹精神性的存在，他以“士绅”的身份与乡土社会很具体很紧密地联系在一起。“士大夫居乡者为绅”。朱先生曾高中举人，即拥有功名，虽然安居乡里，但是他主持白鹿书院，教书育人，拥有对儒家经典文化、道德规范的解释权，从而对原上社会发挥着文化培育和引导的作用，这是朱先生在原上享有崇高地位的基础。拥有功名还意味着朱先生虽然没有做官，但是在科举制社会他和地方官拥有共同的背景，常常作为民意代表可以和地方

---

① ［美］W.古德：《家庭》，社会科学文献出版社 1986 年版，第 166 页。

② ［德］马克斯·韦伯：《儒教与道教》，洪天雷译，江苏人民出版社 2003 年版，第 78—81 页。

③ 雷达：《废墟上的精魂》，《文学评论》1993 年 6 期。

④ 周晓虹：《传统与变迁：江浙农民的社会心理及其近代以来的嬗变》，生活·读书·新知三联书店 1998 年版，第 61 页。

官直接沟通，地方官通常也会对其表示尊重。比如“每有新县令到任，无一不登白鹿书院拜谒姐夫朱先生”。士绅因文化而获得人们的膺服和敬重，权力和地位也从人们的膺服和敬重中产生。①

不过朱先生的影响并不限于文化领域。士绅的一个基本职能是调解纠纷，避免所在的乡村发生诉讼。比如朱先生能轻而易举化解白嘉轩与鹿子霖的争地纠纷，乃是士绅权威的有力体现。朱先生还曾接受县令委托领衔禁烟，十天内铲绝了原上种植的鸦片，一举威震古原。在辛亥革命以后，张总督极力争取朱先生前往前清巡抚军营说服其放弃攻打西安，朱先生本着让百姓免于遭难的立场成功劝服后者撤军，避免了一场兵祸。适逢大旱之年，县长力邀朱先生主持赈济会，以确保每一粒粮食都能落到灾民口中。可见朱先生的“领导权力不仅是传统伦理风俗的指导，而且进入到地方公务的处理上面”。② 在这个意义上，或可以说“乡绅无疑是乡村政治的中心”。③ 从乡土社会本身的视野可见，朱先生绝不仅仅是一个文化象征或者似虚似幻的人物角色，他在“白鹿原”上实实在在地发挥着多方面的职能，代表了乡土社会结构中不可或缺的士绅阶层的形象。有学者认为，传统社会中正是士绅阶层的存在沟通了政治系统和社会系统，乃是王朝不断更替过程中帝国体制得以延续的基础。④

朱先生这样的士绅整体说来承担的是皇权与宗族村落之间的中介角色，而在自治性的村庄社会内部，白嘉轩等人是实际领导人物。白嘉轩身为族长，他接受朱先生的文化理念，坚决地在村庄推行《乡约》；而诸如鹿子霖、冷先生等人在原上都有各自的

---

① 秦宝琦、张研：《18世纪的中国与世界：社会卷》，辽海出版社1999年版，第329页。
② 胡庆钧：《论绅权》，收《皇权与绅权》，天津人民出版社1988年版，第121页。
③ 张鸣：《乡村社会权力和文化结构的变迁》，广西人民出版社2001年版，第8页。
④ 孙立平：《现代化与社会转型》，北京大学出版社2006年版，第113页。

威望和影响力，他们作为乡村的精英人物共同维持着“白鹿原”上的宗法乡村社会。探究其权威的形式和来源则可以深入了解乡村社会的权力结构和内在机制。从小说中可以看出，财富和经济地位并非是这些乡村领导人物权威的主要来源，“除富有之外，有‘面子’的乡村领袖将其权威建立在发挥某些社会职能的基础之上”。[①] 比如中医冷先生一家即以其高超医术服务乡里，且祖辈几代都表现出急公好义之德，在老中医去世的时候方有四乡群众相送，显示出在原上的威望。鹿子霖一家也是因为与族长白嘉轩一家在有关家族的公事上紧密配合，如修缮祠堂、开办学堂，才获得尊重。鹿家和白家暗地里存在竞争关系，表现之一就是在对村庄事务多做贡献方面。历史学家杜赞奇通过对华北乡村社会的深入研究，揭示出乡村权力网络的多元因素，指出精英人物“出任乡村领袖的主要动机，乃是出于提高社会地位、威望、荣耀并向大众负责的考虑，而并不是为了追求物质利益”。[②] 他将这样的乡村领袖称为保护型经纪，他们不仅沟通了国家与民众，而且实际上承担着乡村保护人的职责。[③] 乡村本有的社会机制具有激发乡村精英为之献身的内在动力；而承担社会责任、践行“仁义”精神的行为也是乡村精英阶层展示其权威的方式。

这一社会机制集中体现于作为族长的白嘉轩身上。在一个自治性的基层乡村，白嘉轩的权力不是来自科层制结构中的上级授予，“族长”不是行政职位，其合法性来自家族内部的血缘秩序，对其行为的引导来自乡绅所掌握的文化价值体系，对其权力的约束来自族人的口碑舆论，其权威来自对家族责任的承担。

---

① [美] 杜赞奇：《文化、权力与国家》，王福明译，江苏人民出版社 2003 年版，第 128 页。

② 杜赞奇：《文化、权力与国家》，第 4 页。

③ 参见杜赞奇：《文化、权力与国家》，第 28—39 页。

白嘉轩出任族长并非为了攫取可见的经济利益，相反为了宗族、村庄事务他宁愿自家多出些钱物。而对他仁义行为的回赠就是声望和口碑。比如白嘉轩在兴建祠堂和学堂时多有善举，因为他相信“他的名字将与祠堂和学堂一样不朽”。而倡议全村加固村寨围墙以抵御“白狼”的领导行为，“不仅有效地阻遏了白狼的侵扰，增加了安全感，也使白嘉轩确切地验证了自己在白鹿村作为族长的权威和号召力，从此更加自信”。他自觉意识到，维护村寨利益安危的实际行动增加了他的权威，这激发他更加主动地为村庄利益服务，更执着于对仁义文化价值的守护，自觉担当起白鹿村保护人的角色。这集中体现于他多次为自己的“仇人”说情、搭救他们的行为中。在农民运动失败之后，田福贤回到镇上疯狂报复，鹿子霖也在白鹿村的戏台上惩治参加过农协的村民。这时白嘉轩走出了祠堂：

> 白嘉轩端直走到田福贤的前头鞠了一躬，然后转过身面向台下跪下来：“我代他们向田总乡约和鹿乡约赔情受过。他们作乱是我的过失，我身为族长没有管教好族人理应受过。请把他们放下来，把我吊到杆上去！”

而在对手鹿子霖被抓进监狱后，鹿贺氏求助于白嘉轩，他爽直地答应了：

> 白嘉轩鼻腔里不在意地吭了一声，摆摆头说：“在一尊香炉里烧香哩！再心短的人也不能不管。”

白嘉轩还曾在不同时期多次解救黑娃，尽管黑娃曾砸毁了祠堂里的石碑，其手下的土匪还打断了他的腰椎。白嘉轩以德报怨的大度与宽容不仅仅是一种个人道德自律和文化修养，而且与他作为“族长”的社会身份不可分割，与他在乡土社会结构中的位置密不可分。对族人承担责任是其声望的来源，立身的基础。正如有论者指出，乡村权势人物深知其“领导地位是基于其在乡民中的声望，并且他的声望亦与其维护乡村制度、促进公共利益的角色相关联”。[①] 白嘉轩曾很郑重地向家人讲述自己这一门担当族长的历史，强调“白家的族长地位没有动摇过，白家作为族长身体力行族规所建树的威望是贯穿始今的”。关于家族的悠久传说，对于历代族长的功过评定不断强化他的责任意识，促使他愈加尽力于村庄事务。反过来这使他获得更高的威望，更加有支配性的权力。自治性的乡村社会机制激发、鼓励了他的仁义之举，从而促使他在领导、保护族人的过程中提升着人生境界。白嘉轩对于伦理规范的持守、对于仁义精神的践行，并不仅仅出于个人道德修养和文化选择，背后有相应的乡村社会结构为支撑。

也因此，并不能把朱先生、白嘉轩等仅仅视为单纯文化性的人物角色、不仅仅是所谓“儒家文化的代表”，他们的活动与乡土社会的政治、经济、文化形态整体性地联系在一起。单一的阶级斗争理论或者文化道德阐释都不能全面、完整地解读这些人物。

二

但是从小说第六章起，“白鹿原”上这种稳定和安宁的生活被打破了。

在一天深夜，冷先生从城里带回来“反正”的消息，“皇帝只

① ［美］李怀印：《华北村治——晚清和民国时期的国家与乡村》，岁有生、王士皓译，中华书局 2008 年版，第 298 页。

剩下一座龙庭了”。民国的到来不再是皇权社会下的改朝换代，而带来的是现代政治制度和理念。滋水县新任县长登门礼请白嘉轩出任县“参议会”的“参议员”，县长所说的“什么民主，什么封建，什么政治，什么民众，什么意见，这些新名词堆砌起来”，让白嘉轩很是糊涂。他渐渐体会到“白鹿原”上自治性的乡村秩序开始动摇。改变首先来自新的国家行政体制。“皇帝在位时的行政机构齐茬儿废除了，县令改为县长；县下设仓，仓下设保障所；……保障所更是新添的最低一级行政机构，辖管十个左右的大小村庄。”这乃是基于新兴国家形态的强烈冲动；国家政权下沉，以加强对于基层社会的控制。社会学家吉登斯指出，现代民族国家的一个重要基石就是行政力量的强化；中国学者认为这对于中国现代以来国家与社会关系的变革也是有解释力的。[①]新的国家政权不断向基层深入，从而改变了宗族在乡村社会的地位，改变了乡村社会的权力空间。在宗族这样的自治性组织之外，还有了正式的基层行政机构；在乡绅、族长、长老这些传统的乡村领袖之外，还出现了官方任命的“总乡约”“乡约”等基层“官员”。在遵循地方社会传统以谋求地位之外，乡村精英拥有了新的权力来源，从而其行为规则开始发生改变。比如鹿子霖也曾积极领导村里开办学堂、修建祠堂的活动，而在出任乡约后却反过来嘲笑白嘉轩只会守在祠堂里忙乎，因为他有了新的位置，不再看重和遵循原有的社会机制。

在进行政权建设的同时，国家还“试图通过新的基层政权对社会—文化的变迁作出规划”，以“实现民族—国家的现代化”。[②]在“白鹿原”上影响最力的举措是兴办新学。此前这里的教育主

---

① 王铭铭：《村落视野中的文化与权力：闽台三村五论》，生活·读书·新知三联书店1997年版，第43页。

② 王铭铭：《村落视野中的文化与权力：闽台三村五论》，第47页。

要是私塾体系，比如白嘉轩延请徐秀才在祠堂里坐馆执教，主要为本村子弟进行启蒙教育，学堂敬奉、祭拜的是孔子；朱先生亲自主持的白鹿书院则是原上最高学府。然而，民国以后新学体制的建立，冲击并很快终结了学堂教育传统。兆鹏、兆海兄弟首先“进城念新书去了”；其后“生员们纷纷串通离开白鹿书院，到城里甚至到外省投考各种名堂的新式学校去了”，朱先生最终关闭了书院。滋水县筹建起第一所新式学校——初级师范学校。白鹿镇头一所新制学校也在这年春天落成，由县府出资，白鹿仓负责筹建，兆鹏回到原上担任校长。使乡村教育从地方社会“面对面的社区型社会化”向由国家组织、规划和控制的“超离于面对面社会化的普遍性知识传播”转化，是现代民族国家建设的重要方面；国家可以“通过教育来实现对村庄社会的现代化整合、开放和动员”。①

新学教育的影响逐渐显现。白嘉轩把女儿白灵送进本村的学堂念书，还不让给女儿缠脚，显示出一定的开明和变通精神。然而白灵却由此进了城里的教会学校读书，接受新教育以后的结果则完全超出了白嘉轩的承受力。白嘉轩在女儿难得回家一趟时，把她锁在厦屋里，逼她尽快到婆家完婚。白灵却大声唱歌大声演讲，向全家人宣传起北伐革命。原来她和兆海在城里读书的时候已经分别参加了国共两党，致力于推进国民革命。夜里白灵用一把镢头挖开了厦屋后墙跑了！白嘉轩只能宣布：“从今以后，谁也不许再提说她。全当她死了。”另一位进城读书的鹿兆鹏以小学校长的身份再回到原上的时候已经是一名成熟的革命者，在这里掀起了农民运动的熊熊烈火。他逃避家长确定的婚姻，不愿进祠堂参拜；在农民运动高潮中把父亲鹿子霖也拉

① 参见吴毅：《村治变迁中的权威与秩序：20世纪川东双村的表达》，中国社会科学出版社2002年版，第134—136页。

到台上批斗，其言其行对原上的伦理道德、文化观念形成了巨大冲击。新学教育成为吸引“白鹿原”上的年轻一代接受新思想新观念的主要渠道，并由此进入新的政治体系。他们在这里加入现代政党，并转而以新的“主义”和思想来变革“白鹿原”的社会形态。

另一方面，随着传统教育体系的覆灭，士绅阶层失去了自己安身立命的岗位，在社会结构的变革转型过程中再也找不到确定的位置，作为一个历史悠久的阶层最终消亡。朱先生在勉强出任县立初级师范学校校长半年后，向县长请辞，回到了白鹿书院，并召集八位先生一起编纂县志，而其他曾在学堂任教的先生大多只能回家务农闲居。私塾教育主要是一种道德教育，与科举制度相联系，读书人进可以高中功名谋得一官半职，退可以安居乡里，以其文化价值赢得尊重和权威。然而，此前科举制已经废除，此时学堂停办，原有社会文化结构彻底倾覆，朱先生也就成为“原上最后一个先生”。朱先生在向县长请辞校长职务时曾自嘲：“我自知不过是一只陶钵——陶钵嘛只能鉴古，于今人已无用处。”也许不完全是自谦，而包含着对世事的预判、对自身命运的先觉。原有文化体系废弛，乡村社会陷入动荡之中，面对“白鹿原”上丛生的乱象，朱先生只能一再失语。作为旧人，他已经难以在以现代政党为主角的新的政治体制中觅得位置，只能冷眼旁观原上的风云变幻；一句“白鹿原这下成了鏊子了！”意味悠长，贴切而传神。

国家政权的下沉对乡村社会的深刻影响更体现在它对乡村社会的极力榨取，尤其是不断加重村庄的赋税，这极大地损害了乡村领袖的保护人角色，破坏了其权威基础，从而不仅造成民生凋敝，也破坏了传统的权力结构和文化生态，整体性地改变了乡土社会。国家乃至各种地方势力向基层延伸行政权力，主要动力之一即在于更有力地榨取财源。比如“白鹿仓”成立之后，首先就开始清查土地和人口，然后据此收缴印章税，税赋之重让村民们大为吃惊。此后各色政权无不如此，极力在村庄一级加强统治，并且对基层的加强控制和资源榨取逐渐成为同一个过程。在三四十年代，为应对战乱，国民政府开始在原上推行更为严密的保甲制度。而保甲制度实施以后所干的头两件事就是征丁征粮，“立刻在原上引起了恐慌”，“民国政府在白鹿原上征收的十余种捐税的名目创造了历史之最”。这不仅是财产掠夺，还改变了“白鹿原”上的权力格局。白嘉轩本来是不愿接受官方的各种职务，后来他已经不可能承担了。“大征丁大征捐的头一年，他让孝武躲到山里去经营中药收购店，不是为了躲避自己被征，而是为了躲避总甲长和保长的差使。”因为“甲长和总甲长成为风箱里两头受气的老鼠，本村本族的乡邻脸对脸臭骂他们害人，征不齐壮丁收不够捐款又被联保所的保丁训斥以至挨柳木棍子。”国家和地方势力对于宗族村落的掠夺，“迫使村庄领袖在国家政权和自己所领导的村民之间作一选择，从而确定到底站在哪一边。在这种环境下，顾及自己在村民中地位的乡村领袖是无法保持其领导地位的，他们大批地退出乡村政权”。① 只有像鹿子霖这样的人如鱼得水，他代表联保主任巡查原上，所到之处甲长们竭力款待，“天天像过年”。此时“村公职不再是炫耀领导才华和赢得公众尊敬的场所而为人追求”，相反，“充任公职是为了追求实利，甚至不惜牺牲村庄利益”。② 至此，宗族村落的保护职能已趋于瓦解。在保甲制度实施后，白嘉轩勉力支撑了一段，最后他关上了祠堂的大门。新的国家政权的深入和掠夺使得“白鹿原”人以宗族为中心的传统生活方式最终解体。由于乡村精

---

① 杜赞奇：《文化、权力与国家》，第 176 页。
② 同上。

英阶层不断被挤压，各级政权日益深入村庄社会，这里已经没有宗族这样自治性的社会组织生存的空间。

"白鹿原"上近半个世纪的风云变幻，主要是一个由于民族国家兴起、国家与宗族关系转型引致的政治、社会、文化整体性的变革过程，所谓宗法文化道德传统的衰落只是这一过程的一个方面，而不是宗法社会形态终结的原因。历史学家对20世纪上半叶华北农村的深入研究也表明，中国农村的社会变迁与"传统的蜕变"没有太大关系，而与权力网络的变迁不可分割，尤其是"自20世纪初就开始的国家权力的扩张……使华北乡村社会改观不小——事实上，它改变了乡村社会的政治、文化及社会联系"。①

三

深入文本，打开乡土社会的内在视野，并联系近现代以来"国家"和"宗族"关系变迁的历史背景，静态与动态、宏观与微观视野相结合，可以更贴近地认识小说所塑造的这一组身处历史大变革中的人物群像，感知其文化心理结构的生成和嬗变，体会其命运变迁。白嘉轩被评论家高度评价为"人格神"，然而其人格的完成，不仅仅是个人道德自律的结果，也和他的社会角色、社会活动不可分割，因而就需要对宗族及其文化传统在近现代社会转型过程中的处境有所认识。既有的文学批评话语多立足于既定的论断，比如认为"反动的国家政权，以血缘为纽带的宗法关系作基础的族权，和传统的意识形态——封建的纲常名教相结合，成为压迫人民的强大的工具，给人民带来了深重的灾难"。②

① 杜赞奇：《文化、权力与国家》，第1页。
② 陈涌：《论陈忠实的创作》，《文学评论》1998年3期。

不过社会学、历史学研究也揭示了传统乡村社会具有相对独立性的一面。如果囿于意识形态认知，不深入文本、具体地认识“白鹿原”上的传统乡村社会秩序，就不可能理解白嘉轩深沉的族长意识和自觉担当的保护人角色。所谓白嘉轩身上是“吃人”与温情的结合，看似辩证而全面却又似是而非，并未准确地概括这个人物。这是一种调和了意识形态论断之后的表达，却并没有深入说明人物所作所为的内在依据。

深入文本，不仅可以呈现意识形态所遮蔽的层面，反思既有批评的局限性，也可能对这种局限性本身加以追索，即它可能植根于批评家所身处的概念体系、知识范畴之中。

比如多有批评家认为“白嘉轩对政治有种天然的疏远”，①赞誉他在面对新的国家政权和各色军阀统治所表现出的独立态度。然而，所谓白嘉轩疏远“政治”其实是一种偏于简单的认识。如前所述，作为族长，白嘉轩本来就置身于传统地方“政治”之中。新的国家政权到来的时候，他也并没有回避“政治”，他组织了一场大规模的“交农”事件，赶跑了民国的第一任滋水县县长，迫使县政府收回了征税决定。这是一次成功的政治行动，不过这是他依据传统政治理念和动员方式发动的，出于不满“苛政”的传统道义，以鸡毛传帖的方式来发动群众。而在这次行动中他已经发现自己与现代政治之间的鸿沟。为了搭救因领导交农事件而被抓的七个人，他自行前往县政府投案，被拒；再去法院自首又被视作闹事——他被现代法制理念搞糊涂了：交农事件原来是一次合乎“宪法”的“示威游行”，是“不犯法的”，因为“革命政府提倡民主自由平等，允许人民集会结社游行示威”。不再是既往历史空间中的王朝更替，新的政权带来了“现代”“政治”

① 雷达：《废墟上的精魂》。

形态。对于一直处于皇权统治下的族长和普通村民而言，现代国家政权的建立对他们其实是陌生的事物，宗族上层并非天然地与国家政权保持一致。因为民族国家的兴起，"国家"与宗族之间已经逸出"家国同构"的传统框架。当其时，不是白嘉轩主动自觉地疏远政治，而是"政治"形态根本改变，他已经成为现代"政治"的局外人。他不属于新的政治体系；其次，新的"政治"还不断侵蚀他本有的权力基础，直至他最终完全无能为力。由此才能理解白嘉轩面对现代"政治"那傲然态度背后的复杂况味。不管原上风云变幻，他都坚持祭祀先祖，续修家谱，然而面对祠堂里被砸碎的石碑，面对戏楼成了各方杀人的场地，他在坚守祠堂的同时也只能深感无奈和无力；当他转过挺直的腰身背对"政治"的时候，也许身影依然傲岸自信，然而面对原上的世事变迁他也止不住迷茫和伤感，只能发出深长的叹息。在动态的历史视野而不是既定的认识框架中，才可能深切体会主人公内心世界的起伏波澜，体会他的豪狠、他的坚持，他的挣扎、他的失落，他的迷茫、他的伤感，体会他全部的复杂与丰富。也由此才可能体会，作为乡土社会一个浓缩性的人物形象，遭遇这样一个大变革的时代，白嘉轩的坚持与迷茫、失落与感伤已不仅仅是他个人的，还凝聚了近现代社会转型过程中一个民族的心路历程。

而所谓白嘉轩疏远"政治"，这一认识的缺陷既是因为对近现代以来"国家"形态的根本性改变、对于国家和宗族关系转型的历史背景缺乏敏感，也因为忽视了"政治"这一概念的历史性。"社会史分析的那些基本范畴是从近代社会科学中产生出来的，比如政治、经济、社会、文化等范畴和分类，是近代知识和社会分类的产物。当我们把许多历史现象放置在经济、政治或文化的范畴之内的时候，我们失去的是那个时代的内在视野"，可能扭曲历史图景。[①] 有学者即注意到，在古代中国，“政治”并不是一个概念，而只是一个普通名词。[②] “政治”成为概念属于现代知识范畴，而朱先生、白嘉轩所置身的乡土社会有着自己的“政治”形态，或者说乡土社会的权威和秩序并不能由现代知识框架中的“政治”概念对等地表达。从乡土社会的内在视野出发，批评家单纯地当作文化人物来解读的朱先生、白嘉轩等，其言行植根于乡土中国有着内在完整性的社会形态之中。他们的活动、对于礼俗的维护包含了政治、经济和伦理等各方面的含义，从而不能按照现代知识有关文化、道德或伦理的特殊界定来理解。就像如前所述不能简单地认为朱先生、白嘉轩是一个文化性的人物角色一样，笼统地谈论这些身处历史转型时期的人物形象与“政治”之间的关系也是不恰当的。不加反思地将他们纳入现代知识框架之内的表述，可能扭曲这些小说人物形象。

“白鹿原”上具有内在完整性的乡土社会形态为意识形态所遮蔽，被现代知识构架所分割，从而在文学批评视野中消失，也许可视为民族国家冲击和改造乡土社会的另一种形式和结果。“国家对于村庄的政治影响并不是一种单纯的权力进入与结构重塑，并且也不仅限于治理方式的变革，它同时还意味着作为文化意识形态权力的符号转换和现代性的进入”，因此，“相对于村庄社会，国家的进入与现代性的进入往往是一体的，是一个过程的两个方面”。[③] 在近现代历史转型的视野中，现代性的进入既具体表现为村落空间中新学的建立、社会—文化的变迁，更深刻的影响也许在于现代知识构架对于乡土社会话语空间的覆盖，在改造宗族村落的同时对之的文化批判逐步成为意识形态。自

① 汪晖：《现代中国思想的兴起》“新版序言”，生活·读书·新知三联书店2008年版。
② 张汝伦：《从教化到启蒙——近代中国政治文化的起源》，《复旦学报》2009年2期。
③ 吴毅：《村治变迁中的权威与秩序》，第372页。

20世纪初，宗族文化被推为与现代性相对立的“旧传统”而受到批判，“吃人”乃是对其本质的集中概括。然而，有学者已指出，这一似乎是在文化领域展开的批判有着民族国家兴起的深刻背景。由于民族国家政治的兴起，“宗族作为一种与旧政权体制密切相关的地方社会组织形态，很难幸免于现代政府及其话语建设者的攻击”。相应的，把传统视为“现代化的敌人”或必然为现代性取代的文化模式，“其所服务的对象是新权力结构的建设，是新民族—国家对社会和社区的全权化监控的一种意识形态合法论”。[①] 意识形态确立后成为固化的知识，而隐藏了与具体历史过程的联系，抹去了自身建构的痕迹。如同诸多评论者对《白鹿原》的解读，“白鹿原”上复杂的历史变迁最终被概括为文化道德新旧更替的结果，被抽象为对传统向现代嬗变这一必然规律的证明，而对宗族村落与现代民族国家之间冲突与改造的具体进程视而不见。民族国家不但主导着近现代社会转型的历史，而且以意识形态工具塑造着我们认识这一历史过程的视野和角度。

而如果对于批评话语本身的意识形态性质缺乏必要的反思，对其有限性缺乏自觉的认识，那么具体的批评将难以避免矛盾与含混。多有批评家论证《白鹿原》对于意识形态的突破，然而在更深层次上这些意识形态论断依然还是批评家自身的立足点。面对小说所展现的世界，批评家的感觉开始徘徊，其表达不经意间发生了分裂。一方面肯定和赞赏宗族文化所展示的感召力量，所流露的脉脉温情，所达到的道德境界；另一方面，在唏嘘、感叹、沉醉之余又必须回头寻找和论证宗法社会消亡的历史必然性：白嘉轩言行的背后、传统的宗法文化具有“吃人”的一

① 王铭铭：《村落视野中的文化与权力：闽台三村五论》，第90页。

面，因而是落后的，从而必然为时代所淘汰。这一立场似乎无可辩驳，而且可以表述得辩证而全面，比如所谓宗法文化具有两面性，白嘉轩身上“吃人”与温情的结合，等等，然而其论述方式本身却可以质疑。问题不在于宗法文化本质可否用“吃人”来概括，而是这种以文化道德判决来解释社会历史变迁的话语逻辑、从意识形态出发然后又落脚于意识形态的思维习惯，它与文本以及20世纪80年代以来中国南方地区宗族村落“复兴”的现实都存在距离。如果批评家对于自身入思立论的前提缺乏必要的反思，那么就可能限制批评的穿透力。

作者在卷首题词：“小说被认为是一个民族的秘史。”小说之作为“秘史”，乃因其呈现历史变迁的全息性，有可能展开“一个时代的内在视野”，使我们能够悬隔一些意识形态论断，于文学世界中浸染沉醉，对于这个民族转型的历史、对其心路历程有新的发现和更全面的认识，从而丰富我们对于世界和自身的感知。反过来，“从那个时代的内在视野出发”还可以“反思地观察我们自身的知识、信念和世界观”，“反思现代性的知识处境”。[①] 在关于《白鹿原》文本内外的解读中，对既有批评话语的前提有所省察，对意识形态和现代知识构架形成、建构的过程进行追索，或可以对于新文学乃至我们自身的现代处境多一份自省。

面对文学世界中的乡土中国，不固守现代知识构架与意识形态，而重新打开一种历史视野，细致呈现现代性、民族国家进入乡土社会时改造与冲突、碰撞与对话的具体情景，乃是一个更值得努力的研究方向。

（原载《文学评论》2009年第1期）

---

① 汪晖：《现代中国思想的兴起》，“新版序言”。

“乡土世界”文学表达的新因素

王光东

一　分裂的历史意识与碎片化的现实

进入新世纪以来，与“乡土世界”相关的小说有一个明显的特点：作家的历史意识出现了裂痕，不再有着完整的内在逻辑，对于充满了生机和混乱的现实，在价值判断上呈现出茫然和困惑。这种现象在贾平凹的《秦腔》、阎连科的《受活》、尤凤伟的《泥鳅》、王祥夫的《上边》等一系列作品中都有所体现。作家整体历史意识的分裂，与作家对于当下中国农村的认知有关。正如贾平凹在《秦腔》后记中所说的那样，农村、农民、土地供养了我们一切，农民是善良和勤劳的，但农村却一直是最落后的地方。自改革开放以来，农民吃饭的问题解决了以后，国家把注意力转移到了城市，那农村、农民又怎么办呢？在没有矿藏、没有工业、有限的土地极度地发挥了潜力之后，面对着粮食产量不再提高，化肥、农药、种子以及各种各样的税费迅速上涨的社会问题，农民再也守不住土地，他们一步一步从土地上出走。“体制对治理发生了松弛，旧的东西稀里哗啦的没了，像泼出去的水，新的东西迟迟没再来，来了也抓不住，四面八方的风方向不定地吹，农民是一群鸡，羽毛翻皱，脚步趔趄，无所适从。”①

① 贾平凹：《秦腔·后记》，作家出版社 2004 年版。

他们被裹挟于"现代化"建设的大潮中，与那个"现代性"的生活纠缠在一起，沿着国道盖楼，出外打工，土地荒芜或者被征用，农村、农民陷入了巨大的时代漩涡中，于是贾平凹质问："土地从此要消失吗？真的是在城市化，而农村能真正地消失吗？如果消失不了，那又该怎么办？"[①]这一系列问题所质疑的正是中国当代乡土社会何去何从的问题，面对历史进程中"乡土"未来发展这样重大的问题，大家都茫然惶惑时，作家自然也难以有把握自己的自信，整合历史的视野和意识只有在现实变动的过程中逐步展开，在展开过程中，复杂的现实又时时对他们的意识提出挑战，于是我们在诸多的描写农民与农村生活的小说中，难以感受到历史发展的稳定逻辑和明晰的方向，而是历史意识分裂的矛盾和惶惑。

这种历史意识的分裂，带来了与"乡土世界"相关的小说中的现实呈现出碎片化的特点，具体表现为如下几个方面：（1）小说中人物生活方式的盲目性。尤凤伟的《泥鳅》写的是农民进城打工的生活，他曾说："《泥鳅》写的是社会的一个疼痛点，也是一个几乎无法疗治的疼痛点。表面上是写了几个打工仔，事实上却是中国农民的问题。……由于土地减少、负担加重、粮价低贱、投入和产出呈负数，农民在土地上看不到希望，只好把目光转向城市。"[②]这段话隐含着两个重大的问题：一个是传统的乡土世界，在各种社会经济、政治、文化的制约下，呈现出颓败的趋势，农民在原有的土地上看不到希望，只得盲目地进入城市；另一个是进入城市的"农民"由于精神上仍然属于"乡土的世界"，且身份与城里人也有区别，城里的文化和人也难以接受甚至排斥他们，那么，农民还有稳定的生活方式吗？当下中国乡土世界所出

---

① 贾平凹：《秦腔·后记》，作家出版社2004年版。
② 尤凤伟：《〈泥鳅〉我不能不写的现实题材的书》，人民网2002年9月10日。

现的这种变化，体现在农民身上便是他们动荡、不安、盲目的个人性冲动，他们的生存选择缺少社会理性规范和历史所要求的社会责任，人的行为方式有着突出的个人性的、盲目的性质。《泥鳅》中的“国瑞”“陶凤”等一群农民来到城市后，他们违背乡土伦理所要求的做“老实人”的准则，去做“鸡”、做“鸭”，甚至做黑帮的“老大”，虽然都是迫于生计、有着不得已而为之的痛苦，但是当他(她)们去选择这种职业的时候，有着盲目冲动的因素在起作用，选择之后的痛苦、无奈和受人欺凌、摆布、愚弄的处境是预想不到并且无力摆脱的。像国瑞成为玉姐的“近仆”，后被玉姐的丈夫设计陷害，一切似乎都是偶然的、个人的因素在起作用，但实际上一张庞大的命运之网笼罩着进城的农民。周大新的《新市民》、孙惠芳的《民工》都体现着这样的意蕴，符合历史趋向所要求的有目的的工作或生活在这里都被个人的、无奈的人生宿命所取代，即使留在乡土世界里的人也同样有着这种人生的盲目和冲动。毕飞宇的《玉米》中的玉米对自己的人生，也进行了这样的选择。在乡土世界这种个人人生的盲目选择过程中，我们看到了时代变动过程中的巨大历史力量所导致的生活破碎感，面对这种混乱而富有生机的现实，目前小说所表达的“乡土世界”是碎片化的，作家的历史意识也是随着碎片化的生活呈现出破碎的无奈和痛感。(2) 这种历史意识的分裂体现在小说中的第二个方面就是人生价值的不确定性。贾平凹在《秦腔》后记中曾说四面八方的风向不定地吹，农民被吹得无所适从，这非常形象地说出了当下乡土世界的情形，在这里乡村人的价值判断也被“吹”得不确定了。从“乡土历史”的发展来看，影响乡土人生价值的历史文化力量主要有两种：一是以血缘关系为纽带的宗法制与宗法文化，一是在社会主义制度下以人民公社为组织基础的社会群体与主流意识形态认可的人民大众文化。这两种文化影响下的乡土世界其人生价值的标准都是较为明晰的,人能做什么或不能做什么,追求什么或鄙弃什么似乎都有一个外在的确定性标准。但是自 20 世纪 90 年代以来的市场经济和城市化进程,打破了在原有人民公社社会组织基础上形成的主流文化形态,以往的宗法文化在乡村中的统治力量也日渐衰微,新的乡村文化规范又没有确立起来,乡村人的价值观念似乎变得模糊不清、难以确定。王祥夫的《上边》写一对老人守着生活了半辈子的房屋和土地,按照自己的方式和逻辑,在漫漫时光中品尝着生活的滋味,他们的儿子在城里工作——这是"乡土世界"所追寻的一种有价值的人生,但是他们却渴望儿子归来时的生机和活力,儿子走了,他们又回到了寂寞中。儿子的"出走"与"归来",对于他们而言,显然有着两种不同的人生价值,而这两种价值的选择却是困难的,他们只能在冲突与期待中承受内心的折磨。艾伟的《水上的声音》则在乡村所信奉的美好信念的被遗弃中,哀叹着世风的堕落,有价值的人生到底在哪里呢?这种人生价值的不确定性,不仅体现在仍然生活在乡村中的人身上,同时也体现在"出走"的那些农村人的生活中,在尤凤伟的《泥鳅》中,进城的农民一方面不愿放弃乡村伦理所培养起来的价值观念,一方面又要经受着城里的"现实"对自己的挤压,不得不放弃已有的价值规范,这种冲突导致他们内心的剧烈痛苦和无可奈何的悲剧人生。这群乡村人,在城里左冲右撞,混迹于一片喧嚣的碎片化现实之中。

行文至此,我们也许应思考一个问题:历史意识的分裂所呈现出的碎片化的现实,是当下文学进入乡村历史、现实的一条有效途径吗?作家历史意识的分裂是社会转型导致现实碎片化而引起的后果,但是在艺术创作过程中,作家的历史意识是不能与现实一起碎片化的。巴赫金曾这样说:"如果作者对主人公的生活持怀疑态度，那么，作者就可能成为纯艺术家；他将始终以超越性的完成化的价值与主人公的生活价值相对立，他将从完全不同于主人公从自己内部经历生活的角度来概括生活；叙述者的一言一行都将尽力利用观察上的根本优势，因为主人公需要超越性的确认，而作者的视角和积极性，也正是在主人公的生活面向自己外界的地方，才会对主人公的基本思想涵义界限作出本质性的把握和加工”①。在这里巴赫金提出了一个非常重要的概念——超越性的完成化价值，这种超越性的完成化价值对作者所要表现的主人公的生活和生活价值是持怀疑和对立态度的，依靠这种态度才能对叙述的对象作出本质性的把握和加工。由此看来，作家应有一种超越“碎片化现实”的历史意识、一种人类终极价值的关怀，才能获得对现实的美学表现。如果承认巴赫金的话有道理，那么就有理由要求作家应具有超越现实的思想能力和把握现实的能力，而不仅仅是呈现碎片化的现实。

二　作家主体情感的内部矛盾

作家主体情感的内部矛盾与历史意识的分裂和碎片化的现实有直接的关系。当作家无法以完整的历史意识把握变动、富有生机、喧嚣混乱的现实历史时，在情感上也陷入了深深的矛盾中，这种矛盾就在于一方面对正在变动的乡土世界中已有文化形态的消失有着深深的眷恋、悲悯、忧伤，另一方面又意识到了这种变动的不可抗拒性，有着痛苦的惶惑和无奈。作家主体情感的这种内部矛盾在新时期以来的文学中从未体现得这样强烈，这种矛盾不仅折射着时代的现实性内容，而且也意味着文学

① ［俄］巴赫金：《巴赫金文论选》，中国社会科学出版社 1996 年版，第 500 页。

自身所存在的问题。刘玉栋的《跟你说说话》行文舒缓，但潜隐的情感冲突却是剧烈的，他通过叙述者王大手对家人的叙述，看到了进城的姐姐和父亲所遭遇的悲剧性人生，也看到了爷爷守在土地上的那份执着。作家在情感上是认同爷爷的生活方式并予以肯定的，但对姐姐、父亲的“离家进城”又无法抗拒，甚至还要遭受由他们的命运所带来的屈辱和痛苦。孙惠芳的《歇马山庄的两个女人》显然对作家主体情感的这种内部矛盾处理得更为复杂一些，两个进城的民工把自己的女人留在了乡土的世界里，但这两个女人也曾有过进城的理想与浪漫，这两个女人的命运深刻地表现出了乡土世界已有的生活秩序被打乱后，作家对乡土伦理逻辑的眷恋和无法抗拒这种变化的忧伤。这种内在的情感矛盾在贾平凹的《秦腔》中表现得更为突出，《秦腔》中的清风街不知不觉间发生了巨大的变化——而且是让人忧心的巨变，“不想让它走的一点点走了，不想让它来的一点点来了，走了的还不仅仅是朴素的信义、道德、风俗、人情，更是一整套的生活方式和内在的精气神；来了的也不仅仅是腐败、农贸市场、酒店、卡拉 OK、小姐、土地抛荒，来了的更是某种面目不清的未来和对未来把握不住的巨大的惶恐”。[①] 于是小说中的清风街出现了喧嚣、忙乱、破碎的秩序，贾平凹写的是风俗、是文化，是种种人，是历史、是现实又是背景，就在这样的地方，夏天义、夏天智、白雪、屈明泉等等人物，一起演绎着当代生活的历史，就在这当代生活的展开过程中，一种新的生活方式出现了，这就是人们不再安稳地守在生存了许多年的土地上，而是想尽办法去获取金钱，金钱欲望与忙碌的奔波使生活在喧嚣中呈现了勃勃生机，一旦这种新的生活因素进入当代生活，已有的生活秩序被搅动后，

① 刘志荣：《缓慢的流水与惶恐的挽歌》，《文学评论》2006 年第 2 期。

相对稳定的人性、伦理、道德也开始出现变化，在这里人和人之间出现了一次次不愉快的碰撞，甚至是尖锐的冲突。奔波的人群无情地践踏着乡村已有的生活气韵，那象征着传统乡村生活文化精神的秦腔，也在不可避免地被遗弃，贾平凹在“留恋”与不可抗拒的惶惑中，陷入了深深的矛盾中，凭借着对乡土世界的熟悉叙写着他的痛苦、哀悼、迷惘与辛酸。

阎连科的《受活》也同样充满了主体情感的内部矛盾，如果说贾平凹在矛盾中对不断展开的当代生活充满了留恋、惶惑与迷惘，那么阎连科却以决绝的背离和批判的姿态对变动的乡土世界中出现的新的生活方式进行了否定，他分明知道这种到来的现实不可抗拒，但是对这种不可抗拒的新的生活方式，他的内心充满了深深的焦虑，他似乎预感到受活庄人对于自己过去生活方式、道德伦理价值的背离将会带给他们悲剧性的命运，为此，他写到了过去的历史，写到了在1949年之后的岁月里，流落于此的红军战士茅枝婆，带领村民加入农业合作社建设进程中去。在现实与历史的联系中，他进一步地思考着当下生活中受活庄人的命运。于是他看到了中国社会中的“市场”与“权力”之间的密切关系。在“市场”发育不健全的乡土世界，当人们的金钱欲望被煽动起来后，缺少法制规范和道德约束的金钱攫取，必然导致背离社会公德的行为产生，受活庄人被掠夺一空、受尽摧残的悲剧也就有了某种必然性，这种现象也预示着当代社会剧变中所潜在的巨大问题。由此阎连科带着滴血的心，思考着受活庄人的最终归宿。

通过如上论述，显然可以看到贾平凹和阎连科、刘玉栋和孙惠芳等作家在创作过程中表达主体情感的内部矛盾时，其处理方式是不同的，特别是贾平凹的《秦腔》和阎连科的《受活》，对作家主体情感内部矛盾的表达有着极为重要的文学意义，不仅带来了文学表达乡土世界的某种复杂性，而且表明作家开始与现实生活之间建立起广泛而深刻的联系，但同时也有许多问题值得我们思考，贾平凹的《秦腔》在情感矛盾中呈现出惶恐与迷惘，这种惶恐与迷惘某种程度上也妨碍了对于变动中的乡土世界的深入思考，在他密实流水般的叙述中，有着现象的丰富性，却也显得芜杂，有着人物命运的多样化，却也有着人物平面化的缺憾。正如他自己在《秦腔》后记中所说："我的写作充满了矛盾和痛苦，我不知道该赞颂现实还是诅咒人生，是为父老乡亲庆幸还是为他们悲哀。"这种不知道的"迷惘"，对于作家而言是会影响作品的艺术深度和思想力量的。阎连科以对乌托邦世界的倾情向往和对当下现实中的物欲、贪欲泛滥构成尖锐批判，但退回到乌托邦的坚守，是否也削弱了作品直面历史进程的精神向度和现实的复杂性？美国黑人作家艾利森曾说："我觉得自己决心献身小说时，身上就肩负了美国小说家一脉相传的责任：描写广大复杂的美国经验中我最熟悉的片段，这些片段不仅使我可能对文学的成长有所贡献，而且对自己心目中理想文化的塑造也可能略尽绵薄之力。在这层意义上，美国小说是对于未知领域的探索和征服，当它描写美国经验时，同时也创造出美国经验。"[①]这段话，对于当代中国作家也理应引起思考，中国作家不仅要描写"中国经验"，同时也要创造出"中国经验"，那么，也就不能停留在现象的描摹或规避现实的复杂性上面，而是以创造的激情和思想去建构艺术的审美世界。

三　细节化的叙述方式

当作家的思考和审美视野与本土的文化语境密切联系在一

① 王诜编：《世界著名作家访谈录》，江苏文艺出版社1991年版。

起时，他们发现乡土世界已有的生活逻辑和生活形态出现了不可逆转的变化，贯穿于以往小说中的那种历史逻辑似乎不那么完整了，于是在近几年的小说中出现了与以往“宏大历史叙事”不同的叙述方式——细节化叙述。贾平凹的《秦腔》、林白的《妇女闲聊录》、王安忆的《上种红菱下种藕》等作品都有这样的特点。

近几年的小说中为什么会出现这种“细节化”的叙事方式呢？这显然与作家历史意识的分裂和情感的内部矛盾有关，为了更确切地说明这一问题，我们不妨把赵树理的《三里湾》、高晓声的《陈奂生上城》、贾平凹的《秦腔》作一比较分析。在赵树理的《三里湾》中，本土日常生活经验的表达是有趣和丰富的，但是日常生活经验是与他对社会的整体认识——农民必须要走合作化的道路联系在一起的，因此，日常的生活经验，那些土头土脑的言谈举止，有时就渗透进了浓郁的政治性意味，小说的整体叙事是被一个明晰的“要改造农民”的历史观念所控制的，“细节化”是服从于宏大历史叙事的。高晓声的《陈奂生上城》也是如此，在《陈奂生上城》中，陈奂生进入县招待所，得知每晚要付5元钱，他在招待所房间内那种带有破坏性的细节描写，是经常被大家写文章时引用的，这种“细节”描写是与20世纪80年代的启蒙思想密切相关的，传达着启蒙者所要批判的小农意识的狭隘和自私，从创作主体的角度而言，则是历史性的启蒙叙事的呈现。在这样的比较中再来看贾平凹的《秦腔》时，我们看到在作品中贯穿生活细节的整体历史观念模糊了，面对碎片化的乡村社会生活也就只能有细节化的叙述方式了。

“细节化”叙述方式的出现，与面对历史、现实的惶恐、迷惘有关，同时也与启蒙理性的现代性叙事在当代生活中所遭遇的尴尬有关。自“五四”以来，中国现代知识分子所确立的启蒙叙事，有一个重要的特点就是以理性的自信去发现社会应有的秩序和不应有的落后、愚昧与黑暗，因此，在他们启蒙叙事的背后，是有一个应有的“历史逻辑”作为叙事支撑的，这个应有的历史逻辑就是社会向“现代性”的不断靠近，问题是当“现代性”真正在我们的生活中不断展开时，它所带来的并不是我们所预想的，就如今天的乡土社会，“现代性”部分主导人们的生活方式、行为方式及内心欲求时，我们看到的却是已有生活秩序、生活逻辑破碎时的混乱、茫然以及已有美好精神失去时的忧伤，面对这种景象，自然感受到了启蒙叙事面对乡土现实的无力。当然，我们仍然可以从启蒙的立场去批判农民的狭隘、自私，但部分农民离开土地后，他们已脱离了原有的生活轨道，留给乡土的是社会秩序变化之后的另一番生活景象，启蒙话语似乎失去了现实的针对性，正如南帆评价《秦腔》时所说：“纷纷扰扰之中，清风街正在发生悄悄的蜕变。麻将、酒楼、骑摩托车的村干部、卖春小姐，承包砖窑和果园、农贸市场、电吉他伴奏的流行歌……没有人知道明天是什么。这一切就是历史吗？的确，没有人敢轻易动用‘历史’这个字眼，因为方向不明。我相信贾平凹的心情十分复杂。爱恨交加，喜怒交加，但是没有明晰的判断。”①既然启蒙叙事“历史逻辑”的确定性在今天现实中遭遇了难言的尴尬，那么，从日常生活原生态入手，用“细节化”方式叙述现实也就成了可能。

承认“细节化叙述方式”在当下小说创作中的合理性，但不等于说这样的叙述方式就是完美的。“细节化”是小说审美的基本要求，没有细节也难以成为小说，但在《秦腔》《妇女闲聊录》等作品中，细节疏远了与“历史逻辑”的关系，成为叙述的核心时，就出现了一些值得我们进一步讨论的美学问题。在此以《秦腔》和《妇女闲聊录》为例作一具体分析。《秦腔》的“细节化叙述”是

① 南帆：《找不到历史》，《当代作家评论》2006年第4期。

由那个半痴不傻、半疯不癫的叫“引生”的人叙述出来的，这种叙述有它的优势，就是增强了日常生活经验的丰富性，呈现出了生活原生态的面貌，但仅仅呈现“现象”就是小说的目的吗？小说应该还有“现象”之外的意义。贾平凹说他的写作充满了矛盾和痛苦，不知道该赞颂现实还是诅咒人生，他对“现象”缺乏明晰的判断，从这个意义上说，这个叫“引生”的叙述人倒是符合贾平凹的叙述心态，但是这种叙述明显地缺乏“历史的逻辑性”，这种历史的逻辑性不是先验的观念，而是“生活之所以如此”的内部因果关系，艺术创作当然不是逻辑推理，但对于生活的形象表达是应有一种逻辑的，我们说艺术创作是形象思维，既然是“思维”就不是痴人的梦呓。“艺术形象世界的结构形式不仅是对空间和时间因素的安排，而且也是对纯思想含义因素的安排；不仅有空间和时间的形式，而且也有思想含义的形式。”[①]这个“思想含义的形式”是与形象所蕴含的历史性内容及思想联系在一起的。“细节化叙述”如果忽视了这种“思想含义因素”的安排，就很难具有震撼人心的美学效果。或许有人会说，《秦腔》的叙述是一种“民间叙述”，“民间叙述”是不需要知识分子理性的介入的，我觉得这是对“民间叙述”的误解。“民间叙述”是站在民间的立场上叙述老百姓的故事和生活形态，虽然民间叙述与知识分子叙述有所区别，但它同样应该依据民间的历史观念、思维逻辑、伦理道德判断去展开叙述的过程。任何“叙述方式”都不仅仅是一个形式问题，它与作家的美学观念、思想倾向、历史意识等是联系在一起的。对于林白的《妇女闲聊录》来说也存在着相类似的问题。在《妇女闲聊录》中，“叙述者”似乎从文本中隐去了，日常琐碎的生活和细节、鲜活的生活经验走进了读者的视野，但与之

① ［俄］巴赫金：《巴赫金文论选》，中国社会科学出版社 1996 年版，第 474 页。

相伴随的是作者与作品主人公精神上的某种疏离。虽然在艺术创作中要充分尊重"自我"之外的那一世界的意义，但是"自我"的隐去却会削弱外部世界在表达过程中的美学力量。因为小说审美是人与对象发生关系，所以艺术事件是在作者与其表达的主人公两个心灵之间完成的。通过如上分析可以说，"细节化叙述"为当下小说提供了一些新的因素，但在细节叙事过程中，不应忽略"历史逻辑"和"作者整合现实的精神力量"在叙述过程中的重要作用。

中国当代社会在转型过程中所展开的当代生活，随着时间的推移还会产生更多新的内容，这些新的历史内容自然会带来更多的文学的新的因素，但不管怎么变化，文学不会失去它所拥有的美的尊严和精神的力量。

（原载《文学评论》2007年第4期）

民族国家与大众文艺

延安戏剧艺术的洋气与土气

朱鸿召

洋与土，就是西与中。如果说西与中，是一种事实判断，那么洋与土却是一种价值判断，带有明显的态度倾向。这种价值判断的形成，源于近代社会以来西方列强对于中国的军事侵略、政治霸权和文化殖民。延安时期之所以出现洋气与土气之争，是缘于中国现代革命道路选择上，必须走自己的路，正视中国现实问题，解决中国现实问题。因此，延安时期的中国共产党人，既要反对西方侵略霸权，又要学习西方文明；延安时期的戏剧艺术，既要反对洋气，又要从中汲取营养，创造出具有中国作风和中国气派的革命艺术。这种恩怨并存的复杂情绪，潜藏在延安戏剧艺术的发展演变中。

一、延安戏剧艺术，来源于城市，来源于西方

抗日战争促使中华民族进一步觉醒，改写了中国新文化运动的进程，吹响了革命文艺的集结号。共产党人高举抗日救亡的旗帜，延安成为中国革命的圣地。带着理想，怀着梦想，千百万文艺家、文艺爱好者和革命文艺工作者们，从中央苏区，从亭子间里，从五湖四海奔赴延安，活跃在陕甘宁边区，穿越在八路军、新四军抗日前线。各路革命文艺队伍汇集交流，催生出各式

各样像雨后春笋的文艺社团组织，延安成了歌的海洋、诗的城堡、抗战革命文艺的高原胜地。

中央红军长征到达陕北之前，这里就流传着丰富的民间文艺资源，活跃着一支革命文艺队伍，以杨醉乡领导的列宁剧团及其演出最为著名。

1935 年 10 月，中央红军长征到达陕北，带来了红色革命艺术火种和精神传统。用文学艺术动员群众，鼓舞斗志，凝聚人心，焕发出革命力量，形成“手中拿笔”的队伍与“手中拿枪”的队伍相互策应，共同战斗，是中国革命斗争的迫切需要。从井冈山革命根据地到中央苏维埃革命政权时期，革命文艺作为无产阶级革命事业的一部分，成为团结群众、教育群众，瓦解敌人、打击敌人的斗争武器，表现出鲜明的先进性、群众性、时代性特征。苏维埃政府艺术局、苏维埃剧团（蓝衫剧团）、高尔基戏剧学校（蓝衫学校）、工农剧社等革命队伍里的艺术组织，积累了比较丰富的革命文艺发展经验。危拱之、李伯钊的革命歌舞；陆定一、贾拓夫编创《长征歌》；毛泽东的诗词创作。红军长征带来革命文艺传统，为延安革命文艺发展设置了一个高亢嘹亮的红色起点。

为了追求光明自由，为了抗日救国，北平、上海、南京各大城市不愿做亡国奴的文艺家们，通过各种途径，历经艰险，奔赴延安。丁玲捷足先登到陕北，中央“洞中开宴会，欢迎出牢人”。接着，各类文艺人才纷纷奔赴延安，包括诗人、作家、戏剧家、音乐家、美术家、电影艺术工作者，以及哲学社会科学领域知名学者。一时间，天下人心归延安。他们是延安抗战文艺的骨干力量。

1937 年 8 月，上海戏剧界爱国人士发起成立“上海戏剧界救亡协会”，组织 13 个抗日救亡演剧队分赴各地活动，动员民众实行全民抗战。第五队队长左明，率领 30 余位抗日宣传队员，经苏州、蚌埠、郑州到西安义演，被国民党三十八师包围。左明被逮捕，经八路军西安办事处营救脱险后，同年 11 月来到延安。1938 年 4 月，上海抗日救亡演剧一队经八路军临汾办事处介绍，王震之、崔嵬、丁里，与欧阳山、贺绿汀等到延安。与此同时，上海蚁社救亡流动宣传队一分队主要成员张庚、姚时晓、陈锦清等，经武汉、西安到达延安。

这些结集在延安的革命戏剧艺术，其主体部分都属于现代艺术范畴，尤其是源自西方的话剧、歌剧、活报剧、哑剧等艺术形式。

二、延安戏剧艺术，用自己的方式方法，从事抗日救亡运动，表现出开放的情怀，世界艺术的眼光

战争形势，农村环境，让戏剧艺术成为动员教育群众、坚持抗战和发展生产的有效思想武器。自 1937 年 7 月全面抗战爆发，至 1942 年 5 月延安文艺座谈会之前，延安戏剧创作和演出空前发展繁荣。在延安创作并首演的戏剧作品有 150 多部，包括话剧、歌剧、舞剧、活报剧、秧歌剧、新编平(京)剧、儿童剧等多种形式。其原创戏剧作品大都具有群众性、通俗化、鼓动性特征，内容人物大都来自火热的现实生活，主题鲜明，通俗易懂，激动人心，舞台上充满着高涨的革命热情。有国语(普通话)演出，有方言演出，有俄语演出的话剧《今晚九点钟》，有日语演出的话剧《前哨》。很多剧目保留至今，成为宝贵的中国革命文化遗产。

抗战初期，延安戏剧演出的目的是动员全面抗战，戏剧内容

几乎都是抗战生活题材，剧本基本上都是延安剧作家创作的作品。随着延安戏剧运动的发展，以革命队伍里公家人为主体的观众欣赏水平不断提高，随之出现一个以翻译、改编、排练、演出外国剧作家或国统区剧作家优秀戏剧作品为时尚的“演大戏”阶段，尤其是演出那些已经成为经典的，思想内容进步，艺术水准较高的戏剧作品。

1940年元旦，延安工余剧人协会演出曹禺话剧《日出》，连续公演8天，观众近万人，获得普遍好评。该剧由王滨导演，钟敬之舞台设计，李丽莲、张成中、王一达、干学伟、韩冰、林白、田方、颜一烟、范锦宇等参加演出。延安“演大戏”的序幕由此拉开，中外戏剧名著被竞相排演。

据时任鲁艺戏剧系主任的张庚回忆，1939年10月延安工余剧人协会成立之初，为提高演艺水平，介绍世界戏剧名著，排演俄国作家奥斯特洛夫斯基的《大雷雨》，后来由于主要演员生病，经毛泽东推荐改演曹禺的《日出》。“延安也应当上演一点国统区名作家的作品，《日出》就可以演。”并提醒，为了把戏演好，应当组织一个临时党支部，参加的党员都要在这个支部里过组织生活，以保证把戏演好。①

毛泽东提议的“演一点”，文艺界演出“一大片”。据不完全统计，自1939年底至1942年5月，延安共演出各类大戏55部，平均每年约20余部。主要是俄罗斯戏剧家作品，如果戈理的多幕话剧《婚事》《钦差大臣》，契诃夫的独幕剧《求婚》《蠢货》《纪念日》等，伊凡诺夫的多幕话剧《铁甲列车》，拉夫列尼约夫的多幕话剧《破坏》；德国戏剧家沃尔夫的多幕话剧《马门教授》《新木马计》；苏联戏剧家包哥廷的多幕话剧《带枪的人》，洛契诃夫斯基

① 张庚：《延安十年戏剧图集·序言》，收钟敬之编《延安十年戏剧图集》，上海文艺出版社，1982年12月版。

的多幕话剧《生活的呐喊》;以及法国古典主义剧作家莫里哀的戏剧《悭吝人》《伪君子》,等等。这些西洋话剧,都经过中国化改编,甚至插入抗战时期延安生活的时尚话语,拉近了与延安观众的亲近关系。同时,还演出了中国现代剧作家的作品,如曹禺的多幕话剧《日出》《雷雨》《蜕变》《北京人》,阳翰笙的多幕话剧《塞上风云》《李秀成之死》,夏衍的多幕话剧《法西斯细菌》《上海屋檐下》,陈白尘的多幕话剧《太平天国》,郭沫若的多幕歌剧《凤凰涅槃》,等等。

评论界对于延安演出中外戏剧名家名作的文艺现象,大体分为三种意见。首先,1939 年底至 1940 年初,崇基(艾思奇)《〈日出〉在延安上演》(《中国文化》第 1 卷第 2 期,1940 年 4 月),于敏《介绍工余的〈日出〉》(《新中华报》,1939 年 12 月 26 日)、《评〈日出〉的公演》(《新中华报》,1940 年 1 月 24 日),都持肯定意见。认为这些戏剧演出活动,开阔了观众视野,锻炼提高了戏剧工作者水平,扩宽了抗战戏剧道路。随后,延安每一部大戏演出,都有评介称赞文章。其次,张庚《关于〈竞选〉等三个时事剧的演出》(《新中华报》,1941 年 4 月 15 日),程中《所望于延安剧坛的》(《解放日报》,1941 年 4 月 22 日),对于延安热衷于“演大戏”,很少从自己的观点来反映抗战中的生活和形象感到遗憾。希望延安剧坛“艺术性尽管提高,世界名剧也尽管介绍,这种工作是必要的。然而对于更能反映现实生活、刺激现实生活、推动现实生活的东西,应该多出现些,至少应该把注意力放在这方面,向这方面努力”。再次,1942 年 5 月 13 日,边区文化工作委员会所属戏剧委员会召开戏剧界座谈会,响应正在举办中的延安文艺座谈会精神,检讨戏剧运动方向问题,对“大戏热”脱离边区生活实际的戏剧艺术倾向进行批评。随后,出现诸多批评文章。

三、延安文艺座谈会主要解决革命文艺队伍与革命军事队伍统一作战，相互配合的问题

1942 年 5 月，延安文艺座谈会召开。与会代表百余人围绕着文艺事业与革命事业的关系问题，各抒己见，畅所欲言，展开激烈的探讨和争论。最后，形成基本共识，倡导文艺为工农兵服务，为革命政治服务，打造为中国老百姓所喜闻乐见的中国作风与中国气派，用群众语言讲好中国革命的故事。这是中国现代文学史上，用文艺的方式解决文艺问题的历史创举和成功典范。

但是，随后也出现了从政治斗争的角度来看待并处理延安戏剧艺术的洋与土的问题，上纲上线，把艺术问题政治化、斗争化、简单化的过火现象。

经过延安整风运动，一切革命的文艺家，一切有出息的革命文艺工作者们，都自觉地抛弃资产阶级或小资产阶级的思想情感、审美价值取向和语言文字表达方式，把思想认识情感转移到无产阶级立场，深入群众生活，学习群众语言，先当群众的学生，再当群众的先生，沿着工农兵文艺新方向，表达群众意志，升华群众精神，广泛开展能与工农兵群众打成一片、融为一体的文艺活动，积极创作出能让工农兵群众一看就懂、一听就懂的革命文艺新形式，形成延安革命文艺发展繁荣的又一个高峰。

戏剧艺术上出现新秧歌运动。秧歌是陕北老乡，也是中国其他农村一项传统岁时节庆祀神娱乐民俗活动。1943 年春节开始，延安革命文艺工作者利用并改造了这种老百姓喜闻乐见的文艺形式，掀起轰轰烈烈的新秧歌运动，宣传共产党的全面抗战路线方针政策，传播生产、教育、卫生、积肥等知识常识，丰富

工农兵的业余文化生活，推进陕北社会文明进程，实践文艺为工农兵服务的文艺政策，进而创造了新秧歌剧和具有鲜明民族风格特色的新歌剧，此举受到广大工农兵群众的普遍欢迎和中央领导的充分肯定。

在轰轰烈烈的新秧歌运动中，经久不衰的秧歌舞步和音乐曲调，代表其传播遐迩的经典符号；有故事内容，有人物形象的秧歌剧创作演出，标志着新秧歌运动的思想深度和艺术高度。号召大生产运动，改造"二流子"习气，倡导科学民主新风尚，确立男女平等新观念，秧歌剧及时反映边区军民多姿多彩的现实生活，密切配合党和政府各个时期的中心工作，塑造了一大批生动感人的工农兵艺术形象。

在文艺为工农兵服务方向指引下，延安文艺工作者积极探索戏剧艺术新方向。将具有广泛群众基础，为工农兵群众耳熟能详的民间戏剧艺术形式、传统戏剧艺术形式，进行思想内容革命化，艺术手段现代化改造，表达抗日根据地新的时代社会生活主题，为戏剧艺术发展繁荣开辟了新的领域。

于是，出现了秦腔现代戏创作演出，郿鄠现代戏创作演出，现代革命平剧改革，以及话剧艺术创作新主题。话剧是五四新文化运动前后引进的舞台艺术，以现代知识分子为主要观众对象。在文艺主要为工农兵服务，也为小资产阶级服务的政策指引下，话剧艺术内容发生重大改变，反映抗战现实斗争中各种思想矛盾，成为这一时期话剧艺术的特点。代表作品有《把眼光放远一点》《同志，你走错了路》等。1945 年 6 月，现代革命歌剧《白毛女》由鲁迅艺术文学院集体创作，贺敬之、丁毅执笔完成。该剧题材来自西北战地服务团从晋察冀边区采集到的"白毛仙姑"民间传说，经集体讨论确定主题为"旧社会把人逼成'鬼'，新社会把'鬼'变成人"。

延安戏剧艺术作为延安革命运动的一部分，在寻求走中国革命道路、中国政治道路的同时，努力寻求着中国现代戏剧艺术道路。这是一种超越了洋气与土气，又充分吸纳了西洋与中土戏剧艺术的精粹，从而努力创造出属于中国现代革命历史的戏剧艺术的滥觞。

（原载《文化抗战：民族危亡中的中国戏剧人》，文汇出版社，2016 年 9 月版。）

“幽魂”与“革命”：从“李慧娘”鬼戏改编看新中国戏曲改革

张炼红

前　言

20世纪中期的新中国大众文艺改造，以旨在改戏、改人、改制的戏曲改革运动为代表，可谓是一场影响力极大、牵涉面极广、整合度极强的社会主义文化政治的具体实践。它直接关涉新中国如何通过大众文艺实践的“推陈出新”来创造“新文化”，并以此重塑现代民族国家理想和人民主体形象，包括如何强化宣传机制、变革政治形态、培育文化认同、重建社会秩序，进而如何再造民众生活世界及伦理道德观念等重大理论与社会实践问题。

世代相传的戏曲故事中，特别是民众所热爱的戏曲人物，越是被伤害、被牺牲、被亏欠，越是边缘化、底层化的生活实践，越是被压抑、被磨砺的生命愿望，日积月累就越有强劲的生命力，越像是幽暗里发出的光，石缝间绽开的花，静默中震撼人心。哪怕生命被唾弃被杀戮，不屈的精魂到底还是要来洗冤雪耻，借此倾其深衷，了其念想，就像《窦娥冤》《李慧娘》《焚香记》《京娘送兄》中的那些冤魂形象，猛回头，依然令人触目撄心。

有鉴于此，倘以戏改运动中几经反复而纷争不断的鬼戏改造为中心，深入考察传统戏中蕴含人民性的鬼戏（鬼魂戏）代表作的渊源流变，从中聚焦并解读窦娥、李慧娘、敫桂英等被杀戮被唾弃的冤魂形象，及其在戏曲艺术中独特的表现力和感染力，进而梳理鬼戏改造过程中的社会反响、文艺论争及思想论辩，或可尝试着探析社会主义文艺实践在“推陈出新”方针下所能涵纳的，更贴近世道人心的价值取向、情感结构与文化政治。

不同于“旧社会把人变成鬼，新社会把鬼变成人”中政治意识形态化的人鬼之说，经典鬼戏中这些丽质而薄命的复仇女性，曾被无法抗拒的强暴和不义剥夺了活泼泼的生命，心有不甘，冤魂不散，转而以别样的可能性重现人世间；并以更强烈地介入社会矛盾和政治斗争的方式，延续并发扬其作为生命核心的抗争性的精神特质，即普天下冤苦无告者对现世一切压迫性结构的质疑、蔑视，进而渴望变革的诉求与行动。这些摄人心魄的幽魂，深情、决绝、微而不弱、至柔至刚，正像鲁迅推崇的绍兴戏里的女吊形象，“带复仇性的，比别的一切鬼魂更美，更强的鬼魂”，激扬着一种如地火般埋藏在吾土吾民之中的隐忍而执着的抗争精神，为的就是要死死捍卫人世间的生命权利、精神自由和社会正义，湛湛青天不可欺。

在民众生活世界所维系的世道人心之“常”与“变”中，这些长久压抑而日积月累的抗争意志，持续激发起人们异质性的主体力量及其强烈的形式感（戏曲尤甚），往往既能以其“激进性”获得革命政党意识形态的青睐和提升，也会因其“异质性”而被视若禁忌，以至于喑哑无声，间或沉潜为无声之声。正因此，围绕着“李慧娘”戏曲改编而来的“鬼戏之变/辩”所承载的，对传统/大众文艺进行社会主义改造的丰富实践性与广泛争议性，才可能凭借其强韧的张力，在高度政治化的历史文化语境中裂变出多重社会政治能量，甚至如新编昆剧《李慧娘》那样，成为一种极幽深的关于激进文化政治的隐喻。

一　传奇《红梅记》：拈取一段人鬼情缘

文心世态常与变，一缕幽魂四百年。

追本溯源，各地传演至今的李慧娘戏曲，初皆改编自明代周朝俊所撰《红梅记》传奇。该剧出在传奇勃兴期，盛传盛演于明末，每逢宴客，诸伶无不唱《红梅记》。其间有袁宏道删润本、袁于令剑啸阁改本、汤显祖玉茗堂批本，后者辑入《古本戏曲丛刊》。汤显祖《〈红梅记〉总评》曰："境界迂回宛转，绝处逢生，极尽剧场之变。大都曲中光景，依稀《西厢》、《牡丹亭》之季孟间。……词坛若此者，亦不可多得。"王穉登《叙〈红梅记〉》云："其词真，其调俊，其情宛而畅，其布格新奇，而毫不落于时套。削尽繁华，独存本色。"[①]祁彪佳《远山堂曲品》则谓其"手笔轻倩，每有秀色浮动曲白间，当是时调之隽"。[②]

记中"李慧娘"故事，唐代《飞烟传》中依稀有影，宋代《绿窗新话·金彦游春遇会娘》亦可见其雏形，但情节与《红梅记》还有些距离。《红梅记》本事来源之一，据清代无名氏编《曲海总目提要》载，元人稗史有《绿衣人传》，讲述贾府侍女和男仆因情赐死西湖之后的人鬼情缘，《红梅记》中有关李慧娘数折即本此而作。其间最令人过目难忘的，就是《绿衣人传》借绿衣双鬟与赵源闲话之际，不动声色地提及了贾似道（号秋壑）一件旧事：

> 秋壑一日倚楼闲望，诸姬皆侍。适二人乌巾素服，乘小

---

① 【明】周朝俊：《红梅记》，王星琦校注，上海古籍出版社 1985 年版，第 177—178 页。

② 【明】祁彪佳：《远山堂曲品》，收俞为民、孙蓉蓉编《历代曲话汇编：新编中国古典戏曲论著集成》（明代编），黄山书社 2009 年版，第 567 页。

舟由湖登岸。一姬曰:“美哉二少年!”秋壑曰:“汝愿事之耶?当令纳聘。”姬笑而无言。逾时,令人捧一盒,呼诸姬至前曰:“适为某姬纳聘。”启视之,则姬之首也,诸姬皆战栗而退。[①]

此事触目惊心,在元代刘一清《钱塘遗事》中直接题为“贾相之虐”。《宋史·奸臣传》述贾专横,顺昌逆亡,朝中正人端士被其破坏殆尽。襄阳围急,贾相坐拥西湖葛岭,淫乐纵博,人无敢窥其第者,妾有兄立府门若将入者,见之即缚投火中。贾专恣日甚,畏人议己,务以权术驾驭,牢笼一时名士,加太学餐钱,宽科场恩例,由是言路断绝,威福肆行。[②]诸如此类有关贾似道的历史记载和民间传说,即为《红梅记》取材的另一来源。如明代冯梦龙辑《喻世明言·木绵庵郑虎臣报冤》,记述贾从发迹到败灭之过程,素材多采自《宋史》、南宋周密《齐东野语》、明田汝成《西湖游览志余》,以及《三朝野史》《山房随笔》《山居新话》等笔记。今世学者也曾为贾鸣不平,谓其固然专横跋扈、丧权辱国、骄奢淫逸,实际上也不无军功(救援鄂州)与政绩(推行《公田法》),并非全仗其父荫佑、其姐贾妃得皇宠而扶摇直上;且谓正史所载大多取自野史,以讹传讹,未必信实可征。问题是,南宋权相贾似道作为大奸大恶的名位,早已烙印在历朝历代的民众集体记忆中,所谓众口难钳,其奈谁何?

值得关注的是,明中叶以后虽仍以纯写才子佳人的传奇为主,却也出现描写士人关心政治并直接参与政治斗争的作品,借离合之情,写兴亡之感,处处流露其政治态度,《红梅记》可谓开此风气之先,发展到《桃花扇》成为“极至”。[③]《红梅记》作者周朝

① 《曲海总目提要》(卷七),收《历代曲话汇编:新编中国古典戏曲论著集成》(清代编),第271—272页。
② 【元】脱脱等:《宋史》,中华书局1985年版,第13784页。
③ 【明】周朝俊:《红梅记》,王星琦校注,前言,第2页。

俊，万历年间诸生，生平事迹无可考，料想身世光景也颇寂寥，翻检之下唯见引述王穉登《叙〈红梅记〉》语："举动言笑，大抵以文弱自爱，而一种旷越之情，超然尘外。"可以想见，万历年间宰相张居正逝后改革也告终，朝中党争剧烈，吏治腐败，横征暴敛，民怨深重，再加边患不断，情势绝类南宋之际，奸臣当道，社稷将倾。值此时代情境，周氏以正史野史所述南宋末年社会政治历史为背景，博采精选，重新构思，融身世家国感怀于风月情事，敷演出裴李间人鬼奇缘、裴卢间离合姻缘这两条爱情线，垫之以太学生与贾似道的政治斗争线，而贾妒杀慧娘、幽禁裴生即为勾连三线的重要关节，遂能险中出奇，奇中生情，令人心会神往。记中语言科诨不俗，直刺世情，不惟周郎始作俑者，而后各色人等皆可借此酒杯，浇其块垒。

传世《红梅记》分上下两卷，共三十四出，全剧重心在裴卢因梅结缘之始末：南宋末年，太学生裴禹春游西湖，权相贾似道侍妾李慧娘顾盼裴生，失声赞曰美哉少年，贾归府即杀慧娘，以儆姬妾。卢总兵之女昭容登楼闲眺，伤春吟咏，恰遇裴生折梅，昭容即以红梅相赠。贾见卢女幽姿美色，欲谋为妾，裴仗义相助，自荐权充门婿以拒聘。贾侦知裴计，口蜜腹剑，假以礼聘裴授馆，极表倾慕之意，暗中使人诓卢母，谓裴感其知遇，入赘相府，以绝卢女之望。昭容不从，随母避走扬州，历经曲折，积郁成疾。贾恨裴生阻其美事，拘于密室。慧娘鬼魂遂与裴生幽会，相契半载，了其夙缘。闻贾遣人刺裴，慧娘凭借法力引裴脱难。贾疑姬妾纵裴，严刑拷问，慧娘挺身辩斥，贾惊惧始免。后元兵攻破襄阳，贾匿不报，仍做寿恣宴，再加横征暴敛，假公田以济私，终遭台谏与诸生弹劾，贬谪途中被监押官郑虎臣仇杀于漳州木绵庵。裴生则应试擢探花，得与昭容结为伉俪。终场诗云："落拓江湖二十年，闲愁闲闷过花前。且将一片丈夫气，散作绮罗丛里言。”

此记情节曲折，跌宕有致，整体通明促情。其最大贡献，较之《绿衣人传》和《金彦游春遇会娘》，李慧娘形象虽非主角，但她体现的情感更热烈，行动更坚决，意志更坚定，命运也更凄婉，因而成为不朽的艺术形象。[1]记中慧娘现身仅六出，戏份集中于《泛湖》《杀妾》《幽会》《脱难》《鬼辩》五出，在紧锣密鼓中刻画出她善良正直、不畏强暴的反抗性格。特别是明末袁于令改本《鬼辩》，义正词严，足褫奸魄，更突出了慧娘的复仇精神及全剧的浪漫色彩。原作中，贾醉眼难辨来者是谁，只当是家中姬妾，拿出当日斩杀慧娘之剑来却被她掷剑而没，方才恍悟；袁本则让她一出场就被贾认出，将其色厉内荏之态暴露无遗，也衬得慧娘之神采毕现。

【北混江龙】咱不是妖魔也非神将，却是个旧相知，怎待要费端详？（净惊介）你与我什么相知？（贴）也有时追欢买笑，也有时共枕同床。（净怕介）说起来是个妇人了。我姬妾如云，那里认得你？（贴）不记得清盼空招一少年，险些儿红颜随葬半闲堂？（净惊觑）莫非李慧娘的阴魂么？我且问你，怎的还在这里？（贴）咱是你，紧对头，怎相忘？（净）你在这里做甚？（贴）伴那裴秀士在西廊。（净）你还与他有帐么？（贴）休欺做鬼的少风光，（净）有甚风光？（贴）学那巫山女恋襄王。

……

【北天下乐】咱本是生死冤家，论甚弱共强？（净）你不思量前日的宝剑么？（贴）若教人思也么量，思量转断肠。

---

① 郭英德：《明清传奇史》，江苏古籍出版社2001年版，第270页。

(净)那教你看上了裴生?(贴)西湖上,偶赞扬,甚淫奔乱纪纲?不详察,不细商,握吴钩,便斫的莽!埋我在牡丹根,谁人不怅怏!(净)再在此胡缠,我就把宝剑又斫将来了!(贴)人只有一死,那有两死?

……

【北煞尾】……可这一阵旋风将人拦挡,众姬们哭哀哀只叫枉,一一的磕倒象牙床。只丢下一个寡平章,断头的有甚么商量?(净)只管絮叨。(贴)说得个月华惨淡灯不亮,冤家眼却觑得甚详。(走)(上看净)(净怕介)(贴)再请你认咱们半晌,咱待把血头颅向心窝一撞,(净作慌避,摇手介)这使不得!(贴)方始信李慧娘做鬼强梁![1]

值得细品的是,周本《鬼辩》使用家麻韵,如"小妮子从来心胆大,因此上拚残生来吊牙";袁本却在慧娘上场时改江阳韵,如"不记得清盼空招一少年,险些儿红颜随葬半闲堂?……休欺做鬼的少风光,学那巫山女恋襄王","咱本是生死冤家,论甚弱共强?……咱待把血头颅向心窝一撞……方始信李慧娘做鬼强梁"。家麻韵跳跃紧促,营造出一种紧张气氛;江阳韵嘹亮激昂,更令慧娘唱词借韵生色,满是昂昂自信之意。[2]汤显祖则从情节场面调度来肯定:"上卷末折《拷伎》,平章诸妾,跪立满前。而鬼旦出场,一人独唱长曲,使合场皆冷。及似道与众妾,直到后来才知是慧娘阴魂,苦无意味。毕竟依新改一折名《鬼辩》者方是,演者皆从之矣。"(《〈红梅记〉总评》)

明清以降,各地方戏曲剧种中源出《红梅记》的剧目,大多保留裴卢、裴李两条爱情线,对太学生与贾似道的政治斗争线,或

① 《剑啸阁新改红梅记》第十七折《鬼辩》,王星琦校注《红梅记》,第89—91页。
② 参见"丝窠缀露"的博文《红梅记》,2006年4月24日。

删净，或削弱，像川剧滇剧《红梅记》、蒲剧《红梅阁》、河北梆子《红梅阁》、京剧《游湖阴配》、秦腔汉剧山西梆子《游西湖》、豫剧《李惠娘》等（各地方戏中男女主人公名字有所变化）。而且，地方戏多以李慧娘为主人公，虽各有增删，铺衍变化，然《游湖》《幽会》《放裴》《鬼辩》等折皆长演不衰，成为各剧种保留至今的经典折子戏。[①]

二　秦腔《游西湖》：摆不脱的“传统窠臼”

关于鬼戏的改编，因涉恐怖色情（表演形式）、鬼神迷信（思想内容），除禁演某些含有“严重毒素”的鬼戏或“澄清舞台形象”之外，当时争议焦点就在于如何区别“迷信”与“神话”。1950 年 12 月，田汉在全国戏曲工作会议报告中指出：“审查旧戏时应注意迷信与神话的区别，因不少的神话都是古代人民对于自然现象之天真幻想，或对旧社会的抗议和对理想世界的追求。这种神话是对新社会不但无害而且有益的。”[②] 1951 年 5 月 7 日，《人民日报》发表社论《重视戏曲改革工作》，指明《白蛇传》《梁祝》皆属“优秀的传说和神话”，“以丰富的想像和美丽的形象表现了人民对压迫者的反抗斗争与对于理想生活的追求”，应当“加以保存和珍视”。1952 年 12 月，周扬在第一届全国戏曲观摩演出大会的总结报告中也谈及：神话“对于世界往往采取积极的态度，往往富于人民性”，表现人们“不肯屈服于命运，并在幻想形式中征服命运”，因而能“鼓励人们努力摆脱奴隶地位而追求一种真

① 参见《中国剧目辞典》（据王森然遗稿扩编），河北教育出版社 1997 年版，第 784 页；陶君起：《京剧剧目初探》，中国戏剧出版社 1963 年版，第 284 页。

② 田汉：《为爱国主义的人民新戏曲而奋斗》，《人民日报》1951 年 1 月 21 日。

正的人的生活”；迷信却“总是消极的，往往反映统治阶级的利益”，通过宣传宿命论、因果报应，让人们相信命运、顺从命运，因而“使人心甘情愿地安于做奴隶，并把奴隶的锁链加以美化”。[①]上述说法成为人们把握改戏尺度的理论依据。

那么，“李慧娘”的鬼戏改编，究竟如何“剔除其封建性的糟粕，吸收其民主性的精华”，如何贯彻“推陈出新”的戏改方针？

据载，直至1949年前后，《红梅阁》还有如下演法：

> 李慧娘随贾似道泛舟西湖，适遇未婚夫裴生，不禁触动旧情，以帕丢赠裴生。当时贾酒醉熟睡未见，目击此事之书僮回府告贾，贾即议杀他俩，为慧娘侍女所闻，慧得报，乃上吊，希望贾能因此宽谅裴生。贾仍不罢休，诱邀裴生到家，禁于红梅阁中，夜使家将杀裴。慧娘鬼魂出现，幽会并救裴（原有火烧红梅阁一场，天蟾毛世来演时删去），并于荒郊现鬼吓退家将。分手之时，慧嘱裴生赴考，并约后会有期。接着是两个穷汉盗墓，尽剥慧娘服饰，抛尸荒郊，这时出现一个《探阴山》中“琉璃鬼”模样的小鬼，以扇使慧娘还生。慧娘遂赤身返娘家，被老父接进，剧终。[②]

曲家吴梅也曾提及，“近乱弹有《红梅阁》一剧，即隐括此记而成，实是点金成铁”。[③]此言不虚，剧中《幽会》《放裴》等折多有迷信恐怖及色情表演。对此，戏改之初就有评论对旧本《红梅阁》的主题、人物身份、情节结构和表现手法提出修改建议。第

① 周扬：《改革和发展民族戏曲艺术》，《文艺报》1952年第24号。
② 李传鉴：《关于〈红梅阁〉的几点意见》，《戏曲报》第3卷第1期（1950年8月）。
③ 吴梅：《红梅记・跋》，收蔡毅编《中国古典戏曲序跋汇编》（二），齐鲁书社1989年版，第1201页。

一，关于主题，评论指出是“积极的反封建权奸并带有反不合理的婚姻制度”，可从贾的身份及其加诸这对未婚夫妻的非人行为上窥见，可惜有显魂、还阳等“冲淡了主题的积极性和明显性”；而更高的改编意图，不仅要打击贾，还要“打击产生贾似道的封建社会制度”。第二，人物身份，慧娘是贾的妻妾，其父又身穿员外服，可见她是地主出身，“和劳动人民无关”，这会影响主题，“至多只能博得小资产阶级的伤感，却赢不到广大群众的热爱和激愤”，建议“若将慧娘写作普通民女，而又是邻里闻名的聪慧而勤劳、善歌善舞的姑娘，因此这个好色的贾似道就仗势霸占，想是不会突兀，且会助长悲剧气氛和划明阶级分野、有助于演出效果的。同时演慧娘的跌扑功夫，也可大露一番身手，用不着使神使鬼的令人有非现实的感觉”。而裴生呢，“根据慧娘和看他装束，可能是破产的小资产阶级（旧剧里通常以穷儒出现），若在农村演出还是以劳动者身份出现为宜”。第三，情节结构，建议游湖前加两场戏，第一场是计议抢亲，第二场是慧娘浣纱或洗衣，和裴生隔水互唱，作一个纯朴的抒情的描写，“以至贾贼使人强抢，这样会更加暴露贾的罪恶和明白慧娘、裴生的身世，激发观众的强烈感情”。第四，鬼魂问题，上吊、救裴、还阳诸场，改为慧娘未曾吊死，在贾差家将杀裴时，“他俩急中生智扮鬼吓退家将”，这样“既去除迷信，还可用上跌扑功夫，和原剧出入也不大，又能适应目前群众的接受情况”。第五，演出效果，评论认为《红梅阁》“反封建权奸的效果，是无可否认的：只要看过这出戏的，任何人都对贾似道深恶痛绝，寄同情于慧娘的；但因表现手法和布局欠妥，相对地抵消了效果”，因此呼吁要“认真、审慎地避免主观和粗暴，做好这一‘推陈出新’的工作”。[①]

① 李传鉴：《关于〈红梅阁〉的几点意见》，《戏曲报》第3卷第1期（1950年8月）。

戏改意图明确，落到实际改编中相应也就有所侧重。一是重塑裴李关系，认为偶见钟情不妥，应建立较久的“爱情基础”，有的就把原作裴卢的因梅结缘接枝到慧娘身上（如河北梆子、秦腔改本），有的则添加裴李自幼青梅竹马、互定终身的“基础”（如秦腔、越调改本）。诸如此类，主观上都想提高思想性，效果却适得其反，不仅使人物性格不统一，人物与事件的发展逻辑性也不免混乱。二是删削情节线索，有的只保留裴李爱情（如辰河高腔整理本《李慧娘》），突出慧娘形象，结构简洁，演到《鬼辩》为止，不涉及政治斗争；也有的同样略去政治斗争线，而仍保留裴李、裴卢两条交叉线（如川剧改本）。三是处理鬼魂问题，碍于戏改初期的禁忌，有些改本将鬼魂一律看作迷信，“不善于辨别受命运支配的迷信，与不屈服于命运的幻想的区别”，硬把慧娘改成未死，以致整个剧情和人物性格支离破碎，不能自圆其说，也降低了原作的思想性（如秦腔和京剧改本）。[①]

此处的秦腔改本，即指 1953 年西北文化局戏改处召集戏剧家讨论后由马健翎[②]执笔改编的《游西湖》，10 月在西安公演，观众异常拥挤，剧本随即出版，推广全国，山西梆子、河北梆子、蒲州梆子、京剧等剧种都曾有剧团移植上演，引起文艺界及社会舆论的广泛关注。

马健翎改本删略了政治斗争，补缀了爱情基础，去除鬼魂，增衍人物，重新讲了这样一个故事：李慧娘（初改本沿用旧名李蕙

① 参见陶君起、李大珂：《一朵鲜艳的“红梅”——从〈红梅记〉的改编，谈到昆曲〈李慧娘〉》，《人民日报》1961 年 12 月 28 日。

② 马健翎（1907—1965），陕西米脂人，1927 年加入中国共产党，1935 年肄业于北大哲学系，1937 年任教延安师范并组织乡土剧团，1938 年率团入组民众剧团。新中国成立后曾任西北文化部副部长兼戏曲改进处处长、西北戏曲研究院院长、中国剧协陕西分会主席等职。他坚信扎扎实实搞戏才是本行，一生创作 50 多部戏。2006 年戏曲界捐款筹资，塑其像于省戏曲研究院。参见《马健翎生平史略》，《人民艺术家马健翎》；《中国戏曲志·陕西卷》，第 752—753 页。

娘——笔者注）与裴瑞卿从小相邻，日久相爱，快订亲时被贾霸占为妾。游湖相遇，两人各示信物表情意，贾发现后因妒杀妾，并囚禁裴生。幸有姬妾蕊娘设计瞒过老贼，让蕙娘装鬼隐藏，且和园丁江老头仗义帮助蕙娘与裴生相见，逃跑时装鬼吓退杀裴者。贾领人追赶，蕙娘火烧贾藏贵重物件之楼，乘乱逃走。

在《修改〈游西湖〉的说明》中，马健翎说这些重大修改是想要克服原剧的"耍鬼弄怪、形象恶劣、含有浓厚的宿命论与迷信成分"，修正把"肯定人物"处理得"轻浮浪荡"而使"爱情毫无来由与根据"的缺点，加强"裴生与蕙娘的爱情基础"以强调"反对封建婚姻制度的意义"，还要保持"原剧的气氛与技术表演"，让人起到鬼的作用，用上吹火、跌扑等功夫。此外，增加另一姬妾孙蕊娘的舍己救人和园丁江老头的见义勇为，前者"反映了被封建统治阶级玩弄的妇女都是心怀愤恨而采取各式各样的反抗"，后者"表现了不论在何时何地劳动人民的品质都是善良的"。①上述说法都与戏改精神若合符节，但这种"旧瓶装新酒"式的改法引起了有关鬼戏改造问题的持续争论。

1954年，《文艺报》刊登记者《改编"游西湖"的讨论》，着重指出"值得戏改工作者注意的问题是：神话和迷信之间究竟有什么区别，对历史题材的作品中所反映的社会生活的意义应该怎样理解"。对于马健翎的上述改编，有些熟悉旧剧的观众和老艺人心存困惑。在他们记忆里，不易磨灭的是"原剧中李蕙娘的死，和那激起了众愤的封建主大受嘲弄和鞭笞的鬼戏所造成的印象"。他们觉得，李慧娘对贾十分怨恨，偶见裴生就动心而有所表示也很自然，所以她的死会深得观众同情。而慧娘鬼魂痛骂贾时，"观众感情和她是相连的，觉得正是大家幻想的化身，是

① 《秦腔〈游西湖〉》，马健翎改编，西北人民出版社1953年版。

代替大家做了想做而做不到的事情的‘好鬼’”。因此再看改编本，“戏味全变了”，“分明在做戏”，很牵强；继而又想“人家是要反掉迷信色情，宣传自由婚姻，不会错的”，可能自己在“恋旧”。也有读者明确批评道：原剧“反映了南宋的时代面貌”，“也抒发了古代人民反抗封建压迫的愿望”，其鬼戏并非宣扬迷信和宿命论，而是“表现古代妇女受封建压迫致死，死后鬼魂仍向封建势力积极反抗，使封建统治者的典型人物虽不能在事实上、却在人们的幻想中受到打击、甚至被征服的卓越创造”；改编本却“熨平了原剧时代的烙印，使人物性格漏洞百出”，改变一见钟情而机械强调“爱情基础”则表明“对原剧的社会根源及其历史现实性，缺乏认真研究与正确理解”，总之全剧“存在着一连串反历史主义、反现实主义的错误，严重地破坏了这一戏曲遗产”。[①]时隔半年，张真在《文艺报》撰文评析《游西湖》，论述更为细致，最后批评戏曲遗产整理工作中“存在大拆大改的粗暴现象”，其原因，“一方面是由于我们对古典戏曲作品缺乏透彻的研究和理解，另一方面，也由于我们对文学作品的教育作用，还存在着某些错误的理解”。[②]

1955年，《剧本》杂志也刊登《读者对马健翎改编〈游西湖〉剧本的意见》。对鬼魂问题，有人强调区分神话与迷信的基本原则，“是要看作品对待命运的态度如何”，如果“主要精神是要人摆脱命运的束缚，打破命运的羁绊，对不合理的命运（实际上就是不合理的社会制度所赋予人民的枷锁）进行不屈服的斗争的话，就不是迷信”；相反，如果“教人相信命运，就是迷信，就是削弱人民斗争意志的有毒的作品”。对于增加“爱情基础”，读者认为这会影响人物性格的发展和戏剧结构的开

---

① 《改编“游西湖”的讨论》，《文艺报》1954年第5号。
② 张真：《谈〈游西湖〉的改编》，《文艺报》1954年第21号。

展，使人物自始至终充满哀怨和追怀，看起来索然寡味。而新增人物及情节，“恰是削弱了主题，松散了剧情”，因无论让蕊娘“胸有成竹，玩弄贾似道于股掌”，还是让江老头这个“善良的劳动人民”在贾府长期存身且能看守裴生，都不真实。最后总结道，《游西湖》的改编“虽然还有优点，可是整体的说来，却是不好的”。[①]

1956 年，《游西湖》上演了袁多寿的改编本，恢复鬼魂形象，同年参加陕西省首届戏曲观摩演出，获演出一等奖、导演二等奖、音乐演奏一等奖。1957 年经陕西文艺界讨论后又推出马健翎等人的合作改编本，不仅恢复鬼魂，还把江老头改为传统戏里常见的土地，慈眉善目，赠扇相助。此本十四场（游玩、赠梅、抢亲、谢梅、思念、游湖、杀妾、鬼怨、幽会、谋杀、报惊、搏斗、分离、鬼辩），情节曲折，冲突强烈，保持原剧火炽风格，提高了吹火、扑跌等秦腔特有的演技，还吸收兄弟剧种之长，音乐唱腔也有创造性的改革。1958 年“三大秦班”进京，1959 年国庆十周年献礼，《游西湖》随团晋京献艺，并巡回江南十三省，再度引起轰动，堪称戏改“推陈出新”的一面旗帜。[②]作为一出生、旦、三花脸唱做并重的戏，此剧能展示演员的高超技艺和唱腔艺术，成为各秦腔剧团的看家戏，《鬼怨》《幽会》《杀生》《救裴》等折流传甚广，久演不衰。尤其马蓝鱼塑造的慧娘形象，被誉为“飞天美神”“火中凤凰”。据她回忆，唱腔设计、表演程式都是刘毓中、苏育民和前辈艺术家共同商定，排《鬼怨》《杀生》两场出动 11 名导演，马健翎院长说“八仙过海，各显神通，谁的招儿绝用谁的”。马蓝鱼在戏中也有些创新和发展，比如吹火特技，她用黄土苦练技艺，练到能连吹几十口火，还创造出回旋

① 刘乃崇整理：《读者对马健翎改编〈游西湖〉剧本的意见》，《剧本》1955 年 6 月号。
②《中国戏曲志·陕西卷》，中国 ISBN 中心 1995 年版，第 212 页。

式、蘑菇云式等新花样。再如化妆和服饰，她改掉了旧戏中的迷信恐怖色彩，让慧娘鬼魂面色红润，一身缟素，鬓插一朵红花，恰似瑞雪中的红梅，以此美好形象体现出慧娘纯洁的品质和热烈的性格。①

当年看了秦腔演出，曹禺很是激动，称赞《游西湖》摆脱了传奇《红梅记》和秦腔旧本的糟粕，“编、排、演、音乐都好极了”，全剧紧凑、完整，始终抓住悲剧主角的命运，矛盾尖锐，几乎每个场面都富于内心活动和强烈的动作，“体现了人民的观点和愿望，是修改旧剧目，使它发挥‘古为今用’的精神的好榜样”。特别是《游湖》和《鬼怨》两场，“是舞台上稀见的创造，是‘推陈出新’的香花，而《鬼怨》为旧本所无，更是难得”，给人以深刻的印象：茫茫黑夜，台上天昏昏，地沉沉，慧娘的鬼魂用“尖板”唱着“怨气腾腾三千丈，屈死的冤魂怒满腔”……台后的帮腔像无数受压迫的人和她共悲愤。“天哪，天哪，为何人间苦断肠，飘飘荡荡到处闯”，她边舞边唱，音乐和舞蹈，优美、沉郁，整个舞台气氛扣住全场观众的心弦……当慧娘唱“一缕幽魂无依傍，星月惨淡风露凉”，导演的处理和演员极吸引人的表演，把慧娘沉重的痛苦挖掘到最深处。在观众面前，慧娘并没有“鬼”的感觉，她仍然是受尽压迫的“人”。②梅兰芳也在《人民日报》撰文盛赞此剧：

---

① 《游西湖·救裴生》，收《中国戏曲志·陕西卷》，第427—429页。

马蓝鱼(1936—　)，陕西榆林人，12岁参加民众剧团，马健翎改“玉”为“鱼”，说叫鱼儿响亮活泼，富有生气。勤奋成就其才华，并以“李慧娘”名扬全国，为此也经历“文革”折磨，重出后从事戏曲教学，曾任陕西省艺术学校副校长，2011年获“秦腔终身成就奖”。参见《轰动京城的演出》，《人民艺术家马健翎》；吕宏轩、吕政轩：《“火中凤凰”马蓝鱼，一声“鬼怨”响中华》，《榆林晚报》2011年12月20日。

② 曹禺：《创造更完美的现代题材的戏曲剧目——看陕西省戏曲赴京演出团的演出》，《人民日报》1958年12月23日。

《游西湖》是很有人民性的，李慧娘不仅是个被侮辱被损害的女子，而且她是个反抗复仇的鬼魂。马蓝鱼扮演李慧娘，在《鬼怨》一场中，她把慧娘的悲愤心情和善良性格，在那如泣如诉的歌唱和矫捷轻盈的舞蹈中，刻画得很细致。"救生"时，马蓝鱼和扮演裴生的李继祖把传统的甩发、吹火、扑跌技巧，用来表现他们处于千钧一发时的紧张心情，十分成功。……紧接着的《鬼辩》一场，把慧娘的形象提到了英勇高洁的峰巅。贾似道不仅是压迫人民的统治者，而且他敢于审鬼，由此可见他是多么凶残，但是慧娘这时挺身而入，大闹了贾府，惩罚了横行人间的贾似道以及他的爪牙。老艺人田德年把贾似道演得十分出色，他没有从表面刻画这个恶魔，他几次发笑都各不相同，很能表现贾似道的内心世界。最后，贾似道被慧娘吓得昏死过去，苏醒过来时"哎"的一声，正意味着代表千万个被侮辱被损害的弱女子的李慧娘，她站了起来，最后终于战胜了代表封建统治阶级的贾似道！慧娘这个复仇的女鬼，真是壮丽极了，也勇敢极了！①

此文开头特意点明，陕西戏曲之所以受欢迎，"不仅是他们的戏好，还因为这些剧种很早就和革命运动相结合，成为革命斗争的有力武器，使人们对它产生了深厚的感情"。

这就不能不说马健翎，作为接续此革命传统的代表，他在陕甘宁边区创排《中国魂》《血泪仇》《穷人恨》等秦腔现代戏，曾获"人民群众的艺术家"称号。1943 年毛泽东在枣园约谈民众剧

① 梅兰芳：《谈秦腔几个传统剧目的表演》，《人民日报》1958 年 12 月 7 日。

团柯仲平等人时，大赞"马髯公坚持文艺和群众相结合，走人民大众的道路"。[1]而民众剧团开创的从群众中来、到群众中去的艺术实践及其"中国作风"和"中国气派"，也为《讲话》所代表的毛泽东文艺思想和理论的形成提供了重要素材。[2]自 1949 年率民众剧团从延安奉调西安后，马健翎就担纲西北地区戏改领导工作，从此扎根古都，致力于传统戏的整理改编，较少创作现代戏，对京城召任也无动于衷。

有意味的是，1957 年马健翎等人的改编本虽已恢复鬼魂并作调整，但对某些问题仍作坚持，在评论者看来仍未脱出"才子佳人戏的窠臼"（常见于批评传统戏）。合作者黄俊耀回忆，始自 1953 年的《游西湖》改编及批评论争过程，使马健翎精神上受到很大折磨，西北戏曲研究院也几乎被省里解散。[3]面临种种批评意见，当事人内心如何应对，于今已无迹可寻真。那么更不能忽略的，就是留在《改编说明》中的简单表述，想必也是对批评的回应：

> "游西湖"是秦腔优秀的传统节目，剧中通过李慧娘为摆脱生活桎梏，与宋代奸相贾似道进行生死斗争的故事，反映了历史时代人民对统治者的万分仇恨和不可屈的意志。长时期来，这个戏一直为人民群众所热爱。
>
> 改编者本着去芜存精的精神，删除了参杂在剧中的一些迷信色彩与恐怖的场面气氛；同时又慎重地考虑了各方

---

① 杨醉乡：《金子般的回忆——毛泽东主席在枣园接见民众剧团负责人时的谈话纪要》，收陕西省政协文史资料委员会编《人民艺术家马健翎》，三秦出版社 2004 年版，第 8 页。

② 参见林默涵：《历史的回顾——柯仲平、马健翎与民众剧团》，《文艺报》1992 年 11 月 7 日。

③ 黄俊耀：《马健翎的艺术生涯》，收《人民艺术家马健翎》，第 177 页。

面的意见，为了突出主题思想，增加了李慧娘和裴瑞卿在被贾似道迫害前的爱情；有意识地移植保存了原剧折梅、赠梅等优美的写照，从而加强了故事的曲折性与结局的悲剧性，给予邪恶和正义以鲜明的对比。①

对于地方戏中令评论界颇感不屑与不耐的"传统窠臼"，马健翎等人的这种努力和坚持，我们怎么理解才更妥帖？此时摆不脱的"传统窠臼"，又与彼时的"中国作风"和"中国气派"有何内在牵连？而所谓变中之常，如同海面永久波动之平静，难道还会是简单的不变与坚守吗？

三 昆曲《李慧娘》："幽魂"与"革命"

1959年春节，应北方昆曲剧院邀请，孟超选取《红梅记》传奇中的相关情节（游湖、杀妾、幽会、谋刺、脱难、鬼辩及恣宴），并借鉴秦腔《游西湖》、川剧《红梅记》、梆子《阴阳扇》、粤剧《红梅记》，特别是京剧《红梅阁》等剧目，创作了新编昆剧《李慧娘》。

……我爱这戏，亦自不例外。自总角之年起，每于草台社戏，得睹李慧娘幽魂之丽质英姿，光彩逼人，作为复仇的女性，鬼舞于歌场之上，而不能不为之心往神驰；形影憧憧，见于梦寐，印象久而弥深。……这原因固不止由于一向上演《红梅阁》时，舞台上增加了不少喷火、变脸、跌扑、舞蹈等特技身段，足以引人入胜；而更重要的还在于塑造出李慧娘这一庄严美丽的灵魂，强烈的、正义的化身。一个无辜

① 《秦腔〈游西湖〉》，马健翎、黄俊耀、姜炳泰、张棣庚改编，陕西人民出版社1980年版。

的牺牲者，身为厉鬼，而心在世间，与一代豪势苦斗到底，并同千古被压迫者同命运、共呼吸，因而也就不能不使人心头供养，只觉其气贯长虹，可敬可爱，而不觉其鬼气森森，不计其缥缈虚幻，未足征信，而予以最大的同情、最高的估价了。①

该剧 1961 年 6 月首演，8 月公演于长安戏院，深得戏迷欢心，社会各界也都赞誉有加。如《北京晚报》刊登廖沫沙署名“繁星”的《有鬼无害论》为之“作护法”，《人民日报》发表陶君起、李大珂《一朵鲜艳的“红梅”》，《戏剧报》发表张真《看昆曲新翻〈李慧娘〉》，等等，一时间“南有《十五贯》，北有《李慧娘》”，南北这两出昆剧都被誉为戏改“推陈出新”的典范。庆祝中华人民共和国成立 12 周年的天安门彩车游行中，就有这出红极一时的《李慧娘》。除公演及各地巡演外，此剧还要参加名目繁多的内部演出和晚会，前后共演出 200 多场。②

值得一提的是，孟超借鉴的京剧《红梅阁》，可能不单指花旦祭酒筱翠花擅演的传统戏，也许还包括 1959 年上海京剧院在“挖掘传统”的戏改号召下，把李玉茹从地方戏学来的表演技巧

① 孟超：《试泼丹青涂鬼雄——昆曲〈李慧娘〉出版代跋》，收《昆剧〈李慧娘〉》，上海文艺出版社 1962 年版，第 108—109 页。

孟超（1902—1976），剧作家，山东诸城人。1926 年毕业于上海大学中文系，1928 年与蒋光慈、阿英等人组织太阳社，创办春野书店及《太阳月刊》，参加左联，与冯乃超、夏衍等创办艺术剧社，抗战时任桂林、昆明文协理事，桂林师范学院、重庆西南学院教授。曾任第五战区救亡工作队队长，《野草》月刊、集美书店、《西南日报》编辑，香港《文汇报》《大公报》编辑。1949 年后任华北人民政府教科书编委会委员、总署图书馆副馆长、人民美术出版社创作室主任、戏剧出版社副总编辑、人民文学出版社副总编辑兼戏剧编辑室主任。因创作新编昆剧《李慧娘》在“文革”中罹难。著有《冲突》《残梦》《长夜集》等。

② 陈均、杨仕：《歌台何处——李淑君的艺术生涯》，人民文学出版社 2007 年版，第 172、275 页。

"改编、重写、发展"之后创排的新戏。[1]沪版京剧改本《红梅阁》有七场戏(游湖、杀姬、鬼怨·冥赠、夜访、遣刺、放裴、鬼辩),给人第一印象是"简洁、爽朗、强烈,要阐述的问题说得很清楚,思想意义鲜明,毫不含混,也不拖泥带水"。[2]与之相近,新编昆剧《李慧娘》六场戏(恣宴、游湖、杀妾、幽恨、救裴、鬼辩),开场即见时代氛围,剧情也不枝不蔓,干净利落:贾似道携姬妾游湖,裴禹斥其荒淫误国,李慧娘赞裴美哉少年。贾回府即杀慧娘,又将裴生诱禁红梅阁,暗藏杀机。慧娘冤魂不散,明镜判官赐以阴阳宝扇,准其暂回人间,搭救裴生。贾遣人刺裴,慧娘施展法力救裴脱险,劝勉他为民除害。贾拷问众姬妾,慧娘现形解围,痛斥权奸,最后火烧半闲堂。

《李慧娘》的改编意旨,剧本以《序曲》明之:"南渡江山残破,风流犹属临安。喜读箨庵补《鬼辩》,意气贯长虹,奋笔诛权奸。拾前人慧语,伸自己拙见,重把《红梅》旧曲新翻。检点了儿女柔情、私人恩怨。写繁华梦断,写北马嘶鸣钱塘畔。贾似道误国害民,笙歌夜宴,笑里藏刀杀机现;裴舜卿愤慨直言遭祸端,快人心,伸正义,李慧娘英魂死后报仇冤。"[3]于是该剧突出政治斗争,含蓄男女情爱,保留李与裴素昧平生只因一赞被冤杀的情节,而把太学生与贾似道的政治斗争推到中心,使这出新编《李慧娘》激扬着一种超越生死的豪情。对此,《红梅记》中虽有《城破》《恣宴》《劾奸》等折反映元兵入侵的时代背景与正邪之争,也抒发作者"笔酣墨饱的沉痛愤激的感情",如《泛湖》中就有"锦乾坤一片平分了,叹衣冠半染腥臊,还只怕着半壁江南犹未保。莫

---

① 李回忆此剧1959年首演,1960到1962年三度重演并巡演。《李玉茹演出剧本选集》,《红梅阁·前言》,上海文艺出版社2010年版。苏州京剧团胡芝风1980年主演《李慧娘》,即在此基础上改编并拍摄电影。

② 龙夫:《试评京剧〈红梅阁〉》,《文汇报》1960年2月29日。

③《昆剧〈李慧娘〉》,孟超编剧,陆放谱曲,上海文艺出版社1962年版,第9页。

怪追欢买笑频，寻思离乱可伤神”，“平章心太骄，势倾朝，飞山立海恣凶暴。君心懆，国势摇，民情扰”，等等，但记中裴李形象的刻画难尽人意：裴禹“寻风觅月”，既爱昭容又与鬼魂有私，“反复的缠绕于男女间柔情欲障，格调并不够高”，如《脱难》中“小生被平章厮禁，甚是无聊。夜来幸遇佳人见爱，颇解愁怀”；李慧娘呢，“虽说为爱的压抑、爱的追求而致死，为爱的驱使、爱的反抗而幽恋，豪情足以震人，惟如《幽会》中‘又向人间魅阮郎’的情趣，毕竟使人物挫了分量”。因此，孟超觉得：“如果以时代背景为经，李裴情事为纬，而着重于正义豪情、拯人为怀、斗奸复仇为志，虽幽明异境，当更足以动人心魄。”①

于是在昆剧《李慧娘》中，人物何所思、何所求、何所为随之变化，其性情、格局及形象塑造也得以纯化和提升。对裴李关系，此前有三种处理方式：第一种常见于旧本戏曲，两人素昧平生，慧娘对裴一见倾心，死后仍苦苦追求，阴阳相配；第二种，以马健翎《游西湖》为例，改为裴李曾有才子佳人式的花园定情，被贾破坏，慧娘生不能遂愿，死后也要与所爱相会；第三种，同样素昧平生，慧娘因赞一辞而丧生，得知裴也受牵累，引以为疚，前往救护中产生爱情，而非“幽会”，更无生死纠缠之意，由此显示其正义、热情与反抗性。1959 年沪版京剧《红梅阁》采取后者，评论认为这么一改就提高了主题思想和人物形象：“李慧娘之所以脱口称赞裴生，起因于她和姐妹们对他的胆识与气度的倾倒，也就是说，她们敬佩他敢于触犯权奸，由敬而生慕。至于裴生和贾府人役之争，并非意气之争，它反映了当时爱国的太学生反对祸国殃民的贾似道的正义斗争。虽然是以男女关系为主线的戏，却从一开始就揭示了政治斗争的背景，并作为一条纠缠的副线

① 孟超：《试泼丹青涂鬼雄——昆曲〈李慧娘〉出版代跋》，收《昆剧〈李慧娘〉》，第 110 页。

在发展着，因此，这个戏的格调就超越了一般才子佳人戏的范畴，而主要人物之一的裴生的精神面貌也就大大提高了一步。”[1]

要说裴生之“提高”，决非一时一剧之功。地方戏通常更突出旦角，裴原本就像大多数生角一样无力、无奈，也无光彩可言，恰是戏改让他脱胎换骨。在情感态度上，如马健翎等改编的秦腔《游西湖》，当慧娘说出已是鬼魂即将永别时，不同于旧本中的惊慌失态，裴生对此毫不恐惧，高唱“我不愿做人愿做鬼”，曹禺觉得“戏到了此地，已经超过了爱情的境界。这句话，道破了戏里的最高命题，诉出一切被统治阶级蹂躏的人们向黑暗的旧社会的反抗”，因此“裴生这个角色改写得好，忠实、坚决，不怕强暴”。[2]与之参差对照的，则是1959年港版粤剧《再世红梅记》，编剧唐涤生保留了两条爱情线，也不涉政治，把裴禹写得多情又体贴，还为其见异思迁开脱，“失梅用桃代，对慧娘是爱才，对昭容是借材”。[3]而从格局气象来看，《红梅记》中裴生寓居湖畔，准备会试，以期日后施展抱负，对贾相侍妾之顾盼不以为然，“乍逢留盼，亦人情所难”。汤显祖看到“裴郎虽属多情，却有一种落魄不羁气象，即此可以想见作者胸襟矣”，但也不满裴一进相府“不提起卢氏婚姻，便就西席，何先生之自轻乃尔”。对此关节，港版粤剧《再世红梅记》改为贾以甘词厚禄相诱，裴自欺自解道：“丞相既能为天下惜才，我何不留身献策，以转其心，为民间造福。恩师，既蒙不弃，愿粉身碎骨，把恩义酬还。”如是几笔，勾画出裴生骨格之轻贱。同年沪版京剧《红梅阁》中，同样诓裴入府，裴曰：“舜卿才疏学浅，更不善于吟弄风月。相爷若是关心朝政，虚

① 龙夫：《试评京剧〈红梅阁〉》，《文汇报》1960年2月29日。

② 曹禺：《创造更完美的现代题材的戏曲剧目——看陕西省戏曲赴京演出团的演出》，《人民日报》1958年12月23日。

③ 杨智深：《唐涤生的文字世界·仙凤鸣卷》，三联书店（香港）有限公司1995年版，详见上编之《〈再世红梅记〉改编沿革》、下编之《〈再世红梅记〉本事·裴禹》等。

怀下问，舜卿倒欲面禀，若不屑一见，可将我旧日所上之书，再为审阅，或可纳其忠言一二，谨望相爷以社稷为重，黎民为念。别无他言，就此告辞！”两下对照，清浊判然。[①]再看新编昆剧《李慧娘》，湖上两船相遇，裴非但不让，还将背后议论改为当面质询：“俺问你，为什么劫民盐，重利盘剥？为什么占民田，压榨抢掠？为什么增赋税，强索豪夺？……闹得这大宋朝，哀鸿遍野，黎民失所！……俺再问你，为什么襄樊军情狼烟急，高卧湖山不出兵？……你这大大的卖国奸贼，难道还想一手掩尽天下耳目！”如此翻新擢升的裴生形象，正色而大气，怎能不让李慧娘深长期待：“他威武不屈，七尺昂藏，忧国心切，拯民意张，冲出你的天罗地网，怎能饶过你贾阎王！”

随着裴生形象被翻新擢升为“政治小生”，慧娘形象也步步提升。从“美哉一少年也！真个是洛阳年少，西蜀词人，卫玠潘安貌”（《红梅记》），到“真乃浊世佳公子……美哉呀少年”（京剧《红梅阁》），再到“壮哉少年！美哉少年！”（昆剧《李慧娘》），慧娘对裴生的恋慕之情不再是单纯的知慕少艾，或曰“清盼勾引少年郎”，而是敬慕裴不畏权奸的政治立场、豪迈气概与磊落节操，则贾杀妾也随之产生同等的政治性，裴李情义遂成乱世抗争中的同声相应、同气相求，并且气贯全剧，逐场翻新。如《游湖》中，慧娘认出“这逞雄辩的，正是题诗的裴家少年”，更添敬慕，“几曾见似这般磊落奇男，不畏权势，敢把这人间正气显”，不觉低声赞叹：“壮哉少年！美哉少年！”[②]《杀妾》则一改慧娘惊恐求饶状，表现她从惊惧、分辩、激动到愤然回应的全过程，更见其情之冤屈、其性之贞烈：“俺从来胸襟正大，坐得正，站不歪斜，千般罪状

---

① 《京剧〈红梅阁〉》，收《李玉茹演出剧本选集》，第 112 页。

② 康生添加“壮哉”句。据穆欣：《述学谭往——追忆在〈光明日报〉十年》，东方出版社 2006 年版，第 432 页。

由你加，俺，没奸诈。……宰相腰悬上方剑，看你横行到几时？俺死不瞑目啊！”《幽恨》中，慧娘鬼魂且舞且歌，怅孤魂之凄冷，忧邦国之阽危：“忧的是灾黎苦，愁的是人间流离怨。……俺游荡着，瞅机缘，报仇冤！”听闻裴禹被陷，事在危急，慧娘当机立断：“贾似道，任你奸险凶残，俺要做一个南无观世音鬼菩萨，救苦救难，害人的有你，救人的看俺！”《救裴》中，为和原作及旧戏的人鬼幽媾撇清干系，慧娘上场就表明心迹：“到此来，不是偿还风流债，莽书生遭祸灾，为国事，困书斋，做鬼的再不怕瓜田李下流言在。壮一壮胆子，要把他救出了望乡台。”裴生怕连累她，不肯冒险同逃，慧娘不得不道出真情，婉言相慰：“咱二人，苦相怜，幽冥路隔，难得相逢同患难。……又何须娟娟明月回廊畔，向人间偷度金针线；就这样结就再世如花眷，纵海枯石烂，俺魂儿冉冉，心，永不变！”有感于慧娘深情高义，裴无意逃生，她又劝勉道：“国事为重，性命为重，留得青山在，哪怕贼横行。”道别时，裴生唱道：“今晚事，如梦复如烟，你义薄云天，俺得一个幽冥知己，自问无惭。”到末场《鬼辩》，慧娘故意羞恼老贼，“俺把你这集芳园当做了西厢，刚和他拜盟焚香……愿结下这来生的姻缘账”，并痛斥其罪孽：“俺笑君王无知昏庸，认你做好平章。你却向元兵称臣投降，任意诛杀，苦害善良。……俺李慧娘，生作冤禽，死为厉鬼。愤火千丈，正气凌人，喷血三尺，足制贼命。牡丹花下是俺的埋骨处，集芳园中有你的受刑台！……千古正气冲霄汉，俺不信死慧娘，斗不过活平章！”①

回看秦腔改本《游西湖》，因是患难夫妻，裴唱“今夜晚好鸳鸯同枕共语，定巧计出牢笼并肩齐飞”，慧娘唱“恨老贼做此事太

① 对比新编昆剧《李慧娘·鬼辩》的经典剧照，与传奇《红梅记·鬼辩》的清代插图，分明可见李慧娘与贾似道之间的气势转变，新旧两重天。清代插图见清无名氏选《歌林拾翠》，顺治间刊巾箱本。辑入张满弓编著：《古典文学版画·戏曲（二）》，河南大学出版社2004年版，第143页。

得凶残，叫裴郎强挣扎往前赶，有为妻我保你性命周全”。京剧改本《红梅阁》中则是患难知己，裴唱“但愿得凑机缘同逃性命，除奸贼与慧娘永不离分”，慧娘唱“感君情义海样深，慧娘泉下把目瞑。锦绣前程君当爱，莫为一女自轻生……愿君此去多安泰，若要相逢梦中来”。而到新编昆剧《李慧娘》中，“白云老（即导演白云生）和孟超都特别强调，把裴禹和李慧娘爱情的戏砍掉，慧娘对裴禹只是赞叹，赞叹什么呢？有志之士”。[①]

对此，张真肯定昆曲《李慧娘》“强调了人物的政治态度和政治感情，突出了人民对反动的统治者的义愤”，但觉有些地方表演略嫌强硬，救裴时还可加强感情描写，“强调了主题也不要忽略了生活的复杂性，强调了政治感情，也不要忽略了人物形象的丰满、含蓄和感情的深化，这正是许多剧种演《红梅阁》时，那些老艺人演技上值得学习的特殊优点”。[②]李大珂等也认为强调政治斗争“完全必要”，同时指出这段爱情“暧昧难明”，反而削弱了全剧的“思想性”：

> 我们认为这段故事可以含蓄，却不要“含糊”，色情宜避，爱情则不须避。不仅不须避，而且应该突出。因为，在封建社会里，李慧娘与裴禹始无一面之交，徒因一赞即被冤杀，死后因裴被陷而发生了爱情，这里面含蓄着有怜惜，有向慕，也有报复，这种爱情是复杂微妙的，总之，又都是对封建专制的大胆冲击，正是原作中浪漫主义色彩最鲜明的地方。尤其是针对贾似道那种极端残害妇女的暴行，已经到了近似奴隶社会中人身隶属的程度，用死后的爱情行动来

① 杨仕：《义薄云天“李慧娘”》，收陈均、杨仕：《歌台何处——李淑君的艺术生涯》，李淑君回忆，第268页。

② 张真：《看昆曲新翻〈李慧娘〉》，《戏剧报》1961年15、16期合刊。

反戈一击，正蕴有很大力量。这种爱情关系的本身，就寓有反专制的思想内容；不能简单地看做一般的“苟且”爱情，这爱情的背后正蕴藏着一种进步的社会理想。因而，这一段爱情所以不同于裴禹与卢昭容的姻缘者在此，李慧娘的形象所以具有特色者亦在此。这个戏有了这段爱情穿插，不但不会冲淡政治斗争，降低剧本的思想性，相反，倒会更提高其思想性，比写李慧娘直接加入太学生的行列，更有说服力。①

郦青云认为，李慧娘故事之所以令人“激荡”，一是表现了慧娘“对自由和幸福的渴望”，二是揭露了封建统治者的残暴本性，其三鬼魂反抗既是“理想的化身”也是“现实的化身”，但改编本过度的政治性让“这使人难忘的一切”都“黯然失色”，所以“新人不如故”。因为慧娘形象一旦“提高”，因赞被杀就是“政治性的杀害”（如贾所言“欲平学府乱，先斩萧墙根”），鬼魂反抗随之也成为“政治性的斗争”，而这种斗争方法与其斗争内容是否相称呢？

……虽然，在形式上，她仍然是以个人面目出现的，但由于她对贾似道的痛斥，主要已不能不是着眼在他的政治立场和民族意识方面（“卖国害民”“向元兵称臣投降，任意诛杀，苦害忠良”），因而观众便不觉感到，这个斗争，实际上已带上了全民的性质。而这样的斗争，要由一个鬼来进行，就不免缺少力量了。这给人一种印象，好像被压迫者，倒真的永远是弱者了……因为，她的斗争方法和她的斗争内容，是不相称的。

① 陶君起、李大珂：《一朵鲜艳的“红梅”——从〈红梅记〉的改编，谈到昆曲〈李慧娘〉》，《人民日报》1961年12月28日。

……问题在于，并非所有的完美的情节都可以和政治事件联系在一起而自身不会受到损害的。……而且，作品的思想性高不高，也并不全在于其中有没有政治性事件。往往有些作品，其中并不出现什么政治性事件，但是他们所反映的政治性问题，却比那些生硬地加进一些政治事件的作品要深刻得多。自然，这些其中不出现政治事件的作品，就其社会意义来说，会带有一定的局限性。但是，任何艺术作品都是不能表现所有的社会问题的。观众也不要求一切作品的社会意义都一般大小。主要的是，艺术作品应当从独特的方面来表现生活，揭示社会的本质；同时，要遵循艺术的规律，使观众进入新的形象世界，通过他们的感性认识而触动他们的理性思维，使他们能够从新的角度更深刻地认识生活的真理。①

此文感受细腻，说理清透、平实，因而也更引人深思：在"政治性""政治/政治性事件""政治性问题""社会意义""社会的本质""生活的真理"等等之间，到底存在着怎样的内在关联？我们怎么才能更好地辨析和把握，此间种种关联与其特定历史情境、情理的对应关系？

话说回来，对编导、演员和观众们而言，《李慧娘》之所以动人，关键还在其精湛的演技、鬼影婆娑的"幽怨情调"和由此激扬出的被压迫者的复仇豪情。新中国成立后整理改编的李慧娘戏曲，无论是改动较大的秦腔《游西湖》、京剧《红梅阁》，还是更忠实于原作的川剧《红梅记》，②都有各自出彩的表演特色和技巧。《李慧娘》在舞台表演中更是广泛吸收地方戏的表演精华，使《游

① 郦青云：《谈谈李慧娘的"提高"》，《戏剧报》1962年第5期。
② 周裕祥：《〈红梅记〉导演手记》，《光明日报》1961年12月14日。

湖》《杀妾》《幽恨》《救裴》《鬼辩》诸折唱做俱佳，而这恰恰也是主演李淑君为之着迷的地方。1963 年，她在请人代笔的检讨中这样写道：

> ……我开始努力练功，下决心钻昆曲的传统。……我不再坚持从生活出发、从人物性格出发，而是从程式、从技术出发去进行艺术创造，这就不能不导致我在创作道路上走弯路。……因而当我接到鬼戏《李慧娘》的剧本时，是很喜欢的，因为它有技术可钻。同时自己也欣赏李慧娘的幽怨情调。这一点还由于我受芭蕾剧《吉赛尔》的影响，我欣赏吉赛尔那种幽怨的美，那轻飘的鬼舞，而李慧娘与她很有相似之处。可是这些都必须有较高的表演技巧才行。为了完成这个任务，我还拜了老师专学传统的鬼步。……我没有更好的考虑这出戏的主题思想如何，脑子里想的只是怎么才能练的像老师说的要像秋风扫落叶那样。我当时只想到如何演得美，而没有想到我演的是鬼，演出后会有什么样的效果？①

据说，当年报刊上猛批《李慧娘》时，北京就有读者致信《光明日报》编辑部："今之妄评昆曲《李慧娘》，余不服，口占一绝，寄

① 李淑君：《要演"红霞姐"，不做"鬼阿姨"》，《戏剧报》1963 年第 9 期。

李淑君(1930—2011)，北昆代表人物之一，山东济南人。初求学于北京辅仁大学，后入中央音乐学院，毕业后进入中央实验歌剧院任歌剧与民歌演员。曾先后向北昆名家韩世昌、马祥麟等学艺。进入北方昆曲剧院后，以其嗓音甜润、吐字清晰、表演细腻而成为"北昆第一旦"，善于在传统唱法基础上吸收地方戏和民歌演唱技巧。除演出《千里送京娘》《昭君出塞》《玉簪记》《牡丹亭》《长生殿》等传统戏外，还主演《文成公主》《李慧娘》《蔡文姬》《桃花扇》《血溅美人图》及《红霞》等新编剧目，还曾为电影《桃花扇》和话剧《蔡文姬》配唱昆曲。昆曲"申遗"成功后曾被联合国教科文组织和文化部联合授予"长期潜心昆曲艺术事业成绩显著者"称号。2011 年岁末逝于爱晚养护院。

孟超先生指正。”此信未署名，其诗云：“鬼影婆娑舞更香，人情足可傲荒唐；为文轻薄凭他去，醉步狂影李慧娘。”[①]

余　论

时过，境迁，如今我们还能否更深入地探析，新中国文艺实践所置身的历史情境与情理脉络？这里确实有太多的难题，也因其难，不易看得见。譬如，在“鬼戏”改编及其论争过程中，我们如何领会当时人们对“戏改”方向感和着力点的把握？而在“李慧娘事件”背后，到底缠绕着哪些更具“政治性”的文艺理论与社会实践问题？这些问题又如何经由各种现实困境及世道人心的酝酿、整合、推动，具体而微地诉诸试图建设“新文化”的大众文艺改造？

（原载《中国现代文学研究丛刊》2013年第5期，收入本书时有修订）

① 穆欣：《述学谭往——追忆在〈光明日报〉十年》，第439页。

"大团圆"之争：传统"人情戏"的艺术流变与生活政治

张炼红

民国十三年(1924)，一代义士罗瘿公病故，未编完的《碧玉簪》由金仲荪接手完成。痛失良师的程砚秋没有消沉，照例拿着新戏本子请王瑶卿设计新腔，指导排演。没想到梨园行的这位通天教主随意翻了翻就撂下了，说这种戏"只能拿到天桥去演"。一句冷话成全了心高气凛的程砚秋，被视作"天桥货色"的《碧玉簪》成为他自己创腔排演的第一出戏，此后每有新戏都自行创排。该戏上演后颇受欢迎，较之地方戏原本，"场子编得紧凑，词句也趋于雅驯"。[①]而程腔及其表演风格的沉郁幽深、柔中蕴刚、怨而不怒，也正合表现剧中人蒙冤受屈、悲愤难平的境遇。程砚秋以天生"悲旦"的艺术功力征服了观众，座中有人赋诗曰："艳情容易至情难，歌者悲凉听者酸。留得金闺标格在，千秋风义付伶官。"[②]所谓金闺标格、千秋风义，显然是从传统士人眼中品评人物在隐忍中恪守的闺范礼义，正如程砚秋《检阅我自己》(1931)所引罗瘿公的编剧旨趣，"不与环境冲突，又能抒发高尚思想"。

---

① 参见丁秉鐩：《菊坛旧闻录》，中国戏剧出版社1995年版，第198页。书中又及，"李翰祥来台创立国联影业公司后，根据越剧《三盖衣》和国剧《碧玉簪》，拍了一步黄梅调影片《状元及第》……从此，《碧玉簪》就更脍炙人口，在台湾成了热门程派戏了"，第199页。

② 详见李伶伶：《程砚秋全传》，中国青年出版社2007年版，第269—273页。参见程永江编撰：《程砚秋史事长编》(上)，北京出版社2000年版，183—184页。

盖因罗、金二人皆从时局政潮中警醒引退，洞悉与世搏击之有弊无利，而宁怀忧患悱恻之心。但也有观众发表酷评："贤妻只是一种非人的生活，良母只是一种不人道的心理，这是《碧玉簪》告诉我们的。"对此，程砚秋则坚持认为："虽然见仁见智，也许各有不同，但这个剧总是有向上精神的。"①

时过境迁，如今广为人知的《碧玉簪》并非程派戏，而是在旧戏改造中脱颖而出的越剧改编本，1963 年拍成电影全国公映。②该剧说的是，明朝吏部尚书李廷甫将爱女秀英许配翰林之子王玉林，不料秀英表兄顾文友因求亲不成嫉恨在心，串通媒婆偷得妆奁中的碧玉簪，并假造秀英给他的情书，暗置新房门口。玉林中计，疑妻不贞，碍于情面又不便张扬，使秀英不明不白受折磨。归宁之期，玉林拒绝同往，且差人送信，命她当日返回。秀英含悲忍气，积怨成疾，母亲前往探女，亦遭玉林羞辱，愤而函告丈夫。李闻讯赶来问罪，玉林道出情由，李怒极而欲杀女，幸有婆婆相护，秀英申辩，验对笔迹，再审媒婆，真相大白，李携女归去。玉林悔恨不已，发奋苦读，赴考中魁，手捧凤冠霞帔到岳家去赔礼。秀英心灰意冷，严词拒绝，后经婆婆解劝，玉林跪地认错，她才不计前愆，破镜重圆。相比一般"人情戏"，《碧玉簪》在艺术上比较成熟，堪称越剧的"骨子老戏"，至今常演不衰。

---

① 程砚秋：《检阅我自己》(《北平新报》1931 年 12 月 4 日)，收《程砚秋戏剧文集》，文化艺术出版社 2003 年版，第 9 页。

② 越剧《碧玉簪》，1954 年由华东戏曲研究院根据越剧旧本改编，弘英执笔，黄沙艺术整理，金采风、丁赛君等主演。据此蓝本，1963 年香港大鹏影业公司和上海海燕电影制片厂联合摄制彩色戏曲片，吴永刚导演，金采风饰李秀英、陈少春饰王玉林、周宝奎饰婆婆、姚水娟饰母亲。剧本收入上海文艺出版社 1962 年版《越剧丛刊》第二集(本文即据此引用)，另辑入香港万里书店 1960 年版《越剧精华》第二集。参《中国戏曲志・上海卷》，中国 ISBN 出版中心 1996 年版，第 251—252 页；《上海越剧志》，中国戏剧出版社 1997 年版，第 152—153 页。除京剧外，其他地方戏亦多移植此剧。

一

自1950年代中期改编上演，到1960年代初（特别是1963年电影公映后），越剧《碧玉簪》在戏曲评论界引发了持续的争鸣。

从集中于《上海戏剧》1963年第10至12期的评论来看，首要的问题，就是关于主题思想的争论。[①]何慢评价该剧"深刻地揭露了封建礼教对妇女的摧残与迫害"，是个"思想性与艺术性都很坚实的优秀传统剧目"。王一纲则认为这是一出宣扬"封建伦理道德"的坏戏，"作者站在封建统治阶级的立场上"，宣扬"奴隶哲学"，"为王玉林和他所代表的婚姻制度、男权思想作辩护"，"其思想倾向和客观效果都是于人民不利的"，"并且涉及如何区别宣扬封建道德与暴露封建道德，如何区别民主性的精华与封建性的糟粕等理论问题"，故而在未经"脱胎换骨"的改造之前根本不应上演。亦沨等人持中间立场，指出这是"传统剧目中精华与糟粕混杂在一起的最典型的剧目之一"，"既在一定程度上暴露了封建统治阶级的罪恶，又同时宣扬和维护了封建道德"，因而要"审慎"对待。由此主题争议，进而牵涉对于矛盾性质、冲突主线及其风格特点的讨论。一说该剧的基本冲突是"妇女对于新的美好生活的憧憬与以男权为中心的封建统治势力的矛盾"；一说这是"善恶斗争"，故其主要矛盾不应放在秀英和玉林之间，"而应是误会的一方与造成这个误会的阴谋者之间的矛盾"，即这对夫妻与设计害人的表兄及媒婆之间的冲突。而对于该剧是

① 例如：何慢《〈碧玉簪〉的思想性与艺术性及其争论》；王一纲《从〈碧玉簪〉谈如何区别精华与糟粕——就教于何慢同志》（第10期）；李远度《也从〈碧玉簪〉谈如何区别精华与糟粕》（第11期）；亦沨《也谈〈碧玉簪〉》（第12期），等等。

悲还是喜的风格，有人认为“应当处理为悲剧，‘送凤冠’一场戏冲淡了封建压迫的残酷性，应当砍掉”；为加强悲剧性，就连极富感染力的“三盖衣”一场戏，以及婆婆做梦抱孙孙等情节也曾删去；但也有人提出“这个戏是由于误会产生矛盾的，只要误会解除了，矛盾就不存在了，因此它只能是个喜剧，建议必须要保留‘送凤冠’”。而作为越剧《碧玉簪》的主要整理改编者之一，导演黄沙曾在《我对〈碧玉簪〉的简要分析》(1962)一文中确定主题为“通过一个善良女子的不幸遭遇，深刻地揭露了封建礼教制度对妇女的摧残与迫害；同时也对王玉林的种种恶毒行为进行了讽刺与批判”，《归宁》《三盖衣》《对书明冤》《送凤冠》四场戏最能揭示主题。而矛盾主线应是夫妻间的冲突过程，并非“坏分子破坏家庭幸福”。剧目风格则是“悲喜剧”，随着剧情发展两种情调交错进行，“总是产生又悲又喜的效果”。①

上述争议所汇聚的焦点，就是“大团圆”结局《送凤冠》：如何评价这场戏？秀英该不该接凤冠，该不该大团圆？爱戏如命的何慢肯定这场戏“意味着人民的理想——尊重妇女的人权——战胜了封建道德”，王一纲从阶级观念出发予以批驳：“李秀英的出气表面上看来好象是歌颂她的胜利”，实质上是“以三从四德的道德观为本，忍耐、妥协、屈从而获得封建统治阶级的赏识，使一时专横的王玉林为了整个阶级的利益也不得不跪送凤冠”，所以这场戏“批判的是王玉林个人，而获得肯定的是封建制度和伦理关系”。亦沨认为《送凤冠》“在客观上就宣告了封建道德的胜利，冲淡了戏的主题思想和现实意义”，因此“婺剧中以李秀英见凤冠时怨恨交加、吐血而死的悲剧结局是比越剧合理得多”。婺

---

① 黄沙：《我对〈碧玉簪〉的简要分析》，收《越剧丛刊》(第二集)，上海文艺出版社1962年版，第4—10页。黄沙毕业于上海圣约翰大学政治经济系，曾参加话剧演出，他导演的《梁祝》《西厢记》《追鱼》《彩楼记》等传统戏，以及《三月春潮》《忠魂曲》等现代剧，艺术上多有开拓。《上海越剧志》，第349页。

剧老戏中，秀英被父踢死，顾某送官问斩，玉林愧恨碰死，人称“三家绝”。[①]而如此惨烈的悲剧并未在民间流传下来，这本身不就表明，《碧玉簪》的“大团圆”虽落“俗套”，毕竟还是人心所向？但在阶级论和封建道德论的新意识形态强光下，评论者大多忽略了观众接受层面的感情因素。

而此前，在1950年代中后期，有关旧戏改造的讨论虽也面临同样问题，人们的看法相对要平缓、实际些。譬如有人说“送凤冠”和秀英死不死的问题不必争论，因为她“生性很软弱，在那样的教养和境况中，丈夫认了错，送来了凤冠，她为什么不接受？为李秀英设想一下，也只有夫妻团圆，才是她比较圆满的归宿。何况王玉林和李秀英的矛盾，并不是阶级矛盾，仅因为王玉林有那种要不得的思想而已”。[②]同是赞成“团圆”，郭汉城在《有关传统剧目教育意义的几个问题》(1957)一文中分析道：“从具体作品来看，李秀英接受凤冠与王玉林团圆，并不比她抑郁而死教育意义小些。因为这个戏的主题思想，主要是讽刺把女人当作点缀家庭、丈夫、父母名誉的男人的自私心理，不是一般所说‘揭露男尊女卑的封建社会制度的残酷性，揭露三从四德的封建礼教所给予古代妇女的压迫和摧残’(见越剧改编本前记)。原本‘送凤冠’一场，恰恰把这种讽刺发展到淋漓尽致的地步。……观众喜爱这场戏，并不是偶然的，因为它说出了观众心里要说的话，它表达了观众对这件事情的看法，所以这一场戏大大发挥了主题思想的积极意义，具有很强的人民性。”

当时常和《碧玉簪》联系起来讨论的，还有《金玉奴》《琵琶记》等戏的“团圆”问题。在戏改运动中，几乎所有《金玉奴》的演

---

① 亦沨：《也谈〈碧玉簪〉》，剧本佚，收《中国戏曲志·浙江卷》，中国ISBN出版中心1997年版，第205页。

② 卫明：《谈〈碧玉簪〉的修改》，《新民晚报》1956年4月12日。

出都删去团圆结局，理由是莫稽对妻子忘恩负义，微贱时感恩婿之，得志后耻而弃之，甚至亲手将她推入河中，实在罪有应得，仅仅棒打一顿就重归于好，岂不丧失了阶级斗争的"彻底性"，只有双方决裂才能表明人民群众对背信弃义者的坚决唾弃。然而，对于金玉奴能否与薄情郎"彻底决裂"，人们在分析评论中各执己见：一方面承认原本中"棒打团圆"还算"合情合理"，另一方面又指出这是"调和矛盾"、带有"妥协性"的结局。[1]张庚指出，《碧玉簪》和《金玉奴》虽然都是描写男人亏负了女人而最后以女人原谅妥协作结束，但金玉奴的妥协是十分委屈的，把它写成喜剧是有粉饰作用的；而《碧玉簪》中的李秀英却在委屈程度上与前者大有不同。"此外在男人一面，也显然有品质问题与非品质问题，和作恶与犯错误的区别，而现在的改法都是一律去掉后面有关团圆的一段或一场，这就不是分别对待了"。[2]郭汉城也认为具体剧目应作具体分析，不能把团圆"一律目之为调和矛盾"，"《碧玉簪》的'团圆'，不但不是妥协，而是把剧本主题思想的积极性发挥到应有的高度"，未必要改成"悲剧"。总之，团圆与否，要看是否有益于"剧本暴露统治阶级的自私虚伪和歌颂人民善良信义的总的倾向"，"这是检验作品的唯一的标准，绝不能离开具体作品，来谈'团圆'比'不团圆'教育意义大或小的问题"。[3]

确实，从《送凤冠》的演出效果来看，正是在因双方屡送屡拒

---

① 余睦人：《这是不是根本的办法？——从金玉奴为什么不能出走所想起的》，《戏剧报》1963年第11期。

② 张庚：《正确地理解传统戏曲剧目的思想意义——在文化部第一次全国戏曲剧目会议上的专题报告》，原载《文艺报》1956年第13号，收《中国戏曲志·北京卷》（下），中国ISBN出版中心1996年版，第1407页。

③ 郭汉城：《有关传统剧目教育意义的几个问题》（据上海文化出版社1957年版单行本），收郭著《戏曲剧目论集》，上海文艺出版社1982年版，第122、124页。文中指出，"老本中李秀英提出王玉林娶冬梅（丫环）作二房为和好的条件，那是不好的，应该删去"，从越剧改编本及舞台演出来看确已删去。

而曲折延宕的表演过程中，李秀英的满腔怨愤才得以充分抒发。这就不再是她一味受屈辱，也显示玉林良心不安，双方都经历了情感煎熬。尤其借着秀英之口严辞回绝玉林和父母亲的解劝时，久久憋在观众心底非说不可的话、非出不可的气，也终于如潮水般宣泄而出：

秀英 你休要多言多语多相劝，倒使人愈思愈想愈心酸。
怪爹娘错尽错绝错许婚，选了个负情负义负心汉。
我也曾问长问短婉言问，你却是恶言恶语恶相看。
曾见你衣单衣薄将衣盖，却落个被打被骂被屈冤。
我主婢受苦受辱受虐待，你却是瞒人瞒事瞒玉簪。
我只叹为妇为媳为女子，怨只怨命薄命苦命何惨。
你已是大富大贵大状元，该另娶个美德美容美婵娟！

就这样，满堂皆谓“前番受苦今富贵”，劝她“快受官诰接凤冠”，秀英却无动于衷，执意不从：“如饮寒天冰雪水，冷了心肠铁了肝”，“似这般恶毒丈夫天下少，管他状元不状元”！于是她一次次驳长辈、斥丈夫，每次拒绝都有一番不平之鸣、弱者之愤，于是就有了郁积的宣泄，情感的喷涌，这在同情受害者的观众心里是何等痛快而解气！眼看着玉林走投无路，一向善待媳妇的婆婆只好出面为儿子求情，底下这段唱充满着世俗生活中的人情伦理：

陆氏 叫声媳妇我格肉，心肝肉来宝贝肉，阿林是我手心肉，媳妇大娘侬是我格手背肉。手心手背都是肉，老太婆舍勿得奈两块肉。媳妇侬心宽宽，气和和，贤德媳妇来听婆婆。阿林从前待亏侬，难为伊今朝赔罪来认错，侬看伊，跪到西啊呀跪到东，膝盖头跪得红火火。媳妇侬三番勿理伊，伊状元勿做要去和尚做。格种叫做现世报，侬贤良媳妇就有好结果。听从婆婆接凤冠，诰命夫人由侬做。

秀英 回禀年迈老婆婆，你何必苦苦相劝我。夫妻不和世上有，唯有我不明不白受折磨。折磨媳妇得重病，幸亏婆婆你相救我。婆婆呀我不愿与他夫妻和，只好辜负你老婆婆。

陆氏 媳妇侬是贤良女子第一个，福也大来量也大。千错万错是阿林错，我婆婆待侬总勿错。媳妇若勿肯夫妻和，害得我婆婆人难做。左邻右舍要谈论，王家后代要断香火。岂不是一场欢喜一场空，我养什么伲子做什么婆？媳妇呀，侬卖个人情给婆婆，夫妻重欢琴瑟和。

秀英 婆婆呀我不愿与他夫妻和，我情愿提茶端饭奉公婆。

据说原本中的结局是婆婆跪送凤冠，秀英不得不上前搀扶并接下凤冠。黄沙认为照老戏演法有悖婆婆的性格，婆婆是戏里最受观众欢迎的人物，她对媳妇充满同情和爱怜，也该理解她的复杂心情，一旦她表示"情愿提茶端饭奉公婆"，就说明不是不愿做王家媳妇，只是咽不下这口怨气，这时婆婆就会想到解铃还须系铃人，赶紧提醒儿子下跪认错。这么一改，情理上更关痛痒，表演起来也更有意趣了：

陆氏 ……难怪伊勿肯夫妻和，怪阿林是从前太恶毒。我若苦苦去相劝伊，岂非便宜阿林这恶丈夫；我若不去相劝伊，今朝夫妻怎能和？左右为难难煞我……阿林若要夫妻和睦，除非侬状元跪地去认错。

玉林 母亲，儿是天子门生，万岁御笔亲批的新科状元，怎能向娘子跪下？

陆氏 侬老婆都勿着杠哉，还讲啥格新科状元天子门生。

状元跪地，重在有悔过的诚意。就此一下一上，你屈我伸，情通了，理顺了，气也平了，量也大了，夫妻间还有什么积怨不能化解？人世间，伦理纲常之严整，荣华美誉之矜表，作为维持社会秩序之两翼，唯有两头吃重方能彼此镇得住、托得起。而御赐的凤冠霞帔，即使奉为赔礼之物，也还不及对方低头认错，这也足见百姓生活中人情伦理大于天。我从小听过看过《碧玉簪》的各种录音录像，每演至此，观众频频爆发出欢笑和喝彩声，这番闹猛之中确实有一股人间烟火的劲道在里头。

而在有关"大团圆"问题的思考中，作为一个热爱戏曲的研究者，郭汉城更以维护文学艺术所体现的"民族的特色和光彩"为旨归，明确表达了自己对于中国传统戏曲中所含蓄的民众生活形态、情感方式、伦理取向及其内在意义的珍惜和尊重：

我们民族的心理，要求善恶分明——好人得到胜利，坏人得到惩罚。这种民族心理的特点，必然反映到文学艺术中来。所以像《白蛇传》《梁祝》这样的大悲剧，还有"毁塔"与"化蝶"的结尾，这决不是什么虚伪的光明尾巴，而是人民希望善良人们有美好结果的愿望，使这一愿望得到实现的意志。在戏剧文学的领域里面，我们必须尊重这种民族心理的传统，某些外国戏剧的规律，我们可以借鉴学习，不能硬套在我们每个戏曲剧目的头上。文学艺术是一种复杂的社会现象，形成一个民族的文学，一定包括这个民族的语言、心理特征、道德观念、风俗习惯等在内，离开这些，就会失去它民族的特色和光彩。①

对此，赵树理的态度也很明确，而且话说得相当直率：

我们要认真体会毛主席说的那“感性知识”与“理性知识”的关系，把我们民间文艺传统中所特有的东西先熟悉一番作为“感性知识”，然后从中找出些特有的规律来，以补充世界一般文学理论之不足。任何科学理论都得随时作这样的新的补充，否则都会变成过了时或不合当地情况的教条。我们学的一些条条，有些已经不够用。比如按照外国的公式，悲剧一定要死人，这个规律对中国是否适用呢？有人说中国人不懂悲剧，我说中国人也许是不懂悲剧，可是外国人也不懂团圆。假如团圆是中国的规律的话，为什么外国人不来懂懂团圆？我们应该懂得悲剧，他们也应该懂得团圆。②

由此可见，关于旧戏改造中的“大团圆”之争，或曰悲剧喜剧之争，除了新的政治意识形态影响下的剧目思想讨论，其实还指向新中国文化实践中另一个重要的文艺论争：其背景，简而言之，就是“先进”或曰“进步”的西方外来文化思潮及其文艺理论（精英的？激进的？），结合着主导新中国文艺改造及文化建设方向的政治意识形态的强势推动力，对所谓“落后”“低级”的本土文化、民族文化、特别是其中体现的民众心理和审美倾向构成的

① 郭汉城：《有关传统剧目教育意义的几个问题》，第124页。

② 赵树理：《从曲艺中吸取养料》，《人民文学》1958年第10期，系赵在该刊召集的曲艺座谈会上的发言；又见《赵树理全集》(4)，北岳文艺出版社2000年版，第410页。

威慑。或者说，就是源于精英文化熏陶的文人价值观念和趣味对民间生活中长久流存的价值和趣味的隐性改造。①

二

与“大团圆”相关，如何评价李秀英的性格，成为另一个争论焦点。“在原本中，李秀英这个人物除了善良外，比较具有反抗性，不是一个被封建礼教思想紧紧束缚的懦弱的妇女。……她是一个识大体，明是非，有情有义，知爱知恨的女人，而不是一个只懂得按照封建礼教行事的顺命者。到‘送凤冠’一场，她完全站在正义者的地位，对丈夫进行了斥责，把隐蔽在男人灵魂深处的自私心理揭露出来，使王玉林自惭形秽，无地可容。我想人民创造了李秀英这个典型人物，它的人民性主要是在这一方面。最后，李秀英答应了与王玉林和好，也不会伤害这个人物的性格。……李秀英的答应和好，只是出于人情，不是性格上的软弱、动摇和妥协。”②仔细回想事情或戏情本身，似乎并不像这里基于“人民性”而理解的那么确凿无疑：秀英接下凤冠，答应和好，究竟有没有“性格上的软弱、动摇和妥协”？而说她此举“出于人情”，是不是就能同“性格上的软弱、动摇和妥协”撇清？看来还得具体辨析。郭汉城指出，越剧《碧玉簪》原本中的人物情感，那种深受压抑后的控诉和宣泄，显然要比改编本强烈得多。

① 参见傅谨：《戏剧命运与传统面面观》，收《二十世纪中国戏剧导论》，中国社会科学出版社2004年版，第52页。

② 郭汉城：《有关传统剧目教育意义的几个问题》，第122—124页。此文强调《碧玉簪》中“人民性”，而到写于20世纪60年代初期的《关于人民性问题》一文中，他把《碧玉簪》归于“讽刺作品”，认为该剧的“人民性”中“蕴涵着时代、阶级的内容”，这就和上述分析有所不同，更强调了阶级分析。郭汉城在戏剧研究领域具有举足轻重的地位，尤其作为戏改关键词“人民性”的主要阐释者之一，他的相关论述和变化值得注意。

比如，原本中满月回门，秀英为了夫妻和好，忍痛别母归来，却发现丈夫的态度丝毫未变，不禁愤然："奴若知他心不改，要在娘家住几天。如今回到王家内，懊悔不听娘亲言。"不仅如此，当父亲劝她接凤冠时，她想起父亲当初不问情由拔剑杀女的情形，就连他也一并讽刺在内，而改编本明显克制了秀英对父亲话里有话、绵里藏针的怒气：

【原本】

（贴白）爹爹呀！（唱）非是女儿违父言，凤冠霞帔不愿穿。为只为，玉林为人心太狠，险只险，奴命刀下丧黄泉。（正生白）啊唷，听她之言，连我父亲也羞辱在内。咳，贤婿，此情我也难讲，你请别个去吧！

【改编本】

李秀英　（唱）叫声爹爹听根源，京都离此路途远，家中之事你不晓，娘亲跟前去问问看。那日他庭前把婚退，气得爹爹肝肠断，此情此景在眼前，爹爹你还会替他送凤冠！

李廷甫　（唱）女儿说话象箭穿，说得我有口难相劝，她受过玉林千般苦，难怪女儿把我怨。贤婿呀，要送凤冠你自己送，接与不接我不管。

再看改编本的导演阐述："李秀英是一个恪遵三从四德的女子，她对生活没有什么奢望，只想在婚后过幸福的家庭生活。但残酷的现实使她的愿望破灭了。她对丈夫抱什么态度呢？继续遵奉三从四德那套礼教还是违抗呢？她思想上展开了斗争，这种激烈的自我斗争的过程与结果，就生动地勾画出古代妇女受迫害的真实画像”。[1]一旦贴上了“封建礼教”“三从四德”的观念标签，她的逆来顺受、忍辱负重、“恪遵三从四德”，充其量也不过是“奴性”的怯懦表现，那就会有意无意忽略她个性中深含的柔中带刚的这一面，随之也就轻视了她的隐忍所植根的心理能量，即一个善良女子对于美满婚姻和幸福生活的执着期待。换言之，秀英一味温顺、隐忍、委曲求全，看似消极退让，实则勉力维持，不肯自暴自弃，也不忍“鱼死网破”。而其动机和目的始终如一，就是为了追求自己憧憬的美好生活而不惜承担种种代价，并在此追求和承担过程中暗自补缀她千疮百孔的情感与尊严。当然，此种追求、承担及补缀，也只能被规制于她置身的时代和社会所许可的伦理规范之中。因此，在伦理规范的熏陶和制约下，秀英形象分析中值得肯定的“识大体，明是非，有情有义，知爱知恨”，其实也正与人们在阐释中否定她的“懂得按照封建礼教行事的顺命者”互为表里，无法剥离。譬如在《三盖衣》中，就相当细腻连贯地体现了这一点。秀英的心理战打得烽烟四起，替不替冤家丈夫盖衣，成了她在情感、尊严和道德伦理之间的一场挣扎与历练：

……耳听得谯楼打三更，夜已深那人已静。见冤家，他身上衣衫单薄，今夜岂非要受寒冷。我若叫他去安寝，他定然是不见好意反见恨。要是他，受了风寒成了病，叫秀英如何能安心？噢！有了，我还是取衣将他盖，免得我官人受寒冷。我战战兢将衣盖……那冤家，平日见我像仇人，吓得我不敢去近身。秀英并未得罪他，他为何见我像眼中钉？像他这种负心汉，我还有什么夫妻情？唉！不顾冤家我自安睡，想起了婆婆老大人。（念白略）冤家他枉读诗书理不明，

[1] 黄沙：《我对〈碧玉簪〉的简要分析》，第 4 页。

那婆婆她待我像亲生。更何况王门只有他单丁子，冻坏了官人，要急死婆婆老大人。我还是将衣衫与他盖，想起往事心头恨。（念白略）父母爱我似珍宝，这冤家当我路边草。他既这样对待我，我任凭冤家他冻一宵。我还是将衣衫藏笼箱，猛想起，于归之期娘训教。（念白略）……进退两难我李秀英，今夜叫我如何好！……耳听得谯楼打四更，见冤家，浑身颤抖他身寒冷。我若不将衣衫盖，他如何坐等到天明？冤家呀，你虽没有夫妻情，我秀英待你是真心。也罢！我手持衣衫上前去，盖罢衣衫我心安宁。

秀英第一次盖衣是怕丈夫受冷，但想到他的冷酷无情就打消了念头；二次盖衣是为婆婆，可回忆起丈夫的种种恶待，又气得不想盖了；三次盖衣是想到母亲教诲，要孝顺公婆、敬重丈夫，否则就是礼义不周少教养。黄沙认为，“她前面的种种思想矛盾就在服从礼教的原则下统一起来，只好为丈夫盖衣了”，而三次盖衣的思想过程同她在母亲面前的百般隐忍一样，“真实地反映了古代妇女的痛苦”。郭汉城则为了辩明和维护秀英形象的正面意义，强调她决定盖衣并非是顺从礼教，只想真心待丈夫，也为了体恤和回报善待她的婆婆。[①]对照戏情，我们不难看出，郭论未免讳言礼教制约而刻意提升人物形象，前一说则凝固于“服从礼教”而这一点简化了对人物复杂真切的内心矛盾和情理冲突的阐发。回想归宁之日，秀英向母亲隐瞒苦情，原因很多：其一，满月之期，新人本应双双回门，而她只身归来，已经不够体面，如再说出实情，岂不更失脸面？其二，此时尚未找出丈夫为何不睦的缘由，她还幻想着能和好，倘若迫不及待诉苦，岂非有

① 郭汉城：《有关传统剧目教育意义的几个问题》，第123页。

些不智？其三，如果母亲得知实情，势必担忧、困恼，一旦动怒，前去王家评理，岂不闹出更多是非？倘再惊动在朝为官的父亲，那就更加不可收拾……这些后果，恐怕都与秀英对自己未来命运的期待相悖，自然会有所顾虑。因此，当丈夫差人送信要她原轿而归时，尽管母亲苦苦挽留，陪她在夫家受苦的丫环也一再提出不要回去，但她含泪咽下一切委屈，忍痛辞别母亲，暗暗盼望回去后夫妻和好。[①]那么，看似充满苦情的百般隐忍，没有自暴自弃，其实不也是她迫于现实困境同时又顾及内心愿望而作出的选择和努力？因此，当"跪送凤冠"这一幕赫然体现出丈夫痛悔赔罪的诚意时，这个因渴盼幸福生活而不惜付出沉重代价的女子为何还要拒绝？从拒到接，一样是在情在理。不可否认，这种意在维系世俗生活的情理，常常掩盖了埋藏其中的矛盾冲突，并不能彻底解决问题。黄沙分析道："从李秀英的行动逻辑来看，她会接受凤冠的。试问她若不接，难道还有什么更好的路可走吗？"因而这里也"渗透了妇女的悲哀"。那么，如何理解程砚秋所言这个剧"总是有向上精神的"？在此，不妨回思他的"戏剧观"，其苦心孤诣不可不察："第一要注意戏剧的意义，第二要注重观众对于戏剧的感情"，"演任何剧都要含有要求提高人类生活目标的意义"，要"引起观众的良好感情"，即使有些剧目"人生要求比较稀微"，但"还是不肯向下"。他强调，这些对戏剧的认识"不是从读书得来的，而是从演剧得来的"。[②]

从《碧玉簪》的实际演出效果来看，不管人们怎样分析、评论和阐释，编导和演员还是不遗余力地投身于剧中人"激烈的自我斗争的过程"。这也是旧戏改造中有意思的地方：对于具体人

① 参见黄沙：《我对〈碧玉簪〉的简要分析》，第6—7页。概念化的结论，并不影响他对剧情人物的细致分析。

② 程砚秋：《检阅我自己》(1931年12月4日《北平新报》)，《我之戏剧观》(1931年12月25日在中华戏曲专科学校的演讲)，均收《程砚秋戏剧文集》，第9、12页。

物情节，即使在特定社会政治文化语境中评论者编导者如是说，但戏曲文本呈现于舞台演出现场的展开过程，还是体现出相当丰盈的艺术感染力。这就不能不提及，导演黄沙与主演金采风正是一对恩爱夫妻，《碧玉簪》也是二人联袂的诸多代表作之一。不难想见，这等默契程度在舞台实践中所起的作用。

当然，我们现在只能从吴永刚拍摄的戏曲片中细细体味人称"神秀英"的金采风在运用做工和唱工表现人物时的精心投入。①从做工的细腻精湛来看，尤见功力的是"背上有戏"。如《归宁》一场，秀英受尽冷遇回娘家，当天接到丈夫书信，命她原轿归去，不得过夜，可又不便向母亲透露实情。面对母亲的责难，丈夫的严逼，她彷徨无计，匆匆走向下场门准备上轿，猛然间想到应该再向慈母告别一下，但正气恼的母亲仍背身不理，她再走下场门，又猛然止步回身……如此反复，就是有名的"三回头"，表演层次分明，先是委屈，继而焦虑，最终则是在时间紧迫、情急无奈中作决断。在一浪高过一浪的激越伴奏中，秀英不发一语，背朝观众，只靠形态和灵活多变的水袖功夫，表达出她欲哭无泪、欲告无门的痛楚心情。

再看看唱腔处理，金采风的唱腔继承袁（雪芬）派，并吸收其他流派精华（如施银花、傅全香的音腔成分），吐字清晰，运气自然，婉转缠绵，余韵悠长，充分显示越剧唱腔柔美哀婉的特质，和"金派"刚柔相济、秀慧端庄的演唱风格。②如在《洞房》一场中，

---

① 吴永刚的导演风格含蓄深沉，1934 年编导的处女作《神女》堪称中国默片时代的经典，20 世纪 60 年代又导演《碧玉簪》《尤三姐》等片，而 1980 年导演的《巴山夜雨》在新时期电影中具有里程碑意义，也是其一生绝唱。

② 金采风（1930— ），原名金翠凤，祖籍宁波市鄞州区，生于上海，新中国培养的第一代艺术家，最见功力的是《盘夫索夫》中的严兰贞（1954 年华东地区戏曲观摩演出大会表演一等奖），《碧玉簪》中的李秀英，《彩楼记》中的刘月娥，人称"活兰贞""神秀英"。此外成功塑造《红楼梦》中王熙凤、《祥林嫂》中青年祥林嫂、《鲁迅在广州》中许广平等形象，戏路较广。

“新房之中冷清清”一段唱，她揉和了明快的［四工调］和深沉的［尺调］，表达新娘在寂寞中揣度、期待之情，虽遭冷遇，仍含兴奋与娇羞。《二洞房》一场，玉林怒形于色，秀英莫名其妙，“官人他新婚燕尔心不欢”，唱得流畅稳重，显示其素日的家教涵养。“难道他另有意中人”一句长拖腔，处理得格外轻柔细腻、委婉深沉，以体现疑虑重重，却又不敢轻易流露，只能默默沉吟。而《三盖衣》的大段［尺调］，演唱更是跌宕起伏，曲折多变，夹白也念得细腻传情，字字送听，真切地揭示了秀英给丈夫盖衣过程中的情绪变化及其内心的激烈冲突，突显出了这个“既受封建礼教熏陶，又受封建礼教戕害”的女子形象。

其中，以第三盖为例，秀英踌躇反复，欲盖又止，止而复盖，到第三盖时人物内心冲突达到高潮。从“你叫女儿如何是好？娘啊”这句哭头开始，拖腔先由轻渐重，再由悲啼至啜泣，唱得回环转折，凄楚幽婉，表现了这个孱弱女子的左右为难、悲痛欲绝。接着回忆订亲时母亲对玉林的夸奖，运用节奏略快的［四工调］，怀想当初的憧憬。唱到“这样的苦处我受不了”时，节奏突然拉慢，徐徐倾吐出胸中的悲怆怨愤。继而发出“天啊！还是爹娘错配婚？还是秀英命不好”的追问。这句小腔后的“娘啊”，拖腔尤为曲折变化，感情也更细致复杂，冲口而出的第一声“啊”，由低到高，表现秀英情不自禁，痛哭失声；可一想到旁边还睡着冷酷的丈夫时，生怕惊醒他，这声“啊”在高音上戛然煞住；在此瞬间停顿中，她以手急掩口的动作和一个无声的抽泣，更强化了悲苦之情；最后，“啊”音再续，声音由低慢慢转成无声的音乐旋律。当秀英下定决心盖衣，在“你虽没有夫妻情，我秀英待你是真心”的一段紧打慢唱中，后一个“你”字拖了个长音，吟唱含有哭声，再次强烈地渲染了秀英对丈夫既爱又恨、虽恨尤爱的复杂感情。最后一句“盖罢衣衫我心安宁”，用传统的［清板］唱腔来落调，唱时轻轻吐出，表现了秀英终于为玉林盖上了衣衫之后，好像一块石头落了地，但她一夜未眠又感到筋疲力尽。整场演唱，声声含怨，字字带泪，委实具有动人心魄、催人泪下的艺术力量。[①]

试想，当秀英每每以其含辛茹苦的经历、蛾眉宛转的形象、淋漓深透的情感呈现于舞台上时，观众心底的生活体验也寸寸复苏，不知不觉就融入其间，那怎么还可能将她和所谓"封建礼教""三从四德""奴性"之类的生硬概念直接画等号？恰恰相反，在这细腻而深透的演出过程中，越是表现其痛苦和隐忍，似乎就越能在对此内心冲突的纵情抒发中产生一种超乎寻常的力量。正是凭借着故事情节及生活细节被打开的具体性和深刻性，哪怕再庸常的生存体验也能在戏曲表演中焕发出灼热的生命光焰。传统戏曲所积累的如此强大的艺术表现力，无形中赋予并释放了艰辛悲苦者日复一日难以宣泄的内心能量，同时也引起了观众的强烈共鸣。而这种感性力量在戏曲观演过程中的激扬生发，想必也如程砚秋先生所言，"总是有向上精神"，即使"人生要求比较稀微"，但终究"还是不肯向下"。其间铭心刻骨的情感体验，最能直接地激发整合起人们的感性认知和应对能力，久而久之成为生活世界中最能维系和充实伦理的主体性构成要素，常常能在机缘遇合中化被动为主动，以扩充行动主体的精神能量，并随之转化为更持久饱满的实践力度。

如是感性体验之后，再回到前述问题中来，或许就更容易体贴和理解《碧玉簪》的戏情戏理，特别是秀英的身心境遇。民众

---

① 金采风回忆道："我过去唱'我秀英待你是真心'这一句时比较平静，后来觉得这样处理不够细致，就改成这样：'你'字前面有停顿，'你'由轻到响，把委屈怨恨之情在这个字上一齐倾吐出来。"《谈〈碧玉簪〉中李秀英的唱腔》，收入其个人主页"风过留痕"。又，吴兆芬、尤伯鑫：《独树一帜 风采照人——记著名越剧演员金采风》，上海越剧院艺术研究室编《说戏论艺——上海越剧院建院卅周年舞台艺术文选》，香港越剧票房、香港美国万丰公司、香港长江印刷有限公司 1985 年赠印，第 342 页。

在维系共同日常生活过程中产生的多种面向和需求，相应催生和形成了生活伦理的完整性和多样性，即使在彼此形成分际之时也仍有牵连与平衡。比如，一想到婆婆的善待，便可缓解秀英被丈夫恶待后的屈辱和痛苦；想到父母的家教，也能促使她以理智克制情绪，礼义周全，勉力自持。倘要追问，她的善良隐忍以及最终的宽恕和好，究竟是对美好生活的执着追求的体现，还是对作为统治意识形态之两翼的“封建礼教”“荣华富贵”的顺势妥协？——而问题，恰恰出在使人动辄如此设问的意识形态观念统制及其思维定式中。例如，义利之辩，无论在显贵荣华与情理信义之间先设的对立，抑或在贪图富贵和忘恩负义之间必然产生的联系，都使得被压迫者在极力反抗社会不公而要求伸张和维护“正义”的同时，不得不对诸如富贵、功名等人生利益需求有所警惕和压抑，如此日积月累乃至产生近乎本能的反感和敌意，即便不是刻意回避了原本极为平常而正当的利益诉求，无意中也会忽略了人们在具体生活境遇中产生多种生命需求之际，对于其间有可能出现的矛盾冲突的不断调整、化解与包容。而情理之辩亦然。片面的回避、忽略和简化，重重叠加且习以为常之后，更强化了人情伦理、利益诉求与道义取向之间的生硬“对立”。

平心体察众多像《碧玉簪》这样流传至今的“人情戏”中的戏情戏理，或许正可以提醒我们，诸如此类关乎是非、义利、情理之间的抉择和取舍，一旦落实在民众生活过程中往往就化为更真实而丰满的整体考虑：比如，在过于斩截而分明的取舍之间，是否存在着对个体出于实际生计考虑而作出各种衡量、权宜乃至妥协的辨析？而这种合情合理的辨析过程，能否从具体生活内容到抽象价值评判，都获得更为细致、充分而必要的体现？在此意义上，基于意识形态统制的直观表现形式的所谓强弱，所谓反抗或妥协，以及种种构成对立对举关系的过于鲜明的观念形态，似乎都会在生活世界所赋予的具体细腻的人情伦理中变得模糊暧昧起来，换言之，也就变得生动灵活起来。生活如是延续，遂使如是之“变”，已然成为民众生活之“常”。而在千百年来源于生活且又融入生活的传统戏曲中，深深打动人心的莫非就是如此与人与生活之间痛痒相关、得失相系、情理相通的历史之“变”与“常”？

三

通过上述个案研究，我们可以看到，在循环互动的“阐释—剧本—演出”场域所形成的张力结构中，尽管像《碧玉簪》这样的传统“人情戏”还得以历经论争而流转存续，但有关新人、新道德的政治规划和设计，已使传统戏曲所表现的生活世界中相对原发、同时也因袭传统而来的道德伦理黯然失色。于是，围绕着人情伦理而产生的戏剧冲突，一方面在新的统治意识形态所推重的阶级分析中得以突显，遂将矛盾放大到无可回避的地步，以激发起反抗压迫或解决问题的动力；另一方面又因问题被纳入阶级范畴而迅速凝固、规整，失去了原本具有的复杂性、暧昧性及其协调变动的可能性，具体生活也随之陷入了各种结构性的框限。因此，对于民众生活世界而言，新的政治意识形态强光（如阶级论）在整体凸显其间本有的冲突因素而令人信服之外（这不可忽略），其主要问题还在于强化并泛化了上述冲突（如将矛盾归于阶级斗争），由此缩小了社会生活的内容，简化了个人所处的实有社会关系，进而缩小了“人”的活动范围，削弱并遏制了人作为个体的行动意义和价值，那也就意味着缩小了“人”本身。而在既定的压迫性结构中，除却反抗一途，相对处于弱势的个体将何以贞定与自持？谓之“贞定”，是举世滔滔我独不动？是承受重负而初衷不改？而此种不动，有时候是否比那种激烈的动——“破坏”——更具有对压迫性结构的反抗意义，因其自内而外都与那个结构更少同构性？这显然是一个重在社会实践和生活体认的问题，而我感觉，这更是个人在其心灵与精神维度所面临的一道坎陷。

从历史与现实境况看来，普通民众在维系日常共同生活中缓慢磨合而成的伦理状况，通常只能处在不得不被主流意识形态命名、定义和阐释的消极态势中。当然，由此突显的诸多观念形态及概念工具，倘要顺利施行也还得在一定程度上兼顾民众的实际需求，并随统治局势和社会情势的变化而见机调整其兼顾的程度。与此同时，实际生活中的伦理纲常的自然形成和因袭，又常会在有意无意中与主流意识形态的观念统制彼此接洽、印证、巩固、强化，走向极端就成为某种桎梏性的规范与压迫力量。其间，生活世界中激荡涌溅出的与此不相吻合的需求或反响，尽管也会在错综汇合多种社会政治文化力量而形成的博弈场中发生些许影响，但社会观念、制度及其阐释层面的话语权终究还是取决于新的意识形态统制。即便如此，而仍值得留意和珍视的一点是：就在生活展开和延续的过程中，同样具体而感性的生存体验和经验（譬如被压抑被损害的身心“痛感”），还是会不可遏止地成为人们质疑意识形态统制的能动性依据。如果说生活世界的全面、混沌而实际的展开本身，致使任何单一解释和规范模式都显得片面、狭隘、无法自圆自全，那么民间诸多力量形态的广泛存在与微弱显现，作为始终延续在历史现实境况中的“民意”表征，不也默默提示着我们所谓“能动”与“被动”之间的辩证关联？

而传统戏曲的存在意义，或者说，传统戏曲所呈现的民众生活世界的存在意义，还不仅仅在于它不可被简单规范所束缚，也在于它确实保存着生活延续过程中由历史因袭和当下生发汇聚而来的正面内容。倘无此内容,人类生活也就不可能延续至今。只不过需要辨析的是,此种正面内容并非在历史形态上一成不变,而是随着时代变迁而有常亦有变;不是某种固定的生活内容,而是由许多不同的生活内容所共同凸显的自觉意识和行动能力,一种以向真、向善、向上的具体实践方式来回应社会变迁中的严酷压力及其精神坎陷的生活能量。

(原载《文学评论》2008 年第 6 期,收入本书时有修订)

城市文化与文学建构

“70 后”作家的城市叙事与文化认同

贾艳艳

“70 后”作家登上文坛[①]之初，曾一度成为评论界和图书出版界关注的焦点。在时代的浮躁气息和大众传媒的商业炒作中，卫慧、棉棉等人对城市边缘、前卫经验的书写所带有的先锋探索色彩，在“美女作家”“身体写作”“新人类写作”的包装下蜕变为商业性诱惑和大众文化趣味，自然招致诸多批评与指责。这样一个起点，对“70 后”作家整体的身影多少构成了遮蔽。进入新世纪，“80 后”写作、网络文学迅速成为新的“热点”与现象，失去市场关注的“70 后”写作在以文学期刊为依托的传统文学体制内继续生长，并随着新的写作者的加入而不断分流，其作为写作群体的精神特质更加模糊难辨。一位学者在谈到“70 后”写作时说：“我一直很少为‘70 后’的小说家写什么文字，原因是几乎找不到一个可以使用的经验类型，对这一代作家给予某种确定的解释。”[②]以出生年代命名作家的方式，表露着文学史命名叙述的无力，同时也暗示了当代文学发展中的变数。批评研究的不足使得其中出现的一些力作，也难以引起读者的兴趣与

---

① “70 年代出生作家群”的概念最早见于南京的民间文学刊物《黑蓝》1996 年 2 月号，最初在文坛集体亮相则是在《小说界》1996 年第 3 期的“七十年代以后”栏目，继而《芙蓉》《山花》《作家》《长城》等杂志先后推出相关栏目，其中，《作家》杂志 1998 年 7 月推出的“七十年代出生的女作家小说专号”引起广泛关注。该专号展示了卫慧、棉棉、周洁茹、朱文颖、魏微、戴来、金仁顺七位女作家的作品，同时配发了作家的照片、创作谈和批评家的点评，“美女作家”的名号由此诞生。

② 张清华：《镜中的繁复或荒凉》，《小说评论》2008 年第 3 期。

关注。“70 后”作家似乎成了前辈作家与“80 后”、网络作家之间尴尬的“夹生层”，既无前者的文坛地位，又无后者的商业成功。“70 后”作家创作遇到的困境，也正是新时期文学发展的瓶颈：从“先锋”“新历史”到“新写实”“新生代”写作，启蒙、精英、民族国家、历史被逐一消解，文学写作的“个人化”倾向被不断提纯，趋向“欲望”和“私人”。从成长背景来看，“70 后”一代生长于意识形态的断裂处，他们在少年时代告别高度集中的计划体制的社会，开始适应市场经济体制的变化，步入城市化高速行进的时代，这意味着他们须在一个巨大的裂缝中确立世界观，寻求文化认同。他们的创作追求“个人化”立场，倾向于对城市经验的审美传达。近年来有“70 后”作者开始把叙事的场域扩展至乡村，但整体看来，对城市的叙事是他们共性的题材领域，也是现代性叙事的必然选择，集中折射出社会转型期文化认同的困境及一代人的迷惘与探寻。

一　回归与出离：身份的悬置

自卫慧的《上海宝贝》开始，关于“自我”与城市关系的焦虑，在“70 后”作家的城市叙事中始终未曾间断。她们希图以与传统绝缘的方式确立自身，她们对生活的认识是非日常的，认为琐屑的日常生活“绝对不是生活的本质”，不过是“悬置于强大的生活之流上方的恍恍惚惚的东西”。[①] 由此，与现实世界的疏离便也成为必然，她们最终没能与城市建立起稳定、可靠的联系。分化从一些作家的自我反省开始，魏微说：“一个时代就这样被粗暴地界定了。‘70 年代出生’，就是酷，作秀，糜烂。几个年轻的

① 卫慧：《像卫慧那样疯狂》，珠海出版社 1999 年版，第 14 页。

女作家成为这个时代最初的代言人……更多的‘70 年代出生’被掩埋在这面旗帜底下。像所有年代出生的人，他们安静地生活，无知无觉地成长。上学，工作，谈恋爱，结婚生子，慢慢地负起责任来。一切枯燥之极，也偶有抱怨，因为辛苦，劳累，为千百年来就存在着的道德感所约束着。”①传统的道德感与日常的伦理规范，重新进入“70 后”一代的创作视域。与卫慧、棉棉笔下“纸醉金迷”的都市意象和时尚、前卫人群的“另类”生活不同，活跃在新世纪文坛的“70 后”作家，如魏微、戴来、鲁敏、乔叶、盛可以、金仁顺、徐则臣、李师江、田耳、张楚、于晓威、路内、巴桥、海飞、葛亮、黄咏梅、杨映川等人，他们笔下的城市生活趋于庸常、平淡，中小城市的景象与寻常巷陌里小人物的悲欢，被普遍地纳入叙事视野；而在以都市为背景的小说中，叙事的笔触也多指向漂泊在都市边缘的底层人物。与她们一心想融入都市的繁华有所不同，后来的“70 后”作家更倾向于表达一种出离现实的冲动。失去了确定的目标，出离的意向使“自我”变得更加漂浮不定，身份被悬置起来。

“身份”所要解决的是“我是谁”“我站在何处”（“从哪里来”“到哪里去”）的根本问题，借用查尔斯·泰勒提出的“框架”概念：“在我们断定某种形式的生活确实有价值，或把我们的尊严置于某种成就或地位中，或以某种方式规定我们的道德责任时，我们发现自己就是在表达我称之为‘框架’的东西。”②身份的确立，必需精神所属的“框架”的规定和支撑。而在“70 后”作家的城市叙事中，对外部环境与生活形态的描写恢复了传统和日常感，但人物的精神立场则试图从既定“框架”中抽离出来，而且，

① 魏微：《关于 70 年代》，《青年文学》2002 年第 1 期。

② [加] 查尔斯·泰勒：《自我的根源：现代认同的形成》，韩震等译，译林出版社 2001 年版，第 35 页。

他们中往往越是严肃、认真的写作者，这种出离的冲动表达得越强烈。尽管“出离”不可能彻底，但却使得关于“身份”的建构陷入一种颇为尴尬的悖论式情境。他们的创作因而显得极不稳定，缺乏清晰定位。从另一方面看，由于成长期与社会转型同步，面对物欲现实与实用主义理性的扩张，“70后”一代很容易与转型期的社会精神气味达成妥协，甚至水乳交融。在此意义上，“出离”的意图，又成为一种建构。事实上，离散化、流动化，又何尝不是这个时代生活之流的特质，“70后”创作这种不无消极的建构方式，所折射出的种种暧昧、矛盾、生动与复杂，恰恰印证了它与时代的同构性。

小城市的叙事，在“70后”创作中有着特别的意义。在魏微、戴来、田耳、路内、徐则臣等写作者笔下，都反复出现“小城市”的意象，这自然与一代人的成长记忆、生活经历相关。在20世纪90年代的城市文学创作中，以小城市为背景的叙事并不多见，“乡村”或“都市”的两极，构成了当代文学叙事最主要的地理空间，而处于“过渡”位置的小城市在“中国经验”中的重要性并未被充分认识。“70后”作家关于小城市的叙事正是在此意义上弥补了当代文学经验的缺失。

魏微初登文坛的处女作即为《一座小城》，此后又陆续推出《大老郑的女人》《尖叫》等“小城系列”作品。魏微笔下的这座小城朴素、平淡，存留着乡土社会的某些特征，呈现出不同于现代都市的舒缓、静谧，但叙事又不时以游离的个人欲望与自由伦理渗入对小城人生的判断。《储小宝的婚姻》中，储小宝与恋人终成眷属，过着趋于平淡的婚姻生活，叙述者却对此评论道：“这段爱情成了事实上的婚姻，这真是人世间最邋遢的事情。”在对小城经验的表述中，作者倾向于描写那些在传统道德与公共伦理边缘挣扎着的小人物。《尖叫》中，发生在17岁少年和8岁女孩之间的身体事件由于越出公共伦理而受到残酷的惩处，男主人公仿佛置身一把巨大的剪刀中间，一边是个人性情的特殊与具体，另一边则是小城日常公共伦理的冷漠与粗暴，他的生命在两者的尖锐冲突中遭遇痛苦的重创。叙述者的立场含混、游移，对两者同时流露了深深的沮丧。

戴来的大部分小说也都以小城市为背景，如《亮了一下》《别敲门，我不在》《要么进来，要么出去》《开始是因为无聊》《折腾》等。她笔下的小城平庸、灰暗、沉闷，主人公都是游走在城市边缘或底层的普通男人，他们慵懒、无聊，没有生活目标，没有奋斗激情，像是一群徘徊于社会的整体性边缘的"零余者"，只能用散步、发呆、独坐、睡觉来消解欲望奔突引起的内心失衡。《折腾》中，周密之所以不结婚也不住在家里，就是为了"逃避婚姻家庭的责任，传宗接代的责任，照顾赡养老人的责任"，而他的父亲、弟弟以及朋友宋强也莫不如此。他们想在生活中进行一些小小的冒险，改变庸常不堪的生存状态，但是又缺乏面对现实的信心与耐心，只好不断地选择逃离，对现实的逃离注定反过来又使他们更加疲惫、无奈。

到了田耳笔下，被命名为"佴城"的小城消失了具体的地域特征，这位来自湘西的作家，并没有继承沈从文那样的地缘叙事策略。他用叙事建构的这座小城阴霾、沉闷，叙事的笔触也指向底层，写他们生存的困窘、内心的茫然与命运的荒诞。《一个人张灯结彩》《围猎》《重叠影象》《坐轮椅的男人》《环线车》等小说中，善于讲故事的作者让叙事中遍布着巧合，风马牛不相及的人在日常生活的氛围中不知不觉地成为猎人和猎物，相互追逐，精确地落入命运悄悄张开的网。与此同时，作者又格外钟情于描写偶然的意外制造出的混乱，让它打破原本秩序井然的世界。《氮肥厂》中，一对不被祝福的畸零男女原本不过是困顿生活的必然囚徒，然而他们竟然在机器上做爱，疯狂的行为导致机器故障，他们被膨胀的氮气发射到了天上，人们震惊地仰望着爆炸的强光。在田耳笔下，人们以各种“被囚”的形式生活在这座小城中，作者拒绝对人物进行任何判断，一任他们在欲望、激情、偏执或怪癖的激励下，在伦理与秩序的边缘穿隙而行，制造出混乱乃至奇迹，以此实现突围。

在小城市的叙事中，必然的“被囚”与偶然的“出离”，构成了“自我”与城市的基本关系模式。无论魏微笔下人物对公共伦理的逸出，戴来笔下人物对伦理责任的逃避，抑或田耳对偶然与巧合的迷恋，都是精神无所归依的“自我”以“个人化”方式所进行的盲目、消极的反抗，这又必然反过来加剧着人物所处的困境，由此制造出荒诞的场景。与“60 后”作家不同的是，“70 后”作家笔下的“荒诞”，有着日常生活的细节与质感；没有决绝的怀疑与虚无感，而弥散着一种由不确定感导致的迷茫与游移，厌倦与无力，以及一种深重的失败感。在邱华栋、何顿等“60 后”作家的城市叙事中，常有一种明显的归罪的意识，即把生活的荒诞归因于城市的罪恶，如邱华栋的《哭泣游戏》《环境戏剧人》等。而在“70 后”作家笔下，城市虽然令人沮丧，但却不再有确定的归罪，对城市的理解正如对人自身情感与生存体验的展开，有了更为深层、复杂的面向。

路内的长篇《少年巴比伦》以 20 世纪 90 年代初的小城市“戴城”为背景，试图还原刚刚流逝的时代细节与一代人的心灵历程。小说中的“戴城”，仍是一座平庸、灰色的小城，遍布着衰败破旧的化工厂，映衬着主人公路小路暗淡、沉闷的青春。90 年代初期的中国社会，正处于理想主义和消费主义的夹缝处，人们普遍感到由生存状态的混乱与价值失衡导致的迷茫与无所适从，而工厂正处在即将改制的前夜。身为一名“70 后”的路小路是个迷惘而又叛逆的男孩，在化工厂里浑浑噩噩地虚度着自己的青春。成长于理想主义破碎的年代，路小路们的精神状态呈现出鲜明的过渡性，80年代的启蒙大潮曾给懵懂的他们以内心的提升，然而刚刚成年的他们就因缺少方向与支撑而懒于行动，或缺乏行动的能力。对“大历史”以及政治风云缺乏切肤之痛，对现实秩序和伦理道德本能地充满怀疑与嘲讽，又缺乏可以投放身心的目标，注定了路小路们内心的空茫与躁动。路小路戴城生活的唯一光亮，来自化工厂的女医生白蓝。白蓝比路小路稍长几岁，内心有着与路小路一样的被压抑的激情，更有路小路所没有的冷静，她不愿随波逐流，选择考研究生，最终去国离乡，以不断远离的方式寻找自己模糊的理想。戴城于白蓝，不过是暂时停留的驿站。对读书已丧失信心的路小路答应白蓝去参加成人高考，“只要她高兴就可以。我想我妈也会高兴的，我这辈子只要她们开心，什么都可以去干，哪怕是做亡命之徒”。[①] 他们彼此吸引对方的正是那种“亡命之徒”的气质。“亡命之徒”，是英雄主义、理想主义留给“70后”一代的精神遗产，也是个人主义对现实的消极反抗：不能成为革命的英雄，那就成为生活中的“亡命之徒”吧。多年后的路小路终于挣脱计划体制的束缚，逃离戴城，来到大都市上海，却发现更深地迷失了方向，昔日的白蓝早已无迹可寻，偶然的相逢不过印证了彼此已成陌路。回头望去，青春已然消逝。

如果说《少年巴比伦》中的“小城市”戴城，在面向“过去”的叙事中，是主体想要逃离的“故乡”，魏微的《异乡》、徐则臣的《小城市》则立足时代的变迁，通过在都市漂泊的主人公的“归去来”，审视“现在”的“小城市”，宣告了一代人“故乡梦”的破灭。魏微的

---

① 路内：《少年巴比伦》，《收获》2007年第6期。

《异乡》中，南方小城青年女子许子慧之所以在都市漂泊，正是为了逃离沉闷、乏味的小城人生，她深谙只有在回忆中，故乡才是温暖的。文学史上诸多乡愁表达皆诞生于悖论的状态，纸上抒写一腔乡愁，人却在都市寓居，所谓怀乡者不还乡，不还乡才能怀乡。鲁迅当年对乡土文学所下的判断，称其为“侨寓文学”，也正是从文本内的抒情与文本外的作家处境之矛盾处，指出乡愁怀旧的伪饰。魏微《异乡》中的故乡描述，揭破了乡愁的美学外衣，昭示了“异乡”与“故乡”奇妙的同构关系。许子慧在都市走投无路后重返故乡小城，却要面对父母对她道德上的怀疑，时代的躁动不安中小城的一切已然面目全非。无“家”可归，成为现代人普遍的生存困境，也正应了鲁迅《在酒楼上》所言：“北方固不是我的旧乡，但南来又只能算一个客子，无论那边的干雪怎样纷飞，这里的柔雪又怎样的依恋，于我都没有什么关系了。”[①]徐则臣的《小城市》中，京城晚报副刊编辑彭泽返回故乡所在的小城市，同样陷入更深的身份认同的焦虑。北京的生活令彭泽感到“茫然、迷失和严重的无力感”，而飞速变化的小城市也早已不是他记忆中的故乡，人与人之间充满赤裸裸的利益角逐，没有大都市快节奏高强度的挤压，却陷入一种慢节奏的庸俗无聊。《小城市》中设置了一个本地青年朱砂的形象，这个年轻的女研究生就像当年的彭泽一样，对小城市可以预见的平庸、闭塞、缺乏活力的生活充满恐惧，对大都市北京怀着一份模糊的憧憬。面对朱砂的导师老初的精明市侩、及时行乐，以及朱砂男朋友高康健的讲求实际，彭泽显然还是更倾向于有热情有梦想的朱砂，虽然他知道大都市梦想的虚无，然而“出离”，毕竟是对“自我”的寻找。在小城市和大都市之间，还会有多少这样被裹挟在现代化进程中的小

---

① 鲁迅：《在酒楼上》，收《鲁迅全集》(第二卷)，人民文学出版社 2005 年版，第 25 页。

城市的年轻人，前赴后继地重复着身份认同的困惑与焦虑？

“70后”作家面对传统的态度是矛盾的：怀疑、游离，但身份悬空的迷茫与疼痛又让他们渴望能有所“信”，对传统提供的确定感充满怀恋。他们不像“60后”作家那样，以“颠覆”与“解构”来确立“信”；也不像比他们更年轻的“80后”那样坚决不“信”、放弃传统与对主流价值的追求。精神的漂浮不定，使他们的创作充满无力感，但也让他们对普通人生的抒写满怀理解和悲伤，流贯着一种深远、朴素的温暖。在“70后”的创作中，作者和人物精神立场的界限通常是模糊的，他们对笔下的人物采取平视，而非居高临下的俯瞰。这使他们对现实的怀疑往往缺乏整体性视野与思辨的高度，但同时，他们对精神的开掘得以超离90年代文学叙事中概念化、符号化的窠臼。此外，批评者多注意到“70后”写作中“躲避崇高”以及“非历史化”的“个人化”立场，但却往往忽略了多数“70后”写作者对“欲望化”“私人化”倾向的遏制与反省。总的来说，他们的写作是还原，而非救赎的。反观20世纪70年代末以来的文学格局，不难发现与五四文学主潮现代路径的相似，都激进地反传统，较少虑及传统的多层面向，多以整体主义思维视传统为铁板一块，文学创作每每以求新求变试验众声喧哗的现代想象。在此背景下，“70后”带有“过渡性”特质的创作，以及他们对传统的矛盾态度，就显示出独特的价值。

“父亲”的意象，集中承载着“70后”对传统的理解。在男性作家笔下，“父亲”的形象通常是缺失的，或一笔带过的漫画式描摹，如路内的《少年巴比伦》中，对路小路的前途，父亲只知道用送礼的办法换来一张招工表，此外就无能为力；李师江的《中文系》中，父亲在“我”工作半年后还不知道“我”从事什么职业，对“我”的期望仅仅是希望“我”能吃胖。“70后”的主人公们陷入无“父”的迷惘，但却没有表现出“弑父”“审父”的冲动，也没有陈希我、韩东等“60 后”作家那种冒犯的野心与越轨的企图。鲁敏的《墙上的父亲》《白围脖》中，都有一个先于故事死去的“父亲”，是女儿对生活的微弱信心的来源。定格于“墙上”（照片）、“纸上”（日记）的“父亲”，寄托了女儿对“精神之父”的期待与想象，表达着女儿对无从打开、正在远去的世界的慨叹。金仁顺的《仿佛依稀》也写父女之间的感情，父亲的婚外恋导致女儿的情感创伤，在父亲患晚期胃癌即将离世时终于得到修复。“父亲”用“死”，完成了对女儿的精神启示，这也正如魏微在《父亲来访》与《寻父记》（又名《迷失在小城市的父亲和我》）中表达的，在父亲和女儿之间，总有一种令人不安的紧张感。对女儿来说，越远离“父亲”，才会越想念他，而一旦靠近，反而想要逃离。《父亲来访》中，父母对漂泊在外的女儿的私生活不放心，于是父亲决定去看女儿，却对女儿构成了异常沉重的心理压力。女儿对父亲一再延宕的来访的等待中，隐藏着对父亲的戒备与敌意，与其说在等待，不如说在逃避。《寻父记》中，喜欢在林荫道散步的父亲有一天突然出走了，永远地离开了“我”和母亲的生活世界。为了寻找父亲，“我”开始了永无休止的漂泊，从 H 城出发，走过 Y、C、X、P 等城，最后来到 N 城，结婚生子，在外乡人的小城沉寂下来。漂泊，在此成为一种寻父的仪式。寻找父亲，其实也是寻找自我，要像父亲一样生活，要生儿育女，“因为父亲也是生儿育女的”，“我们要寻找父亲，必须先制造父亲，然而源源不断地为他人制造更多的父亲……”①“漂泊”的精神主题与“生儿育女”的日常生活，这两个不无矛盾的方面就这样被“寻父”的理想统摄在一起。事实上，这也正是“70 后”写作所呈现出来的最显著的文本特征：漂泊与游离的精神状态；日常生活的细节与温情。

① 魏微：《寻父记》，《大家》2000 年第 3 期。

在徐则臣的“北漂”系列小说、李师江的《逍遥游》、巴桥的《阿瑶》等以都市为背景的作品中，“漂泊”与“日常”实现了更具生活质感的结合。在这些描写都市边缘底层人生的小说中，与漂泊不定的生存状态相联系的，是朴素、卑微的生活愿望的表达，人物往往能够在颠沛流离中随遇而安、自得其乐。这些小说虽写“底层”，旨趣却异于传统的“社会问题”小说，没有对苦难的渲染，没有愤怒的控诉，“底层”亦不享有任何道德上的优越，所指涉的只是城市化浪潮中那些一无所有的“个人”。徐则臣近年来推出的《啊，北京》《我们在北京相遇》《跑步穿过中关村》《伪证制造者》《天上人间》等小说，表现出强烈的身份建构意识及与传统对话的自觉。徐则臣一直坚持以“外地人”的眼光来写“北京”，这些小说中的主人公都是寄居在北京的“北漂”，他们多从事假证贩卖，或假古董、盗版碟销售等不合法职业。假证贩卖者，是没有“身份”的寄居者，却为有“身份”的北京人提供伪造的身份的证件，这里显然包含着对混乱、失范的身份秩序的讽喻。生活的荒诞不止如此，这些从事地下职业的“北漂”们为什么选择北京？如果仅仅为了物质，他们在家乡原本有更好的生活。《啊，北京》中的主人公边红旗来自苏北小镇，原是个有着诗人气质的中学语文老师，却选择在北京以卖假证为生，“几乎活不下去时，他也一直在心里大声地赞美北京”。小说这样描写边红旗刚到北京的第一个夜晚：“然后他来到了天安门前，见到毛主席的巨幅画像时，眼泪又下来了。从小就唱《我爱北京天安门》，现在竟然就在眼前了，像做梦一样。他趴在金水桥的栏杆上，看见自己的眼泪掉进了水里，泛起美丽精致的涟漪。他就想，北京啊，他妈的怎么就这么好呢。”[①]《跑步穿过中关村》中的主人公

① 徐则臣：《啊，北京》，《人民文学》2004 年第 4 期。

敦煌“梦里除了数不完的钱，就是迎风飘扬的国旗，他能听见仪仗队咔嚓咔嚓的脚步声整齐划一地经过他的梦境”。[①] “天安门”“毛主席画像”“国旗”“仪仗队”这些意象代表着“70 后”一代对现代性的想象。然而，这样的想象却与他们所置身的现实形成了反差。《天上人间》《跑步穿过中关村》《假证制造者》里，主人公在故事的开始从狱中被放出，到故事的结尾再次被捕，在卑微、粗粝的生活刚刚出现些许亮色时突然落入命运的囚笼。《跑步穿过中关村》中，主人公敦煌在拥挤的车流人群中择路“跑步”的场景意味深长，对“京漂者”而言，长远的目标是模糊的，眼前的出路只是暂时的，他们无法真正进入“主流”。如此的“跑步”，肩荷着生活的重压，掩抑着内心的迷茫，同时又洋溢着活力与希望，是他们宿命一样的存在方式。

不可否认，“70 后”作家身份建构中表现出的“出离”情结，虽不无寻找自我的努力，但往往止步于对社会、历史的逃避，因而未能摆脱盲目的自我放逐及冲出围城的原始冲动。阿兰·波德顿在《身份的焦虑》一书中将“身份”定义为“个人在社会中的位置”，“狭义上指个人在团体中法定或职业的地位。而广义上——即本书所采用的意义——个人在他人眼中的价值和重要性。”[②]以“出离”为目的，身份的悬空成为必然。“70 后”写作者对此已有所反思，徐则臣说：“中国当代社会是青年作家的基本生活场域和根本的生活处境，中国问题，也就是当代社会与人的关系问题，也必然是作家面临的重要问题，他们的任务是，如何通过文学作品理解和表达他们独特的有价值的见解。”[③]如何让自我与社会、历史建立更为有效的联系，如何让语言进入更为深广、丰富、

① 徐则臣：《跑步穿过中关村》，《收获》2006 年第 6 期。

② [英] 阿兰·德波顿：《身份的焦虑》，陈广兴、南治国译，译文出版社 2009 年版，第 5—6 页。

③ 徐则臣：《70 后的写作及可能性之一》，《山花》2009 年第 3 期。

多义的精神生活，是值得每一位“70后”作家深思的问题。

二 “等待黑夜降临”：身体的意义焦虑

从整体层面考察“70后”作家，一定不能绕过20世纪末“惊艳”文坛的“美女作家”们，是她们的“身体写作”“欲望化写作”，为“70后”作家在当代文学景观中留下第一个身影，流星式的文学生涯也佐证了她们的写作存在的问题。在她们之后，如何叙述“身体”，成为“70后”作家无法摆脱的焦虑。毕竟出离了“框架”，“身体”是“个人”最后的依托。卫慧、棉棉对身体的叙述，与朱文、邱华栋等“60后”作家有着精神的承接：都是从“个人化”角度出发的欲望宣言，在对物欲的追逐中有意摒除耻感，以不无夸张的叛逆姿态颠覆传统伦理与价值观。然而，在“60后”作家笔下，“身体”仍是具有革命性、政治性的因素和力量。到了“70后”小说家这里，所谓“个人化”的写作所置身和面对的，已经转向消费主义的意识形态，这样的意识形态鼓励人成为彼此间互无关系的消费的个体，在欲望的导引下潜移默化地转移和分解个人的公共意识。卫慧、棉棉、安妮宝贝对欲望化都市生活的描写所透露的物欲倾向，使她们的写作毫无悬念地落入消费主义意识形态的网络。尽管棉棉把自己写作中的“身体性”诠释为“一种离身体最近的、透明的、用感性把握理性的方式”，[①]然而她们的作品并没有给出另类思考的途径，“身体”只是个人体验的工具，被缩写为与感官、欲望对应的肉体，在与理性的对峙中轻而易举地获得胜利。

---

① 谢海涛：《棉棉访谈录：写作的“身体性”指的不是欲望》，《青年报》2000年4月1日。

对新世纪以来渐渐普遍化、常规化的"70后"写作而言，一方面，作为"个人化"的写作，对日常生活的叙述，对公共性"框架"的逃离，须依赖"身体"的承担；同时他们所必须面对的另一现实情形是，从"私人化"到商业化，"身体"已被高度透支，其革命性与先锋性业已丧失，正如魏微在《一个年龄的性意识》中写到的："先锋死了，我们不得不回过头来，老实地走路。"对于生活经历相对单薄的"70后"作家而言，爱情与婚姻无疑是他们所能找到的最严峻的考验。身体依然作为个人化的欲望与经验的表征，但被纳入对城市生活中更为普泛的情感、伦理问题的审视，尽管伦理的介入在叙事中往往是模糊的、悖论性的，但关于"身体"的叙述不再是单向的欲望宣言。

先来看男性作家的身体叙述。在冯唐的"万物生长三部曲"（《十八岁给我一个姑娘》《万物生长》《北京北京》），李师江的《中文系》《逍遥游》，徐则臣的《夜火车》，路内的《少年巴比伦》《追随她的旅程》，李修文的《滴泪痣》，陈家桥的"爱情三部曲"（《南京爱情》《北京爱情》《成都爱情》），丁天的《我的绝版青春》，叶开的《青春期》等长篇叙事中，爱情都指涉着青春与成长，与身体、性裹挟在一起，构成叙事的核心，支撑起男主人公内心模糊的星光，这些小说几乎都弥散着诗意的忧伤。这其中，冯唐的小说最富于力比多的气息，他的"三部曲"连续性地勾勒了男主人公秋水从十八岁到而立之年的成长。《十八岁给我一个姑娘》中，少年主人公不甘接受师长的教诲，坚持用偷窥来认识生活，与所有人物的关系都是偷窥与被窥的关系，并且以成长为理由，这偷窥还来得理直气壮，拉读者一起进行对身体的盛大围观。人的社会性和动物性在偷窥中被中和、混杂，人与人、人与自我的关系由此得以被重新观照。小说中，"老流氓"孔建国充当了秋水的"精神之父"，这是一个"自然人"的形象，他试图按照自我的心意和本能自然、轻松地活着，有意识地用失范的行为使一切传统的道德律令失去效力。荒唐、失范与“时间”“成长”构成了三部长篇的主题轴。穿过稠密的细节，随着时间的推演，主人公长大成人，失去了荒唐的权力。到了《北京北京》中，秋水从一场大醉中醒来，感到身心空虚，青春随风而逝，从此做爱只与生育有关，中年发福的小肚腩与“社会中坚”的角色意识互为表里，即使想犯错误也没有身体的资本，最终以力不从心的疲软告终。小说《北京北京》不断地暗示我们，以“身体”为“意义”的可疑。我们所拥有的一切都如此不确定，年轻的秋水们除了身体和模糊的乌托邦渴望外一无所有，而身体终将老去，成为社会中坚也不过意味着身陷围城与牢笼，改变不了衰老和沧桑，一切无可挽回地消逝。

于是，接下来的意识主题必然是：让衰老和沧桑来得再晚一点吧。几乎所有“70后”作家的小说尤其是晚近的创作中，都同时并陈着这样两种意识倾向：一方面，是被延长和放大的青春期，包括女性作者在内，已经陆续步入中年的“70后”小说家陆续推出的长篇小说，几乎都是以性爱为主轴的成长回忆与青春记录；另一方面，则是人到中年的沧桑感，“70后”一代似乎未及充分成熟就迅疾地衰老，与之相伴的是散发着悲观主义气息的宿命感。路内的《少年巴比伦》的第一章，以“悲观主义者无处可去”为自己命名；徐则臣则称自己为“一个顽固的理想主义者”，同时“也是一个顽固的悲观主义者”。[①] 事实上，“悲观主义”和“理想主义”的奇妙结合，适用于多位“70后”小说家。在时间中失败是人的宿命，也是文学永恒的母题，就“70后”创作而言，由时间的流逝而生出的沧桑与忧伤，根本上还是源于“身

① 徐则臣、马季：《徐则臣：一个悲观的理想主义者》，《大家》2008年第4期。

体”产生的焦虑。

愈沉迷于欲望，就愈容易陷入对时间的恐慌与焦虑。在路内的《追随她的旅程》中，路小路把人生看作黑夜，与老师们把他们比作早上八九点钟的太阳相反，在路小路看来，18 岁的自己“正处于黄昏最美的时候，然后是漫长的黑夜，某一天死了，在天堂看到红日升起，这种计算的方式可能更接近神的逻辑”。[①] 于是，人生，其实就是“等待黑夜降临”。黑夜，如同巨大的帷幔，将一切遮盖、混融，似天地初开前的混沌，又似人类文明前的无知无识。在黑夜的围裹下，人保全隐秘，归属自然，获得身处母腹般的安宁。但黑夜的笼罩，又像是对个人、欲望的纵容，也滋生不轨、孕育罪恶，因而在与“白昼”“阳光”的二元语义构架中，“黑夜”难以获取同等的情感与价值分配。“等待黑夜降临”的叙事注定是悖论式的。当黑夜之幕降落，传统、道德与羞耻，人和现实的紧张，似乎都可暂时放下，不用挣扎，不必恐慌，只需沉溺于黑暗中感受“自然人”的轻松与欢愉。但一切终会过去，随之而来的，只能是沮丧、虚空。张楚的《夜是怎样黑下来的》呈示了“黑夜”的意象是如何联系着人性幽微处的欲望。小说中，老辛想方设法地要拆散儿子与其女朋友张茜，因为他感到张茜鹰隼一样的目光似乎能够看透他多年来往上爬的心计与不堪，他想要摆脱这个照见了自己真相的“镜子”，他与张茜正是因太过相似而相吸又相斥。在黑夜降临的偶然瞬间，老辛被张茜诱惑，从而在两人的对峙中败下阵来。“黑夜”将人的社会身份与自然身份剥离，令人荒唐、失控，一切的功利与算计，连同一切向上向善的愿心，最终功亏一篑，毁于一旦。回过神来的老辛，方才察觉到，“天已经黑下来了。天是怎样黑下来的呢？老辛不太清楚，

---

① 路内：《追随她的旅程》，《收获》2008 年长篇专号春夏卷。

反正冬天的夜晚总是很长，而白天总是很短”。[①] 面对尴尬的窘境，老辛只好以逃离和自欺来麻痹自己。

在一些文本中，“等待黑夜降临”构成了叙事的隐性结构。于晓威的《夜色荒诞》中的男女主人公凌力和洁，萍水相逢却没有生疏和距离感，反而与自己朝夕相处的爱人形同陌路。疑虑着对方的不忠，但自己也渴望着艳遇的刺激、情感的冒险，最终在隐藏着世故的暧昧、感伤中，完成一段无疾而终的恋情。他们的灵魂漂泊不定而又随遇而安，如城市的夜晚随时充满变数。于晓威的另一篇《L 型转弯》中，一向沉稳严谨的警察杜坚在一次紧急的营救行动中，发现被劫持者是情人乔闪的老公，贪欲算计一闪念，导致营救失利。情人乔闪窥破其心机，在疑惧与绝望中欲与之同归于尽，小说结尾依然写道：“真正的黑夜即将来临了。”[②]“黑夜”指向欲望导致的失控，以恶抗恶，是对黑夜的彻底沉堕，也是朝向死亡的不归路。

对“黑夜”的等待，偶尔也表露着对人的微弱信心。田耳的《一个人张灯结彩》的结尾，苍老的警察注视着不明真相的小于黑夜里点亮的灯，她的情人已被捕，被劫杀的却是她的哥哥，如此荒诞、无望的等待，却又是“一个人的张灯结彩”，暗示着个人在没有希望的黑夜里对于奇迹的不屈想象。老警察孤独地把烟花点燃，叙事对人本身的肯定，使这个悲伤的故事显露出几许温情。徐则臣的长篇《夜火车》则把对“黑夜”的歌咏引向一种挣脱现实的欲望。主人公陈木年出身寒微，父亲是三轮车夫，命运指示给他的方向，似乎只有金榜题名、衣锦还乡。身处现代生存的理性网络，陈木年一次次地逃离，一次次陷入重围，他的生活因

---

① 张楚：《夜是怎样黑下来的》，《收获》2009 年第 3 期。

② 于晓威：《L 型转弯》，《收获》2005 年第 3 期。

出走而变得更加混乱、失控。导师沈镜白原本是唯一可能将他从“出走”的执念中召唤回来的“精神之父”，然而，这位众人眼中德高望重的老教授却吊诡地陷入了情色事件，与女学生进行身体与学术的交换，不仅如此，陈木年发现几年来的困厄，不过是沈镜白利用权力，刻意为他安排的所谓“苦其心志”的磨炼，自己不过是一枚棋子，一直生活在别人的设计里。而他心爱的姑娘也早已成为一个被玷污的、无法得到的欲望空壳，年轻人悲愤地杀死了他的情敌，乘夜火车出逃，“出走”变成了真正的“逃亡”。陈木年想要逃离的，不仅有体制、权力与私欲，也有伦理的承担。将“身体”置于“夜火车”上远离生存的现场，在时间的阻断、空间的消融中沉溺或者飞翔，这样的“自然”与“自由”，只能通向无边的“黑夜”、空幻的“永恒”。作者无处安置的理想主义激情，化为对“黑夜”的审美，以此来抵挡感伤。

“等待黑夜降临”的意象结构，同样见诸女性作家的文本。乔叶的《我承认我最怕天黑》中，身体欲望与道德伦理、世俗理性之间皆构成了尖锐的冲突。女主人公刘帕因丈夫小罗的一次嫖妓而与之离婚回归单身，她在上司张建宏的性诱惑面前抽身而退，而与深夜入室打劫的民工一起激情放纵。对刘帕而言，对方是否能为她打破身份的禁忌，是欲望实现的前提。然而，欲望与情感、伦理及理性的分离，使之只能以荒唐、失控来实现，即使躲过伤害，也必将产生耻感，因而“我承认我最怕天黑”，夜晚的刘帕越失控，白天越要在人前规矩持重、冷若冰霜。在主体的意识深处，构成欲望束缚的道德伦理与实用理性被混同起来，叙事显然无意对此作出区分，刘帕对欲望的沉迷事实上也陷入了她本欲反抗的实用主义理性的怪圈。这种被抽空伦理内涵的耻感意识在乔叶另一篇小说《打火机》中，得到进一步加强。女主人公余真少女时代在一个黑夜被人强暴，她的身心从此被羞耻感牢牢控制，16 年来一直过着自我扭曲、违背天性的生活。与刘帕沉溺于白昼和黑夜两重秩序中的分裂相仿，余真也一面在人前“夹着尾巴”扮演乖顺而又矫情的好女人，一面渴望着有个人能像打火机一样照亮黑夜，给她的心灵松绑、释放。一次外出，她成为情场老手老胡的猎物，黑夜里老胡在欲望驱使下的狂乱激活了她被强暴的记忆，她由此实现了心灵的救赎。在这里，身体欲望引发的耻感，与其说源自传统道德，不如说源自世俗压力和叙事先入为主的设定。余真所渴望的身心解放，以自我的欲望为最高准则，“身体”对伦理、爱情的跨越便成为应有之义，反叛世俗的理想与欲望至上的原则达成合谋，忽略了欲望的肆虐横流正是自身悲剧的起因。

身体欲望引发的耻感意识，为女性主体的自我认同构设了难以逾越的障碍，甚而导致人格的分裂与扭曲。金仁顺的《水边的阿狄丽雅》中，那个常去相亲的古板守旧的女研究生，通过给陌生男人讲故事，来与她并不抱幻想的爱情保持距离，而故事中魅惑放浪的女孩朗朗，才是她心中深藏的、未及实现的“本我”。每个人都想成为欲望的主宰，担心沦为他者实现欲望的工具，只好通过自我的压抑与伪装来实现自我的保全。金仁顺的另一篇《桃花》演绎一场母女间的对抗。女儿夏蕙庸常、安分，母亲季莲心则美艳、风情，这决定了她们在性别秩序中的不同命运。季莲心的横刀夺爱，揭示了欲望主导下人性的自私与冷酷，但女儿夏蕙事实上也同样服膺于由身体与性缔造的身份政治，因而才在母亲面前露出骨子里的虚弱与自卑，甚而在嫉妒和仇恨中发出疯狂“弑母”的行为。叙事一面以冷静的笔触将欲望推向邪狭与极端，一面又对欲望之于理性和秩序的摧毁力量流露出深深的沉迷。这种内在的矛盾，只能使女性主体的自我认同倍显尴尬、无奈与扭曲。因而，盛可以的《手术》中原本信奉独身主义的女主人公唐晓南，28岁这年蓦然发觉自己一直充当男人“炮友”的虚无；魏微的《回家》中，矜持清高的女记者却遭遇一群被遣送回家的妓女的嘲弄，后者的言辞虽有自甘堕落的意味，却也道出女性在冠冕堂皇的自由平等说辞下价值扭曲的尴尬实情。

如此临崖而立、进退失据的身份处境，反过来必然进一步引发和激化对身体的焦虑。乔叶的《妊娠纹》中，已届中年的女主人公欲以婚外情来实现对平庸、乏味的婚姻生活的突围，然而，在彼此算计的偷情中，妊娠纹的存在成了她身心无法突破的障碍，一场暧昧的游戏在最后关头戛然而止。盛可以的长篇《水乳》中，女主人公左依娜因胸部的平坦而陷入焦虑，作为女人的不自信使她急切地想要在异性面前确证自身的价值，由此陷入情感游戏与自我编织的悲剧想象中无力自拔。与左依娜相反，盛可以的另一长篇《北妹》中的钱小红，却因为有一双异常丰满的乳房，而陷入无穷无尽的焦虑与麻烦。这部以外来打工妹为题材的小说对女性身体的观照，由“一个人的战争”“私人生活”转为一群“北妹”的社会生活，女性写作重返生活现场，显示了写作者批判现实与超越自恋的努力。小说中，钱小红的欲望历险最终导致了“乳腺增生”的身体创痛，身体的自由令女性堕入了更深的困境。小说超越了以男权为预设目标的对抗性写作，揭示了自由本身的局限性，但对于钱小红是否能在如此严酷的生存境况下实现身体的自由，却施以浪漫化的想象。面对各种诱惑，钱小红始终没有出卖过自己，在“乡村”迈向“城市”的现代化蜕变中，保有了自身的纯洁。

在富于理想主义气质的鲁敏笔下，欲望的独立存在同样受到质疑。她的《白围脖》《转瞬即逝》《紊乱》《取景器》等作品通过描写城市男女婚姻围城中的情感困局，展开对欲望、情感、伦理之间多重关系的探讨。《白围脖》中，忆宁与母亲这两个不同时代无法获得爱情的女人构成了鲜明的对比，没有爱情的支撑，身体/欲望与道德伦理一起沦为形式的空壳，宣泄不过是另一种压抑。作者没有像卫慧、棉棉那样，将身体与心灵、欲望与情感对立起来，爱情作为一种与父辈精神相联系的理想，成为欲望的目的。《转瞬即逝》中的田荷，为了现实利益而选择了丈夫钱力宏，为了追求爱情而与情人林海共赴肉体的狂欢，然而仅仅一个不合时宜的玩笑，就讽刺地证实了她与林海之间除了情欲，不过是毫无关系的陌生人。情感的隐退与错位，让看似平常的现代生活处处显露出荒谬。如此对欲望与情感的观照，开始超离 90 年代“欲望化写作”的窠臼。

精神立场的不确定与发散性，衍生出“70 后”写作的弹性空间，关于身体的焦虑同样沿着看似相左、实则互为表里的方向演绎：有疑虑与忧惧，就有放纵与沉迷；有对荒诞的揭示，就有浪漫的“出走”，有肉身围困下人性的沦丧。“70 后”作家对人性的“暗疾”有着长久的关注，有意味的是，这些对“暗疾”的描写往往并非抽象的，而与“身体”直接相关。如鲁敏的《墙上的父亲》中患贪食症的王薇，只要吃起东西来就诸事不顾、超然世外；鲁敏的《暗疾》中，父亲的“神经性呕吐”一触即发，姨婆因便秘而对大便乐此不疲；戴来的《在卫生间》中，便秘的老叶靠躲进卫生间里逃避生活的琐屑与难堪；杨映川的《我困了，我醒了》中，嗜睡症使张钉一次次地在昏睡中逃离责任与算计。作家们对这些人性丑陋处的叙述细致、耐心而又刻薄，穷追不舍，不依不饶。在黄咏梅的《暖死亡》中，丈夫林求安是个继发性重度肥胖症患者，对食物有着疯狂的胃口，妻子张小露则在丈夫的贪食中生发出对食物的仇恨进而发展成对烧菜的贪婪，于是，一对强迫症患者就此结成了奇妙的组合。夫妻两人每天循环往复的烧煮、吞咽食物的场景，似乎只是“后工业时代”众多无意义的场景之一。林求安在对食物的咀嚼、吞咽中感受生命，也感受“黑夜”。胃切除手术后他丧失了身体的疼痛感，同时也丧失了食物带来的愉悦感，对他来说，这无疑与死亡相去不远，走在从殡仪馆回家的路上，林求安抬起头，“第一次感到了太阳对他的善意”，感到满天都是“太阳的能量射向这个宇宙的精虫”，人类生命由生生不息而生发的永恒感，竟以如此荒诞的方式出现在将死之人林求安的幻觉中。而妻子张小露每每在丈夫的吞咽里忘却生活的烦恼，让自己“陷入一片黑暗里”，仿佛置身于“林求安无边无际的胃”，“她像是进入了一个孕育着生命的子宫里，蓬勃而尊严，柔韧而强硬”。[①] 肉身以如此不可思议的力量将人牢牢控制。从莫言笔下狂欢化的、孕育着无限生命力的“身体”，到朱文、邱华栋笔下玩世不恭的“身体”，陈染、林白笔下于幽闭的密室里“致命飞翔”的“身体”，再到卫慧笔下寻欢作乐的“身体”，当代文学叙事中的“身体”到了今天的“70 后”作家笔下，才充分展露出沉重与速朽、猥琐与丑陋，从而演绎出“身体”在当代中国人精神人格形成中的别样含义。

“身体”如此沉重，与“个人”想要出离的围城或牢笼不分彼此地贴合在一起，任何出逃现实的行为必然失败，一切将生活审美化、浪漫化的企图终将幻灭。身体，特别是女性的身体，将如何，又能如何呢？魏微的《情感一种》出示了身体遭遇在当代中国语境中的“现实一种”。女研究生栀子家道中落，毕业在即，经人引荐认识中年男人潘先生，在付出身体之后，栀子忽然意识到，这么多年来所有交往过的男人只津津乐道她的身体，而她与潘先生的交往不过是一场交易，这令她如鲠在喉。为让潘先生体验交易不平衡导致的失重，栀子再三矛盾之下选择了退避，失

① 黄咏梅：《暖死亡》，《十月》2007 年第 4 期。

去了亲近物质的机会,“栀子突然觉得非常地萎顿,在这个世界上,没有爱倒也罢了;可是没有爱的同时,再没有钱,她不知道这样的日子对一个女人还有什么意义可言?”①如栀子这样受过高等教育而又善于自剖、长于理性的女性,仍不能摆脱身体的现代困境,这实在值得深思。齐格蒙特·鲍曼认为,现代性是一种追求透明、渴望确定性的精神,有以理性将一切加以管理的冲动,经由理性的严密计算和规划,自我保存成为最高的行为原则:“生命之价越攀越高,背叛之价则越跌越低。不可抵御的活下来的冲动把道德的审慎推到一边,随之而去的还有人的尊严。在为生存而遍起的争夺中,自我保全的价值戴上了不可置疑的选择合法性的王冠。”②对理性的迷信,必然导致道德缺失,伦理涣散,失去道德判断力。身体的自由,使女性置身更为复杂的困境。魏微的《化妆》以女性身体的困境,对现代文明的危机作了一次隐喻。女主人公许嘉丽把自己化妆成穷苦的妇人去见昔日情人张科长,本为重温旧梦,却遭遇种种难堪。张科长怀疑她靠什么生活,她顺水推舟地承认自己卖淫,并把这次见面也当作肉体交易加以嘲讽。翌日清晨,许嘉丽走上天桥,不知道如何回复到那个光彩照人的新女性许嘉丽的角色里去。身体悬荡于空的姿态,正隐喻女性无法找到安妥自身的位置,表露着内心的无所适从。在许嘉丽准备用“化妆”逃离现实时,已隐约预感到温情的必然破碎,“因为她知道,她的黑夜降临了”。③ 对“黑夜”的直面与反抗,必将创痛酷烈,“70 后”作家笔下的人物,终究没有反叛的信心和勇气,她们对此不“横眉冷对”,也不会“以死明志”,

---

① 魏微:《情感一种》,收魏微《暧昧》(中短篇小说集),中国文联出版社 2004 年版,第 116 页。

② [英] 齐格蒙特·鲍曼:《现代性与大屠杀》,杨渝东、史建华译,译林出版社 2002 年版,第 194 页。

③ 魏微:《化妆》,《花城》2003 年 5 月。

至多把身体悬荡于空，不动声色地审视自己和世界的距离，然后沉沉睡去。魏微的《异乡》中，许子慧在都市的漂泊尽管安分清白，却始终无法逃脱父母对她的道德审判，她走投无路后重返故乡，在与父母的对峙中败下阵来："她知道会有这么一天，她在等着黑暗的降临。"①黑夜的来临终于让她安心。《异乡》的结尾，是如此耐人寻味："她几次爬起来，推开窗户，天际有一轮小月亮，她把半截身子探到窗外，试了试，然而这是二楼，跳下去也不至于粉身碎骨；她嗅了嗅鼻子，百无聊赖地在屋子里走上一圈，后来上了床，睡着了。"②沉沉睡去，所有因现实产生的紧张与疼痛皆不了了之，复归安宁、平淡——这也正是"70 后"创作解决焦虑、把握理想与现实冲突的经典方式。

三　"彼此"之间：重构"我们"的困境

"70 后"写作尽管个体差异颇大，但一个严峻的问题是，不少写作者日益显露出自我重复的迹象，尚没有建立稳定的个人风格，就早早地进入了创作的瓶颈期。这显然仍与他们的"个人化"立场及对社会、历史的隔膜有关，个人经验在叙事中的重要性被放大。卫慧、棉棉曾将自叙传式的写作发挥到极致，为了迎合猎奇趣味，强化代际差异，她们以极端个人化的方式在追求"另类"、刺激的道路上愈走愈远。她们笔下，从故事主题、情节架构，到人物的生活背景、性格逻辑，不同作品之间往往惊人相似，互为文本地讲述着大同小异的欲望故事。如何从自叙传的格局中挣脱出来，成为"70 后"创作者面前的一道难题。

---

① 魏微：《异乡》，《人民文学》2004 年 10 月。
② 同上。

写作者们对此显然有所觉识，他们不断尝试以“他者”的眼光打量世界，频频进行着性别的反串与视点的游移，如鲁敏、盛可以、魏微的多部作品中，第一人称的主人公“我”被设定为男性；戴来的大部分小说都以中年男性为主人公；男性写作者以女性为主人公的作品则更为常见。在那些记录个人成长的叙事中，叙述也总会设置一些用以干扰、打破“自我”封闭格局的因素。路内的《少年巴比伦》中，作为叙述者的路小路对着“80后”的女朋友张小尹讲述自己的戴城往事，青春在回眸中生出的疼痛与感伤，在对“他者”的讲述中被有效地抑制，叙述者不时站在倾听者或读者的立场打量故事中的自己，于是无法专注于“自我”的情感。李师江的《中文系》中，敏感、迷惘的“我”常独自跑到空旷处流泪，但叙述者无意沉入、放大这种疼痛感，而是在智性的、隐匿在叙述中的“他者”眼光下，不时对自我进行解构，叙事漫不经心而又轻描淡写地作出这样的结论：“只能这么解释：也许跟女生来月经一样，情绪的男生也有生理周期。”[①]在鲁敏、盛可以、徐则臣、田耳、张楚、于晓威、乔叶、黄咏梅、巴桥、葛亮、哲贵、海飞等人的一些文本中，“底层”经验的涌入以及视点的穿插切换，都在表达和促成一种对于“他者”的理解，以及超越自叙传的努力。

然而，视点、人称的变换，并不能改变那个作为叙述者的单薄、无力的“个人”。经由不同视点所演绎的生命故事，殊途而同归，汇聚为一种普遍的困境意识。在“70后”作家的城市叙事中，每个人都是生活中的失败者，被欲望折磨而又无能为力，因时间流逝而惶惑不安，他们清醒地沉溺，出走或逃离，忍受着内心的茫然失据。这样的人生困境，指涉人类普遍性的境遇。这样的普遍境遇若从大历史角度予以观照，往往不过是一种“杯

---

① 李师江：《中文系》，《当代》2010年第5期。

水”风波，但对于个体人生来说，却有着巨大的、难以回避的意义。这种现当代文学传统中并非主流的写作正是“70后”作家的一个重要特点。普遍的人生困境及作为失败者的共同命运，使离散的“个人”之间不再互无关联。“70后”作家经由日常生活抵达的对人生困境的揭示，使人性中更为深隐、复杂的内涵有了进一步敞开的可能。然而，与此同时，却又使个体“自我”陷入一种更加难以确立的悖论。

金仁顺的《彼此》对于普遍困境的探索，颇具典型意义。这篇小说讲述的故事并不新鲜，女主人公黎亚非与前夫郑昊一样，都在即将与他人结婚前夕的相似时刻，无力斩断情感的惯性，与前夫或前妻重蹈覆辙，从而让再次的新婚成为新一轮同床异梦的开始。作者格外注意挖掘人性的共性与惯性，正是由于内心的某种顽固、脆弱与投机，男女主人公注定无法在各自的选择中获得新生。小说的叙述中存在着明显的视点游移，时而以黎亚非的眼光“看”世界，爱情中的试探与分歧被写得充满情感，那些甜蜜与凄楚的瞬间都在暗示着叙述中理想“自我”的存在；时而又以客观化的立场将这个“自我”覆盖，在冷静的、不动声色的叙述中，考量“彼此”之间的关系，揭示命运的惩戒与循环。于是，我们看到，故事中的所有“个人”，无论男女都有着同样的心理逻辑与精神状态，而同样的性格，必然导致同样的命运。真正个人化自我的隐遁，也使得叙事对于现实的理性审视，难以摆脱世俗怀疑论的窠臼。从“个人化”角度出发，叙述人类普遍的困境，但对人物所处环境的历史性、特殊性、异质性，却并不真正投入探究的激情，只冷静地展示“这样”的困境，而对“为什么这样”则无力省思。这正是“70后”创作共同的软肋。也是因此，叙事需要依赖情节设置的偶然与巧合，去揭示命运的必然。《彼此》中，两次婚前所出现的偶然告密的情节，并不那么世俗和日常，却对于命运的形成起到了关键作用，郑昊前女友得意洋洋的告密，即将与黎亚非结婚的周祥生备受煎熬的一整夜，显然是叙事精心的安排，这些带有宿命感的破坏性符号的植入，凸显了叙事在追问和解释困境时的无力。

戴来的小说同样注重对人与人之间关系的思考，以此揭示生存的困境，然而也更为密集地重复着“个人”的同质性。小说《关系》中，充满了对男女“关系”的反讽，通过主人公“我”的梦境串联起“我”的前妻与现任女友，前妻的现任男友，以及他的前任女友……看似荒诞的梦与人物的现实遭际被叙事缝合得不露痕迹。“关系”原本指涉一种稳定性，叙事却以男女之间随时逆转、充满变数的不确定感，揭示了“关系”的不可靠，由此映现出生活的荒诞。“我”的现任女友与前妻一样，有着令“我”难以忍受的情绪化、任性与霸道，“我”之所以还跟她保持着“关系”，只是“因为我需要爱，需要一种爱的感觉，至少需要一个爱的方向”。每个人都通过“关系”满足自我的欲望、泼洒自我的情绪，“关系”因而脆弱、不堪一击，“自我”也在成为绝对目的的同时，与“他者”互相复制，消解了作为“这一个”的意义。

经由普遍的困境，个人“自我”抵达拥有共同命运的“我们”。对普遍困境的揭示，往往能有效地制约叙述对“自我”情绪的迷恋与沉陷，同时对不同人物的命运有着感同身受的理解，叙事因而总能在冷静、客观的态度之外，渗露出由包容、接纳而滋生的温暖。然而，只存在于抽象层面的“我们”，并不能为行动着的个体提供确定的方向与支撑，反而总是与“自我”彼此拆解、水火不容。究竟身处困境的个人是否有可能确证自我价值，还是只能对“自我”进行瓦解？盛可以的长篇《道德颂》对此作了艰难的尝试。这是一个试图在不伦之恋中追求道德的故事。在未婚女子旨邑与已婚男人水荆秋的爱情中，叙事毫不遮掩对旨邑的倾斜与偏爱，将她内心的跌宕写得细腻而又饱满，一个本来没有悬念的故事因此而被经营得有声有色。小说的叙述虽然是第三人称，但大多数篇章更像是第一人称。为了爱情，旨邑置身边两个适婚男子的爱情表白于不顾，执意走上了一条令她倍受煎熬的不归路。这似乎是一个向道德宣战的、孤独决绝的女性主义斗士。然而，自我意识和生命意志越强烈，旨邑的内心就越渴望确证自己，她决意要从自我的境遇中获得对道德的解释。而在道德问题上，个人的生命体验必须敞开，"我"的境遇必须与他人的境遇交换，所谓"己所不欲，勿施于人"，"我"必须接受"我们"的审判，而不是虚妄地将封闭的"自我"置于绝对。作者显然意识到这个问题。于是，叙事呈现出一种类似精神分裂的状况，一面刻意渲染旨邑内心的矛盾、理智与情感的激烈争执，一面将叙述视点不断转移，竭力回归客观，使旨邑回归"被看"的位置。整部小说中洋溢着旨邑的声音，她对自我的辩护每每强大到快淹没一切时，忽然就被嘲讽，开始了反省，叙事最终还是让旨邑付出了惨痛的代价。这篇小说的有力在于，旨邑确实在内心深处体验到道德的艰难，然而"我"与"我们"之间，依然充满难以缝合的裂隙与破绽。小说结尾，因为堕胎而失去生育能力的旨邑得知水荆秋不离弃妻子的真实原因，她所嫉妒的强大对手竟是一个病弱枯槁的女人，水荆秋原来也是道德祭坛上的牺牲品。传统与现代在道德理解上的巨大裂隙是如此难以糅合，小说难得地揭示了道德在具体实践中的复杂与艰难，但对道德成规的挑战和对遵从个人内心的道德的阐释并不彻底。旨邑是作者描写最为成功的人物，但由于笔力严重不均，包括水荆秋在内的其他人全都面目模糊，这决定了"我们"声音的微弱，必然限制作者对道德作出的思考与阐释。

鲁敏的《取景器》对于"以私人利益为单位的道德观"作了更

为有力的反思。仍然是一个婚外恋的故事，却被作者写出了别致而又丰饶的意味。小说中，“我”的情人唐冠是一个偏执于偷拍的艺术天才，对她来说，爱与不爱并不重要，她唯一的坚信是要拍到“隐藏着的缺欠、克制着的情绪、屏蔽着的阴影部分”，于是，“通过取景器，她引发爱情，引发事件，引发离别”。唐冠所拍摄的那些丑陋、变形、夸张的照片，曾让有着心灵创伤的“我”与唐冠获得审美愉悦与情爱的默契，直到从她偷拍的照片中看到妻子辛劳、衰败的身影，“我”开始感到伤痛，遂与唐冠分手。面对生活的荒诞，情人唐冠将自己幼年失母、曾经流产的孤寂伤痛化作对丑陋、不幸的疯狂审美；“我”的妻子则用无休止地织毛衣来逃避困境，革命年代的经历使她只会把生活当成苦难享用；而“我”本欲从外界寻找补偿，却使自己掉进伦理难局。当“我”退回妻子身边，却在精神的荒芜中再次陷入困顿与焦虑。每个人所能做的，都只是为了补偿自己，此外再没有施爱的能力。生存的意义在哪里？多年之后已是老年肿瘤病患者的“我”接到久未联系的唐冠的电话，沉浸在对往事的回忆中时，“我”衰老的病容却再次进入唐冠正在偷拍的取景器。唐冠的形象，从一些西方文学经典中依稀能够觅见踪迹，如米兰·昆德拉的《生命中不能承受之轻》中萨宾娜，但这个执拗的女人的形象还是令人难忘。从这一点来说，这篇小说无疑完成了使命。

有“70后”作家对极端“个人化”的精神立场作出反省，如李修文认为，一代作家可能陷入了对“个人”的崇拜与迷信，“我们热衷于在具体的文本里创造‘个人’，却忽略了在写作之外塑造一个更强大的自身，说到底，我们没有脆弱，没有恐惧，没有一反到底的坚硬，所以，只能陷入无边无际的焦虑”。[①] 个人化的立

① 李修文：《鲜花与囚笼——是“70后”，也是“新生代”》，《山花》2009年第3期。

场，使他们的创作告别了深刻的民族悲情，有机会发展更为复杂的精神世界与生存体验，然而“夹缝”处境下身份的悬空，又使他们感到无所适从、进退两难，缺乏强劲的爆发力与清晰的存在感。与身份的悬置、立场的不确定相联系的，还有他们的写作呈现出的流动性与开放性。近年来鲁敏、魏微、盛可以、乔叶、徐则臣、李师江、张楚、于晓威等在叙事上的开拓与尝试，已经使他们在当下文学格局中成为越来越重要的生力军。期待他们的创作在持续的实践中开启更大的可能性。

（原题为《城市生活的失败者——“70后”小说的意义建构与身份焦虑》，载《上海文学发展报告2014》，社会科学文献出版社2014年版，收入本书时有修订）

城市文学：历史、伦理与意义建构

——2015 年小说阅读印象

贾艳艳

缺乏历史感及生命厚度，是当代城市文学一直以来遭人诟病的一个重要原因。世纪之交于沸沸扬扬中登上文坛的“上海宝贝”们，以充斥着物象、景观符号与时尚生活的描写，为此前在当代文学中一直未成气候的“城市”涂上了相当显眼的一抹印记。随后接踵而至的大量以“打工者”或“新移民”为叙述角度展开的文本中，往往弥散着一种人与城市的疏离感，以及对于悬浮的生存与命运无从把握而生的漂泊感。尽管年轻一代作家积极地探寻着关于城市的新的审美表现，但“全球化”宰制下的城市面孔日趋逼仄、单一，于其中生活着的人或被欲望操纵、折磨，或以漂泊与疏离来建构自我的边缘化形象，这似已成为城市文学颇令人无奈的事实。正是由于缺乏足够的历史视野与开放性的城市精神，中国当代城市文学呈现为“一种无法解放和现身的‘他者’，并且被无限期延搁于主体的历史之侧”。[①]然而，近年来，随着城市题材的写作渐渐步入常规化，不同代际、身份处境的写作者的加入，情况有了一些变化。更为丰富、多元的城市经验与社会生活空间得以展开，更多朝向历史维度与精神世界的建构努力不应被忽略。

---

① 陈晓明：《城市文学：无法现身的“他者”》，《文艺研究》2006 年第 1 期。

一　茅盾文学奖作品：历史感与城市文化认同

第九届茅盾文学奖的揭晓，无疑是2015年重要的文坛风景。几部获奖作品中，除王蒙写作于20世纪70年代的《这边风景》外，其余几部皆为城市题材。对照历届茅盾文学奖，城市题材占据这样的比例还是第一次。城市代替乡村，成为当代文学叙事的中心，已然成为无可争辩的事实，并且在不断的积累与拓展中走向成熟，展露出更为阔大、丰富的精神气象。细读这几部代表了当下文学创作较高水准的作品，或可对当下的城市文学作以管窥。

李佩甫的《生命册》在城市和乡村两种文明的冲突结构中，书写城市化进程中的精神创痛。小说中的“我”是吃百家饭长大的孤儿，进入省城的大学工作后巴望着能摆脱乡村成为一个“城里人”，可是村里的老姑父不时传来要“我”为村人办事的指示，让“我”陷入困顿。“我”跟随大学同学“骆驼”出走，辞去工作成为北漂，在地下室里当“枪手”挖到第一桶金，然后分赴上海和深圳开辟新的商战。小说中的两个主人公形成了“一体两面”的对比与参照：在股票市场赢得巨额财富的“骆驼”，在追逐金钱的过程中欲望日益膨胀，攀附官场名利场，越界利用各种潜规则，最终身陷囹圄，跳楼自尽。“我”（吴志鹏）则辗转于城与乡、学与商之间，在理想与现实、忏悔与自辩的内心冲突中彷徨无地、漂泊无系。虽然以城市作为主人公即时性的生活现场，但乡村世代相传、根深蒂固的观念与记忆，已经植入主人公及叙述者的灵魂深处，是迷茫和困顿的“城里人”的精神供养。在城与乡之间，小说明显呈现出叙事能力、技巧的不平衡，一写到中原文化就繁花满树，切换到都市生活就干瘪失色。叙事虽然以主人公“我”与骆驼的城市生活为主线，然而写得最好、最有冲击力的，却是那些在主人公的生活中穿插出现，形成其乡土背景的草根人物：梁五方、虫嫂、吴春才……这些各具异秉、命运酷烈的乡土世界的“畸零人”。这些人物的生活、命运和性格发展，最能显现作者写真求实的艺术功力。与乡土人物立体生动的形象相比，城市背景的人物形象虚幻缥缈，骆驼和“我”生活的北京、上海、深圳等都市空间，更现出苍白。

作为一位根系中原文化土壤的作家，李佩甫对城乡叙事的把握及表现出的不平衡，在以乡土文学为主流叙事的20世纪中国文学中颇具典型性。不可否认，《生命册》对城乡的观照与思考是真诚而严肃的，但小说的人物塑造、叙事结构与精神资源，未能突破城乡二元对立的模式，从而并没有能为当下的城市文学带来新的质素，或开启新的方向。乡土社会的民间故事和众多异秉人物传奇所构成的历史记忆，在叙事中未能与主人公身处的都市生活空间发生足够的、有效的现实关联，一旦作为一种固化的叙事理路被植入城市，小说主人公的禀赋、生活和命运的传奇化就不可避免。挣钱发财、升官争权，成为必不可少的都市生活的欲望场景。如此传奇化、通俗化的情节模式，以及由此而来的道德陷阱，也构成当下城市叙事的普遍难局。事实上，写作惯性的延续，激进的怀旧感伤，对于乡土叙事同样可能构成削弱，完全可能使其审美与情感模式日益固化。

苏童的《黄雀记》也表现出作家以往创作理路的延续。有论者将20世纪90年代的城市文学叙事归纳为四种形态：“老城叙述者”“城市游走者”“都市女性流”“淘金者传奇”。[①] 如果说《生

---

① 王干：《老游女金：90年代城市文学的四种叙述形态》，《广州文艺》1998年第9期。

命册》叙述的城市故事属于“淘金者传奇”，苏童 90 年代以来被命名为“新历史小说”的城市背景的小说，基本可以被归为关于“老城”的叙述。所谓“老城”，暗示了时间（“历史”/“记忆”）与空间在小说结构中的重要性，“过去”与“现在”的关系把握，在小说的叙事中处于核心地位。在创作谈中，苏童说：“反省与忏悔的姿态很美好，那是我所能想到的最恰当面对过去的姿态。”[①]《黄雀记》继续以作家之前小说中的“香椿树街”作为地理标签，描写三个少年懵懂、无常的青春与变幻的命运。苏童说自己之所以固守这条街，是因为“相信只要努力，可以把整个世界整个人类搬到这条街上”。[②] 然而，反省与忏悔的姿态，加上视觉化的叙事所呈现出的轻盈与空灵，以及稍显泛滥的诗意，并不足以支撑起出色的隐喻或象征所必需的历史感与现实感。在香椿树街之外，这部小说引入了一个新的地理空间——位于郊区、远离城市繁华的井亭医院（精神病院）。如果说香椿树街承载的是庸常化、重复感的老城生活，井亭医院则与之大相径庭，凸显变化无常的传奇性和戏剧性，成为宿命般的罪与罚、生与死、反省与忏悔的现场。一切翻转在这里成为应有之义：精神病患者对捆绑他的绳索从反抗到主动迎合，欲望的奔突与消散，生命的常态与病态……少女时代被少年强奸的白小姐，和这个城市的关系被叙事解释为一条鱼最终逃不脱渔网的宿命，成年后的她与富商周旋，被玩弄、抛弃后带着弃婴回到井亭医院的水塔——她不幸命运的起点。小说开篇写祖父的疯狂及对死亡的亲近，到了结尾，一出生就为白小姐带来耻辱的、整日啼哭的红脸婴儿，只有到了祖父的怀里，才变得平静。除了作为宿命的存在，位于城市

---

① 苏童：《从没离开这条街》，见《五位茅奖得主得奖后首次撰文》，《人民日报》2015 年 8 月 19 日。

② 同上。

郊区的“井亭医院”显然还担负着叙事中的“时代感”，尤其关于成年后白小姐与庞先生的描写，使得这个医院在叙事中不仅链接着“过去”与“现在”，还明白无误地通向“未来”，尽管是带有浓重宿命感的“未来”。与以往小说中“香椿树街”系列相比，这个精神病院的意象显然过分概念化了，一切翻转都只不过是宿命这一概念的合理演绎，缺乏现实的批判力度。

同样以先锋小说成名的格非，也将思考聚焦于如何获得历史感。他的“江南三部曲”试图与 20 世纪三个重要的历史片段对话，其中，第三部《春尽江南》对准当下中国的精神现实。不同于苏童的老城叙述，格非将笔触对准当下工业化进程中的城市新区。在创作谈中，他说：“历史感的获得，让我不断反省作为一个作家，自己究竟是在用什么样的眼光打量现实、描绘现实。”[①]《春尽江南》通过诗人谭端午和律师庞家玉（李秀蓉）这对夫妻及其周边一群人近 20 年的人生际遇和精神变迁，描写个体在剧变时代面临的各种问题，透过当下中国生存层面的极度喧嚣，来揭示时代精神的极度贫瘠。叙事中，主体故事的时间跨度只有一年，而叙述所覆盖的时间幅度则长达 20 年。这部小说将“三部曲”中前两部的“历史叙事”进一步调整为一种“过去”和“未来”交叉、对称的叙事。特别值得注意的是，包括《繁花》在内，这几部小说在叙事结构的安排上，全部将人物描写划分为“历史”和“当下”，将两部分的叙事交叉并行，让存在着时间跨度的“过去”和“现在”，如同镜子的两面互相映照。这或许也表明了当下的城市文学写作正在朝着不同的面向，尽可能地搭建起通向历史感的桥梁。

历史感的获得，也意味着“城市”不再只是地理空间上“乡

① 格非：《与历史片段对话》，见《五位茅奖得主得奖后首次撰文》，《人民日报》2015 年 8 月 19 日。

村”的对立之物，或猎奇意味的都市景观，而指涉着更具普遍意义的当下的现实。小说中的“江南”，是桃花岛花家舍的所在，千百年来其明媚丰饶的地域、文化形象早已深入人心，然而到了21世纪，曾经的美丽家园变成工业化城市的“新区”，环境污染，建筑丑陋，各种不伦事物混乱失序。传说中的才子佳人无从寻觅，有的是跳梁群丑，或像谭端午这样无所事事、以颓废为反抗的失败者。曾经作为武陵桃源(《人面桃花》)、人民公社(《山河入梦》)的“花家舍”，其乌托邦的追求被包装为消费奇观，堕为人欲横流的消费会所。小说叙事设置了时间跨度，“江南”的象征意因此不仅指涉传统的田园诗意，更关涉现代以来的变革激情与人文精神，获得了虽然不尽明确却更具包蕴力的美学内涵。在人与理想世界的关系中，“颓败”成为关键词。作者在《春尽江南》中写道：“资本像飓风，刮遍了仲春的江南，给颓败穿上繁华或时尚的外衣。”①作为一个学者性作家，格非对理想世界的勾勒透露出当代知识分子对20世纪80年代的怀旧情结，虽然深切地体会到自身的颓废、无助，却又无力进行浃髓沦肌的反省，诗人端午的反抗始终徘徊于体制性利益的边缘，与之若即若离。尽管如此，这部小说已经展示了一代先锋作家自我更新的能力与高度。

“颓败”同样构成了《繁花》的关键词。作为这一届茅奖最具口碑的作品，《繁花》持续引发了人们对城市文学与上海叙事的认识和思考。这部小说的成就不仅体现在广受关注的语言与形式方面的革新，还在于创造了一种获得历史连续感的现代城市经验类型，一种想象与打开“上海”的新方式。如果说在王安忆的《长恨歌》中，“现代”和“传统”、新时代与旧时代之间的冲突，

---

① 格非：《春尽江南》，上海文艺出版社2012年版，第296页。

使城市经验方式本身存在着明显的断裂，到了《繁花》中，“上海”的“过去”和“现在”才终于获得了连续性与整体感。从李佩甫《生命册》建构在城乡二元结构中的“城市”，到金宇澄《繁花》中的城市认同，恰好以对应的方式展现了当下城市文学的丰富性与趋向多元的可能性。王安忆的《长恨歌》中，繁华落幕之际，王琦瑶从上海的爱丽丝公寓搬到邬桥疗伤，表面看来似乎邬桥只是暂时的过渡，然而邬桥所象征的平淡、日常的生计，却是连接着新旧两个断裂时代的核。如此，乡土继续构造着城市内在的逻辑，规约着城市文学延展的方向。有论者在分析“城市文学”的“乡土性”问题时，敏锐地指出《繁花》中没有处于核心的乡土空间。[①]《繁花》也偶然出现对乡村生活的描写，如汪小姐、梅瑞、康总等人的一次春游，然而美丽的乡野景色始终是外在于人的，已经不能像邬桥一样与人发生心理深层的互动。至于他们所借住的乡下庭院，则阴冷潮湿，一副破败相，离勤俭、丰实、有序的邬桥相去甚远。小说里，乡下的表舅也跑到镇里落脚，接待城里的客人不过是想为木器找个出路。这无疑是当代中国城市化进程中乡村社会变化的一个缩影。这几个城里人对乡村本来就没有兴趣，不过是寻觅欲望的去处，匆忙到此一游后立刻返回上海。

尽管有着几十年的时间跨度，从20世纪六七十年代直到当下，《繁花》中的“沪生们”自始至终生活在熟人社会，并因社会阶层的差异而自成体系，正如有论者在分析《繁花》的地方性生产机制时所发出的疑问：《繁花》所展现的城市，究竟“仍是费孝通‘乡土中国’的一部分，还是内在地构成了对‘乡土中国/现代中国’二元关系的解构？”[②]这里凸显了“颓败”的主题意义。城市

① 参见岳雯：《双重意识》，《当代作家评论》2015年第2期。

② 曾军：《地方性的生产：〈繁花〉的上海叙述》，《华中师范大学学报》（人文社会科学版）2014年11月。

的红男绿女们在一场场饭局中奔赴欲望的邀约，“爱以闲谈消永昼”，下场悲惨，尤其是女性人物，全都是悲剧性的结局。目睹这一切的阿宝与沪生，“面对这个社会，大家只能笑一笑，不会有奇迹了”。仿佛是一场大雪过后，大地一片白茫茫真干净，这里弥漫着一种只能面向过去的沧桑与垂暮感。不管是对于普遍意义的现代性的城市，还是当下中国正在兴起的新文明与具体的城市化进程，大量的异乡者、闯入者以及陌生人形象的涌入，是展开城市形象的必有之义。既然固有的城市和乡土的文学想象模式无法实现有效的意义生成，如何打开更具开放性的城市经验与城市精神，如何与其建立稳定的联系以获得文化身份的认同，确是值得写作者深思的问题。

二　中短篇小说：城市化时代的情感与伦理建构

2015 年上海文学期刊上发表的小说中，既有名家的重磅力作，有创作日趋成熟的中青年作家的实力之作，也有初露头角的写作者不无风格化的探索。整体来看，中短篇小说比长篇小说更能体现出城市题材的优势与活力。

《收获》2015 年第 5 期继续特设“青年作家小说专辑”，所刊登的几篇青年作家作品全部为城市题材。其中，顾拜妮的《白桦林》写的是即将成为城市新区的小镇上几个年轻人的生活。值得注意的是，当下的城市写作中，关于小城镇、“城中村”、城市郊区等城市化进程中处于末端、边缘位置，以及城市与乡村的“过渡地带”的叙事，渐渐汇聚出一支不可忽视的力量。作为对城市化差序格局下现实处境的回应，这类叙事往往格外表现出对与身份阶层相联系的城市空间的敏感，其所呈现的“过渡地带”的生活世界，往往能够折射出更为典型的时代文化症候。这事实上也表征着“城市文学”创作已渐渐步入常规化、普遍化。这期“青年作家小说专辑”中，祁媛的《我准备不发疯》、周孝正的《更迭》、王莫之的《逝者善舞》皆描写都市“文艺青年”与时尚人群的生活，但这些小说的叙事中，并没有类似“上海宝贝”文本世界中那样充斥着金光灿灿的物与景观的描写，城市恢复了更为日常的面貌。与此对应的，叙事所描写的“私人生活”开始注重对人与人、人与社会的关系的发现与审视，“城市”开始展露出更具开放性与历史感的一面，这或可视为“城市文学”步入常规的另一表征。

曹寇的《在县城》是小城镇叙事中写得较为精巧的一篇。小说的故事不复杂，上海的王奎和高敏去看望他们在县城的朋友张亮和李芫，四人看似平常的相见暗藏玄机。王奎和高敏是相处八年的普通恋人，感情渐趋淡薄，处于冷战状态；张亮和李芫由于是已婚男人和“小三”关系处于四面楚歌的境地，正遭受双方父母的责备和监视。在中国，县城不仅是一种特定的行政区划，也是一种特殊的文化区域，它缺少乡土的气息和以家族为核心的乡间伦理，又没有大都市快速的节奏和陌生化、疏离的人际关系。但从某种意义上说，正是因为这种两边不靠的处境，县城又同时有着都市和乡村双重的文化背景。在这种背景下，人与人的关系有了更复杂的关联，爱情与两性关系因而格外敏感和微妙，叙事也获得更多推动故事向前发展的动力。王奎和高敏试图在县城寻找情感上的柳暗花明，然而到了县城却依然不冷不热，难以修复；而张亮和李芫则因为有了借口，终于暂时摆脱了重重监视，显得热烈又缠绵。接下来张亮的表妹罗婷燕的出现，让两对恋人一冷一热的错位的情感状态有所平衡，却又开启了另一种尴尬，因为张亮和李芫曾经有意把她和王奎撮合在一起。五个人一起故地重游的行程中迷了路，隐喻着他们的人生状态。他们将错就错，将车开到邻县，张亮却接到了妻子同意离婚的电话。这似乎是张亮和李芫期待了多年的喜讯，然而他们却为此发生强烈的冲突，在为爱而爱的窄路上疲累不堪的他们已经无力接受变化。小说结尾王奎问李芫："如果当初我和罗婷燕结婚了。现在会是什么样呢?"李芫回答："那只有天知道了。"两对恋人在县城终结了他们的情感。对于情感的复杂性来说，"上海"和"县城"并无区别。小说以一种互文的修辞和相互关照的结构完成了对爱情的质询与解构。

对于生活经历相对单薄的青年作家而言，爱情和婚姻无疑是他们所能找到的最严峻的考验，因而书写现代社会中青年男女的情爱变幻，仍然构成当下青年写作的一个主流。顾拜妮的《白桦林》、李晁的《步履不停》、肖谨君的《消失的一星期》等作品都描写小城镇的爱情故事，伴随着主人公昔日爱情的消逝，作为爱情发生地的小城镇在工业化进程中也已发生巨变，几篇小说的叙述都充满一种不复当初的感慨与唏嘘。《步履不停》与《消失的一星期》都描写心事重重的主人公从所栖身的都市回到故乡小城镇，发现一切面目全非，被城市化、工业化巨轮碾过的小城镇非但不能化解他们内心的焦躁，反而因既有伦理规范被迅速打破而显现出非理性的膨胀及混乱。"故乡"终究是只属于过去的旧梦，他们只好选择与往事干杯，不无狼狈地逃回都市，"当务之急是把握现在"。[①]《白桦林》中，在吴镇的舞厅无聊地看场子的"我"，因看到失踪的恋人苏生哥旧居即将被拆迁，最终决定离开，终结三年来的无望等待。小说中，"我"眼中的苏生哥珍重情义、古道热肠，对吴镇的每个生灵都一样好，"我们看不上没有良心的人，而没有良心的人总是很快乐"，[②]这里显然寄托着一

① 肖谨君：《消失的一星期》，《上海文学》2015 年 4 月。
② 顾拜妮：《白桦林》，《收获》2015 年第 5 期。

种对于传统价值理想的守护。怀着对苏生哥的古典爱情，“我”拒绝了跑去外地大学城开旅馆发财的同学廖志的追求。看着古风淳厚的吴镇日益“城市化”，即将成为省会城市的新区，“我”充满哀愁地感到将“被荒诞的世界吃掉的命运”。叙事中苏生哥的形象显然过分概念化，“我”的爱与哀愁因而止步于对往事的凭吊，不过，还是传达出了城市化进程中一代青年“无根”式的成长迷惘。

阿乙的《情史失踪者》、黄梵的《我们为什么不爱排队》、陈再见的《有疾》这几位青年写作者的文本写来自小镇或城市郊区的主人公充满荒诞意味的情爱故事。《情史失踪者》中，出生于乡镇、在北京谋生的“我”与偶然邂逅的丁婕妮有过两次逢场作戏的性关系，之后不再往来，不料对方遇险后得了怪病，久治不愈而至面目全非、生命垂危。“我”深夜被对方亲属劫持至丁婕妮位于京郊农村的家，被迫答应与其结婚。小说写到“我”的父亲在得知此事时，“突然像一名政治家那样敏锐地抓住事物的本质与核心，果断地插话：‘是北京户口吧？’”在得到确切的肯定答复后，就变得“极为爽快起来”。[①] 于是，两家原本风马牛不相干的亲戚家人虽心态各异，却坐在一起摆开庆祝的喜宴。叙事最终将全部情节归结于“我”的一个梦，但这个梦显然是现实中荒诞存在的投影。《我们为什么不爱排队》中，“我”从小镇来到省会谋生，女房东为了报答“我”的救助，帮“我”介绍了时髦漂亮的女友，“我们”两人很快领证结婚。在去欧洲旅游的途中，女友由于接到前任离婚的消息，就决定与“我”离婚，并要“我”排队等她回心转意。烦恼的“我”欲找瞎子算命，却发现要彻夜排队，后因用电棍击了不肯排队的客户而被解雇。最终“我”决定拿家人提供

---

① 阿乙：《情史失踪者》，《小说界》2015年第6期。

的买房结婚的钱去美国深造，女房东却问“我”：“你真的喜欢美国吗？真愿意花那么多时间老老实实去排队吗？”[①]这篇小说同《情史失踪者》一样充满了荒诞与反讽的意味，“排队”的隐喻指示着全球化时代的一代年轻人，个个宛然“空心人”，一面不得不屈从现实，随波逐流，面对在扁平化的世界里瞬息万变的命运，体会到深深的无力感；一面却又放任自我，并不打算改变“无法无天”的现状，甚至以此为乐。陈再见的《有疾》则由生理疾病因素的渗入，将情感的荒诞推向悲凉的况味。来自关外的“城中村”、初中毕业的小晴却在深圳拥有一份前台文员的工作，得以在52层大厦俯瞰整个深圳。小晴显然很醉心于这种俯瞰，一面住着香港老板为她在中心区域租的价值不菲的房子，一面却与身为货车司机、已有家室的“我”维持着相对纯粹的情感关系。“我”因小晴母亲病逝而去“城中村”探望小晴，后又身不由己地以女婿身份陪同小晴回偏僻的粤东山区老家为其母送葬。完结之后，小晴告诉“我”自己也已身患癌症，要留在老家养病，不再回城。小说中，“我”原本为了逃避妻子与患有耳疾的女儿带来的沉重压力，才与小晴产生了不伦恋。面对不幸的命运和身份无可更改的事实，同为城市底层的“我”和小晴一样采取忘却和逃避的方式，结果却是注定的逃无可逃以及更大的悲哀。这几个文本所讲述的情感故事，虽然主要不发生在小镇，不属于直接的小镇叙事，却都因为主体“边缘地带”的出身，使得时代的症候呈现得集中而又尖锐，凸显出城市化的时代巨轮对人的命运的裹挟。

事实上，不论叙事的中心指向小城镇，还是大都市，以爱情、情感为核心的人与人关系的荒诞，已然是当下的城市叙事出示

---

① 黄梵：《我们为什么不爱排队？》，《上海文学》2015年第4期。

给我们的普遍的时代图景。陈孝正的《更迭》写城市时尚男女之间变动不居的情感关系；周洁茹的《离婚》写四个年轻女孩无论怎么挣扎都逃脱不掉离婚的宿命；哲贵的《送别》写一对中产夫妻和谐表面下的钩心斗角；娜彧的《刺杀希特勒》以反讽手法写三个有产阶层的中年男人相约出来喝茶聊天，临时改道看电影，却是为各自与情人的幽会打掩护，直指都市日常生活中的荒诞；黄昱宁的《幸福触手可及》写在现实中窘迫、失意的男女主人公在域外旅行时经历的一场浪漫而又尴尬的情感历险，由此引发了一连串的风波与内心的震荡，揭示婚姻与爱情的真相，原来他们自己也深知并不存在"另一种人生"。盛可以的《小生命》写一对尚无经济能力的年轻人在草率的交往后导致女方怀孕，双方亲属在谈判中冲突激烈，女孩看清了自己感情的真相，拒绝结婚，却决定把孩子生下来。在这里，荒诞的不仅仅是爱情，还指向新生命的降临，生命最初的荒诞令女孩的选择在盲目、荒诞之余，也生出几分对荒诞的担当感。

情爱故事总少不了身体欲望的参与，故而也常能反映出写作者对身体欲望所持的态度。在近年来的城市写作中，身体作为个人化的欲望与经验的表征，被纳入对城市生活更为普泛的价值、伦理问题的审视，尽管伦理的介入在叙事中可能是模糊的、悖论性的，关于"身体"的叙述却不再是单向的欲望宣言。甫跃辉的《安娜的火车》、鲁敏的《三人两足》、张驰的《沉重的肉身》、蔡骏的《舌尖上的一夜》等作品向我们出示了身体故事在当下城市叙事中迥然不同的走向。其中，甫跃辉的新作《安娜的火车》尤值得重视。这篇小说通过人物与情节相互映照、呼应的三段式结构，讲述了三个知识女性奔突"在路上"的欲望故事。三位正处于异地恋中难以自拔的女性，从不同的角度体验到欲望与伦理的错位，以及欲望裹挟下人的非理性状态。正是共同的困境，促使她们间接实现了境遇的交换，从而有可能进一步抵达对自我的反省以及对他者的理解。小说叙事中的身体故事也得以从“私人生活”范畴冲决而出，通向意义的公共性。鲁敏的《三人两足》讲述了一个颇有几分传奇性与悬疑色彩的身体故事。空姐章涵被鞋店老板邱先生雇做脚模，在不知觉中成为后者贩运毒品的物流平台。经历几番欲望的挫折后，她获知实情，决定与邱一同赴死。小说结尾写天台上两个人在彼此肉体的纠缠中一起下落，她从欲望的对象中获得了对自身价值的体认，“纯真的情欲侥幸获胜”。相比于肮脏、罪恶的毒品交易，以及人与人互相的防范、利用、算计，情欲因其纯粹、非功利性而显现出美感，但这样的情欲并不能自证其价值，难以获得他者/读者的体认。只有死亡，也即欲望的永不实现，才使其审美价值最终得以呈现。这里存在一种关于“欲望”的悖论式的价值结构，这一悖论结构，与小说中关于“恋足癖”的充满感官刺激的描写，延续着作者以往创作中对于身体化的人性“暗疾”的持续关注，指示着一种不无偏执的身体美学的建构。张驰的《沉重的肉身》中写一对下岗夫妻由计划体制进入商品时代后的一系列遭遇。小说中，原为国营工厂灌篮高手的孙红蕾下岗后为了生计去做减肥模特，受尽摧残。小说惟妙惟肖地写了商业社会塑造的身体奇观，从肉身围困下精神的沦丧，到商业社会身体消费所导致的更深的异化，在不同的时代“身体”以不同的方式牢牢地控制渺小、卑微的个人，这或许正是失去精神与价值支撑的个体的可悲之处。小说的情节中原本蕴含了人性批判与社会批判的主题因素，可惜由于思考的不够深入而未能充分展开，小说的情节被引向大下岗时代“浮世绘”式的世情描摹，结尾又辅以“光明的尾巴”，湮没了主题的严肃性。蔡骏的《舌尖上的一夜》中同样写到商业社会令人触目惊心的身体景观。作者以一贯的悬疑技法，揭示了身体交易背后隐藏着的人性的幽暗，及由此而来的欲望的变态。奈何过分注重小说的可读性以及类型化的炫技手法，无疑也大大削弱了小说的思想性。

祁媛的《我准备不发疯》、阿枣的《幻觉》、周嘉宁的《你是浪子，别泊岸》中，荒诞不仅指向同代人的爱情，还指向两代人的关系以及存在本身。小说新人祁媛的《我准备不发疯》以冷峻的笔调通过母女两代人的命运呼应，写存在的荒诞与生命的无意义。女主人公莫莫（“我”）是一名 32 岁的未婚女性，从事广告策划，与画家陈杰相恋，却得不到对方的婚姻允诺，在帮对方收拾居所时发现女人的头发与好友小雅的全裸画像，遂用美工刀毁坏了画像，终结了两人勉强维持着的脆弱的情感。小说的另一条线索是莫莫母亲的精神失常，莫莫每每倾听母亲的疯言疯语，体察母亲的不幸遭际，在精神病院照顾母亲时，又看到母亲惨不忍睹的继续“被迫害”的场景，所有这一切对莫莫构成了巨大的心理压力与心理暗示，一度产生自杀的念头。在完成死亡想象以后，莫莫决定发疯，完成了对母亲的认同。小说中表现了较为出色的想象力与形而上的玄思。生性孤僻的莫莫在与陈杰正常交往时，就心存一种强烈的被遗弃感，以垃圾桶自比，展示了现代女性某种脆弱的情感与心理状态的同时，也揭示了现代人的普遍的孤独。同为文学新人的 90 后作者阿枣的《幻觉》中，在上海工作的御华即将与江卓结婚前夕，回四川小镇的老家看望自己的父母，都市显然并没有让她产生情感的归属与认同，原本以为小镇上的亲情可以慰藉自己的思念以及茫然无着的心，不料却陷入和母亲的冷战，只好用记日记来排遣自己的苦闷。过后母亲来上海看她，母女两人热闹的相聚还是无法掩盖彼此情感的疏离。这个用小城镇和大都市结构起来的亲情故事，表露了主体对于情感的无奈与失望，颇具时代性地勾勒了一代人内心的脆弱、敏感、孤独与自闭。周嘉宁的《你是浪子，别泊岸》中，天才而又另类、频繁穿梭于各大洲之间的女孩小元自小与父母的情感疏离，在她看来身边的大人“都生活在一种持续而平稳的不快乐中，既具有弃儿的气质，又具有根深蒂固的意志力”。[①] 通过自身体验到的深刻孤独，她达致了对父母辈的理解，并不知不觉地向着父辈的方向成长。叙事通过小元的讲述，将对两代人关系的思考上升到形而上的层面，扩展到对个体与整体的关系思考。尽管小元的形象在叙述中过于缥缈、零散，但年轻一代确实正在努力地寻找自己的文化认同。

纵览当下中短篇小说的创作，上述的这些 70 后、80 后、90 后写作者显然是主力军，不过 2015 年城市题材中短篇小说的创作方面，较为年长的资深或前辈作家也贡献了颇为亮眼的文本。这一年的上海文学期刊中，王蒙的《奇葩奇葩处处哀》、尹学芸的《士别十年》、刘庆邦的《只告诉你一个人》、王璞的《再见胡美丽》、阿袁的《镜花》、荆歌的《珠光宝气》是其中较为出色的描写城市生活的文本。

王蒙的《奇葩奇葩处处哀》讲述年至耄耋的知识分子沈卓然择偶再婚过程中，遭遇四个奇女子的故事。小说以沈卓然追忆亡妻开篇，通篇贯穿着对亡妻淑珍的回忆，其间穿插了对少年时代的老师，也是沈卓然第一个性幻想对象那蔚阒的回忆。那蔚阒曾在特殊年代投奔沈卓然家请求暂避一时却被拒，沈卓然的怯懦暴露无遗的同时，显现了淑珍身上的人情与温暖。以淑珍所代表的传统的生命的样本为参照，沈卓然发现剧变中的时代各种错综交杂的价值观对人的影响，由此导致了女性千奇百怪的生活方式、择偶标准和人生追求。他深深感到失去淑珍的自

---

① 周嘉宁：《你是浪子，别泊岸》，《上海文学》2015 年第 7 期。

己就如同丧失根基，已经定型和衰老到没有接受新的生命元素的可能。小说的叙述纵横捭阖，保持了作者一贯的幽默诙谐、犀利酣畅，作者虽有夫子自况的意味，却也真实地反映了步入老龄化社会后出现的种种新问题。

刘庆邦的《只告诉你一个人》、阿袁的《镜花》、荆歌的《珠光宝气》写城市中年有产阶层虚虚实实、真假难辨的欲望、情感与人际关系。《只告诉你一个人》以环环相扣的情节和有声有色的叙述，讲述了一个编辑室里几个编辑之间的故事。欲获得晋升的齐国良主动将自己性功能障碍的隐私透露给编辑室主任秦风，并要求后者为其保密。秦风却发现社长、编辑、同室的编辑潘雯以及很多同事都知道这一"秘密"，而秦风也在知道当天就把这一"秘密"转述给妻子。小说结尾，齐国良出差外地时嫖娼被警察抓到，并被通知所在单位，整个小说以让人哭笑不得的意外结局收场。所谓的"秘密"不过是一场笑料，折射出当今时代的人际镜像。《镜花》讲述中年女性的情感状态。小说中，大学讲师"我"碍于情面去为一伙有钱、有闲的中年女性主持读书会，在与其中暗自较量的一对对手苏邶燕和鄢丽的交往中，无意间窥破了两人情感的真相。苏邶燕口中疼爱自己的老公，鄢丽急于倾诉的浪漫热烈的情人，原来都是自我安慰，是镜花水月的虚构和臆想。小说的构思颇为巧妙，苏邶燕和鄢丽的情感故事对应着她们读书会里讨论的小说。与安娜、艾玛和苔丝为爱情付出的惨重代价不同，苏邶燕和鄢丽们充满中国式的委曲求全、精打细算，毫发不伤地在虚构和表演中实现对爱情的追求。小说的叙述犀利流畅，然而由于缺乏内在的悲悯，这场喜剧式的悲剧，到底还是止步于一场活色生香，却又令人毛骨悚然的秀，缺乏精神的透视与沉淀。《珠光宝气》中，作者铺设了两条叙事线索，一条是女主人公周芳方为中心的情爱故事，在医院工作的周芳方是个特立独行的美貌女子，她不刻意追求婚姻，对享受欲望有自己独特的理解，于是一次次地陷入各色男人设下的圈套中；另一条叙事线索是男主人公汪明玩珠宝的故事，汪明是周芳方的发小和情人，擅长搜集珍宝古玩，他尤其喜欢的齐国水晶多来自北方一个叫作老牛的贩子。尽管汪明有时也会对珠宝的真假产生怀疑，但在老牛信誓旦旦的保证下也就信以为真。一次鉴定会上，汪明呈示给鉴定专家的珠子被判定是高仿，老牛拿啤酒瓶砸鉴定专家，致使后者身亡。小说以互相穿插、映照的方式，将情感的虚实对应于珠宝的真假，周芳方最后发现，围绕在自己身边的所有男人，就像他们送给她的赝品珠宝一样，都经不起鉴定。如此的情感与关系，映照着浮躁喧哗的时代表象下隐藏的真相与悲哀。

尹学芸的《士别十年》是一篇特别值得重视的、具有深刻的现实批判意味的作品。小说写曾经个性十足、充满青春朝气、热爱诗歌写作的文艺女青年郭缨子，在进入机关工作以后经历的困扰与蜕变。年轻的郭缨子在面对顶头上司季主任的性骚扰时实施了坚决的反抗，却由此遭到在单位被孤立的命运，即使富于文学才华的苏了群也只是在背着人的时候会悄声关照几句。倍觉抑郁的郭缨子自杀未遂后，在父母的帮助下调动了工作单位。离开民俗研究所十年之后出现在苏了群面前的郭缨子，脱胎换骨般成为一个机关里八面玲珑的办公室主任，极善于体察领导的心思，左右逢源，应酬自如，个性的棱角被完全磨平。而在郭缨子眼中，苏了群与十年前相比也发生了巨变，从一个正直高尚、曾被从前的自己奉为精神偶像的社会弊端批判者，蜕变为与当初的季主任一样伪善、贪婪、狡诈、恶俗的官僚，不断地骚扰着年轻下属陈丹果，最终导致不甘心就范的陈丹果坠楼身亡。陈丹果突然死亡的事实极大地刺激了郭缨子，她开始了对自我的审视，意识到自己无意间扮演了“帮凶”的角色，自己和苏了群一样都是有罪的人。小说中的“士”，既指郭缨子，也指苏了群，真切地揭示了曾以生命捍卫个性精神与尊严的人文知识分子在现代官僚体制下发生的人性沉沦与精神蜕变。小说的叙述冷峻犀利，对现实秩序的反思难能可贵。

2015年度的中短篇小说题材诚然不止上面提到的这些，类型十分丰富，如描述城市底层人物、陌生人之间的关系或微妙情感的有叶梅的《广场舞》、姬中宪的《双人舞》、沈熹微的《深夜面条》等，这类小说通常篇幅短小，却常有精巧的构思；描写家族传奇的有陈河的《爷爷有条魔幻船》、肖复兴的《丁香结》等；悬疑侦破题材的有双雪涛的《平原上的摩西》；描写市井风情的有常小琥的《收山》、葛芳的《伊索伊索》；此外，张辛欣的《IT84》是写人类潜意识被过度开发的未来时代的类科幻小说，充满想象力。这些小说中，年轻的80后写作者常小琥的《收山》是令人印象较为深刻的一篇。小说写20世纪70年代末到90年代北京饭庄里的“江湖”及变迁，从灶前锅角的世态人情，到饭庄改革变化的脉络，生动复原了北京地方风味老字号的发展兴衰史。时代大潮将曾经的餐饮传统、厨人精神、淳厚人情一一冲毁，曾经互相扶持的师兄弟各奔歧路、渐行渐远，这是年轻的创作者表达的难能可贵的对传统的致敬。严格来说，这些小说并没有为城市文学提供新的探索方向，但以细节和韵味丰富着当下的文学图景。

三　长篇小说：“个人”与“整体”之间

长篇小说方面，王安忆的《匿名》无疑是2015年文学的重要收获。这部被王安忆自认为是“写得很挣扎”“几度写不下去”的

“冒险”[①]之作，极富于抽象性与形而上色彩，以大段的哲理、议论和整体的象征手法，呈现了一个与我们所熟悉的日常生活世界迥然不同的故事。小说从发生在上海的一起阴差阳错的绑架案开始，退休后返聘于某民营外贸公司的主人公由于被误认为是卷钱跑路的老板“吴宝宝”而遭遇绑架，从繁华的大都市被抛至几省交界处的深山老林。失忆使他忘记了姓名和来路，身份的附着物被一层层地剥离，他不得不重新进化，在原始蛮荒的山野中艰难求生。在荒僻的乡野飘零中，他先后遇到了一些奇异的、精灵般的边缘人物，辗转来到小镇上的养老院，又联系上福利院，一步步地靠近文明世界。和孤儿小先心的相处宛然上海家中他和外孙的相处，在外部世界信息的不断刺激下，他渐渐恢复了一些记忆和线索。小说结尾，就在他即将回到上海和家人团聚的最后时刻，叙事却让他溺水而亡，停留在永恒的时空。在这个从文明到蛮荒，再从蛮荒到文明的循环中，主人公与这些山野村镇的人物始终只有诨号而没有姓名，在这个匿名世界里艰难而又微妙的“二次进化”显然是小说的着力点所在。尽管小说的上半部同时设置了两条线索，一条是主人公被绑架至深山的故事，一条是上海家人对他的寻找，但叙事的中心显然不是城市，而是现代文明之外原始荒蛮的空间。借着“失踪”“失忆”，主人公被卸载了文明的外衣，在一个看似蛮荒而又有着文明遗迹的环境里开始了一步步重新进化、自我命名与建构的过程，这其实也恰恰凸显了“时间”与“空间”之于小说叙事的核心意义。不仅仅是主人公，小说中的每个人都是无根的，从二点、哑子、麻和尚，到病孩小先心、敦睦、少年鹏飞等，他们原有的故乡都随着经济发展的步伐与城镇化的变迁而不复存在。小说通过这些人物

---

① 徐萧：《王安忆谈新作〈匿名〉：精神上消耗极大，有着巨大野心》，澎湃网 2015 年 12 月 27 日：http://www.thepaper.cn/newsDetail_forward_1413735。

写了林窟、柴皮、九丈、五尺、青莲碗窑等多个村镇的变迁史，如二点的故乡，处于三省交界处的林窟，20 世纪 70 年代因特殊的地理位置曾是一个自成一体的民间集贸地，后因经济开放，村民逐渐出走而终至荒芜废弃。麻和尚幼年时的青莲碗窑也在城镇化的碾压中变成水库。短短几十年间沧海桑田的变迁让小说中的所有人物失去了故土与心灵的归属地，或是向着新兴城镇移民，或是成为四处漂泊的游子。在此意义上，这些人物和失去身份的"匿名"主人公有着共同的命运，都是处于无根状态下的自我建构，有着个体命运的盲目与偶然，又有着朝向现代文明的必然与大势所趋。

乡愁原本是人类共同的情感，是现代文学永恒的主题，王安忆的独特之处或在于，她所描写的乡愁本身，是高度理性化的，是一种整体式的把握，一种对时间、空间与人的关系的结构、思考与呈现，其中未见人物内心的质地与情感的流动。在创作谈中王安忆谈道，《匿名》中的乡愁是一种"反乡愁的乡愁"，因为这些失去故乡的人，其实并不喜欢自己的故乡。[①] 文学史上诸多乡愁的表达原本诞生于悖论的状态，越是要挥别故土，越要在纸上抒写乡愁。只是到了王安忆这里，在"整体性"视点的作用下，这一悖论以"一体两面"的结构被自觉地纳入主体的意识层面，投射到文本内部，叙事并没有将由这种悖论而来的矛盾、冲突，或纠结、挣扎的痕迹加之于人物身上。我们看到的只是作家或叙述者本人关于文明进程中能量循环的理性化哲思和议论。这里，立足于"整体"的对文明进程的把握，与"个人""心灵"之间的矛盾与裂痕无可避免。正如王安忆以往的小说，《长恨歌》中那立足于"制高点"俯瞰整个城市的叙事视点，从《天香》到《匿名》，

① 王安忆、张新颖：《王安忆谈〈匿名〉》，腾讯文化 2015 年 12 月 19 日：http://cul.qq.com/a/20151219/021242.htm。

叙事中都始终存在着一个至高无上的、专制的叙述者，绝对掌控着所叙述的世界中所有人物的一切心理活动，省略、抹平了一切可能的精神反弹与内心冲突。所有人物对事相的感知，对情境的感受，对关系的处理，无一不是直接抒发叙述者的心声。乡野村镇的小人物，开口是“文字”的精妙，满心是“造化”的玄机。对乡野村镇生活的描写，也依稀可见自《富萍》以来王安忆小说一以贯之的对于底层的生活韧性的致敬。然而，与《天香》一样，《匿名》中叙事关注的核心并不是个人的选择、情感和命运。如果说《天香》关注的是物之理，是天香园绣的形成、发展与流变，那么《匿名》所关注的是一种更为抽象的逻辑，关于文明进程中能量的运转与守恒，或可概括为一种“天”（天时）、“地”（地利）、“人”（人和）浩大格局中的“历史总体性”。王安忆自述在《匿名》的写作中，“想了太多以后，我就找不到一个特别合适的表象。尤其因为我是比较重视外相的，最好的东西就是表象天生里边就有这样的内涵”。[①] 由于找不到表象的承托，尽管作者思考的核是高度理性化的，但小说的叙述主观倾向极其强烈，作为叙述者声音的大量抽象的哲理、议论与说明几乎覆盖了故事与情节，人物毫无可以自己生长的空间。有论者认为《匿名》这种议论大于故事的叙事方式，“颠覆了王安忆小说既有的审美范式”。[②] 在笔者看来，《匿名》与《天香》，无论叙述方式，还是内在精神意趣，其实一脉相承。《天香》中，与小说所要讲述的“天”“地”“人”浩大格局中的“物”之理相应合，充斥于整部小说的“知识”，诸如繁复的器物、技艺的说解，风俗的展示，晚明历史人物、事件的罗织，同样对读者的阅读提出了挑战。到了《匿名》中，作者所要讲

① 王安忆、张新颖：《王安忆谈〈匿名〉》，腾讯文化 2015 年 12 月 19 日：http://cul.qq.com/a/20151219/021242.htm。

② 韩传喜：《评长篇小说〈匿名〉：王安忆的一次先锋探索》，《人民日报》2016 年 2 月 23 日。

述的，已经不仅仅是“物”之理，而是文明演化中的“历史”之理，正因为这里的“历史”不仅是个人的选择和命运，自然难以找到具体的物象来承载，通篇充斥、回荡着叙述者的声音便也在所难免。

王安忆曾提出“四不原则”的小说观，[①]意在以总体性、必然性的追求，规避叙事对偶然、局部、特殊及个人趣味的放大。这样的规范所针对的，是像王安忆以往小说中那种对个体人生命运的聚焦。在《匿名》中对主人公的处理继续遵奉了这一观念，在人际浩瀚的都市中原本就缺乏独特性与存在感的他，又以失踪和失忆的方式遭逢蛮荒世界。单有这一层诚然还不够，对于立足于整体性或“历史总体性”的《匿名》而言，唯其有了这几个奇异的、精灵般的边缘人物，才带出了形形色色的“小世界”，由无数特殊与局部的“小世界”组成的“大世界”才获得了包罗万象的整体感。在王安忆看来，小说叙述的最高境界，“应当是思想与物质的再次一元化。就是说，故事降生，便只有一种讲叙的方式”。[②]《匿名》中，王安忆以一如既往的繁复、绵密的语词，实践着其“一元化”的小说美学。《匿名》借人物这样说道：“人这样东西实在自大极了，以为无所不能，山里的人，就更有局限，谁能超拔出去，纵观全局？”唯有立足于比“人”更“大”的“文明”“历史”，王安忆才有可能在“天”（天时）、“地”（地利）、“人”（人和）的浩大格局中审视着未知世界与已知世界的关系，以一体两面的结构将“乡愁”同时解释为“反乡愁”。

通过对“历史”之理的讲叙，《匿名》延伸、拓展着《天香》中已

---

① 王安忆提出“四不原则”的小说观：“不要特殊环境特殊人物；不要材料太多；不要语言风格化；不要独特性。”王安忆：《我的小说观》，收王安忆《情感的生命》，中国文联出版社 2008 年版，第 182—183 页。

② 王安忆：《我的小说观》，收王安忆《情感的生命》，中国文联出版社 2008 年版，第 181 页。

成型的精神线索，构设了一种属于王安忆的心灵世界的图景。从中不仅体现了作家非凡的逻辑思维与整体架构的能力，且能够感知作家对文字的爱，思维的缜密与精神状态的沉潜。然而，立足于文学基本价值的遗憾也由此而来：所有人物都只有一种心灵，或者说被一种心灵主宰的世界，文学如何能真正实现对他者的理解，从而承担起不同心灵之间交流的使命？若从历史/现实的阐释与还原角度，小说通过叙事所勾勒的“历史总体性”，无论逻辑多么强大，所凸显的仍然是一种高度的主观性，是知识、理性与逻辑对心灵世界的丰富性、多元性的遮蔽与覆盖。如此心造的幻影，显然并非是对历史的逼近、还原，也就难以真正贯通过去、现在与未来。

70 后作家路内的《慈悲》继续了之前“追随三部曲”中的工厂题材，只是这一次不再是叙说路小路的青春故事，而是讲述父辈一代的生活与命运。小说时间跨度从新中国成立初期直到 20 世纪 90 年代，从主人公 12 岁逃荒写到他 50 多岁下岗。苯酚厂 50 年间的兴衰，正是中国当代社会的缩影，显现了作者的个人化叙事正在通向更为开阔的社会历史视野。主人公水生少年时父母双亡，投奔城里的叔叔，从工专毕业后进入苯酚厂工作。师傅替他争取到一份补助，并将女儿玉生嫁给他，水生后来又接替了师傅，替贫困工人争取补助。为了争取到一份补助，人与人之间倾轧，纠纷不断。90 年代水生由于买不起工厂的股份，重回车间当操作工，并最终下岗。工厂被厂长宿小东侵吞，水生和另一名工程师一起到处给私营老板设计苯酚车间，搞垮了曾经的母厂。小说的历史跨度，对应着当代中国社会历经的重大变革，从 20 世纪 60 年代初的困难时期、“文革”、改革开放到 90 年代的国有企业改革，但小说并没有直接铺叙这些重大历史背景里的经济改革，而是将笔力紧紧对准人物的命运，以苯酚厂工人粗粝庸常的生活连缀起不同的时代。小说中的工人形象完全不符合传统工人题材小说的设定，没有丝毫的壮志豪情，也没有固定的道德意识，不关心革命，也不关心国家的前途，他们只关心自己的日常生活，挣扎于如何活下去，随波逐流而又艰难地应对着不断变幻的时代。

国营工厂时代的“补助”在小说上半部的情节里占有关键的位置，它让很多工人免于挨饿的绝境，可又作为当权者的赏金极大地压制了个体的尊严和自由。为了获得补助，他们需要去工会演讲游说，不惜兜售自己的隐私；各自施展手段，乃至互相告密；师傅为了替水生申请补助在主任办公室门前长跪不起；宿小东为了补助告发师傅的师弟李铁牛，并置对方于死地；各个车间的争夺演变成荒唐可笑的竞选。只是为了活下去，苯酚厂的工人经年累月地苦心盘算着如何申请补助，看似荒诞，实则悲凉而又残酷。小说 12 万字的篇幅涉及不下 20 人形形色色的死亡，水生渐次失去了父母、师傅、师兄、妻子、养女、朋友。小说的叙述冷静而又节制，在描写死亡时也极为内敛和简洁，收起了“追随三部曲”中的松弛、自由与炫技式的手法，呈示了一种类似于纪录片风格的现实主义，尽管没有之前现实主义作家那种厚重的历史感、责任感或使命感，却是以一种审慎、严肃而又内敛的方式去触摸父辈的苦难与历史。《少年巴比伦》和《追随她的旅程》都是多少有几分自传色彩的小说，其中作为叙述者的“我”的视角浸身于所描写的时代之中，充满可供嘲讽的喜感。《慈悲》的叙述则退回到一个更为冷静、客观的角度，作者和所描写的时代之间始终保持着距离，尽管一些革命性语言元素的运用使小说的叙述保持了一些反讽的喜感，但整体上却是心怀敬畏、笑中带泪的方式。在时代的阵痛和几代工人无法把握的荒诞命运面前，个体存在的滑稽感被弱化，凸显出渺小与无助。

值得注意的是,《慈悲》的叙述也采用了类似于《生命册》《春尽江南》《黄雀记》《繁花》等作品中双线的时间结构,小说没有从故事的起点,即水生随父母逃难那一年写起,而是从"文革"期间水生进入苯酚厂开始叙述,一方面是回忆式的重溯,一方面沿着叙述的起点继续发展,直至进入 20 世纪 90 年代以来的时空,回溯结束,双线合一。交叉并行的双线叙事,让存在着时间跨度的"过去"和"现在"之间形成了对话。故事从苦难开始,经过历史与现实间的不停对话,最终导向和解与救赎,但作者对于其中如宿小东这样在历史中作恶的个体并未充分释怀。这可谓是一种典型的"中国故事"。路内说:"我想写一种中国式的善良,甚至价值观不是很高明的善良。"①"水位很低的慈悲",是路内所理解的普通中国人内心的基本良善,它支撑着中国人一代代活下去。"慈悲这个东西其实没有理性,它和我们追求的正义是不一样的,但它仍然在道德上具有一定的作用。"②认识到慈悲作为发自底层的良知,它所具备的道德意义,一面又意识到它的可悲之处,它所导致的愚昧或麻木,路内陷入了前所未有的矛盾之中,困惑于"这个最低水位的慈悲,到底有没有价值?"③。须要看到,路内通过小说的叙述所建构起来的,作为当代中国城市普通人基于共同艰难生活所生出的"最低水位的慈悲",同时也是属于民间的、传统的,这使得小说文本中的"城市"形象已然不知不觉地从"非历史化"的陷阱与无根状态中跃迁出来。不过,也正如路内所说,《慈悲》呈现了一种充满矛盾的逻辑,小说试图通过"慈悲"所表征的中国式的复杂、混沌的意识形态建构,探讨个

① 徐颖:《新作〈慈悲〉被拿与余华〈活着〉相比　路内:上下文关系》,《新闻晨报》2016 年 3 月 7 日。

② 同上。

③ 柏琳:《路内:水位很低的慈悲》,腾讯文化 2016 年 1 月 23 日:http://cul.qq.com/a/20160123/009951.htm。

人与国家、个人与历史之间的关系，终究还是陷于模糊未明的状态，正如同小说中那些灵魂模糊的人物。这或许已经不仅仅由于一代作家的思想局限，而意味着讲述当代中国故事，尤其是城市故事的难度。“这代作家如果说真的有一个群体困境的话，无疑是对时代的把握，对历史的再认识，对更广阔更复杂的世界的见解。”①路内曾在一次访谈中这样表述自己所感受到的 70 后一代作家的困境。《慈悲》以存在于城市普通工人阶层的“慈悲”心性来对抗历史的苦难与黑暗、人性的盲目与混沌，在对父辈历史的触摸中，试图实现个人与整体（时代、国家、历史）之间的沟通与平衡，从而达致对他者的理解，标志着一代作家对于历史和现实进行整体性把握的探索与高度。

80 后作家张怡微的《细民盛宴》可谓是作者此前“家族试验”系列小说的集大成，主题与基调一脉相承。这部以上海为背景的小说，聚焦家庭内部两代人之间的关系，在第一人称的叙述中勉力注入时代与城市的变迁，表现出一定的现实关怀。80 后作家及文学曾是“青春文学”的代名词，然而过了“为赋新词强说愁”的年龄，如何让创作“生根”，寻找和构筑自己文本世界的独特性和可延展性，成为必须要面对的问题。张怡微的《细民盛宴》及其“家族试验”小说试图开启以“工人新村”为依托的城市平民生活空间与精神世界，便可视为这样的一种努力。对于人生经验相对匮乏的年轻作家而言，家庭伦理，尤其是城市离异再婚家庭中情感、伦理的可能性与复杂性，无疑是将自我的表达与“外部”连接起来，从而表达现实关切的一种较为理想的切入点。小说开篇部分以爷爷临终前的家族聚会，展开家族的人物群像描写，在世情的冷暖质感中书写离散家庭的伤痛，字里行间传达

① 施雨华：《路内：我不是这世界的局外人》，腾讯文化 2016 年 1 月 9 日：http://cul.qq.com/a/20160109/024885.htm。

出的情感意蕴层次颇为丰富，既冷静、讽刺与审视，又有种细腻、哀悯、伤感。作者自言深受冯梦龙《三言二拍》的影响，又曾受教于王安忆的写作班，其对语言的驾驭能力，遣词造句的精致，对环境与人心幽微处的把握，对普通市民生活的悲剧性的喟叹，及对日常中蕴含的残酷“真相”的揭示，无不显现出作者所受的阅读与写作训练，以及文学传统的潜在影响，显示了作者的创作实力。

然而，确如一位论者指出的那样，整个小说情节读来就是“一个离异家庭里的小姑娘把自己套在她所谓的‘家族恩怨’想象中自艾自怜”。① 叙述者过分急切、专注于对“自我”的倾诉，致使内向性、主观倾向强烈的情感体验，湮没了对生活的冷静观察。所有的人物、场景、情节，都只能依据叙述者的情感判断，充斥着抒情和议论的转述对叙事构成了很大的限制和削弱。以家庭“盛宴”为结构的叙事空间在后半部分越来越逼仄、牵强。除了主人公，其他人物形象自始至终都是模糊的。高度主观化的叙述方式固然使主人公的形象呈现得较为清晰、充分，但缺乏有效的情节与丰富的生活细节的客观支撑，叙述者对人生、人性的理解和洞察都只能附着于极为有限的情感体验之上。而这最终必然也会影响到主体的自我建构。比如小说的情节和叙事很难让读者从中获得与主体一样的体认，只能通过叙述者的情感渲染去判断，那么其中的苦难感就展现出被刻意放大的痕迹，难以真正动人。张怡微在创作谈中特别提道：“我们还是经历了时代巨大的变迁，都市更新，包括我们所体会到的一切，房价、工资、社会阶层的流变，非常严酷，并不是长辈们告诉我们的，我们有多么温适，多么无忧无虑。”②年轻的作家显然也认识到“外部”

① 刘杨：《“未完成”的成长——评张怡微新作〈细民盛宴〉》，《文学报·新批评》2015年7月16日。

② 傅盛裕：《80后作家张怡微：“我们经历了巨大变迁”》，《文汇报》2015年7月7日。

之于文学表现主观世界的重要性。《细民盛宴》也试图通过主人公成长过程中对亲情地不断体认，以及对多种可能的家庭伦理空间的探视，来达致对父辈、对他者的理解，然而经验与叙事的不足影响了这一抵达，最终向我们呈示了一种将文学推向自我内部的尝试。如何让自我与社会、历史建立更为有效的联系，如何让语言进入更为深广、丰富、多义的精神生活，是值得每一位青年作家深思的问题。

韩东的《欢乐而隐秘》也以都市为背景，讲述一段爱情故事。女主人公王果儿与张军、齐林之间的情感纠葛从轮廓来看不过是个十分俗套的爱情故事，然而读来却有种挥之不去的不真实感，人物存在的状态也总带有几分浮夸感与荒诞感。除了王果儿，小说里的其他人物都是扁平、符号化的，单向逻辑的产物。比如张军，代表的就是赤裸裸的世俗欲望，寡廉鲜耻，为达目的不择手段；齐林则相反，温顺善良，一往情深，小说中，他的整个人生似乎都附着在对王果儿的爱情上；秦冬冬是个心无旁骛的佛教徒，同性恋者，王果儿爱情的旁观者，最后却成为王果儿为自己选的归宿；王果儿的父母，更是漫画般的世俗人物。即便女主人公王果儿的纯真、率性，也是充满了戏剧化的，她的左冲右突的所谓寻找“真爱”的过程，既看不到她对于所爱之人的关切，也看不到她对爱情本身的理解，有的只是任性、盲目，习惯于依照概念化的标准去看待人与事、决定自己的爱或不爱，行为却又每每发自本能。在这里，所有人物事实上都是高度概念化的，诸如“欲望”之于张军，“情感”之于齐林，置身事外的“理性”之于秦冬冬，王果儿的复杂不过因为她总是不停地被新的概念所支配。概念化导致人物的心理立场、行事逻辑无不是明晰而又确定的，所有人物与情节的发展，都牢牢地被固定在叙事给定的框架内，然而，有意味的是，这一切加在一起，却导向一个意义不明、所指不定的故事"整体"。作者为什么要讲述这样一个既不深刻也无新意的爱情故事？是要揭示生活本身的荒诞，还是呈示表象背后的因果报应，是探究欲望、情感与理性的冲突，抑或思考现实生活所蕴含的无限可能？事实上，这其中的任何一个答案恐怕都只能是读者的一厢情愿。在谈到小说的创作时，韩东说："我的一个基本方式就是：把真事写假。把真事写假，而不同于马尔克斯的把假事写真。也就是说我的目的是假，假的部分，即越出新闻真实的部分是文学的意义所在。……我的目的是在事实中发现多种未实现的可能性，发现神奇。"①在他看来，有些经验无法解释的"变形"和"变体"，以小说的方式叙述，就可能会被突然照亮，其所体现的正是个人经验方式对小说的意义。《欢乐而隐秘》中作为叙述者的"我"（即秦冬冬），在王果儿的爱情故事中只是个旁观者，正是他的置身事外让叙述乍看起来像是客观的全知视角。作为王果儿的闺蜜好友，"我"又是王果儿故事的倾听者，也就是说，"我"所知道的一切，全部来自王果儿的转述，那么整个故事的叙述其实取决于王果儿的性格逻辑与认知水平。如此看来，小说所呈现的生活世界中，那些若以客观眼光来打量，带着反讽感与荒诞色彩的"变形"与"变体"，由此又变得合情合理。这里表现了作家的文体意识，"怎么讲故事"或许比故事本身蕴藏了更多意义。

不妨这样理解，小说中，王果儿对"真爱"和幸福的追求及其结局，恰恰是以自身经验方式的独特性，以及认知能力的片面性、局限性，向我们演绎了一个对她来说十分严肃，甚或严峻的关于欲望与超越的命题。显然，如果单看故事的外壳，或转换小说的叙述视角，很难得出这样的判断。这也正是小说叙述的意

① 林舟：《清醒的文学梦——韩东访谈录》，《花城》1995 年第 6 期。

义所在。所谓“在事实中发现多种未实现的可能性”，在此意义上，韩东实现了他的叙事追求。不仅如此，叙述者又将王果儿的故事整个置于秦冬冬这一人物的视角下，作为佛教徒，他以因果报应说对王果儿的命运进行了框架与阐释。这一框架对于王果儿显然是有效的，因而她对命运降临在自己身上的苦难并无自觉，而是心甘情愿地与生活达成了和解。作为叙述者的“圈套”或策略，这显然意味着又一层“可能性”的实现。至此，我们看到，这个故事的意义确乎是发散性的，似乎可以朝向无数方向去阐释，而每一种阐释正如小说中每个人物的视角及逻辑，源自个人经验的差异。而在整体意义上去看这个故事，或沿着全知视角去理解整个故事，就只能从“真”中看出“假”来。当然，这种对于“整体”的解构，诚然也可以看作是另一种对“整体”的理解。

将王安忆、韩东、路内、张怡微的文本放置在一起来看，在如何处理“个人”与“整体”的关系的层面，正好形成了有趣的参差对照。尽管以出生年代划分代际的方法存在不少问题，但这几位分别对应于 50 后、60 后、70 后、80 后的作家，对这一问题的把握和处理，明显呈示出代际的特征与差异，其艺术路径与存在的问题具有一定的代表性，值得深入分析和持续关注。

（原题为《城市：通向历史与本体》，系《上海文学发展报告 2016》“总报告”，社会科学文献出版社 2016 年；收入本书时有修订）

"城市文学"作为知识的批判

王　进

一　一个属于"当代文学"的问题

城市文学是一个属于当代文学的问题。这不仅是要与现代文学做一个历史划分，而且与相关的西方理论、海外汉学区别开来。只有在此范围，才能显示近30年国内城市文学研究的理论意义。进而言之，它的真正意义，无法建立在目下全球化进程中城市地理不断扩张的现实基础上。而现已形成的"现代性"思想主导与文化研究的基本方法，正是理论牵制于现实，以致社会文化理论、政治经济学知识不断涌入的结果。事实上，处于前者之为今日跨学科的思想引擎下，"城市文学"毋宁附庸。故而随着研究的兴盛，理论的建构却深处危机。不仅迄无"城市文学"的基本定义，而且研究对象亦日渐消隐，以至近年时有"无法现身的'他者'"①"到底在谈论什么"②"看不见的城市"③等论说。

这种根本问题的缺席，使得知识理论本身成为更须批判和检验的。首先即是还原历史情境，追溯自身的文学批评史线索。而"城市文学"之深受现实世界的牵制，将由此显示为经济基

---

① 陈晓明：《城市文学：无法现身的"他者"》，《文艺研究》2006年第1期。

② 弋舟、蔡东等：《当我们谈论新城市文学时我们在谈论什么——凭着气质和气味来感知新城市文学》，《山花（上半月）》2013年第15期。

③ 殷国明：《"大流转"：中国都市文学的梦想与纠结》，《探索与争鸣》2014年第12期。

础—上层建筑这一经天纬地、堪称“世界观”的思想大限。① 它不仅为判断“城市文学”属于“当代文学”提供了内在的理论支持，而且以这世界观在全球化时代的重现，凸显西方理论—中国经验的整体思想处境。20 世纪 90 年代以来的城市文学批评，因此特别体现了知识的时代性更替，由之带来西方理论运用的芜杂、生硬，进而是作品批评上的焦点游移、偏至，以至于压抑、脱离文学文本。这意味着我们的批判不仅应当同时是一种“当代文学”整体观的建立，而且必须走向经济基础—上层建筑这一宏大框架的突围，直至能够将之解构、还原于阐释—现实世界的关系。此方可能辨析中国城市文学理论的独立申诉，而我们研究的意义亦当在此。

事实上，近 30 年在阐释理路几经转折、断裂的知识状况下，唯此宏大框架一以贯之，并于 20 世纪 90 年代全球化来临之际全面重申。作为前 30 年当代历史文化的投射，它产生了如此根本的思想制约，以致形成“城市文学”的经济决定论。而这首先意味着一个近切关涉现实世界改造的庞大知识体系，以至思想、意识形态系统的包围。1998 年李洁非的长文《城市文学之崛起：社会和文学背景》，②即展现了其强大的思想框限力，并以大篇幅的社会历史文化论述，宣示文学的“外部”重新入主文学理论。在此，“城市”的阐释，不仅引出古今中外的历史纵横，而且由此确立了以“工业化”革命为标志、完全经济基础意义上的“商品”“物”作为基本理解。而正是经由这一有关改造世界的现代知识谱系查验，古代，以至近现代中国城市皆以其政治及权力的

---

① 相应于本文着重的知识理论批判，以下对于经济基础—上层建筑、世界观等特属前 30 年当代历史文化范畴的概念运用，主要在其形式、概念、逻辑层面。“当代文学”概念亦然。

② 李洁非：《城市文学之崛起：社会和文学背景》，《当代作家评论》1998 年第 3 期。

主导性质，排列在外。相应的，自古至今也就从未产生过真正的城市文学。唯20世纪20—40年代"新感觉"派为代表的上海文学，或能与此之"城市"相称。无疑，只有这样的历史逻辑，才足以凸显20世纪90年代城市文学兴起的革命性意义："毋庸置疑地击败了乡土文学作品，第一次在中国文学中占据主位。"进而，可将这一切归于正在现实推进的"几千年历史上具有根本性的划时代意义"的经济基础变革，而非按该文明确表述的文学的"内部"。而在由此带来历史进化的乐观中，最终，城市文学的未来亦只有一条标准：现代主义流派为顶峰标志的19世纪、20世纪西方文学。

在此，"城市"虽为"背景"，却已具有经济决定论的强力，并因特别针对前30年当代文学而表现出政治—经济相互超克的思维惯性和震荡。此即"城市文学"产生的场域。而重要的是，这个出于经济基础—上层建筑宏大框架的决定论，具有高度的现实合理性。在所谓商品、市场经济成为一时代之普遍话语，迄今为20世纪90年代社会历史文化全面转型的历史学前提下，这种尚未被"现代性"的新经济知识理论主导的论述，至少为文学的"内部"留下了一席之地。事实上，当批评家在文学创作"奔向都市"的潮流中，亦发现"经济"作为"元话语"的形成，就意味着顺服这一历史条件，几乎别无选择。1998年叶中强的《想象的都市与经济话语的都市》，[①]即在承认"都市"作为中国现代性诉求的历史主义理性之不可逆前提下，分析了这一新的元话语形成，并试图进行理论的提升。在此，这一理性也是历史标杆的树立，正检验出"都市"与作家的经验世界、文化记忆，产生了如此巨大的落差和震荡，以致出现种种事实与价值的背离。其中，

① 叶中强：《想象的都市和经济话语的都市——论当前文学文本中的一种"都市"及其元话语》，《上海社会科学院学术季刊》1998年第4期。

乡村—都市更是形成了鲜明二元对立，甚至带动20世纪80年代传统—现代、愚昧—文明价值秩序[①]的整体反转，从而指意新兴的城市文学根本是一次文明范式的变革。而显然，在作家们的创作中，城市之“罪恶”，成为这次文明冲突的预设。所谓经济的元话语，正环绕“物”作为“罪恶”的指征而形成。它以“物”化形象及欲望场景主导作家们的都市想象，甚或将都市的物质空间作为“营构其特定的文本‘格式’……的建材”，以致表现出“见物不见人的文化偏至”。而该文努力亦在于破解“物”的拘囿，从而将“经济”的理解引入最为广泛、足以相应于经济基础的更高“文化”范畴，最终确立“城市的价值源泉”。

这一由“经济”而“文化”，以至重寻“价值源泉”的思路，不仅可以预示后来文化研究的兴起，而且将20世纪90年代城市文学的出现，推向了一个事关价值系统重构的高度。这是富有见识的。它恰恰表明以现代物质文明批判为指向的文化研究，无法完成这一任务。在由经济基础—上层建筑所贯穿的当代历史文化及其关于现实世界改造的庞大知识体系之前，所谓现代性不仅只能是远为派生的思想理论，而且作为历史的负载。事实上，该文的“文化”思路，已经与20世纪80年代“寻根”文学为代表的“文化”热产生了关联。其中无疑存在一种不可克服的经验，并使得“城市文学”首先处于与“乡土文学”的紧张中。而真正的问题是，“经济基础”在此作为一切思想的先决，必然对此新的“文化”价值走向产生强大规范。

故此，在经济、政治—经济的知识系统挟制及其历史负轭下，“城市文学”分裂为何谓城市—何谓文学，以致前者的理论申诉远远压倒后者，就可谓必然。而试图通往新的价值源泉的“文

① 参见季红真：《文明与愚昧的冲突——论新时期小说的基本主题》，《中国社会科学》1985年第3、4期。

化”，则因此困窘于“经济基础”的地平线。事实上，今天的城市文学研究比“见物不见人”的文学创作，更深地陷入了物质文化的批判和研究，以致出现了严重的理论失明。2006年陈晓明的《城市文学：无法现身的“他者”》，[①]作为一篇运用后现代理论及其语言、符号化阐释，试图为文学申诉的论文，即在评述创作现实与历史时，反照出这一境地。在此，后现代理论首先以其时代的近便，将“城市”的阐释由原先基于工业物质生产的经济基础，推升至“符号生产”所代表的“新的生产力和生产关系”，从而确定其“消费主义”的文化性质。而消费景观及其背后的符号生产，正构成了城市之为“物”的世界。这对于“物”作为“经济”理解的观念坚固，无疑起到消解功用。问题是，“经济基础”在此已然先在决定了文化的性质、标准，以致“城市文学”只能是此一物质文化景观的反映、升华，因而必将该文的总体论述引向偏狭。事实上，正是这一“经济”的符号化阐释，使得城市—乡村这一关乎民族文化整体性质及其现代变革深度、走向的基本架设之间，显示为“乡土中国”更加难以跨越的历史文化鸿沟。按其论证，这一符号化的城市存在本身及其中生存经验的表达和反思，对于“乡土中国”几乎是不可能的，无论是曾经的现实主义创作，还是后来的“人学”、现代主义，都将与之发生历史和美学的冲突。进而言之，城市文学的历史，是不可能的。正是基于以上可见、或潜在的前提与立论，该文通贯检索了20世纪中国文学史，发现城市文学始终只是作为“他者”“幽灵”存在。直至20世纪90年代“激进的消费主义时尚文化”出现，才有了“真正与城市融为一体的对城市的表达”，而“美女作家”群正成为历史的选择。甚至，因其杂有“去民族/国家性”的女性身体叙事策略，她们的创

① 陈晓明：《城市文学：无法现身的“他者”》，《文艺研究》2006年第1期。

作亦非“纯粹”。

无疑，当理论走向这样的历史虚无，就成为逻辑对于历史的连续删削。而这与其说是该文后现代理论的解构功用，不如说，在“经济基础”已堪称“城市文学”第一推动的理论情势下，恰恰因此触及了这一基础的虚弱、动摇与不可靠。唯此，它才足以以历史的断裂来阻碍一切价值的最终建立。而何谓文学作为更古老、深远的文艺论题，在“城市文学”遭遇严重的压抑，就具有了这样的批判意义。它将以时间维度上自身历史文化传统的丧失，显示价值根本的毁损。在此，经济基础—上层建筑所构造的当代历史文化，正成为传统的横切。它不仅体现为来自现实世界改造的空间性持续强力扩张，更造就了直线行进的时间观念，以至不断革命的文化逻辑。而自身传统的丧失之在全球化时代显现，恰恰表明，正是前30年针对“资本主义”的当代思想文化批判与历史的彻底脱节，造成了20世纪90年代以来的经济决定论及其世界观式笼罩。故而，城市文学研究日益拘囿于物质文化的“空间”，而“时间”作为更深切、根本的现代性量度却近阙如。2008年徐健的《论20世纪中国文学城市叙事中的时间母题》，[①]可谓之一记。

而在此更重要的是，这一出于前30年当代文化回流的世界观式笼罩，实质是在经济基础—上层建筑的宏大框架内引导了思想与现实之间一次重大的边界跨越。所以，20世纪90年代“商品经济”的实行能够造成如此全面、深切的震荡，以致由此框架不断生产逻辑—历史的脱节、时间—空间的错位等，终于显露“城市文学”内部的分裂。城市—文学、城市文化—文学，即其所生产、衍生的次级论题。而时间维度上自身传统的丧失，尤其将

① 徐健：《论20世纪中国文学城市叙事中的时间母题》，《汕头大学学报(人文社会科学版)》2008年第6期。

城市文化—文学引向了事关价值系统重构的中心。在此，城市—乡土，特别是“左翼文学”这一无法规避的历史性对立，正以根本的内在价值冲突，成为“城市文学”边界、基础的不断冲击和洞穿，以至横跨地理空间，凸显价值—事实的背反。显然，这里要求的是判断力，并且在一系列理论关系的重整中，指向一种层级、秩序的立体架构，而非网络式的平面延展。唯此能够引领我们的批判，走向经济基础—上层建筑宏大框架的解构、还原，突破其世界观式的思想垄断。由之建立起高度认识论的“当代文学”整体观，在近 30 年连番遭遇历史的转折、知识的更替及价值的跳荡中，辨析脉络、剔抉源流、清理问题层次。

在此，20 世纪 90 年代的确构成了一道分水岭。随着新一轮改造世界的社会历史文化动荡与西方知识理论的空前引进，城市及“城市文学”崛起。然而，当 20 世纪 80 年代足以在整体观下获得起点的意义，则可发见其研究由隐至显，却恰恰走向了思想的逼仄。1983 年北戴河的城市文学理论笔会，[①]基于题材的解禁，首次提出了该问题。在此，“工业题材”“车间文学”作为“城市文学”的近前历史前身，正显示了来自“经济基础”的领域切割。它的解禁，因为带来如此巨大的理论辐射力，不仅迅即涵盖了正在萌发的种种文学现象、思潮，而且指向更深远，以至古代的中国城市文学传统接续。[②] 1986 年回顾新时期文学十年时，其巨大的涵容和体量，按张韧的《现代城市意识的失落与寻求》[③]论述，甚至使得理论批评界遗憾地发现“城市文学”竟是作为文学整体的“一半”失落了。这一对于创作现实的评判，显然出于“现代城市意识”“现代意识”的普遍缺乏与社会经济变革不

---

① 幽渊：《城市文学理论笔谈会在北戴河举行》，《光明日报》1983 年 9 月 15 日。

② 吴英俊：《城市文学理论研究的良好开端：北戴河城市文学理论笔会侧记》，收吉林省文联文艺理论研究室编《文艺论稿》1983 年总第 10 辑。

③ 张韧：《现代城市意识的失落与寻求》，《花溪》1986 年第 6 期。

相适应的宏大视野，并在该文中引人注目地出现了马克斯·韦伯这位后来被认为最能代表“现代性”的社会学家论述。这不出经济基础—上层建筑框架的理论超前，使得所谓“一半”的失落，恰隐喻了“城市文学”所在场域之深广。

这意味着20世纪80年代文学的申诉自由是有限的，也是更可能的。1988年蒋守谦的《城市文学：一个有意义的文学命题》，正是基于城市文学创作现象的丰富，强调了理论界定的重要性，并试图破解这一命名的题材论束缚。在将一般“工厂题材、知识分子题材、城市平民题材”归于“广义的”同时，该文特别区分了一种“狭义的”城市文学。在此，不仅作品人物—城市的“关系”成为重点，也因为这一人物浸润于地域历史文化氛围而与城市不可再分。如陆文夫的《小巷人物志》、邓友梅的《那五》、刘心武的《钟鼓楼》等一批作家作品。其审美价值已非题材标准可以评判，以致城市文学的命题，按其论述，只有在一个“文学研究的形态系统”方能得以真正界定。显然，正是“狭义的”城市文学出现，将整个问题引向了自身历史文化传统的重新接续。这几乎是从一开始就预示了界定的不可能。

重要的是，这种文学的申诉自由，已经探测到“城市文学”可能的理论前景。事实上，在20世纪80年代的相关论述中，我们可见城市文学问题先后与“改革文学”“现代派”，尤其是“寻根”文学等思潮、流派发生了广泛的关联与纠葛。90年代“城市文学”的崛起，因此可以指明这些消失的思潮和流派作为20世纪80年代文学史脉络，已经存留其中。1990年南帆的《文学：城市与乡村》，[①]即表现了这一文学时代的交替、混杂与十字徘徊，而城市—乡村亦因之凸显为当代文学史演变基本也是最后的架

---

① 南帆：《文学：城市与乡村》，《上海文论》1990年第4期。

构。正是通过它的透视,20 世纪 80 年代主要思潮、流派及其之外的大部分重要作家,都聚集于此。而对于城市的“敌意”,则构成了焦点,由此反映出乡村的“家园”梦。这里不仅包括“归来”派作家张贤亮、“寻根”文学代表作家莫言、韩少功等,而且王安忆、张辛欣、王朔等作家的创作,亦莫能外。重要的是,该文能够通过美学的疏解及文学史溯源,最终将这些“城市寓居者”对于“故乡的情感记忆”,安置于美学—历史本有的距离。至此,城市—乡土文学尚未形成紧张的二元对立,并展现了 20 世纪 80 年代“纯文学”理论最后、也是最大的开放。

这标示历史的转折,更是思想对于现实、历史认知的一个临界。从此,作为现实边界一次重大跨越的震荡轨迹,“城市文学”尤将以“经济基础”的世界观重现而走向逼仄,不仅再不能沟通“乡土文学”,而且失去现实的基本认知力。而这恰恰体现在思想向现实的连续妥协。近 30 年城市文学问题生发地由北向南的地理空间转移,正可构建这样一个观察与批判视角。以史称“八五新潮”的年份计始,十年为期,迄今共有三次较集中的讨论。① 20 世纪 90 年代的讨论高潮,终于将上海及上海文学推向了前锋,成为现今城市文学与文化研究的历史基础。然而,这并不意味着“海派”的真正崛起,以至造就中国城市文学理论的独立。它到底并非文学自身的历史发展。之后发生于 20 世纪 90 年代的地理空间转移,恰可能蕴含着思想理论的绝壁,以致诉诸现实的解决。而奥妙在于,正是最早创办了《特区文学》②、此时

---

① 可以重要会议为标志:1987 年太原的“城市文学理论讨论会”(见《城市文学》1987 年 11 月号相关报道)、1994 年南京的“中国城市文学研讨会”(见《钟山》1994 年第 4 期)及 1996 年上海的“‘新都市文学’理论研讨会”(见《特区文学》1996 年第 6 期)、2003 年上海的“都市文化与都市文学学术研讨会”(见《文艺理论与研究》2004 年第 1 期)等。

②《特区文学》杂志创刊于 1982 年初,由深圳市文联主办。注:1980 年 8 月全国人大常委会颁布《广东省经济特区条例》,深圳经济特区正式成立。

方崛起的城市“深圳”，成为这一根柢于“经济基础”的文化标记。

因此事实上，在20世纪90年代多地展开的城市文学讨论中，相比广州、深圳“新都市文学”[①]的先锋旗帜，上海以“文化关怀”为宗旨的“新市民小说”[②]倡导更多表现出被动和保守。而背后正是自身历史文化传统的问题，足以对基于现实巨变的“城市文学”价值形成根本的究诘。1995年周介人的《当代文学的第三“范式”》，[③]即以其独有的当代文学整体观，带来了这样的理论启示。该文由当下文学创作出现的一种新锐市民意识，不仅发见“民间—市民”作为接续“更为古老的传统”的可能，而且以之为当代文学继“革命”“启蒙”之后的第三次范式转变。而作家王朔的小说正是作为此一范式的重新演绎，在“主流意识形态与精英意识”之外“异峰突起”，以致形成了整个知识界的冲击。在此，20世纪90年代“人文精神”大讨论背景的交织，足以引出“城市文学”所在场域的深广构成及其内在价值冲突。故而该文进一步论述，这先后继起的三大范式皆有自己的“余数”和内部“不可化约的矛盾”，以致形成当代文学史上各不相同的“盲点”“不见”和“误区”。

这毋宁暴露了自身传统的根本丧失，由此导致“经济基础”的世界观重现。事实上，后来的城市文学理论建构愈益聚焦于现代物质文化的研究和批判，并强烈排斥传统的参与。因此，随着世纪之交“现代性”作为新经济知识的引领及文化研究的理论风行，“城市文学”只能更深地处于经济基础—上层建筑的框限及其分裂中。以下的城市—文学、城市文化—文学论题，即显示

① 《特区文学》1994年初推出“新都市文学”讨论专栏，期约3年，影响及沪。而《广州文艺》在1990年即推出了“都市文学笔谈”专栏。

② 《“新市民小说”征文暨评奖启事》，《上海文学》1994年第9期。该活动系《上海文学》与《佛山文艺》联合举办。

③ 周介人：《当代文学的第三“范式”——编者的话》，《上海文学》1995年第10期。

了由“经济”而“文化”之于“文学”的层层制约与不断加深。无疑，当一切都指向何谓文学的理论压制，就不仅表明传统的丧失，而且恰恰反证文学是一切社会历史存在中最具超越和普遍性的，它根本属于时间。其直接表现，则将是“现实主义”的纠缠。

二　城市—文学：在新经济神话的构造与知识更替中

城市—文学论题的出现，代表了“城市文学”最初的内部分裂。而只有随着20世纪90年代“商品经济”的现实启动，才会产生如此紧张，以致构成何谓文学的严重压抑。在此，“物”作为“经济基础”的遥远反映，成为城市崛起的象征、神话，且迅速演变为一个巨大的能指、黑影，从而造成了“人”的全然遮蔽。它恰恰表明神话遭遇了内部瓦解。问题在于，这不仅只是出于城市地理空间扩张的现实感应，更来自堪称知识理论全球化的思想冲击，足以瓦解原有世界意义的阐释系统。“经济基础”的世界观之重新笼罩，正是其根本体现。“城市文学”因此被推向“当代文学”历史的前锋，经受经济元话语的新、旧知识体系更替及裂变。

这使得以“人”为中心的20世纪80年代再次成为起点，并勾勒一条从城市—人到“物”的演变轨迹。无疑，这里重要的不是“纯文学”的时代主导，而是作为经济基础—上层建筑生产的次级论题，城市—文学何以使“人”成为理论的聚焦。而最能表明它的，当数赵园《北京：城与人》这一著作的完成。[①] 在其跨越现、当代的文学史论述中，城市与人，特别是历来作为“城市腹中

① 赵园：《北京：城与人》（该著作实际完成于1988年，见该著“新版后记”），北京大学出版社2002年版，第227页。

难以消化”的知识分子的关系，形成了如此深刻的交融与“契约”，以致从作家到作品人物，皆可能处于这一关系的历史展开中。而这一切，都有赖于漫长的乡土文化传统对于“北京”的特别养育。它不仅使“乡土—北京”成为这座城市的文化基调，而且在“乡土中国”与“现代中国”之间架起了过去、现在与未来的桥梁。[①] 在此，经以文学的解析，城市—人之间已然展开了一种超越地域的大历史文化与文学视野。1988 年赵园的《“城市文学”纵横谈》，[②]即可见出该著的基本思路及时代背景。文章一方面将众多相关“城市”因而特别蕴含新的文化思考的新时期文学创作，作为“接续中断了的进程”而上溯“新文学”传统。另一方面，则由“京派”“海派”已然历史展开的文化两极，预见了今天“N 城记”文学版图的应然生长。其时空纵横间，甚至呈现一种以“城市文学”重写文学史的前景。

而不可忽视的，这一发端于“乡土—北京”的理论建构，是以自身传统的确认与信靠为前提的。换言之，唯有传统的根本托庇，“人”才能够成为城市—文学关系的聚焦。而“城市人”的现实出现，相较上述“城与人”的书写完成，更是传统之广大的一个有力证实。1986 年吴亮的《城市人：他的心态与生态》[③]及其后的系列论文，[④]不仅没有城市—文学的分裂迹象，而且以其散文性的切身体验表达，塑造了现今创作亦不多见、生动可感的“城市人”。其对城市时空敏锐、丰富的感触，生存之烦的深度体验，甚或语言世界对于日常生存实感的耗散，都显得如此超前又普

① 参见赵园：《北京：城与人》，北京大学出版社 2002 年版，第 1、6、10 页。

② 赵园：《“城市文学”纵横谈》，《文汇报》1988 年 11 月 2 日。

③ 吴亮：《城市人：他的心态与生态》，《上海文学》1986 年第 1 期。

④ 吴亮：《对城市生活的文学沉思》专题系列论文 6 篇(题名为：《时间之妖》《空间：城市的魔匣》《缺乏耐心的城市人》《城市人——精神上的徘徊者》《一个语言化了的世界》《一个崇拜视听和热衷于行动的时代》)，分别刊载于《文艺评论》1987 年 1—5 期。

遍，以致“城市”的概念，足以涵盖由写作者地域身份可能联想的“上海”，因而引发了一波跨越南北的城市文学讨论热。[①] 自然，这里有现代主义文学思潮的时代感发，但这个“城市人”的现实存在才是根本的。唯此，理论批评可能成为这样散文式创作的自由出入，“上海”为“城市”的普遍、更是具体论述。

所谓“城市人”的现实出现，就表现在这一理论—创作、普遍—具体的接壤，以至“文”与“人”的融合中。这意味着传统在此，已不止于书写，而是生成了现实。因此，它更作为一种毋须言明的广大存在，[②]支持来自不同思想方向、空间地域的城市文学论述，在某一普遍的层面交汇，而“人”能够成为聚焦。于是我们可见，无论出于新兴的现代主义，还是传统的现实主义，——1986 年雷达的《关于城市与文学的独白》，即可谓一个现实主义者“为诞生一个新的文化形态”所做的思考努力，[③]以至来自“寻根”文学与之构成的文化逻辑与冲突，20 世纪 80 年代关于城市文学的种种论述，都可因之交汇。这才能有赵园笔下“城与人”的完形。

所以，自身传统的存在，才是“纯文学”时代的最后支持。它无疑只是“新时期”的有限复苏。然而，它在“城市文学”如此大体量的显身，以致可能动摇“乡土中国”之为传统文化性质的根本认知，才是关键所在。它指向经济基础—上层建筑的宏大框架对于传统的“乡土”定性及其强势修正，而“当代文学”正是其全面规范下的知识文化产物。由此造成前所未有的历史断裂，

---

① 见《〈城市文学〉编辑部、〈太原日报〉副刊部联合召开城市文学理论研讨会》，《城市文学》1987 年 11 月号。

② 这里的“人”“文”之别，可引出这样的时代区分。即所谓传统，在 20 世纪 80 年代更体现在现实性的“人”，故而形成“代际”的传递；今天则愈益表现于“文”的书写层面，使得其中的断裂成为更可见的(参见本文第三节结尾部分)。

③ 雷达：《关于城市与文学的独白》，《天津文学》1986 年第 10 期。

以致新时期的“回归五四”，可能正是近前历史的掠过。事实上，其所有反思与重建皆无法免除对此前当代历史文化的简单否弃。就如“寻根”文学以“封建”之“乡土”进行传统的重新批判，终趋于与黑暗过去的告别。“城市文学”以传统的新继而确立自身，则实质加强了此一思想大势，正所谓“中断了的进程”。而当“城市文学”被推向新的文化创造之开端，它已首先处在了“乡土文学”曾经的历史位置。

故而，传统在“城市文学”的显身，带出的恰恰是乡土—城市文学构成的当代价值等级对于传统根性的斫伤，从而在城市—人的理论和谐中潜隐下了思想的黑洞。在此，“经济基础”之于自身传统性质的根本确认，将以迥异文化坐标之间不可调和的内在冲突，构成“城市文学”最坚硬的政治—经济场域。而其作为世界观的重现，则只能成为传统丧失的遮蔽与再度压抑。这是属于“当代文学”的先天短缺，以致此后的“城市文学”一天不出此世界观的笼罩，一天处于自身传统的压抑、丧失之中。

这才是 20 世纪 80 年代的启示。它在 90 年代之被新经济神话所覆盖，不仅意味着“经济基础”成为集体无意识的最大思想破口，而且导致整个阐释—现实世界关系的解纽。“城市文学”正以“物”对于“人”的取代，成为深刻揭示。事实上，随着“商品经济”的历史降临，80 年代那些关于“城市人”的“生态”“心态”之体认、探知与追根溯源，迅速成为某种“新状态”的无从把握。新的经验与既有表达之间产生如此巨大的脱节，以致从作家创作到理论批评，无不处于变动的迷惘，因而出现了各种文学“新潮”的命名、策划、讨论及新的阐释途径探索。[①] 而切入、把

① 仅 1994 年，即有《北京文学》的“新体验小说”、《文艺争鸣》与《钟山》的“新状态文学”、《青年文学》的“60 年代出生作家作品联展”、《上海文学》的“新市民小说”、《特区文学》的“新都市文学”等专栏推出，且有评奖活动。1996 年《山花》与《小说界》共同开辟“七十年代出生作家作品专栏”。

握新的现实，则成为总体思想背景。实质上，正是这一内在的"现实主义"诉求，驱使城市—文学关系的重构。在此，作为现实世界日渐清晰的崛起，"城市"之于"文学"，显然要求一种新的现实观构建。而"新潮"迭起，却恰恰表明其之无以完成，"现实主义"因而沦为"当代文学"的历史回冲。

唯此，深层的思想坍塌如此全面、迅速，以致新时期曾经构建的历史文化支持一一断裂，所有命名为"新"的文学价值评判实质无地立锥。1994 年陈晓明的《走向新状态：当代都市小说的演进》，[①]即以"现实主义"纠缠下的"后现代"理论突起，呈现了如此思想图景。基于"都市文学"正成为当代现实展开的主要场域，该文对于 20 世纪 80 年代以来城市小说的演进，做出了总体远离现实的评判。返归乡土，尤其先锋派的"新历史主义"转向，固可谓逃离。而各种试图正面进入"都市"的创作，亦因受制于种种形而上的观念而未能实现。其中，王朔以"城市痞子"形象解构主流意识形态的小说，尤因突出的"当代性"，表现了这一总体困局。而正是这个观念与现实之间的破绽，成为该文的重要发现，更是自身论述的动力。一方面，该文由此紧贴文学文本，从"都市情绪""意识"到"都市话语""奇景"，到底描摹出"新状态"、也是新现实的轮廓及线索。另一方面，却因同时发见文本背后无所不在的观念深意，而视为现实的背离。如是，创作的破绽演化为该文论述本身的悖论，以致走向一种以清除既往所有观念为目的的"现实主义"。在它面前，不仅旧有的宏大意识形态，而且 20 世纪 80 年代以来关于"人"与"命运"的普遍命题、"人性"与"主体"的启蒙设想，尤其裹挟了"都市意识"的现代主义，皆为应当卸载的观念负荷。"后现代"因此成为"新状态"的

---

① 陈晓明：《走向新状态：当代都市小说的演进》，《文艺争鸣》1994 年第 4 期。

真正解释，而新生代作家正以“欲望”现实的赤裸拥抱，指示这一文学的未来。

然而，如此观念史的清空，已等于离断了历史。因此借助该文的悖论，我们正可见解构主义的“后现代”，实际作为“现实主义”的诉求而进入城市文学理论，并试图成为“新”的文学价值守护；“欲望”之升顶“城市文学”，则出于“现实”的裸露，以至恰恰暴露了思想理论的贫困。而王朔以旧有意识形态的解构而非新兴的城市物质空间展现，一再成为城市文学理论最具批判与建构力的当代作家，①尤其出乎一般预设。凡此理论与创作、价值与事实、思想与现实之间的大幅遮蔽、放大与反差、失落，并形成“现实主义”的无意识震荡，都表明城市文学的“当代文学”属性。而处于阐释—现实世界的解纽中，它更将指向现实世界的分解、动荡。事实上，当城市建筑以“经济神话的卓越见证……穿越意识形态的地表而成为时代的象征”，也即该文根本难以定义的“新状态”描摹中所最能确定的现实存在，“经济基础”的地平线已经展开于政治—经济相互“超克”，且曾颠覆现实世界的宏大思想框架下。因此，该文显示的这一特别针对20世纪80年代的观念史清空将会如此彻底，不仅使思想再度失去自身的历史根系，而且可能导致现实世界的无蔽。

无疑，这里揭示的是整个知识体系更替、撕裂的深层运动。它意味着城市建造作为新经济神话的大规模实践，必将思想理论远抛其后。所谓“现实”的把握，则反而沦为肉眼而非思想的裸视，以致真切的现实恰恰失落于“经济基础”的地平线下。“身体”作为“现实”的裸露，并紧随“物”的神话而在20世纪90年代“城市文学”全面出场，正是出于思想—现实边界迷失以至混淆

① 现亦有见，如徐敏：《都市中的人群：从文学到影像的城市空间与现代性呈现》，《文艺研究》2008年第3期。

的强烈反应。1998年王干、刘立杆等的《离我们身体最近的》,[①]即可见作家们对于时代性的思想蹈空之特别敏锐,“身体”则由此上升为现实存在的先行感知和探求,从而与“城市”发生了第一位的连接。这实质意味着思想的不可能,所面临的正是“物”之为庞大现实存在的无以穿透,——它根本不是一般可经验,而是高度认识论的,就如“经济神话”之喻。因此,“身体”这一成为后来城市文学创作最强劲,却往往贬抑于“物”、沦为“欲望”的表达,并非出于感官的卑俗,而是未知的盲目。在20世纪80年代城市—人的参照下,它尤以“人”之遗余显示“物”对于“人”的遮蔽、取代,以至陷入非道德的境地。而这正是文学的位置。其在“城市文学”的如此卑屈、困窘,表明这场知识体系更替根本缺乏思想的构建,因而终将失去现实世界的关照。

从城市—人到“物”的关系重构、变异,由此成为时代转折、溃散的见证。而当“身体”“欲望”构成了“人”的全面道德质询,就不仅意味着文学的难以申诉,更是20世纪80年代复苏的传统已于此消耗殆尽。因此,自身文化传统之重新进入城市文学理论建构,就将是再度的“寻根”。2009年陈平原的《文学的都市与都市的文学——中国文学史有待彰显的另一面相》,[②]即以古、近代城市文学,或毋宁为中国文学与文化传统“前世今生”式的回溯,及其对于城市—人关系的不断聚焦,表现了这一思想的旨向。而它作为20世纪80年代起点的重返,显然已经处于新世纪后文化研究的兴起及其知识理论构建中。在此,该文充分吸纳、转化文化研究的方法种种,建立起历史—想象、物质—精

① 王干、刘立杆等:《离我们身体最近的——关于“城市与城市文学”的对话》,《广州文艺》1998年第7期。

② 陈平原:《文学的都市与都市的文学——中国文学史有待彰显的另一面相》,《社会科学论坛(学术评论卷)》2009年第3期。

神、时间—空间等多层复合架构，从而曲折展示了一个基于“城市—中国”的重写文学史的广阔前景。问题是，这一对于自身传统的重寻，在它试图贯穿古今的“城市—中国”文学版图构建中，必将有赖于与“乡土—中国”边界辨析的完成。后者不仅是空间上远为广大的存在，而且在时间上足以质疑“城市”之为自身历史文化传统如此重要的构成，所谓“另一面相”。这就使得其在该文的自然省略，恰恰指意深刻的困境。首先即表示 20 世纪 80 年代基于“乡土—中国”传统的城市—人的建构，至此已无以为继。唯此，“新时期”之试图跃过此前当代历史文化的思维惯性在该文如此显见，以致表明“乡土—中国”作为最大的历史文化存在，并不深远，就在当代文学前 30 年。

值此乡土的破败愈益成为瞩目的现实，这一“城市”传统的求助，尤将显示这前 30 年“乡土—中国”的宏大构建之不可逾越。在此，“经济基础”对于传统性质的确认，使得城市—乡土文学这一最大程度指向地理空间的延展与限度，并形成当代文化最高价值冲突的构架，足以表明为传统—当代的不可通约。而也只有转入时间的度量，才能显示“乡土”，而非“城市文学”才是彻底现代性的产物。2006 年施战军的《论中国式的城市文学的生成》，[①]即在批评“海派”中心的城市文学研究现状，试图重建“乡土—中国”底蕴的价值尺度时，陷入了城市—乡土文学的某种循环与自我解构，以至反映“乡土文学”更为深刻、显著的非“中国”性。首先，该文一反常规，将乡土文学设定为现代文学内部的“他者”，由此批判、检索百年城市文学作为现代性最终目标的完成。这前提的后撤一步，正好突出了现代乡土文学的“城市性”，从而带动“京派”地位上升，继而展现其深厚的乡土文化传

① 施战军：《论中国式的城市文学的生成》，《文艺研究》2006 年第 1 期。

统支持。“中国式”即立基于此。由之判断，则百年文学史上除了张爱玲、老舍代表的“市民文学”，从20世纪30年代“新感觉派”到90年代“上海宝贝”等都市文学创作，皆显出自性的偏失，并尤有“符号”的“蛊惑”。而后者却构成了近年学界以上海、香港为中心的“N城记”研究热的文本基础。

这一批评自有现实的针对性。问题是，这一基于乡土文学及其文化传统，并以“京派”为历史标杆的“中国式”价值尺度建立，内含根本的逻辑自反。百年文学史回溯中，该文竟然忽视了前30年当代文化对于“乡土文学”的全面塑形，并升顶政治思想高峰，使今谓“城市文学”者沦为绝对负价值的历史。故当“乡土文学”从“京派”获取更深远的传统文化支持，并由之取代了无论如何出于“海派”的“左翼文学”的历史地位和作用，所谓“中国式”已经处于后者巨大的逻辑否定中。该文论述因此面临这样的严峻，不仅无法解释京派—海派的相生、对峙何以演变为乡土—城市文学的当代对立、割裂，而且反将指意“极左”思想统治下的“乡土”，才是真正的“飞地”。① 作为曾经“符号”的终极“蛊惑”，“乡土文学”可能在时间上无限延宕中国文学现代性的完成。

至此，城市—文学关系的演变，已引出整个历史线索的崩裂与重组。而前30年当代文学在“乡土”名下的屡屡隐没，则恰恰使得20世纪90年代崛起的“城市文学”与之构成了最深刻、直接的文学史关联。它是以“神”对“人”的遮蔽、取代而与“物”相对，以致“城市文学”成为思想—现实、逻辑—历史、时间—空间等彻底滑脱以至颠倒的重演场域，最终造成自身传统的丧失。而正是传统的全面压抑，凸显了这一“城市文学”的根本理论困境。上述陈平原、施战军的两篇论文即显示，无论是以“城市—

① 学界曾以此指称并批判20世纪90年代“上海怀旧”热所构建的“上海”。

中国”自居“另一面相”，还是“乡土—中国”自行后撤一步，都无法突破。这就将“乡土—中国”作为历史文化传统性质的确认及其思想理论框架，推向了全部问题的关键。重新认知传统，以至彻底更新“乡土文学”作为中国文化根本传承的观念，因此代表着真正的突破。2013 年林嘉新的《当代中国城市文学的困境及其批判》，①即将城市文学书写与民族国家的根系直接相联，且由此涉及全球化时代自身理论独立的问题。2014 年胡传吉的《新道德下的城市小说困境》，②更以古代“和”文化传统的树立，对 20 世纪中国文学“争”的新道德进行了历史文化批判，并指明恰是“乡土”而非“城市文学”，才是新道德的最大负载。

无疑，当“城市文学”的世纪道德尴尬，与自身传统的丧失紧密相连，所谓理论的独立恰将是高度认识论的，而非传统的简单回归。以下的文化论题，会特别以“经济基础”对于传统性质的确认，何以竟构成了不断革命的文化逻辑原点，而呈现更深刻、复杂的思想样态与历史演变。

三　城市文化—文学：多价值系统与传统的重构

作为经济基础—上层建筑框架内更深刻的衍异，城市文化—文学关系的形成、演变，无疑具有更广泛的思想辐射与批判力。在“文化”已取代“文学”，并造就了文化研究的理论大盛与超学科膨胀的今天，它首先可将“文化”消解、还原于阐释—现实世界的“中介”本位。由是确定其位置与边界，进而追究“文化”

① 林嘉新：《当代中国城市文学的困境及其批判》，《湖南师范大学(社会科学学报)》2013 年第 4 期。

② 胡传吉：《新道德下的城市小说困境》，《当代作家评论》2014 年第 3 期。

与“城市文学”的联结动因、机制、意义及其演变。亦唯置此天经地纬，“文化”才能充分展示为一个价值系统、秩序的建构，而非如今无边的意义铺排。

在此，20 世纪 80 年代将以“走向世界”的“文化”盛开，在更近整体的意义上成为起点。1985 年“寻根”文学作为时代的解纽，即表明“文化”热出于原有价值系统的解体与秩序重建，故有“文明与愚昧的冲突”[①]这一高度概括。而当 90 年代与“城市文学”发生紧密联结，“文化”才真正展露其内涵。它不仅意味着一个多价值系统的混杂与历史来临，而且使得此之重建成为彻底的自我构建。由是与自身历史文化传统发生更深刻、复杂的关联，不仅带来现今关于民族国家的种种“想象”，而且显然伴有价值系统的再度颠覆、反转。90 年代以来城市文学理论对于传统的强力排斥，因此恰恰表征了“文化”的全部困境。事实上，它与 20 世纪 80 年代“文明—愚昧”之秩序建构对于传统的简单批判，已经处于同一思想线索，以至我们可能勾勒一条通贯近 30 年的“文化”轨迹。

自然，它处于经济基础—上层建筑的宏大框架及其经纬变动中。在此，20 世纪 80 年代曾经代表文明秩序与精神标杆的“西方”，正随 90 年代“经济基础”的世界观重现，迅速降至现代物质文化及思想的水准。进而，这一先度伴有历史进化乐观的“文化”震荡，竟随新世纪文化研究的兴起，完成了价值坐标的基本反转。“西方”重新落入了“资本主义”尺度，而这正与自身传统的丧失同步。无疑，这里完成的是一个“当代文化”大回环。作为借镜“城市文学”的洞见，它进而表明 90 年代城市文学的崛起，根本脱胎于原始的两大文化对抗，所以能成为思想理论的显

① 季红真：《文明与愚昧的冲突——论新时期小说的基本主题》，《中国社会科学》1985 年第 3、4 期。

著聚焦，甚或重新构成意识形态争端。这已意味着无论“文化”的价值指向如何变动，都足以对文学的申诉，产生绝对影响和规范力。

由此追溯20世纪80年代的开端，就可见“城市文学”首先是作为历史进化论逻辑链上的一个巨大意义符，而进入文明—愚昧这一基于中—西文明坐标参照的文化价值系统重建的。而关键在于，只有当“工业”“生产”“资本”“消费”等循环阐释的“经济基础”成为整个秩序构建的原点，中国自身历史文化才会全然处于“愚昧”的负面。1987年徐剑艺的《城市文化和城市文学》，作为对当代文学较早且具方法论意识的“文化社会学”研究，①正反映了这一文化价值系统的形成。它不仅使得“城市意识”确立于“经济基础”，而且导致中国城市文学传统从古至今的删削。这特别表现在该文对于1949—1986年当代城市小说发展三阶段的分析；认为从20世纪50年代萧也牧《我们夫妇之间》，王蒙等的反“官僚主义”小说，到新时期初的“知青文学”，都未能摆脱“乡村化”的意识痕迹，直至刘索拉、徐星等作家的现代主义小说出现。无疑，这里带出的是新时期反思“文革”最强劲的思想文化批判，并与文明—愚昧的价值秩序一致。问题是，这一判断出于“经济基础”的世界观，正为其所否弃的当代历史文化给定。所谓农业/封建之倒退，因此成了整个传统的盲目和切断。

如是，20世纪80年代之以“现代派”作为新文明的起点，以

---

① 徐剑艺：《城市文化和城市文学——当代城市小说的文化特征及其形成》，《文艺评论》1987年第5期。此其《城市和人——当代中国城市小说的文化社会学考察》系列论文之一，其他刊载于《文艺评论》1987年第6期及1988年第1、2、3期(题名为：《城市的结构——当代城市小说干部形象的文化社会学研究》《城市的骚动——当代城市小说青年形象的文化社会学考察》《城市的文明——城市知识者形象系列考察》《都市里的村庄——市井市俗形象系列考察》)。

至城市—乡土文学，甚或"乡土中国"发生彻底撕裂，就与90年代以"异化"体验，[①]"身体""欲望"写作为新一轮文化展望或批判，可能处在了同一思想的边缘。在此，"文化"作为"经济基础"的系统性建构，将以现实世界的高度指涉，导引"文学"大幅度跨入社会历史文化研究。事实上，文化—文学的联通作为80年代形成的方法论，已开现今文化研究的先声。1990年芫唯的《近年来都市文学研究述评》，[②]作为整个80年代的简要总结，即表明经由"文化社会学"及北京、上海、广州等已多方展开的"地域文化学"方法，城市文学研究已从起初"生存体悟"式的人文感性，进入了具有"历史穿透"的理论、学术化阶段。至此，"文化"不仅赋予"城市文学"之与"寻根"文学一脉相承的"地域"色彩，而且通过"城市"的另辟疆土，将自身传统的存在推向了彻底重构。

这证明了20世纪80年代文明—愚昧之价值秩序对于"文学"的庇护。然而，只有在历史的最低地平线，才可见这一价值系统的重建仍然深处原始的两大文化对抗，不仅已形成"文学"的裹挟，而且伴有世界观式的根本盲目。随着全球化时代的来临，它必将更深沉地规制秩序的构建，以致再次产生价值的颠覆。而自身传统的根本丧失，亦因此成为"文化"的暴露。事实上，传统、道统的重整，正借90年代"城市文学"的崛起，成为一种整体性的危机涌现，且无疑以"人文精神"大讨论为标志。[③]1995年陈思和的《民间和现代都市文化——兼论张爱玲现象》，[④]

---

① 李洁非：《城市文学之崛起：社会和文学背景》，《当代作家评论》1998年第3期。
② 芫唯：《近年城市文学研究述评》，《社会科学动态》1990年第8、9合期。
③ 20世纪90年代"人文精神"大讨论之于城市文学问题的深度介入，可参见周介人、陈保平：《几度风雨海上花》，上海三联书店1996年版。
④ 陈思和：《民间和现代都市文化——兼论张爱玲现象》，《上海文学》1995年第10期。

即代表了这样高度的一种理论综合。其庙堂—广场—民间的三角构成，作为中国传统文化现代转型的一种历史透视，首先就可谓时代大变动的近切反映。从权力中心疏离的现代知识分子群体，如何开辟广场，担负起启蒙的使命，继而走向民间，与民众相结合等文学史论述，皆带有时代的切肤之感。而正是在知识分子重寻安身立命所在，传承由“五四”新文学传统总成的文化道统的探讨中，“都市民间”及其“现代都市通俗文学”显示为一个颇具建构性的方位、空间。它处于从政治权力到普通市民阶层的多层次文化构成中，而20世纪40年代上海沦陷区作家张爱玲的创作道路，即是例证。按该文论述，正是在她手中，“新文学传统与现代都市通俗文学达成了艺术风格上的真正融合”，使后者品格提升，从此进入了新文学传统。

无疑，这是一次与社会文化以至政治重新划分边界的文学史论述，而“民间”的发现，则使得“市民小说”“通俗文学”这些屡被城市文学理论剔除的文类，得以作为自身传统的继承而深入探及和正面开启。然而，这里显然面临多价值系统中更深刻、复杂的思想文化壁垒。在该文关于社会文化的三角构成中，“都市民间”到底只能获取“虚拟性质”，以区别宗法制社会仍然残留、实存于农村的传统民间文化，更与市民、中产阶级等西方社会学概念拉开距离。这里的理论谨慎，包含了可贵的理论独立自觉，却也再次以“乡村”之于“都市”价值的绝对优先，带出了“经济基础”的文化切割与思想包围。在该文批评张爱玲到底“在权力与民间达成的妥协中”迅速走向其文学生涯顶峰时，这一三角构成作为社会文化历史演变的描述，将遭遇如此质询。如果张的创作确可为文学史总体走向的一个标志，按其论述，足以与同期的解放区作家赵树理张扬民间文化传统的意义并举，那么这一“民间”途中的政治、文化妥协，就不只属于作家个人问题。它不仅无法解释整个新文学传统最终走向当代文学—政治的一体化，更可能指意自身传统与新文学的根本内在冲突。

质言之，传统的重构在多价值系统中遭遇了深渊，不仅无以且从未完成，并成为一切所谓现代的根本处境。只有如此“文化”的暴露，20 世纪 80 年代文明—愚昧之秩序建构中的古今冲突，才会根本转为中—西，并日益走向地理空间的对峙。新世纪文化研究的全面兴起，不仅表征“资本主义”全球化的视野建立，而且标志新的文化价值秩序形成。而它对于“文学”的规范，正表现在“左翼文学”及其当代文化实践的权重日渐上升，以至形成现今城市文学研究的价值支柱。2000 年张林杰的《文化中心的迁移与 30 年代都市文学的生存空间》，[①]即以文化研究方法的较早引入，预示了这一走向。该文以城市空间转移为中心线索，分析、考察了“五四”新文学如何从 20 世纪 20 年代北京的依托校园，到 30 年代上海的面向市场，至 40 年代走向乡村，一步步从象牙塔走向大众化普及，同时也靠近政治的发展轨迹。而这一历史转折的条件，几乎全备于以迁都南京为标志的社会政治环境变动中的 30 年代的上海。租界之于专制政府的微妙制衡、市场机制对于文学商业化与政治化的同时推动，世界文学新潮的近切引入等，都特别培育了“左翼文学”的壮大。而同期的北京则成为自由主义作家的大本营。在此，这一重新沟通京派—海派的文学史论述，正是经以文化研究的现代物质文化批判指向，使得“左翼文学”凸显为历史转折。

重要的是，一旦“左翼文学”重新构成历史的主干、开端，就会引来前 30 年当代文化的回流，致使原始的两大文化对抗完全浮出水面。而一再作为新的文明起点的“城市文学”，将滑落于

---

① 张林杰：《文化中心的迁移与 30 年代都市文学的生存空间》，《北京大学学报（哲学社会科学版）》2000 年第 6 期。

非道德的境地。2005年王宏图的《都市叙事、欲望表达与意识形态》，[1]即以资本主义"历史终结"论[2]所带来的文化视野扩张，显示它对于自身历史叙述的严重压迫，以致该文论述架构的乏力、价值尺度的摇摆，恰恰传达了"文学"对于"文化"强力的敏感和反弹。在此，作为20世纪城市文学史线索的重新勾勒和批判，"意识形态"与"欲望主题"产生了最为严密的关联，不仅使得"都市文学"夹缝其中，而且根本只能借此获得自身叙事。而正是凭借这一类于性—政治—文学的不平等三角构架，该文做出了如下分析和判断。上半世纪的"新感觉派"具有"近乎肉体政治的意识形态"，张爱玲的"日常生活"则潜藏"保守主义倾向的意识形态"。20世纪90年代以来"汪洋恣肆的欲望之流"更是借助冷战后"意识形态的幽灵"，形成了"消费主义"的"新的意识形态"，以至再无他种抗衡力量生长。唯此，以《子夜》为代表的20世纪30年代"红色的都市叙事"，才以其对于现实世界不妥协的批判，闪耀出乌托邦"理想的光焰"。

但是，如此结构性的"意识形态"普泛化，不仅只能是当代思想产物，而且作为曾经同样的"历史终结"式文化视野极度扩张的再现。它恰恰暴露了时代的深重历史虚无。故而处于两极之间，"都市文学"是一个如此晦暗、暧昧的存在，以致，按该文论述，只能依靠意识形态的"坚实背景和基石"，"欲望化的都市叙事才不致沦为一大堆……无所归依的能指符号，才有可能为理解人类精神深处晦暗的冲突提供一个新的维度"，并将之引渡彼岸。然而，当曾经深陷极端意识形态构造的"左翼文学"，担纲起

---

① 王宏图：《导论：都市叙事、欲望表达与意识形态》，收王宏图《都市叙事与欲望书写》，广西师范大学出版社2005年版。

② ［美］弗兰西斯·福山：《历史的终结》，黄胜强、许铭原译，远方出版社1998年版。

“都市文学”的救赎;“欲望”的穿越,则成为文学唯一可能的未来,该文的三角构架已然面临封闭。它根本来自既往意识形态对于历史叙述的巨大思想逼迫,以致“意识形态”与“欲望主题”的在此相交,恰恰成为前30年当代文学与20世纪90年代文学,而非20世纪30—40年代“都市文学”,一次最近切、坚硬的对接。

至此,时间—空间、逻辑—历史、思想—现实、价值—事实等,都发生了最大的交错、轮空与颠倒。不仅“上海”作为“飞地”从20世纪90年代以来的文学版图变异、逸出,而且“身体”“欲望”作为文学的最后申诉,跌落为“意识形态”加倍放大下的道德黑影、幽灵。“城市文学”由此收聚于“都市文学”,并成为时代救赎的表征。事实上,现今城市文学理论对于创作现实的关照,基本排除了广大的小城市、城镇书写。作为沟通城市—乡土文学的中转地域、空间,这只能将其所在的两极争锋再次暴露为传统的丧失,重构无以完成。因此,“左翼文学”重新上升为历史的开端。

所以,代表新的价值秩序形成的文化研究,是从这前30年着陆的。其“资本”“消费”主义的批判指向,以至“唯物”史观,不仅使之成为“想象历史”“想象中国”的通行方法,而且带来了文学的公共、政治属性的强力伸张,从而近切指涉现实世界。“文化”亦就此取代“纯文学”。然而,这一基本属于集体无意识的当代文化大回环,恰恰触发了“现实主义”危机。唯其建立于因为无法抵达现实而悬空的前30年当代文学基础上,它将导向思想理论与现实、实践基本界线的轻易跨越。

这是来自“城市文学”的道德沦陷与“左翼文学”的历史崛起之间的洞见。至此边界失守,它已意味着“文化”之为“中介”的抽离,以至阐释—现实世界整体滑脱。因此,西方文明的“唯心”主义溯源及其文化标尺的重新拉升,恰将照亮此刻的真正处境。2006年陈晓兰《〈文学中的巴黎与上海——以左拉和茅盾为例〉导论》,[①]作为最初引进"文学中的城市"概念,[②]以此重新厘清、界定中国城市文学基本问题与思路、方法的比较文学论述,即与新的文化价值秩序,构成了一次以20世纪80年代为起点的思想回转。在此,"文学中的城市"[③]作为西方现代文学理论建构,将作家的想象、再现置于如此高度。它不仅只是虚构,而且以其想象的力量,塑形现实的城市。事实上,作为源于圣城—世俗之城的构想、希腊神话和荷马史诗"特洛伊"城的建造,且丰富激发了现代城市想象的西方文学传统,它根本是一个可以无涉现实的"语词城市"。正是经此深远的历史文化坐标参照,我们的研究显示出相反的"城市中的文学"之性质、特征,足以概括从20世纪80年代的文化社会学到90年代更为宏观、综合的种种宽泛文化研究。在此,"现实主义文学观""现代化、现代性问题"的关注及其"人文主义关怀"等,构成了它少有变化的视野、方法与内容。关于经济、社会和文化环境的"城市文化"因此得以特别强调,而"城市文学"则降次作为它的反映和组成部分。这不仅意味着作家的主体性及其想象作用的压抑,更表明我们"城市中的文学"作为理论建构,尚未走出"社会历史批评"范围。

这无疑是一次"现实主义"的再批判。而随着"文学"沦为"文化"的反映,它更将以现实主义如何可能的知识论,成为新的价值秩序之质询。该文从"文学中的城市"到"语词城市"的西方文学传统上溯,已然显示我们现今城市文学理论对于自身传统

---

① 陈晓兰:《文学中的巴黎与上海——以左拉和茅盾为例》,广西师范大学出版社2006年版。

② 作为近年一个重要理论走向的形成,还可参见陈惠芬:《"文学上海"与城市文化身份建构》,《文学评论》2003年第3期;张鸿声:《"文学中的城市"与"城市想象"研究》,《文学评论》2007年第1期等。

③ Richard Lehan: *The City in Literature: An Intellectual and Cultural History*. University of California Press,1998.现有中译本:[美]理查德·利罕:《文学中的城市:知识与文化的历史》,吴子枫译,上海人民出版社2009年版。

的排斥，是为书写传统的横切，足以形成“你是谁”的天际追问。这才是来自“西方”的根本究诘。由之形成的哲学及其形而上学思想传统，不仅构成了西方的前现代，而且迄今为其阐释世界的观念秩序奠基、知识何以可能的根本。而所谓现代性，正在这个观念秩序的先然崩坏，因而造成20世纪空前庞大的意识形态。继之“乡土文学”，中国“城市文学”遭遇经济、政治—经济话语的围截，以致成为全球化时代的“文化”暴露，恰恰是这一先验秩序崩坏的更深验证。因此，“文化”之为“中介”，实质处于远超经济基础—上层建筑的文明参照系。所谓传统的重构及其文学的申诉，由是成为彻底的哲学追问，直至可能完成“人”的重新定义。无疑，没有什么比这一易朽的存在更能显示时间的维度何在，并要求思想—现实边界的判断。

如是朝向起点的思想回转，近年拯救历史的紧迫及对于现代性理论的反思，才能显示真正的意义。2009年程凯的《文学史研究的中介层次》，①评述了现代城市文学研究出现的一种新方法。它是在文学与历史之间构建更丰富、细致与流动的关系，从而保持自身历史叙述的主体性，往“文学中的城市”进升的一种尝试。所谓中介层次，即是将以往注重其物质存在的都市空间，进一步“抽象”化，展现诸如公共、言论空间的构建形态，以至沟通时空而不拘地域等。2014年夏伟的《“都市叙事群”与“非西方的现代性”——兼论李欧梵〈上海摩登〉的颓废观与现代文学学科的关系》，②则反映了当代学科建制下的学术思考对于海外汉学态度的一个调整，由此触及自身的思想文化壁

① 程凯：《文学史研究的中介层次——评“都市想象与文化记忆丛书”》，《中国现代文学研究丛刊》2009年第3期。

② 夏伟：《“都市叙事群”与“非西方的现代性”——兼论李欧梵〈上海摩登〉的颓废观与现代文学学科的关系》，《华东师范大学学报（哲学社会科学版）》2014年第2期。

垒。《上海摩登》[①]自新世纪初译介以来，早已成为城市文学与文化研究无法绕过的示范著作，百年文学版图亦由其“双城记”而扩展至现今的“N城记”，但却始终潜隐对它的意识形态疑虑。该文以“非西方的现代性”为之正面立论，并由此检讨了现代文学学科在历史叙述上的种种疏漏，可谓现代观以至历史观的一次借镜与细致分辨。然而，这一“非西方”的立论，显然处于“反现代的现代性”尺度下，因此尚未通向以自身传统彻底重构为完成的“中国”。事实上，当20世纪30—40年代的“上海摩登”，一再成为20世纪90年代崛起的“城市文学”溯源，却无不陷入前30年当代文化价值体系，它只能表明我们最大的历史错位、迷失就在近前。故而这一“当代文学”内的由“反”而“非”，可指意现代性理论的竭尽。

至此，城市文学问题特别以历史的断裂显示“当代文学”的横亘与在场。它构成了“城市文学”的种种歧路和陷阱，不仅使之与“乡土文学”沦入文化的生死争战，而且作为新的文明起点被一再抹平。“现实主义”与“城市文学”的深刻纠缠，即表明“人”的定义已确立于大地之纬。在此，时间维度完全消失。

（本文系王进编选《城市文学：知识、问题与方法》一书导言，该书系“中国城市文学研究读本”的“理论卷”，复旦大学出版社2018年版；收入本书时订正个别字句并新拟了全文题名）

① ［美］李欧梵：《上海摩登——一种新都市文化在中国1930—1945》，毛尖译，北京大学出版社2001年版。

作家研究与作品细读

文明的镜像：东方—西方

——《第一炉香》与《第二炉香》的一种对照解读

王　进

以往评论《传奇》总是倾向于对单篇，或至多选出其中几篇“代表性”作品作论，其余的作品则因其“通俗”而或被搁置一边，或最多只对它们作一些“艺术”分析。如《心经》，就往往只被认为是一篇心理小说，很难对它再作进一步解读。并且，就是在单篇解读时，小说中的一些叙述语句、人物言行甚至情节发展也往往会令解读者有费解、突兀之感。而“对照”结构的发现，将会使我们获得一种“整体观”式的全新而广阔的视野，从而得到不仅对单篇作品，而且对整部《传奇》进行深度阐释的方式。

《传奇》是张爱玲站在沪港“洋场社会”这一天然的“世界窗口”所作的一种独特的“张看”。而我们要提出的问题是：当面对中西、新旧“文明”纷繁杂陈的社会生活场景时，“张看”的立场何在，姿态如何？如果《传奇》中的每一“传奇”，都是“张看”目光之下的“文明的镜像”，那么，它们又是如何两相“对照”的呢？由此，可以进入《传奇》的“镜像世界”。①

① “镜子”可谓张爱玲小说的中心意象，从日常生活场景到其背后的文明寓意，足以构成一个“镜像世界”。1944年《传奇》初版收入的十部短篇小说，即构成如此两两“对照”：《第一炉香》—《第二炉香》、《茉莉香片》—《心经》、《封锁》—《倾城之恋》、《金锁记》—《琉璃瓦》、《年轻的时候》—《花凋》。

一

我们首先分析《传奇》的第一篇：《沉香屑·第一炉香》（以下简称《第一炉香》）。

很明显，这是一个“堕落传奇”：上海女孩葛薇龙，在香港的一个“奇幻的境界”，因贪图金钱而沉沦堕落。如果考虑到这个故事发生的特殊背景，我们也可以将这个中国女孩在周围炽烈的西方“金钱/享乐”风尚影响下的“堕落”，看成一个“中国人西化”的过程。那么，从这个意义上来说，梁太太、司徒协、乔琪乔兄妹等，都是已经“完成”了的高度“西化的中国人”，而葛薇龙则尚处于一个“正在进行时”阶段。

但，这是一个纯粹的有关“金钱”诱惑下的“堕落传奇”吗？

的确，在这里，“金钱”就是葛薇龙的生存环境。对于她周围的那些“西化的中国人”来说，“金钱至上”就是“西方文明”的核心。梁太太早在20多年前做小姐的时候，就已经是“彻底的物质主义者”；而乔琪乔也同样是个“拜金主义者”。那么，葛薇龙要往“西化”的路上走，就不得不经过“金钱”这一关。但是，“金钱”的本质是“交换”，而如果交换原则不公平，那么这交换对于弱方来说，就必定是“出卖”，——出卖自己。显而易见，在梁太太充满骄奢淫逸之气的豪宅深院里，那些完全由两性关系所体现的“金钱/交换”原则，都是“不公平”的。而在那些走马灯似地进出于这大院里的“情人们”中，只有葛薇龙对乔琪乔的感情称得上是“爱情”——基于“公平”原则的一种关系，但出人意料的是，它却反而成为使她走向“堕落”的最直接的原因。事实上，这段“爱情”的发生，对面临关键选择时刻的葛薇龙来说，是最为重要的事件。没有它，她将失去“堕落”前唯一的一次挣扎机会，但恰恰又是这个“挣扎”，使她更加彻底地堕落于“金钱”。可见，对处于挣扎过程中的葛薇龙来说，“爱情”已经超过了“金钱”的力量。而正是这唯一弃绝“金钱/交换”的“爱情”的特殊性及其对葛薇龙命运的重要性，使我们有必要对它进行特别的关注。

在遇见乔琪乔之前，葛薇龙已是香港社交圈内的后起之秀了，在梁太太的园会上，技艺施展相当娴熟。就在这里，她第一次遇见乔琪乔。不料，这本不过是许多次中的一次普通交际，却对已惯于在男性间周旋的葛薇龙，变成了一次有着不同寻常的震撼性的“相遇”：

> 薇龙那天穿着一件磁青薄绸旗袍，给他那双绿眼睛一看，她觉得她的手臂像热腾腾的牛奶似的，从青色的壶里倒了出来，**管也管不住**，**整个的自己全泼出来**了……

这应该是体现男女之间“一见钟情”时“倾倒”之态的极致了吧？如此“一见”之下，刚才还是可爱着的“预备情人”卢兆麟，立刻在葛薇龙眼里显得“粗蠢了许多”。

那么，乔琪乔到底是什么地方如此吸引葛薇龙，以至于她从此那样“固执地”“自卑地”爱着他，一点一点低下去，低到“乔琪一天不爱她，她一天在他的势力之下”的程度，最终为“养活”他而心甘情愿到做“妓女”？

乔琪乔在梁太太的社交圈里，是个相当独特的人物——“唯一能够抗拒梁太太的魔力的人”。事实上，他不仅抗拒了梁太太，而且，反将包括梁太太在内的所有圈内女性在情爱上“一网打尽”。这对于全盛时代有过无数情人，至今徐娘半老仍富魅力的梁太太来说，是不同寻常的。在这个充满炽烈的“金钱/享乐”欲望的圈子里，仅作为“香港数一数二的阔人”的富孀身份，对乔琪乔这样一个出身于败落之家而又贪图享乐、劣迹斑斑，连周吉婕姐妹也嫌憎的浪荡子来说，梁太太即使“老”了，也应该是充满吸引力的。更何况，前者还是主动来投怀送抱，而他寻找的也从来就不是“爱情”？

乔琪乔据什么为傲？

——他的肤色，他的血液。

周吉婕的肤色之“雪白”，就已经到了几近极端的“沉重”的程度，七八种东西方血液的混合，也早已使其“中国的成分”微乎其微了。但在谈及“杂种人”的“种族的界限”的窘境时，她至少只将“人种”分为“中国人”与“外国人/白种人”，并将自己与“纯粹的中国人”相关起来，在大“类”上确认自己“东方人”的身份。而乔琪乔，作为与周吉婕同母异父的哥哥，从“中国人异(西)化”这个角度来看，无论其肤色、血液都较前者异化更甚。所以，他据此而从不承认自己的“中国人的成分”，反而处处以“外国人”自居，并以英国殖民者居高临下的姿态，来欣赏中国的“荒诞，精巧，滑稽”。而葛薇龙，便正是以这种“中国”面目，走进他的视野的。此时的她，园会初遇乔琪时，才开始三个月的“西式”生活，还远远未将她那因表情“呆滞”而益发显出“温柔敦厚的古中国情调”抹去，那“过了时”的“粉扑子脸”对乔琪乔来说刚好“入时”。所以，乔琪“一见”薇龙，便如“眼中钉”，难以自拔。而梁太太有所不知的正是，乔琪乔不是嫌弃她的“老”，而是 20 多年的“西化”，使当年出身于豪门大户小姐的自己所特有的“古中国情调”早已丧失殆尽。而她唯一所有的“金钱”，也不会对他起任何作用：“接纳”了这个中国富孀的金钱，岂不就要同时接受她这个“黄种人”圈子里的“不公平”交换原则？而他，一个“外国人/白种人”岂不就在这“不公平”中居于弱者地位，从而丧失自己“欣赏”者的居高姿态？正是这种颇具优越感的“欣赏”姿态，支撑起了他的外国“浪荡子”形象。这在与葛薇龙“一见钟情”时就表露无余。与薇龙老远就含笑伸出的手相握之后，他便仍然将手放进裤袋，微笑着“上上下下的打量她”。接着又对他俩的“相遇”大发感叹：

> “……多么巧！也许我们生在两个世纪里，也许我们生在同一个世纪里，可是你比我早生了二十年。十年就够糟的了。若是我比你早生二十年，那也许还不要紧。我想我老了不至于太讨人厌的。你想怎样？”

这就不仅将失意于他的梁太太一棍子扫下地去，而且让自己的“优越感”发展到自己“永远年轻”，而对方要与他“相遇”，除了“等”他的到来以外别无选择，否则就将到惨遭淘汰的地步。他要让薇龙明白，他是她千载难逢的巧遇！所以，他接着又暗示她：“你姑妈是难得失败的，但是对于我，她失败了。”可是，当他先前讨巧葛薇龙，不以英语，而是用“葡萄牙”——一个数世纪前就被“英国”征服的国家——的语言，来诉说他的“爱”时，就已经泄露了他“次一等”的殖民者的身份，可惜早已“倾倒”的葛薇龙没“听”懂。但是，这位靠巴结英国人才弄了个爵士衔的“英国贵族”的后代，即使再潦倒，又怎么可能“屈尊”应征梁太太“皇室招驸马”的诏告呢？可他终于来了！但他此时仍然居高临下地对“中国皇室”的“慈禧太后”——梁太太说：“我虽然不是中国通，对于中国人这一方面的思想习惯倒下过一些研究……”

显然，在连“中尉以上的军官也还不愿意同黄种人打交道”的香港，梁太太周围这样一个高度“西化的中国人”的社交圈子里，乔琪乔以他区别于“中国人”的“肤色”“血液”所体现出的那种“外国人/白种人/殖民者”的姿态，突出地成为“西化”的唯一极致和标志。而靠近他，就意味着如此“标志”了自己，——这就是乔琪乔的“特殊”性之所在。

所以，对于固执地要“挽住时代的巨轮”的梁太太来说，“抓”住乔琪乔，尤其是作为“时代标志”而不是实物性的“金钱”的乔琪乔，是现在年逾半百的她“爱”的“饥荒”中所最为渴望的一种。可是，因为已经比他“早生”了20年，她“失败了”。而葛薇龙，恰恰就在她刚刚“失败”归府，于她对乔琪乔的不绝“骂”声中，出场了。

应该说，这才是葛薇龙与乔琪乔的第一次“相遇”。就在梁太太的长篇大骂以及先前两个女仆悄悄议论的“描述”中，这位“乔诚爵士”的“十三少爷”，就已经在葛薇龙的心中留下了“影子”。事实上，她已经看到了送梁太太回府而未下车进门的乔琪乔，只是“看不清楚”而已。

用此时初入梁府的葛薇龙的“中国人”观点来看，这充满着整座豪宅内部的气氛，其实是相当“古中国”的：言行心理恍如《红楼梦》时代的女仆；“古色古香”，其摆设连薇龙这一辈人都不曾见过的中国旧式书房。然而，这样浓重的“中国”氛围，环绕的中心却是“西方”，“西方影子”——“乔诚爵士”“乔家十三少爷”，甚至那与女仆睇睇幽会的俄国人“亚历山大”……这宅第中人，其忧其喜无不与之关联。显然，这种奇异的“环绕”与“中心”关系中的“中心”——似乎伸手可及的“西方影子”，才会对初入豪宅的普通中国女孩葛薇龙，印象冲击最甚。实际上，这与她对梁宅外部所产生的“奇幻的境界”的印象是一致的；在这里，“中西对照”体现出感官上最大的刺激性。然而，如同内部的“环绕”与“中心”关系一样，这外部的“对照”也是极不平衡的，恰如梁宅花园的布局：“中国”式的金漆托盘里，谨严、整齐地“供奉”着“西”式园林，只有角落处有着一株鲜亮的杜鹃花，——就像梁太太客厅里那几件小的“中国摆设”。然而，这“墙内”的“虚应”之景，却在“墙外”延烧得轰轰烈烈，一路摧枯拉朽式地铺至海边。这种“犯冲”最强烈的“中西对照”恰恰说明，当“中国”在这里被表现得越是强烈，越是显出内里的虚弱时，在象征的意义上，整个的“中国”也就已经处在了一个几乎无可遏止的“西化时代”。而对葛薇龙，这位“极普通的上海女孩子”，也只有借助梁宅这个堆砌成了巅峰的“中国”——清朝“皇室”，才能真正触摸到作为时代标志的“西方”乔琪乔，并在潜意识中期望着像将那件套在“赛金花”式学生服外的“时髦”短背心一样，把它加到自己的身上。

所以，“和其他女孩子一样”早已处于对“西方”的朦胧憧憬中的葛薇龙，一旦有机会进入这个奇幻之境，“西方”乔琪乔也就必将与她一同出场，从而使她对“西方”的“爱情”最终得到切实的归依，或者说，使她的“西方梦”得以实现。

——这才是支持葛薇龙在每个可致“堕落”的关口做出选择时最潜在的心理支持。

而这个所谓的选择过程，不过就是最先出现的“西方影子”不断显像，最终成为一个可把握的实体，从而促使她把握住它的一个过程。但是不幸，一旦她进入这个以“环绕”与“中心”为结构的奇幻之境，她与这个“西方影子”的“爱情”关系，也就必然处于这种强烈的不对等模式之中，她从此只能向这个“西方影子/乔琪乔”无限地“奉上”或“低下”，才有可能得到他的“爱情”。所以，事实上，这“爱情”的诱惑自始至终就潜伏于小说表面情节的“金钱”诱惑之下，它们一暗一明同时展开，或者说，前者是以后者的形式表现出来的。的确，每一次选择，葛薇龙都经过了“金钱”层面上内心的道德冲突；堕落于金钱，这是她从跨进梁家大门起，就谨慎防备的。然而，那“爱情”层面上，——表现为滞留于香港的“爱”与回上海的“家”之间的冲突，在她却是“难以理喻"的。

简言之,葛薇龙是带着潜伏的实现自己"西方梦"的强烈欲望走进梁宅的,从而在"堕落传奇"之下敷演了另一段"爱情传奇"。我们试以她在面临"金钱考验"的四个关口,来分析"西方梦"对她所作选择的决定性影响。

第一个关口,就是这次初入梁宅救助于梁太太而得到允诺之后。此时,她虽然明知这贵家宅第是一座"坟",一座"皇陵",但她并不因此而感到"惊奇",反而对皇陵之主梁太太充满着敬畏、钦羡之情:"她看她姑母是个有本领的女人,一手挽住了时代的巨轮……关起门来做小型慈禧太后。"这种眼光的产生,就在于那个"中心"——"西方影子"刚才对她印象的强烈冲击。而梁太太身上所体现出来的这种极其强烈的"西化"的时代特征:"挽住了时代的巨轮",才是这座"坟"留给她的最终印象。所以,她向父母隐瞒了梁宅"不干净"的真情,从而走入了有着可触摸的"西方影子"的"皇陵";而于不知不觉间,"挽住了时代的巨轮"的,而非引起"不干净"名声的"金钱"的梁太太,就成为葛薇龙隐秘的内心渴望的榜样。

第二个关口,是在她正式入住梁宅的当晚,面临着那一橱可能引起"堕落"后果的"金翠辉煌"的衣服之时。可是,微弱的道德抵抗,敌不过这衣服给她的真正感觉:"挑拨性"的爵士乐,"忧郁的古典化"歌剧主题歌,"凉阴阴"的、"流遍了全身"的《蓝色多瑙河》,——从欲望燃起,到沉湎其中的"西化"全过程。这可不是那件短背心的小"时髦"。但这不是梦吧? 楼下播放的急促的伦巴舞曲证实了它的"真实"。所以,她才连声对自己说:"看看也好!"又沉沉入梦。

但就在这梦醒的第二天,薇龙一起床,"西方影子/乔琪乔"就又出现了:偷偷与乔琪乔幽会的女仆睇睇被梁太太连骂带打，驱逐出门了。然而，临出门的睇睇却像是变成了一个活着的死鬼：脸是“泥制的面具”，却竟然还能隐然掀动嘴唇吐出红色的花生衣子！这让薇龙忽然预感到了那越来越逼近的“影子”的恐怖。她情愿只在那“西方梦境”般的衣橱里待着，沉湎于那像《蓝色多瑙河》一样“悠久的过去的空气”里，而不愿像窗外那“一步一步试探着”走的小麻雀，一头陷入那“肮脏、复杂，不可理喻的现实”。然而，这种恐怖感很快就被“炫弄衣服”的“西”式生活所带来的快乐掩盖了。三个月后，她终于走出衣橱，在园会上结结实实地“碰撞”到了“西方”乔琪乔，并且立刻一滴不剩地“倾倒”了！她终于真正看到、触摸到了“他”；而她与他的“一见钟情”——这千载难逢难的巧遇，将使她可以立即挽住梁太太已经难以追步的“时代的巨轮”，并将因此而超越作为她榜样的梁太太。因为，正是在弃绝这个圈内“金钱/交换”的原则上，做着“西方梦”的她与有着“殖民者”欣赏姿态的乔琪乔，不约而同地达成了“共识”。葛薇龙就是因为乔琪乔是唯一能抗拒梁太太“金钱”魔力的人，而对他又“添了几分好感”的。所以，面对乔琪的“爱”和“急迫”的暗示，她立即说：“你可不要再去搅扰我姑妈。”但是，当晚睨儿在“金钱”上的提醒：乔琪的穷，唤起了不久前“死鬼”睇睇所引起的她对那“影子”的恐怖感。于是，她迟疑着，“寸步留心”，有意“提防”着他。但是，这样的“距离”却反而使她重新回到“衣橱”里的“梦境”之中。正是在她沉湎于对乔琪乔充满“母性爱”，感到“软溶溶，暖融融”的幻觉和回忆中时，司徒协给她套上了那只“手铐”一样的金刚钻的手镯。

于是，葛薇龙走到了第三个关口。这时的她已经很清楚：这只沉重的“金钱手铐”是梁太太给她套上的，似乎是“嫉妒”她那样快就可以得到梁太太自己已无法得到的“西方”乔琪乔的“爱情”。的确，她与她姑母一样地“爱”着“西方”。然而，后者的

“求爱方法，在年轻人的眼光中看来是多么可笑!”梁太太落后了！年青的葛薇龙绝不愿意走她的老路：找一个阔人，嫁了他；可等她有了钱，变成一个“西”式的“彻底的物质主义者”时，已经老了，“西方”已经不“爱”她了。乔琪乔不是一开始就对她说过吗？他是“等”不及的，像“时代的巨轮”一样从不等人，梁太太就是因此而失败了。她要直接跨过“金钱积累”的漫长阶段，趁着年青，借着那千载难逢的巧遇，直接挽住“时代标志”乔琪乔。挽住他！她对他充满了信心，他那样爱她！而她更是“爱他，并且相信他”的。她不会像梁太太一样，只能自恃着“金钱”的力量对他施威。他需要的是“平等之爱”，甚至是“母性之爱”。

事实上，这一次“金钱”的强大压力，使葛薇龙反而鼓起勇气克服了内心最后一点恐怖感，而彻底“对爱认了输”。正是尽快圆那个美妙的“西方梦”的渴望，促使她快速选择了“爱情”。或者说，根本就是“被选择”。

然而，她不懂乔琪乔为什么拒绝她，使她“仿佛一连向后猛跌了十来丈远”！她在被他第一次“重重地吻”过之后，哀恳地望着他神秘的黑眼镜，先是看到眼镜里自己“缩小的”“惨白的”，像失了血的影子，慢慢地感到了什么极为恐怖的东西，使她猛烈地发着抖，“连牙齿也震震做声”。这样不合常情的反应，除非是大白天见了鬼！“你怕我么?”连乔琪乔也这样问她，——看来，当初对那个“影子”的恐怖感是真实的。

但是，他是“中心”，她却只是“环绕”中的一点。而她不能没有这个“中心”！于是，她从渴望“平等”，情愿降低到“被欣赏”的地位，——因为乔琪乔对她这种姿态很满意，而且，奇怪的是，那种曾经降临于身的巨大的恐怖感已经消失，而代之以“无数小小的冷冷的快乐”了。她开始将这“欣赏之爱”按照乔琪的逻辑重新合理化:“为了爱而结婚的人,不是和把云装在坛子里的人一样的傻么!”就这样,她在“西方”乔琪乔优越而居高临下的姿态下,一点一点低下去。事实上,正是在“求婚”被拒绝的当晚,她便将自己像祭品一样献给了他:“那阳台如果是个乌漆小茶托,她就是茶托上镶嵌的罗钿的花。”——一个古中国的处女。虽然她只得到他所赐予的这“一刹那”的“爱”,“可是她自处这么卑下,她很容易地就满足了”。她因此而觉得自己“有一种新的安全,新的力量,新的自由”。这是那个与梁太太同样“老”的司徒协所永远无法给予的。无论如何,她没有挽住,也至少与“时代的巨轮”有了一种稳定的“联系”。

然而,这一刹那的“爱”在当晚就破灭了。刚从她的阳台上溜出去,乔琪乔就虏获了又一个中国女孩,“穿着白夏布衫子,黑香云纱大裤脚”的“《红楼梦》时代的丫环”睨儿。

于是,薇龙走到了“堕落”之路的最后一个关口:或者,回上海,“做一个新的人”?这是一条救赎之路,可这路上碰到的还只能是一个“新的男子”,因为处在这时代中的社会,她是没有“技能”,只有“美”的。况且,为了乔琪,她已经丧失了再“爱”的能力。最重要的是,如果她现在进入另一个狭小的家庭,而有一天乔琪乔突然又需要她,可她“新生的肌肉深深地嵌入了生活的栅栏里,拔也拔不出”了!那么,她就永远丧失了这千载难逢的巧遇所可能带来的一切。她一定要随行上这趟“时代的巨轮”。既然他连“被欣赏”的地位也不给她,那她“卖身为奴”——也是一种“联系”,总是可以的吧?

——这就是他引起她“不可理喻的蛮暴的热情”,最终做出可怕选择的真正的心理动因。

葛薇龙,那“眼睛长而媚,双眼皮的深痕直扫入鬓角里去”的“古中国”女儿,终于,“堕落”了。

二

可是，这位一直自我确认为“外国人/白种人/殖民者”的乔琪乔，为什么突然放下了他那欣赏的“架子”，真的“接纳”——“娶”了葛薇龙？周吉婕不是说过“这儿的白种人哪一个不是种族观念极深的？这就使他本人肯了，他们的社会也不答应”吗？那么，在梁太太这一群高度“西化的中国人”中，作为“西化/时代标志”的乔琪乔，到底是什么样的人？

对于这位“外国人/白种人/殖民者”乔琪乔的外表，应该是初次相见便受到震撼，并立刻“倾倒”在地的葛薇龙，“看”得最清楚：

> 他比周吉婕还要没有血色，连嘴唇都是苍白的，和石膏像一般。在那黑压压的眉毛与睫毛底下，眼睛像风吹过的早稻田，时而露出稻子下的水的青光，一闪，又暗下去了。人是高个子，也生得停匀，可是身上衣服穿得那么服帖、随便，使人忘记了他的身体的存在。

可是，这是一个什么样的人啊！这比“白种人”还要“白”的人，不仅是一个空心的稻草人，一种纯粹的“标志”，而且，那浑身散发出的死亡气息，使他就像一个大白天里刚从坟墓里爬出来的鬼魂。而当周吉婕厌恶地骂他生着一张“鬼脸子”时，她哪知骂的是自己：

> 雪白的脸上，淡绿的鬼阴阴的大眼睛，稀朗朗的漆黑的睫毛，墨黑的眉峰，油润的猩红的厚嘴唇，美得带些肃杀之气。

这个晚间才出来活动的“吸血鬼”形象，根本就是作为“外国人/白种人/殖民者”的乔琪乔的内里本质。事实上，乔琪乔在小说中的正面出场大多都在傍晚或黑夜。那天坐在山顶，他拒绝了薇龙的“求婚”，但又强行“吻/吸血”她时，“太阳忽然出来了”，这怕光的吸血鬼立即戴上黑眼镜，使薇龙“怕”得直抖。薇龙这时确实是见了吃她的鬼了！可是，他既吸了她的“血”，她便中了他的“毒”，难怪薇龙当晚便从白天的极度恐怖一变而为全盘奉献。而那晚的约会，乔琪乔则是“趁着月光来，也趁着月光走”，攀树枝，爬山崖，那中天的月亮都变成了“一团蓝阴阴的火”，并伴随有蛇的神出鬼没，猫头鹰毛骨悚然的凄厉长嘶，充满着“鬼”的恐怖气氛。而白天，为了隐藏他的“鬼”脸，他总是“把脸埋在臂弯里”，引起薇龙的“母性爱”。当大病后的薇龙已订好回上海的船票而返回梁府时，正是暮色苍茫，乔琪乔开车追到她，不说话，又伏在轮盘上埋起他的脸，引得薇龙“心里一牵一牵地痛”。但当她走远后回头看仍停在原处的乔琪乔的车时，那“灰色的圣诞卡片”一样的夜世界中，见到的只有“一朵一朵挺大的象牙红，简单的，原始的，碗口大，桶口大”——魔鬼的“血盆大口”！难怪不知自己已坠入这血盆大口中的薇龙，一回到梁府，便立即放弃回“家”，甘心“卖身”了。原来，正是这个四处游荡的“西方”幽灵，使梁家豪宅成为“杀气腾腾”“鬼气森森”的世界！而薇龙曾经有过的越来越强烈的恐怖感也正是来源于此，只是后来中毒已深而浑然不觉了……

可是，夜间的乔琪乔，也会暴露出周吉婕所具有的“中国”面目。就在那晚刚从薇龙处出来，又粘上女仆睨儿时，乔琪乔用的便是“好姐姐”满口的“中国”浪子调情方式，充满了“人”气——唯其具有这两副面目，才使他格外毒气森森。但是谁知道他真正的“中国”面目呢？连精明如梁太太者也蒙在鼓里，不知自己

“失败”何处，只是连叹“这乔琪乔真是她命宫里的魔星”。直到那天，这位“白种人”来到梁府，第一次“屈尊”表示愿与薇龙结婚，使梁太太大吃一惊：“娶她！你肯娶她么？”而后，他再表示自己“天生的是个招驸马的材料”时，梁太太才一指“戳”破了他的面具：

“我就知道你是个拜金主义者！”

一个空心的稻草人应声倒地。曾经作为“西化时代”的极致和标志的乔琪乔，原来不过是个虚幻的“西方”幻影。而当初如“古中国”珍贵的磁青色壶的葛薇龙，却如此将自己彻底“倾倒”在这个“假洋鬼子”面前！

至此，乔琪乔才以“拜金主义者”的身份，“回归”这个“中国人”——“西化的中国人”的圈子，与“彻底的物质主义者”梁太太握手言和，伙同司徒协，将葛薇龙用“老”的“金钱”和“新”的英国法律紧紧捆绑起来。

——葛薇龙永远回不了她的“家”了。

所以，作为个人的命运，葛薇龙最后一次关键的选择，根本就不是她自己的选择！她所能拥有的只能是“被选择”，只能是“堕落”。

在这样一个处于“西方”巨大影响之下，“古中国”正在分崩离析的“大时代”里，个人的命运是如此卑微、软弱，——“我们自己哪儿做得了主？”柳原（《倾城之恋》）一再追问。又是如此悲怆，不免也如此自私，——“时代的车轰隆隆地往前开……我们只顾忙着在一瞥即逝的店铺的橱窗里找寻我们自己的影子——我们只看见自己的脸，苍白，渺小；我们的自私与空虚，我们的恬不知耻的愚蠢——谁都像我们一样，然而我们每一个人都是孤独的”。① 深知这时代和时代中芸芸众生的张爱玲，也为葛薇龙道出了最终那“苍凉”的感触所在：“在这灯与人与货之外，有那凄清的天与海——无边的荒凉，无边的恐怖。她没有天长地久的计划。只有在这眼前的琐碎的小东西里，她的畏缩的心，能够得到暂时的休息。”

的确，在这里葛薇龙的命运，就像是乔琪乔这个“假洋鬼子”一手导演的一场戏。又是一场表演！然而，正是在这场表演里，葛薇龙以“正在进行时”的方式展示了“中国人西化”的全过程：向往、追求——疑惧、再追求——要求“平等”、退居“被欣赏”——“卖身为奴”。然而，这惊心动魄的过程还没有完。当大年之夜，新婚的葛薇龙与乔琪乔一起去湾仔市场，尚未在薇龙面前褪下“鬼”面具，却早已在内里从“白种人”返归一个“中国”浪子的乔琪乔，突然“良心发现”，与薇龙有如下对话：

> “……总有一天，你不得不承认我是多么可鄙的一个人。那时候，你也要懊悔你为我牺牲了这许多！……”
>
> “我爱你，关你什么事？千怪万怪，也怪不到你身上去。”
>
> “无论如何，我们现在的权利和义务的分配，太不公平了。”
>
> “公平？人与人之间的关系里，根本谈不到公平两个字……”

最后一句话，薇龙是笑着说的。至此，她已完全接受了梁太太教训给她的“交换原则”：一个女人最要紧的是“名誉”——“交换资格”；由于女人的“天然”劣势——“你爱人家而人家不爱

---

① 张爱玲：《烬余录》，收《张爱玲文集》（第四卷），安徽文艺出版社 1992 年版，第 63 页。

你，或是爱了你而把你扔了”，“被扔”就成为获取资格时唯有的一桩最该忌讳的事——“一个女人的骨架子，哪儿禁得起这一扔？”所以，“交换”中的“贞节/公平”是不要紧的，甚至贞节越是丧失，名誉反而越高，也就会“出卖”得更好，——这是梁太太自己 20 多年“西化”路中最深刻的体会吧？

“卖身为奴”者已经完全接受了奴隶的道德，这才是“西化”最可怕的结果！

但是，对薇龙个人来说，这整个“西化”的过程却是不自觉的。只有当那两个英国水手挟持着一名中国雏妓远去时，她才霍地从那个酷似自己的雏妓脸上“照”见了自己：“一双水盈盈的吊梢眼，眼角直插到鬓发里去。”她这才哭了起来：“妓女”，——直至刚才她还以为是“爱情”！

——这就是葛薇龙对“西方”的“爱情传奇”。

与此同时，在这场表演中，人们惊心动魄地看到了“外国人/白种人/殖民者”那“欣赏”面孔之下“吸血鬼”的恐怖真相。他们对“中国”永远只怀有吸血鬼般无穷无尽的“劫掠”欲望，而之所以摆出“欣赏”面孔，是为了更准确地“鉴别”，以“劫掠”他们最渴望的“精华”。而“劫掠”，根本就是超越于任何“交换”原则，其中更不存在什么“公平”或“不公平”之论的；但是，“接纳”却意味着跌入了“交换”关系之中。所以，“西方”乔琪乔对葛薇龙永远只是“欣赏”，而不计其“金钱/交换”，因为他根本就有着无偿吸血的“权利”！但是，谁，给他们这个权利？

正是那些“西化的中国人”自己！

其实，那乔琪乔岂不是这其中每一个人心中都有的“鬼”！更具体地说，根本就是已彻底“西化”了的梁太太内心之“大鬼”的外化！她深知在“西化”过程中，“中国”与“西方”之间采取的是怎样的“不公平”交换原则的。你越要“西化”，就越要“出卖”，最终将会变成无偿“奉献”。就在这个过程中，随着对方的贪欲变成“血盆大口”，自身便也面临着更大的“被扔”危险。而此时，只有将你所有的一切——对方最渴望的东西——都拿出来，把自身垫得高一点，再高一点，才能再次获取“出卖/奉献”的资格。所以，为了满足她不可餍足的“西化”欲望，梁太太几乎将整个“古中国”都搬来了，在这里营造出一个典型的清朝“皇室”。而为了“出卖/奉献”，她像吸血鬼一样将其中的精华贪婪地吸吮出来，使之最终变成了一座“古代的皇陵”。20多年的“西化”，其内早已毒气森森，她随手扔的烟头，也会将那旺盛的盆栽杜鹃花霎时烧黄一块。就这样，她一大宗一大宗地，将“中国”的精华，而且是中国文明的精华，“出卖/奉献”了出去。而葛薇龙，正是其中的一宗。

在梁家豪宅里，有一间隐秘的中国旧式书房。这小小的书房，一色的“大红绫子”装饰，似乎流淌着来自“古中国文明”血脉的生命精血，显得格外“古色古香”而又极其醒目。正是在这里，刚出场的葛薇龙，得到了梁太太的“收留”——签约。此时，这位梁太太——“小型慈禧太后”，“不端不正”地坐在这书房中间，一条腿勾住椅子扶手，脚上还荡悠着高跟拖鞋，似乎身下坐着的是可由她随意处置的整个古中国文化，它将被源源不断地从这里输送出去。这正是她处在失意于“西方”乔琪乔，——被“扔”的关键时刻。而葛薇龙，这个充满“古中国情调”的年轻女孩，恰像是“黄金色的阳光”，几丝几缕地洒落在“暮色”中的她的唇边。顿时，那丝缕就像“一只老虎猫的须，振振欲飞”起来。而到最终，葛薇龙的“签约生效”，也是在这间书房。此时，梁太太“两只雪白的手，仿佛才上过拶子似的，夹破了指尖，血滴滴的”，恰像是从这书房“古色古香”的大红绫子上又浸染过来一部分血红——一个“古中国女儿”的精血。她因此而成功地将葛薇龙“出卖/奉献”

给了乔琪乔，实际上是自己“西化”的灵魂。而葛薇龙则在这个过程中，一点一点失去了自己“古中国”的灵魂。园会那天的傍晚，不知乔琪乔尾随其后的薇龙，其头顶的中天之月，便像“玉色缎子上……烧糊了一小片”。失去“古中国女儿”的贞操的晚上，她则变成了“敬供”的“罗钿的花”。最后彻底堕落成妓女时，她“那件品蓝闪小银寿字织锦缎的棉袍上已经烧了一个洞”。

可见，在葛薇龙个人“堕落”的背后，是整个“古中国文明”的沉落景象！移置“异国”的被蹂躏的中国书房，变成古代皇陵的绿色琉璃瓦顶的建筑，《红楼梦》时代的装扮却会勾引“外国人/白种人”的女仆，神秘怪诞的园会布局则如同被“好莱坞”化的《清宫秘史》……这一切犹如《聊斋志异》的“新说”，充斥着魔鬼幽灵的恐怖和血腥。整个中国文明的毁坏和沉落，文明的沉落！还有什么能比这个景象更让人不寒而栗的呢？“西化”，“西化”，成了中国的一个时代，一股无可遏止的潮流，而付出的却是整个古中国文明的代价！如果说，这里的葛薇龙还只是把“西方”作为一种抽象概念、美好图景，或者说，另一种文明来追求，她的不自觉而又必然的堕落还只是使她成为一个“受害者”，那么那些丧心病狂拼命抓住“西方”的梁太太、乔琪乔之流，却成为目的就是要使整个“中国”沉落的“西方殖民者”的帮凶。然而，我们不能由此推断，今天的葛薇龙不会是明天的梁太太。那被逐出梁府后的女仆睇睇，虽然也是被抽干了精血的牺牲品，但却仍然能够死而不僵地吃着血红的花生米……

——“古中国文明”在“西化”时代的沉落，才真正是“无边的荒凉，无边的恐怖”！而对这文明的沉落的展示，才是《第一炉香》真正的核心主题所在。

所以，叙述者一开始就缓缓地说道：“请您寻出家传的霉绿斑斓的铜香炉，点上一炉沉香屑，听我说……”而整个叙述就在这“古中国”的袅袅沉香氛围中完成。但在这里，既然叙述者自定为一个“讲‘中国’故事”的人，那么，必然面对的是“中国听众”。而小说中这一个“西化的中国人”的故事，就被限定在了一个特定的“观照”角度，不妨称之为一个特定的“镜框”：“中国人看‘西化的中国人’”，而这“镜框”里摄定的就是一幅“文明的镜像”——一场“表演”。

显然，当葛薇龙以“正在进行时”演示出“中国人西化”的全过程时，“中国人”看到的首先必定是作为个人的葛薇龙的“西化”——“堕落传奇”。为什么这样的“西化”被视为“堕落”呢？因为“金钱”与“性”的交换是“肮脏”的，其中没有“爱情”。问题是，要求中国女性在婚姻中讲求爱情，本就是一种“现代爱情观”。所谓“现代”，对中国这样的后发国家来说，不正是“西化”么？所以，这里“西化的中国人”的“看”者，在道德价值观上，实际上与“表演”中的葛薇龙处于同一水平。当葛薇龙将已是乔琪太太的自己与妓女作等同，认为只不过“她们是不得已，我是自愿的！”因而哭泣自己的“堕落”时，她的自我“谴责”，必然在这些作为“观众”的“中国人”之间产生同情和共鸣。事实上，可以说葛薇龙，正是从这些“观众”中挑选出来的一名“演员”。然而，“观众”却不知道，当“演员”葛薇龙在“堕落”中“庆幸”时，反映的正是他们自己内心对这种“西”式生活同样所有的一种“羡慕”之情，它悄悄潜伏于他们对“堕落”进行“谴责”的背后。

>……穿也穿了，吃也吃了，玩也玩了，交际场中，也小小的有了点名了；普通一般女孩子们所憧憬着的一切，都尝到了。

这与给葛薇龙人生带来悲剧的“西方梦”，在性质上有什么区别呢？其实，葛薇龙的“堕落”就是他们自己那不过是由道德优越感带来的“升华”所可能有的另一种趋向。这就是“中国人看‘西化的中国人’”这个“镜框”所带来的第一层特殊意味。而这意味却是看这场表演的中国“观众”所难以觉察的。

第二层意味，则来自这个“镜框”里“中国人”的特殊性——“上海的中国人”。作为一篇为上海人写的香港传奇，《第一炉香》给人的第一印象确实是表现了“西化的中国人”——“上等华人”们骄奢华贵的生活场面，是“上海人心目中的浪漫气氛的香港”，[①]——尽管这是由一个“堕落”的故事表现的。但是，其中浓重的“古中国”气息，是不是“上海人”所乐意并能在第一印象中就能“接受”，或至少能“感受”到的呢？换言之，上海人与当时上海以外的中国人比起来，哪一方能对“古中国”的气息更为敏感呢？这将关系到那最主要的“古中国文明”在“西化时代”中的沉落主题能否被凸显出来的问题。

所谓从“上海人的观点”看到的香港，按张爱玲自己的表述，应该是充满“浪漫气氛”的。由于20世纪40年代的“摩登上海”是远比香港发达的世界大都市，香港的“浪漫”，应该首先意味着“中西文化混杂”中的“东方情调”，而非“西洋景摩天楼和现代氛围”。[②] 反过来推理，则是作为“文明”的“古中国”在“摩登上海”已经几乎消失了。所以，《第一炉香》的叙述者，要求“听众”寻出的铜香炉已是“霉绿斑斓”的。同时，由于上海的“西化”程度更是远高于上海以外的中国大陆城市，所以，上海人更能感受到“香港传奇”中的“古中国”。那么，基于这两方面原因，要对“中国人西化”作最深切地了解，的确最合适的是“上海人”——“传

---

① 张爱玲：《自己的文章》，收《张爱玲文集》（第四卷），安徽文艺出版社1992年版，第177页。

② 许子东：《一个故事的三种讲法》，收王晓明《二十世纪中国文学史论》第二卷，东方出版中心1997年版，第498页。

统的中国人加上近代高压生活的磨练”。[①] 然而，作为这里“听众”的上海人，能否真正看到“香港传奇”中处于“西化时代”中“古中国文明”的沉落景象，这也许还是一个存疑的问题，甚至更大的可能是他们会完全堕入上述的“镜框”所带来的第一层特殊意味的表层：“羡慕”中去。但是，张爱玲至少通过在“香港”与“上海”之间建立起了一种联系，使这种对“古中国文明”在“西化”——“时代的巨轮”冲击之下的沉落景象的展示得到了一种可能性。这种可能性，使人们可以进而希求通过“上海”对自身“西化”的状况，尤其是作为民族历史的“古中国文明”的失落的反思，来达到对整个“中国”的“西化”进程进行反思的目的。这就是那个特定的“镜框”所带来的第二层特殊意味。

所以，如果这第二层意味能生发出来，那么，“香港传奇”中，“上海(人)在香港”的“堕落”，在“文明”层面上就会演示为“中国(人)在西方”的“堕落”。正因如此，《第一炉香》中的葛薇龙，每逢一个“堕落”关口，都会想到回“上海”的“家”。而显然，这个“家”，完全不带有“摩登上海”的气息，而是充满着“古中国”的意味：“不修边幅的名士脾气”的父亲；使人联想到“人生中一切厚实的，靠得住的东西”的，那书桌上镇纸的“玻璃球”——恰与梁太太那被“西方”蹂躏过的“中国旧式书房”带给薇龙的“不端正”“大俗”之感截然相反。实际上，上海的“家”，意味着的是“精神的家园”——作为“根”的“古中国文明”。所以，从文明层面上看，葛薇龙回“上海”，就是回“中国”。

以上简略讨论了“香港传奇”中“上海”和“香港”，与“中国”和“西方”的关系。应该强调的是，这里涉及的“上海”与“香港”

---

① 张爱玲：《到底是上海人》，收《张爱玲文集》(第四卷)，安徽文艺出版社 1992 年版，第 20 页。

的关系，与李欧梵先生在《双城记》中所论述的“镜像关系”有所不同。在这里，双方不是相互作为“他者”以确认“自我”而各自独立的存在，而是作为一个整体来与“中国”和“西方”作对应的。换言之，“中国”与“西方”的关系是以“上海”与“香港”的关系构架为“舞台”来“表演”自己的，因为《传奇》作者的主要关注点在于“西化”之下的整个古中国，而非个别城市在“文明/文化”层面上的变化问题。事实上，从以上对《第一炉香》的分析中可以看出，站在“上海人的观点”看过去，香港已几乎完成了全部的西化过程，达到了某种极致，相比之下，当时的“摩登上海”却反而带有“古中国”的气息。笔者以为，在张爱玲《传奇》的主旨之内，后者不需要以前者来确认自己，如果要确认，也许应该是巴黎或伦敦。这将关系到作家张爱玲到底是整体“中国”的，还是仅属于“都市/上海”的问题。后面将对此重要关涉张爱玲精神世界的问题逐步展开探讨。

三

显然，葛薇龙那具有强烈“表演”性的传奇，使《第一炉香》展示出一幅令人恐怖的“文明的镜像”，深刻寓意着在西方（文明）强大的渗透和威慑之下，古中国文明所可能有的最大的沉落景象。但是，“古中国”真的就这样无可救药地沉落下去了吗？那最终因豁然醒悟自己的“爱情”原来是“妓女”而哭泣着的葛薇龙，也跟随着永远坠入深渊了吗？正是在此寓意层面上，《沉香屑·第二炉香》（以下简称《第二炉香》）提供了与前者形成“对照”的另一“文明的镜像”。

如果说，《第一炉香》讲的是发生在香港的“中国”被殖民者的上流社会中，一个普通中国女孩的“堕落传奇”，堕落成“西化的中国人”，那么，《第二炉香》则与之相反，是在“英国”殖民者本身中等以上的社交圈里，一个“平凡而安静”的英国人的“自杀传奇”，自杀于“中化的西方人”——世界留给他的最后影像，是有着“小蓝牙齿”的“中国”愫细。

愫细的“中国”性，实际上在“古中国”的“沉香”尚未点燃时，就由叙述者“我”的“前言”，即关于与克荔门婷之间的一场涉及罗杰悲剧原因的争论的叙述点明了。作为一个与“我”——“中国人”——还是“顶生疏”的朋友，克荔门婷竟然特意来神秘兮兮地告诉“我”关于“恋爱”与“女子性教育”之间的关系问题，这使“我”做出漠然状并立即对她的暗示进行“反击”：中国女孩不像你们，很早就懂得性知识，对此根本没有神秘感。而前者却固执已见，在对“我”讲述那个“秽亵”的故事之前，仍然郑重地说：“我先是不大懂，现在我悟出来了。”——悟出的当然是“古中国”严明的女子“贞操观”与愫细之间的关系。显然，如果过滤掉克荔门婷特定的女性视野，这件被“香港社交圈内谈论的很厉害”的罗杰事件的发生，最终在像克荔门婷及“围剿”罗杰的这些“西方人”看来，就是由于事件中人的“中国”性所致。于是，这个由叙述者“我”转述的“克莉门婷的故事”，就使罗杰的“传奇”也有了一个特定的镜框：“西方人看‘中化的西方人’。”

事实上，在愫细的周围，确实是几个“中化”程度不等的“西方人”。而“中化”最彻底的自然是蜜秋儿太太一家。如果说“中国北方”在这里成为最集中地凝结着“古中国文明”的象征，那么20来年的天津生活，对因早年守寡而“沦落”为失去殖民者资格的“穷西方人”，并且已无力返回“英伦故国”的蜜秋儿太太来说，就有了最大的可能与“古中国文明”进行血肉相触。这个相触点，恰好可能在清教传统下的“英国淑女”与“中国闺秀”这一“女子教育”方面达到最大的融合。这就不仅使她自己浑身散发出过量的“守礼谨严的寡妇们的黑沉沉的气氛”，而且在其严明的“家教”之下，也使女儿们一个比一个“贞洁”得可怕。

也许有着对姐姐靡丽笙的爱情悲剧的前记忆，愫细的“中化”更是达到了极致。她不仅尽可能地淡化着自己的“西方”特征，强化着“中国”色彩——“轻金色”的头发，“蜜褐色”的皮肤，并且那样澄净，“静得象死”，而且对罗杰也作着如此的“淡化”。他的眼睛虽然其实已经“并不很蓝”了，但一当与那“深蓝色”的牵牛花相比，她就会“感情冲动，幻想它们是这朵牵牛花的颜色”，于是两手一拍，将那花压扁了。而新婚前，她还特意给罗杰挑选了一只“中”式的“嵌白暗龙仿古的瓷灯罩子”，将他那旧灯掩住。当罗杰计划蜜月旅游对她进行“爱的教育”时，她最先准备的是自己的“挖花小茶托”“中国天青缎子补服与大红平金裙子”。蹲在这一堆“中国”之中，她简直都要被淹没了。

然而，把愫细作为一个优美的“梦”来挚爱着的罗杰，其自身的“根”在“中国南方”的“香港”，也同样扎得很深了。15 年来，他一直是作为香港的“殖民者/他者”将其视为“异邦”的；直到这次被逼离开香港时，他才知道“它是他唯一的故乡”，难怪以前每次回国探亲，他“总觉得过不惯”。事实上，华南大学那“不是宜于思想”的空气，早就把他当初刚来时对工作的“热爱”和“思索”的品性消融了，以至作为教授的他，“十五年来，没有换过他的讲义”。他几乎就像一个“安分守己”的普通中国人那样，“照那个方式活了十五年了”。就文明层面的“异(中)化”而言，如果说蜜秋儿太太一家已经因此而完全回不了“家”，那么罗杰也同样难以/不愿回“家”了。如此深厚的中国情结，连他自己都不禁要问：“究竟东方有什么值得留恋的?”

——是西方人远久以来，对中国的“东方梦”。当克莉门婷把胳膊支在记载作者“出使中国谒见乾隆”的《马卡德耐使华记》

一书上，对叙述者“我”讲述罗杰故事时，也许反映的正是近代以来西方人代代相传的这个“东方梦”的无意识。

不是么？罗杰眼里，当“中国”愫细——“世界上最美丽的女人”，在教堂里的“西式”婚礼上，一路经过圣坛两旁的长窗，色彩缤纷地向他走来时，其情其景多像一个美丽的梦啊！

> ……音乐的调子一变，愫细来了。他……用不着看，她的脸庞和身段上每一个细微的雕镂线条，他都是熟悉的——熟悉的；同时又有些渺茫，仿佛她是他前生画的一张图——不，他想画而没画成的一张图。现在，他前生所做的这个梦向他走过来了。

难怪罗杰在婚礼完毕还忍不住要最后再追问她一次：“你为什么喜欢我？”，“你确实知道你喜欢我到和我结婚的程度么？”

然而，这毕竟不是停驻于“东方梦”的时代了。今天的“西方”，已经将自己的铁蹄结结实实踏在了“中国”的土地上。当年的“谒见/仰慕”，早就被现在的“贬抑”深深地覆盖住了。当自喻为将“先进”的文明带入“停滞的中国”时，“西方”就会产生“主人”对待“孩子”式的优越感。难怪罗杰对“中国”愫细还有另一种眼光，即“纯洁”“稚气”“天真得使人不敢相信”，与其同僚巴克的立场完全一致：“她还是个孩子……一个任性的孩子。”但是，“主人”的优越感之下，却是殖民者的“劫掠”本质：虽然还是个“孩子”，但她“惊人的美貌不能允许她晚婚”，因为世界已经进入了“西方时代”，到了实现那个潜在、久远的“东方梦”的千载难逢的时刻。不过，正如“英国”乔琪乔的行为所示，“劫掠”的过程，首先是一个“猎奇”的“欣赏”过程。而作为“西化中国”的“香港”，正是他们眼里这样一个可供猎奇的“半开化”之地。瞧，那华南大学附近南洋种的木槿花，“充满了热带森林中的回忆——回忆里有眼睛亮晶晶的黑色怪兽，也有半开化的人们的爱”！难怪罗杰事犯后，那些“鄙视”他的女同事暗地里却都喜欢他这样的“犯罪的人，残暴的、野蛮的、原始的男性”，因为罗杰的婚姻悲剧正是他已变成这个“半开化”之地里“原始的男性”的证明。

如果说，对于“中国”，在立场和眼光上，罗杰与“圈子里”是一致的，那么他的“接纳”姿态，却使他跑到“圈子外面”，从而严重影响了“白种人应有的声望”。因为，按以上对殖民者乔琪乔本性的分析，罗杰这样做，本质上是损害了殖民者的共同利益的。所以，他必定要遭到“圈子里”的驱逐。正是在这里，罗杰犯了周吉婕所说的罪：“……白种人……这就是他本人肯了，他们的社会也不会答应。谁要是娶了个东方人，这一辈子的事业就完了。”但当接着问：“这个年头儿，谁是那么个罗曼谛克的傻子？”时，她没想到真的有人应答。这人就是罗杰，而非“假洋鬼子”乔琪乔。所以，从最先爱上“中国”愫细开始，罗杰就屡屡自喻为“罗曼谛克的傻子”，傻到孤注一掷的地步：“傻就傻吧，人生只有这么一回！”简直是明知故犯！而这一“傻”，几乎就让“中国”愫细成全了葛薇龙的“西方梦”：“穷”，但对方却心甘情愿驱车到她那低于地面两层楼的“高街”，而非梁太太那高高在上的“半山”的住宅区来迎娶她；完全不需“出卖”的“贞节”，还使她的婚姻永远受到“英国法律”的保护，倒是对方稍欲一动，就会被它死死捆住。

于是，罗杰就因这种“犯罪”而被驱逐于自己的“圈子”之外。这倒让他突然看清了作为一个“白种人/殖民者”的真正处境。里面，是“愚蠢——愚蠢的残忍”：

男的像……白铁小闹钟……脑子里除了钟摆的滴嗒之

外什么也没有；也许因为东方……的影响，钟不大准了，可是一架钟还是一架钟。女的，成天结绒线……

也许要令梁太太们感到悲哀的是，这些长驱直入“中国”的“时代的巨轮”，竟是如此缓慢、机械，简直就是空空如也地“停滞”着！罗杰自己不是15年来连讲义都没换过吗？

那么，罗杰看到的“圈子外面”又如何呢？

小蓝牙齿，庞大的黑影子在头顶上晃动，指指戳戳……

——愫细？非“圈内殖民者”的“中国”愫细让罗杰看到了什么？她的“小蓝牙齿”？为什么它最终会将他置于死地？

如果说，“小蓝牙齿”在靡丽笙嘴里，已经让罗杰感觉到阴森的冷气，那么当发现他的“中国”愫细也同样长着这样一副牙齿时，他困惑了。一开始，他还不愿将它与那阴森之气相联，而情愿相信它是美的。因为在他潜意识的“东方梦”里，那善于做“轻柔的梦”的东方人，“梦里总该是有他”的。可是，后来，他没想到自己不仅被“拒绝”于对方的“梦”，而且那“中国”愫细的“小蓝牙齿”比靡丽笙的更为可怕！

那么，罗杰是怎样发现愫细的“小蓝牙齿”的呢？是在他扶着那“嵌白暗龙仿古的瓷灯罩子”，对准她照过去的时候。然后，又是在这盏愫细坚持不肯高挂的灯罩之下，出现了让他极为害怕的庞大的黑影子。而他先前突然醒悟靡丽笙的丈夫原来是一个普通人时，也是在近距离强烈照射着他脸庞的这盏灯下！看来，这是一盏光亮得几乎具有穿透力的特别的灯。似乎正是在其光照之下，那灯罩上的“暗龙”突然现身，一时上下“龙”腾起来，化为令罗杰恐怖的“庞大的黑影子”。也许，那“暗龙”正是隐藏于愫细身上的“古中国文明”的根；一旦遭到袭击，便会化为愫细的“小蓝牙齿”进行抵抗？事实上，当罗杰计划外出旅行，以对愫细进行“西”式的“爱的教育”，使之懂得“享受生活”时，他不知道早已视“中国”为“本土”的愫细，正准备着那一大堆中国服装，反过来要对他进行“中”式的“爱的教育”：

> ……他现在知道忏悔了。这是她给他的“爱的教育”的第一步。日本，夏威夷……在异邦的神秘月色下，她可以完成她的“爱的教育”。

如此“有计划的阴谋”简直是强而力的！那么，这灯罩上的“暗龙”，是否也会成为葛薇龙在堕落于深渊之后可资挽救自己的一点依凭，可以不再出卖自己的“贞节”？那夜间游荡的西方幽灵——吸血鬼乔琪乔，最为害怕的不正是“蛇”——“小龙”么？尽管，这只是远比不上“血盆大口”的“小蓝牙齿”……

然而，正是在这有计划的阴谋中，“中国”愫细内里的“西方”本性却暴露了：从头到尾，她与她的家人都在进行着一场大的表演！

的确，愫细只是要将自己“贞洁的影子”，通过那“嵌白暗龙仿古的瓷灯罩子”下的灯光，放大十几倍地“表演”出来，由此而“让人人都知道”她多么爱罗杰，而罗杰又是多么可爱的人——一个“中”式的柳下惠，最终完成她对他的“爱的教育”。但是，在“贞洁表演”过程中，人们看到的是她身着轻纱睡衣，冲入男生宿舍，“两只粉嘟嘟的玉腿，在擂鼓一般跳动”。而“告状”时，她特意去找的是“顶爱跟女孩子们说笑话”的毛立士。然后，又与母亲四处拜访，让“差不多香港中等以上的英国人家，全都知道了这件事”。——“圈外”的蜜秋儿一家，怎么如此轻易地跑到“圈内”去了，并让后者相信这一切？当她终于使罗杰在自家阳台上忏悔，完成了她“爱的教育”的“第一步”时，罗杰已经只敢低低地在身后喊她，但是：

> 愫细一动也不动，可是她管不住她的白绸衫被风卷着豁喇喇拍着栏杆……
>
> 愫细的衣角，给风吹着，直窜到他的脸上去。

而当她正准备进行“第二步”，清理那一大堆古中国的服装，准备蜜月旅行时，罗杰又是在那盏“暗龙仿古”的灯下，猛然“发现”她那些服装都是“预备化妆跳舞”用的——表演！于是，罗杰终于“知道”了他对曾在天津卖过艺，“有一身灵活的肉”的哆玲妲的憎厌从何而来：

> 罗杰忽然觉得有一只手在他肩膀上拍了两下……回过头去一看，却不是她的手，是她脖子上兜着的绿绸子围巾，被晚风卷着，一舐一舐地翻到他身上来。他不由地联想到愫细的白绸浴衣，在蜜秋儿家的阳台上……

但最终，曾被罗杰移开过的搁在他肩头的靡丽笙的手，又搭上来了，是摆也摆不脱的哆玲妲的手——是愫细“欲望”着的手：贪婪、粗俗、淫荡，与圈子里所有的女人一样。这只手告诉他，那位“富有经验的岳母”也将无救于他，她与自己的女儿们根本就是“圈子里面”驱逐他的人们的同谋！或者说，她们就在“里面”。在“外面”的只是“里面”对“外面”的幻想，是“影子”——所有“西方人”那久远的、潜在的“东方梦”。只是，他们谁也没料到，当真的伸手去抓拿它时，它竟然有着“吃人”的“小蓝牙齿”，并会突然一变而为“尖利的獠牙”……

愫细是“伪中国人”，就像乔琪乔是“假洋鬼子”一样，尽管她的“蜜褐”肤色比“黄种人”还要“黄”。在这里，她同样扮演着乔琪乔的“导演”角色，而出演者，像葛薇龙一样，正是从那作为“中化的西方人”的“看者/观众”中走出来的罗杰。而罗杰唯一与那些残酷的观众们不同的是，作为今天的“殖民者”，他竟然走下了自己居高在上的“欣赏”者地位，通过那个久远的“东方梦”的导向，触及了“古中国文明”的内在根性。他全部的悲剧性在于：“不幸”，他触到了“真正的血与肉的人生”，“不幸，他爱愫细”。因为，以“劫掠”为最终宗旨的“殖民者”，一旦处于有着强大力量的他种文明时，永远不可能只保持自己绝不动感情的“欣赏”姿态而丝毫不予“接纳”，或者更应该说，不受其巨大的“影响”。在文明的层面上，罗杰难以回到他的“英伦故国”了，而那些已被“东方”炎热的气候弄坏了脑子的、作为观众的“西方人”，就都能够轻松回“家”了吗？

罗杰动了一次感情，一生中就只当了一回“罗曼谛克的傻子”，就不得不自杀于自己的“异化”——“中化”。作为一个被“抛”至异邦的“殖民者”，他最终成了文化上无所皈依的“流浪儿”。而在他对久远的“东方梦”的追寻中，他事实上已成为发展到今天的“西方文明”的牺牲品：一个被由自己的文明所驱动的席卷世界的“时代的巨轮”所抛弃的人。最终，“弃儿”罗杰，就这样一路“飘飘摇摇”，只身逆向走入了自己文明发展的时间隧道中，想要追寻那几百年前“马卡德耐爵士出使谒见乾隆”时西方人曾有过的“东方梦”，然而，他处处碰撞到的却是早已成为“冷”梦的“中国/东方”：

这一条路，就是……愫细跑出去，他在后面追着喊着的那条路;那仿佛是几百年前的事了。这又是一个月夜……到处都是呜呜咽咽笛子似的清辉;罗杰却只觉得他走到哪里,暗到哪里……象一个回家托梦的鬼……

昨天,今天;东方,西方,都已经没有罗杰的立身之处了。不死何往?但就死,也只能别无选择地死在由久远处而来的“东方梦”里了,哪怕那“轻柔的梦”现在已经是“小蓝牙齿”了……

这就是在罗杰的“自杀传奇”之下,敷演的一段对“东方”的“爱情传奇”。

看来,在这“时代的巨轮”之上,同样有着“惘惘的威胁”……

——这就是《第二炉香》所展示的“文明的镜像”。

当我们将这样一个“西方人看‘中化的西方人’”的“镜框”所摄,与《第一炉香》“中国人看‘西化的中国人’”的“镜框”所取,两相“对照”,多么意味深长!我们首先看到的是:如果说,葛薇龙的“西化”在“中国人”眼里是一种“堕落”,那么,罗杰的“中化”在“西方人”眼里则比“堕落”更甚。因为,前一种“看”还是一种包含了看者自己的“看”,因此而对被看者有一种包容和同情,而后一种“看”却完全是一种异者的眼光,并对被看者进行无情的排斥和驱逐。因为,这是殖民者“劫掠”本质支持下的眼光。

然而,更重要的是,这样的“对照”,在“香港”与“上海”,“中国”与“西方”的视界上,另给了我们一副更高远的“世界”眼光:“西化”的“推进”,同样可能使“西方”付出沉重的代价,因为在这个过程中,“中国/东方”仍然显示出了强硬的“抵抗”。这表明“西化/现代化”本身就是一种具有世界性痛苦的过程。正如竹内好所说:“世界史由于囊括了东方才接近完成”,但是,“东方的反抗也作用于欧洲……欧洲对东方怀有一种依恋之情,这大概是它矛盾的一种表现吧。这种矛盾越是明显，欧洲人就越是情不自禁地想起东方”。① 然而，在这里，我们更看到了“推进”者与“抵抗”者各所具有的力量，就像“血盆大口”与“小蓝牙齿”之间一样，是绝不对等的。

正是在这种意义上，《第二炉香》的第二个“镜框”——“中国人看‘西方人看中国’”，就成为一种寻求“失败”后的“抵抗”力量的“张看”。当开篇的叙述者“我”，就在图书馆里阅读《马卡德耐使华记》时，“我”显然已经进入了寻求“历史/文明”的状态。在“西方人”谒见乾隆的记载中，“我”看到的正是“西方”曾经无比向往的“中国”乾隆盛世。然而，克莉门婷的到来，突然冲散了那悠久温润的“历史/文明”氛围，一下子将“我”拉进了“现代”。也许，正是依仗着“盛世”里强大的乾隆，“我”眼光之下的克莉门婷才显得如此丑陋：顽劣的稻草般的头发、万紫千红的粉刺、尖锐的长鼻子、凹进去的小薄片嘴。而当她竟然把胳膊支在“乾隆”之上讲述故事时，这个姿态所显示的却是她对自身“历史/文明”的遗忘，因而恰恰将其“现代东方观”下自以为是的“冷静的，纯粹客观的，中年人的态度”完全颠覆了。事实上，在其后被“我”所转述的“西方人在中国”的传奇里，就暗中充满着中国“龙”的巨大阴影。这就是“张看”到的“抵抗”力量——中国古文明之“根”。

叙述者的态度自然影响着自己的“中国听众”。所以，处于西方的“现代东方观”激照之下，“我”在转述一开始便悠悠地反复说着这是“一个脏的故事”；在这“乾隆盛世”的寒香幽寂之中听克荔门婷的故事，“有一种不应当的感觉”，但“我”只能抱歉地请求“听众”：“无论如何，请你点上你的香，少少的撮上一点

① 本段引文皆自[日]竹内好：《何谓现代——就日本和中国而言》，收张京媛《后殖民理论与文化批评》，北京大学出版社 1999 年版，第 447 页。

沉香屑……”

如果说，郑重的“第一炉香”意味着对“古中国文明”的祭奠，那么，这轻淡的“第二炉香”，首先就是用来驱除这个“脏”的。然而，当叙述者“我”从几百年前包含着“中西关系”的“文明/历史”中走回“现代”时，必将最终与逆向而来的罗杰在时间隧道中相遇。面对这个“西方弃儿”，“我”从那个“脏的故事”中看到了另一个“悲哀的故事”，于是，这“第二炉香”就有了为之而感世伤生的第二层意味。如果说，第一层意味是属于“文明/历史”层面上的，那么这第二层就是这被毁坏的“文明/历史”中无“家”可归的“个人”的。而一旦将这第二个“镜框”与《第一炉香》中的“镜框”再相“对照”，在后一“个人”层面的视界上，就会出现另一个永远不能归“家”的“中国孤女”葛薇龙。于是，“西化时代”的世界性痛苦就在每一作为个体的“现代人”身上清晰得可怕地显示出来。正是在这里，当罗杰在昨天、今天；东方、西方的“历史/文明”的坐标上，失去自己立足的支点时；当葛薇龙说着“从前的我，我就不大喜欢；现在的我，我更不喜欢”，而又再也不能回“家”“做一个新的人”时，张爱玲从心底里涌出了无以诉说的“大悲”：

> 每人都是几何学上的一个“点”——只有地位，没有长度，宽度与厚度……而我……却是没有地位，只有长度、阔度与厚度的一大块，所以我非常窘，一路跌跌冲冲，踉踉跄跄地走了出去。[①]

可是，走到哪里去？现代人的“家”在哪里？张爱玲的“家”

① 张爱玲：《华丽缘》，收《张爱玲文集》（第四卷），安徽文艺出版社 1992 年版，第 257 页。

又在哪里?

而正是在这些“个人”——“不彻底”的人物身上,我们可以真正感觉,甚至“承受”他们在张爱玲小说中作为“这时代的广大的负荷者”所负荷的分量!

也许,不应忽略的是,当透过《第二炉香》的两层“镜框”来看时,其中的“西方人”之“看”将影响到“上海人”看“上海”“中国”及二者间关系的眼光。本来,“中国人”看到的“香港”,已是几乎完全“开化”的,但“西方人”所看到的则仍是“半开化”的。一旦“上海人”从“香港”反观“上海”,并由此反观自身以外的“中国”,会不会采取一种类比的“眼光”呢? 进一步说,当愫细从“中国北方”带来“古中国文明”象征的“龙”,因而与“中国南方”的“香港”——“西化中国”,发生区域意义上的“文明/文化”冲突,酿成罗杰悲剧时,显然在“西方人”眼里,“中国”已经分化成两个部分:“尚未开化”,需进行“(爱的)教育”的,与“半开化”,正处于“殖民”过程中的。这是西方“发展/历史”逻辑下必然的思维方式:一切都将有待于他们去“开化/西化/殖民”。那么,在看待“上海”与“中国”的关系时,“上海人”会不会接受,甚至复制这种“西方”眼光呢?

那么,当身处20世纪40年代已几乎失去“古中国文明”的“摩登上海”的张爱玲,在给“上海人”写的这本“香港传奇”中,却“一炉”,“二炉”,不停地燃起“古中国”的“沉香”时,她就绝不是无意识的了。事实上,在以后的“传奇”中,“古中国”不停地出现在她笔下的“香港”与“上海”。显然,她在不停地游移着。是想再寻求一点什么吗? 毕竟,盛世里充满阳刚、浩然之气的乾隆,已离我们远去了;罗杰的“东方梦”再悠远、温润,“暗龙”藏身的“中国”愫细也已只是今天西式婚礼上的童稚美女,而熏沉于“西方梦”中的薇龙,则早已变成被高大“西方”挟持而去的雏妓。

那么，为这乱世里所有的“个人/现代人”，包括张爱玲自己，她又是在寻找什么呢？“家”？

（节选自王进：《魅影下的“上海”书写》，广西师范大学出版社 2006 年版，收入本书时略有编辑、修改）

发现商州：一个“地方社会空间”

——重读贾平凹的一种方法

袁红涛

1982年，已初有文名的贾平凹面对批评之声，焦灼思考写作之路如何突破。他选择于次年早春回到故乡商州，“再去投胎！”“第一次进商州，对我震撼颇大，原来自以为熟悉的东西却那么不熟悉，自以为了解的东西却那么不了解。”[①]“震撼”之下、沉潜之后，遂有《商州初录》惊艳亮相，继之以“改革三部曲”誉满文坛，再以长篇小说《浮躁》集其成——这一组“商州系列作品”，[②]一举奠定了作家在中国文学的新时期直至今日的重要地位，“商州”也从此成为其贡献于世人的一方文学世界。多有批评家认为这一次返乡之旅，堪称是作家对于商州的重新发现。但是究竟发现者何？作家何以实现了这次创作生涯中的重要转折或者飞跃？或如近来有研究者追问：“商州何以成为贾平凹的起点？”[③]对此，迄今的研究囿于批评理念的局限，揭示得尚不充分，与作家的自我认知也有相当距离。或者说，作家的创作突破，挑战了既有批评观念，甚至于批评界迄今还没有做出足够有

① 贾平凹：《答〈文学家〉编辑部问》，收《访谈——贾平凹文论集》，生活·读书·新知三联书店2015年版，第3页。

② 既有评论者如此概括，作家本人也采用这一说法，可见贾平凹《寻找商州》，《收获》2008年第1期。

③ 程光炜：《商州何以成为贾平凹的起点？》，《文汇报》2016年6月2日。围绕这一问题，程光炜教授展开了系统而深入的贾平凹文学之路“源流考”，可参见《贾平凹序跋、文谈中的商州》（《文艺研究》2016年第10期）等文。

效地应对。

通览“商州系列作品”，笔者发现中篇小说《腊月·正月》在其中具有特别意义；通过重读《腊月·正月》，或可以对思考这一问题提供新的路径和视野。《腊月·正月》刊发于《十月》杂志1984年第4期，当年即获得第三届全国优秀中篇小说奖。这篇小说与作家稍早发表的《小月前本》《鸡窝洼的人家》被称为“改革三部曲”，一时好评如潮。如大家孙犁读过《腊月·正月》后赞赏有加：“贾平凹的这篇小说，……从现实生活取材，写的是家常事，平凡的农民。却也能引人入胜，趣味横生，发人深思，有时代和社会的深刻意义。”[①]不过，“平凡的农民”的“家常事”中何以蕴含“时代和社会的深刻意义”，迄今的解读并不充分。或者说，既有批评对于小说的“时代性”似乎阐释得相当充分，但其深刻的“社会”内涵仍有待细细品味。

小说虽落笔于一个小小村镇，然而开篇气势阔大。历史传说远溯秦代商山四皓，地理方位则涉及“长江”“黄河”“秦岭”，上下千年，纵横万里，最终才落脚于商字山下的这一隅土地，故事即氤氲在这一方灵山秀水之间。小说意蕴丰沛，若仅止于“改革题材文学”解读有些许买椟还珠之憾。若能开放批评观念，呼应当代社会科学“空间转向”大潮，从而超越传统与现代对立的先定框架，视野下沉、深入这个村镇内部，认识地方社会权威与秩序的变迁，方才能切实理解人物身份及其行动逻辑。由此在更准确、更全面发掘小说社会内涵基础上，对于“商州系列作品”内蕴的突破与创造也将有新的认识：那就是对于作为“地方社会空间”的商州的发现，乃是作家此行的最重要收获，并成为其此后创作的时空参照。

---

① 孙犁：《谈〈腊月·正月〉——致苏予同志》，收孙犁《陋巷集》，百花文艺出版社2012年版，第175页。

一　作为“乡绅”的“韩先生”

对于这篇小说的解读通常都围绕着韩玄子这个主人公展开。在小说发表当时的“改革文学”大潮中，韩玄子被定性为是一个“保守派”，一个阻挠改革的反对派。关于其具体身份，蔡翔认为韩玄子是“旧式乡村知识分子”与农民的结合。[①] 其后有研究者或将其定义为“农村贵族”，[②]或视其为一个狭隘的“庄园主”。[③] 也有研究者认为“韩玄子对自己有一种类似于‘乡绅’的文化期许，肩负着秩序维持者的责任”，[④]不过点到即止，无意加以申述。

关于韩玄子身份的秘密，也是解读这部小说的钥匙，在第二段就已设下：

> 镇上的八景之一就是“冬晨雾盖镇”，所以一到冬天，起来早的人就特别多。但起来早的人大半是农民，农民起早为捡粪，雾对他们是妨碍；小半是干部，干部看了雾也就看了雾了，并不怎么知其趣；而能起早，又专为看雾，看了雾又能看出乐来的，何人也？只是他韩玄子！

——这里既突显出韩玄子的独特身份，也暗含了韩玄子何

---

① 蔡翔：《行为冲突与观念的演变——读贾平凹的〈腊月·正月〉》，《读书》1985 年第 3 期。

② 魏华莹：《时间在空间中流淌——读贾平凹小说〈腊月·正月〉》，《河南理工大学学报》2014 年第 2 期。

③ 苏奎：《改革文学标签的误用——重读贾平凹的〈腊月·正月〉》，《创作与评论》2014 年 8 月号(下半月刊)。

④ 黄平：《贾平凹与 80 年代“改革文学”——重读贾平凹“改革三部曲”》，《渤海大学学报》2010 年第 2 期。

以保持独特地位的社会结构：他与“干部”和“农民”都不同，在镇街上拥有一个独属于他的社会地位。

作为小说的主人公，“韩玄子”系直接借用商州历史上唯一的举人的名字，[①]足证作者心目中这个人物形象的原型。拥有丰厚的文化资本，既是韩玄子不同于“农民”和“干部”的显著特征，也使其有别于一般意义上的村落领袖或地方精英。韩玄子出场，即表现出浓郁的“老文人”的气质。他习惯坐在花架下带着老花镜怡然自得地吟读《商州方志》；满腹经纶，熟知历史掌故本地野史；在民国年代的县中受的教育，打下了良好的文墨基础，写得一手好铭旌，让韩玄子很是自信；在外教书 34 年，因而“桃李满天下”，学生中不乏领导干部，从而赢得四乡尊重。以其文化修养为基础，他有着显著的不同于农民和干部的情趣，成为其独特地位的标识。比如唯有他有欣赏“冬晨雾盖镇”这一自然景观的心境与品味。再如，“照壁前的一丛慈竹，却枝叶清楚，这是他亲手植的，在整个镇子上，唯有他这一片竹子”，因为“他老记得一副对联：生活顿顿宁无肉，居家时时必有竹”。另外，他还吸水烟，“吸这种烟在农村是极少的”，“这镇上当然只有他韩玄子才能如此享受”。这些都成为韩玄子独特地位的象征。“诸如兴趣、爱好、生活情趣等身体化的文化资本是村庄领袖区别于其他阶层的又一显著标志。”[②]

当然，韩玄子之所以成为“镇上的头面人物”，不仅因为文化修养高，更因为他依恃文化资本广泛参与村、镇的各种事务。

首先，韩玄子负责组织镇上的文化生活。他从外地学校退休返乡以后，公社出面邀请他担任了镇上的文化站长。正如公

---

① 参见贾平凹《商州初录》：“棣花之所以出名，有各种各样的说法。文人界的，都知道那里出过商州唯一的举人韩玄子”，《钟山》1983 年第 5 期。

② 渠桂萍：《华北乡村民众视野中的社会分层》，人民出版社 2010 年版，第 80—81 页。

社王书记所说,“农民富裕了,文化生活一定要赶上去”。于是一进入腊月,韩玄子就接受公社的委托,督促队长们收集经费、组织排练社火;到了正月,则督促社火队积极演出,参加全县社火比赛。请一位退休老师担任此职,可见这不是一个正式行政岗位;但是却显示了公社对其文化修养的尊重和社会地位的承认。

进而,韩玄子在镇街上承担着调解矛盾的职能,这既是其社会地位的体现,也是其个人威望的更重要来源。韩玄子面对家庭矛盾的时候感叹,“这镇子里多少家庭不和,都是我去调解的”。“调解”是乡土社会解决矛盾的首选方式,而调解人通常是民间社会内生的领袖。“乡间的调解,……更多的是看调解人的资历和威望。如果他具有足够的权威,那么双方都会给他‘面子’,从而平息纷争。”[①]调解纠纷需要一定的文化基础和社会人生经验。韩玄子拥有文化上的优势,又是教师身份,所谓知书达理;年纪赋予了他经验和威望;而且作为“本地人”,“韩玄子对镇街上的二千三百口人家,了如指掌,谁家的狗咬人,谁家的狗见人不咬”。作为民间调解人,自身的威望与对本地人情世故的熟稔缺一不可。韩玄子以此调解纠纷,满足了村镇上居民的需要,从而也增加了自身的权威。因为“担当纷争的仲裁人是村庄领袖获得合法性权威的又一重要的象征性实践活动”。[②]

他的影响更广泛体现在,镇街上的人,包括王才,要找政府办点事儿,都会来托付韩玄子办理。比如驼背巩德胜要办杂货店,“就来给韩玄子说好听的,央求能帮他办个营业执照”,“韩玄子去公社说了一回,从此驼背就成了店主”。正月里,王才一连三天来韩家,请求韩玄子帮他申请把加工厂需要的面粉、油、糖纳入国家粮站供应指标,“你在公社里人熟,给他们说说,盖个

① 渠桂萍:《华北乡村民众视野中的社会分层》,第 97—98 页。
② 渠桂萍:《华北乡村民众视野中的社会分层》,第 123—130 页。

章，填个意见，呈报到县里去”。与其说这是通过韩玄子走后门，不如说是托他与正式权力机构打交道。韩玄子在这里承担的是沟通“干部”与“农民”之间联系的角色。这是韩玄子最重要的社会功能，从而也是其社会地位的支撑。也基于这种联系，韩玄子获得了某些特权。比如他就可以从公社拿到买化肥指标。在自家田里撒化肥的时候，韩玄子心中充满了展示特权地位的快意。

最终，韩玄子对镇街社会具有全方位的影响。公社对于这位文化站长的借重，不仅仅是托付他筹办社火。前一年公社的社会综合治理工作，韩玄子就参与其中。该项工作受到县里表彰后，公社王书记特别恭维韩玄子：“你在这里威信高，比我倒强哩。”他已经介入了村镇权力的运作中。如狗剩等人在驼背巩德胜的杂货店酗酒闹事，巩德胜急忙找到韩玄子，由韩玄子给公社的张武干打招呼，张武干马上出面，狗剩等人很快就受到了惩罚，王才也因此受到打击。“韩玄子对这件事的处理，十分惬意。他虽然并未公开出面，却重重整治了秃子、狗剩这类人。”韩玄子确实可以影响村镇权力的使用，但值得注意的是，无论是生产队还是公社里这类事务，他都“并未公开出面”，而是隐于幕后。因为他明了自己的身份：当然不是普通“乡民”，可也毕竟不是“干部”。他确实很有影响，但这是非正式的权力，是一种社会影响力。

韩玄子在村镇上的地位从村民们对他的称呼得到集中体现：“如今在村中，小一辈的还称他老师，老一代的仍叫他先生。”在镇街上碰面，村民们都喊他“韩先生”。这一称呼，无论是在这改革初兴的时代还是之前，都相当特别，而与社会主义改造运动兴起之前的乡土社会显示出隐而不绝的联系，接续起乡土中国的“乡绅”传统。确然，以文化资本为基础，退休“还乡”之后广泛参与镇街上的事务，沟通着农民与公社的联系，受到双方的尊重，据有较高的社会地位——韩玄子的生活轨迹、社会角色与传统乡绅几乎是一致的。

二 在“韩先生”身后：“地方社会”的延续

是否可以根据社会史的概念，就此界定韩玄子的社会身份近乎传统“乡绅”，当然还可以讨论。不过，正如有评论者意识到的：“韩玄子的典型意义不仅在于他本身，还在于他所连结的根深蒂固、握有实权的社会权势。”[①]人物的社会角色并非由其自身设定，而是与其生存的社会空间联系在一起的。韩玄子的权威在地方社会中生成，并在地方社会中得以展示和体现。若能由韩玄子这一人物形象进而关注到他所置身的地方社会秩序，方才能进一步体味小说丰富的社会内涵。

首先需要辨析的是，小说故事展开的是一个典型的以镇街为中心的“地方社会”场域，而不仅仅是村庄社会。主人公韩玄子生活在镇街上而不是村庄里。他确是东街的村民，但这里同时是公社所在地。韩玄子打交道的不仅仅是村民，他还经常出入公社大院，与公社干部推杯换盏往来密切。“中国基层集镇作为地方性生活共同体的经济、行政和文化行政的空间区域”，这里是“国家与农民的地理中介亦即地方控制的核心”。[②] 正因为生活在镇街上，是“地方社会”的中心，所以韩玄子具有遍及全镇的影响力，其权力空间与传统“乡绅”的身份更为相称。甚至小说中还透露，韩玄子这一地位还隐然有着家世传承的意味：韩

---

① 唐先田：《充满浓郁诗意和改革精神的农村画卷——评贾平凹的三部中篇小说》，《江淮论坛》1984 年第 5 期。

② 王铭铭：《社会人类学与中国研究》，生活·读书·新知三联书店 1997 年版，第 147 页。

家祖上经营着镇街上唯一的挂面坊；州河上“那个新堤，也是韩玄子的父亲经手，方圆十几个村的人联名修的”。韩家世代生活在镇街上，韩玄子父亲组织乡邻修河堤的行为也体现出地方领导者的角色。其在地方社会的角色，似乎并未因20世纪50—70年代的基层社会剧变而改变。循此发现再来细读文本，一个乡土社会空间渐渐浮现出来，这乃是韩玄子现有地位的根本支撑。

其一，源远流长、绵延不绝的民俗文化与活动是韩玄子权威地位的基础和体现，也是地方社会空间韧性延续的重要支撑。小说故事时间设置在“腊月”“正月”是颇富深意的，这是乡土社会一年中民俗活动最为集中的季节。全镇村民们在辞旧迎新之际办社火，拜大年，韩玄子为大女儿出嫁办“送路”宴席，成为小说情节主线。在这里，仿佛看不到20世纪50—70年代社会主义改造运动对于乡村风俗与社会文化曾经带来的巨大冲击。因为民俗处于社会的底层，本身具有超强的稳定性。民俗文化的绵延不绝，使得改革之初的基层乡村接续着乡土中国社会。在这篇小说中，办社火成为一条情节主线。韩玄子对此事可谓不遗余力。这是因为他的社会角色、他的威望与地方民间文化生活密不可分。诸如戏乐、庙会等乡村的各种民间性活动，需要村庄领袖来发起、管理和主持，而韩玄子通过对民俗活动的组织和引导也赢得了个人权威。

其二，家族观念和势力依然在这里延续。韩玄子为女儿出嫁办“送路”酒席，最开始的考虑是只请族人。后来请客范围不断扩大，方才遍及全村。这里也可见族人与村民的分野，家族观念依然在延续。家族对于韩玄子的意义在于，他不仅在家里保持着老家长的权威，而且借家族秩序掌握着生产队里的大小事务。生产队的仓房卖不卖，是否以抽签方式来确定买主，“侄儿队长”都要向韩玄子讨主意。而在“传统”的地方社会中，乡绅即与“家族”紧密结合，家族是乡绅权势的基本支撑，而乡绅的影响力会大大拓展、提升所属家族的地位。在四皓镇，韩玄子的影响力之一就在于他是家族的长老。王才想买仓房，径直来向韩玄子打探，因为他明白韩玄子不但是镇上的头面人物，“队长还是他侄儿”，要靠他拿主意。

其三，这里人们的社会分层观念、等级秩序也更接近于乡土社会，从而维护着韩玄子的地位。然而，在小说中，在四皓镇上，却几乎看不到阶级身份对人们观念的影响。韩玄子之所以瞧不上王才，因而对王才的崛起很是恼怒，是因为王才本来貌不出众，家境贫寒，本是“上不了台面的人”“就这么个不如人的人”。对此，王才本人也是承认的，这也成为他稍显自抑的个性的一个原因。不独如此，村民们也是奉行的这一标准。比如巩德胜讨好韩玄子最有效的方式就是恭维他：

> “你老哥英武一辈子，现在哪家有红白喜事，还不是请了你坐上席？正人毕竟是正人；什么社会，什么世道，是龙的还是在天上，是虫的还得在地上！”这话又投在韩玄子的心上……

强调原有社会分层标准的延续性，让韩玄子大感宽慰。在这一以所谓“正人”为取向的等级秩序中，乡绅是居于中心地位的。

基于印象式阅读，评论者大都认定韩玄子是旧秩序的维护者，是一个逆时代潮流的旧人物。然而，韩玄子与改革“新时代”有着更为复杂的关系。因为，上述乡土社会形态不但悄然延续，而且在 20 世纪 80 年代甚至还表现出了复苏乃至于复兴的迹象。作为这篇“改革小说”的时代背景，最重大的改革举措是联产承包责任制的推行。“现在，又是一个冬天，商字山未老，镇前河不涸，但社会发生了变迁，生产形式由集体化改为个体责任承包，他欢呼过这种改革，也为这种改革担忧过。”一方面，家庭重新明确地成为生活和生产单位，某种意义上小农经济形态的“恢复”，正是原有地方社会的基础。另一方面，则是正式国家权力的收缩，小说对此也有表现，只是批评者多未曾留意而已。如韩玄子对巩德胜发牢骚时感叹：

> “现在你看看，谁能管了谁？老子管不了儿女，队长管不了社员，地一到户，经济独立，各自为政，公社那么大一个大院里，书记干部六七人，也只是能抓个计划生育呀！”

随着国家权力收缩，自近代以来由民族国家建设所推动的权力不断下沉、深入村庄社会的大势稍歇，更由社会主义改造运动之后建立起来的直接对接农户的管理体制开始松动、后撤，重新释放出一定的社会空间，乡土社会的权威与秩序遂由隐而显，甚而“复苏”。这即是作为地方权威的韩玄子得以存在的现实原因。

——在韩玄子的背后，隐藏着这里的地方社会空间虽经巨变、依旧绵延、终于复苏的历史。这一人物形象不是一个偶然的存在，也并非“封建时代”的孑遗，他的存在有着深广的历史与现实依据。并不能简单地说韩玄子是旧秩序的维护者，或者新时代的反对者。韩玄子不是前一个时期“大锅饭”政策的维护者，却是更为传统的、似乎已经瓦解的乡土社会秩序的体现者。贴近小说可见，新的改革时代对于韩玄子具有双重意义，他的欢呼是真诚的，他的忧虑也是真实的。由乡绅主导的地方社会“旧秩序”似乎迎来了复苏，同时却又在蜕变。这已经不仅仅是改革与保守、传统与现代之间的纠葛，而只有置于“社会空间”视野才能充分揭示这一曲“改革颂歌”内部的冲突与张力。后文将就此进一步展开论述。

三 “面子”与“影响”：地方社会权威的竞争

如果说透过韩玄子的社会角色隐约可见其背后乡土社会空间的延续，那么他与王才的矛盾与竞争，则使得这一地方社会空间相当鲜活地呈现出来，且在改革年代表现出新的活力和生机。

正如有批评家所言，“这部作品使人不易理解、却又是最深刻的地方，正在于韩玄子与王才的冲突了。”[①]探究二人的冲突，是吸引诸多批评家解读这部小说的兴趣所在。两人似乎没有直接利益冲突，他们的矛盾似乎没有缘由。而在认识了小说故事得以发生的地方社会空间之后，对于两人冲突的缘由与方式可以有更为准确、深入的认识。韩玄子居于“干部”与“农民”之间，实际具有了近乎乡绅的地位，履行着乡绅的职能，“这种绅士必然是要在本地要保持社区的稳定，要尽量减少阶层的流动，要设法阻止和压抑任何绅士的代兴；对于整个局势也必然是要维护传统憎厌革新的”。[②] 这正是韩玄子压制王才的根本原因，甚至于他本人对此都没有明确的意识，却近乎本能地作出了反应。深入小说所展开的社会空间，在两人之间，不仅是宏大叙事的“改革”与“保守”路线之争；也不是含混笼统的所谓“封建”与“现

---

① 雷达：《蜕变与新潮》，中国文联出版公司 1987 年版，第 83 页。

② 史靖：《绅权的本质》，收吴晗、费孝通等《皇权与绅权》，天津人民出版社 1988 年版，第 134 页。

代”行为、观念的冲突，而是具体地表现为关乎“面子”的一系列竞争，背后是对镇街社会“影响力”的争夺。

开始是在家庭争吵中老伴提及了王才，韩玄子动怒：“大大小小整天在家里提王才，和我赌气，”强调自己的心理优势，“他就是成了富家，地主，家有万贯，我眼里也看他不起哩！”他到镇街上，又处处感觉到王才的影响，更是恼火。“王才，那算是个什么角色呢？韩玄子一向是不把他放在眼里的。”王才曾经是他的学生，又瘦又小，家里很穷，本是个“不如人的人”。然而，“土地承包以后，居然爆发了！”而且，“王才的影响越来越大，几乎成了这个镇上的头号新闻人物！人人都在提说他，又几乎时时在威胁着、抗争着他韩家的影响，他就心里愤愤不平”。王才财富的“爆发”带来了社会影响的扩大，“威胁着、抗争着他韩家的影响”，这是韩玄子愤愤不平的深层原因——他动摇了韩玄子现在拥有的社会地位，在这镇街上所据有的“绅权”。正如韩玄子在家庭会议上坦言，他可以接受王才财富的增加，“他发了，那是他该发的”，“我也不是说他有钱咱眼红他”；矛盾在于“可没想到他一下子倒成了人物了！”王才可以有钱，但是不能成为“人物”，即社会地位和影响不能上升，否则就影响到了韩玄子的地位：“这些人成了气候，像咱这样的人家倒不如他了?!”研究者大都谈到，韩玄子和王才两人本来毫无利害，没有宿怨，但是德高望重的韩玄子，却总是处处把王才作为他的“重点打击对象”，这似乎是不可理喻的矛盾。只有在“社会空间”视野中才能发现，两人的矛盾来自镇街上权力空间的冲突。

王才虽然在韩玄子面前很是谦抑，但是他以个人财富为基础，已经于无形之中改变着镇街上的社会空间。他办的食品加工厂，吸收了几个村人入伙劳动，这几个人转向了王才。于是韩玄子借着他们在杂货店打架的事儿，由张武干出面处罚他们，打击了王才。听说王才出钱公映电影，韩玄子就指使巩德胜出面包了更有吸引力的新片《少林寺》，直接争夺人气。正月里则拦阻镇街上的狮子队去王才家喝彩，王才于是从远处请来了另一家狮子队，表演更加精彩。评论者常常以此批评韩玄子的狭隘固执，却不明就里。若能留意王才自愿赞助社火表演却为韩玄子拒绝这一情节，或更容易认识两人之间的关系。年后面临全县的社火比赛，四皓镇经费不足，王才愿意向公社捐出40元。作为社火的组织者，韩玄子正为经费发愁，但还是不愿意直接接受王才的资助，而建议公社采取了变通的办法：把一批废旧木料作价卖给王才。王书记不禁为之叫绝。这也确是小说高妙的一笔，写活了人物，也写出了地方社会的微妙与丰富。如前所述，诸如民俗等地方社会的公共活动，也是生成与展示地方权威的重要场域。韩玄子不愿意让王才成为赞助者，本意乃是拒绝王才进入镇街上的公共生活，进入唯有韩玄子可以主导的场域，一个由地方社会领袖所据有的空间。

两人竞争的最后一个回合是韩玄子为女儿出嫁"送路"置办的喜宴。本来喜宴准备规模不大，但是由于王才崛起的刺激，改变了韩玄子的计划："他王才能发了家，咱韩家更要争气把家搞好！后天给叶子'送路'，这也是耍人的机会，咱要鼓足劲儿，只能办好，不能办坏，要在外面把咱的脸面撑起来。"不料另一个因素最终打乱了韩玄子的苦心准备，县委的马书记正月十五这天去王才家拜年了。这让韩玄子难堪极了。马书记表达的是对王才这类个体户和专业户的支持，明确显示了政治方向的调整，从抓"路线"转而抓经济。这一姿态强有力地改变了这里的社会空间。狗剩立马在镇上张扬马书记以更上一级政治权威的身份对于王才的支持，不但吸引出席韩家宴席的村民转而跑到王才家里，也让与韩玄子交好的公社干部颇为失落。马书记走后，公社的王书记和张武干赶到韩家，与韩玄子沉闷地喝着哑酒。

在改革文学大潮中，这被视为新旧交替过程中，“改革”战胜“保守”的一幕场景，得到批评家的欢呼。随着韩玄子的失意，他大约是这里的最后一个“乡绅”。然而，这并不意味着在这个镇街上“绅权”形态的终结。其时的批评家从小说中看到的是改革派对保守派的大获全胜，然而进入地方社会的内部来看，韩玄子与王才二人的竞争结局，主要是新兴的经济能人对于传统文化精英的替代，这是乡村领导者阶层变迁过程中的重要调整。但是这里的社会结构与地方秩序并没有根本改变，比如村民们摇摆于韩玄子和王才之间，依然需要仰望或者依附于地方精英；公社干部和县委领导虽然支持对象不同，但都很重视与地方精英的沟通，或以此辅助地方治理，或以此传达政策导向。从另一方面讲，韩玄子与王才的冲突，以及干部与农民们围绕二人冲突的反应，使得这里的社会关系得以充分展现，可触可感，形象生动地显示了地方社会秩序的存在与新变。二人的竞争既是叙事推进的动力，也是社会空间活力的体现，精英的自然更替显示了这一空间的生机。相比就韩玄子与王才争斗故事的表面来证实改革步伐的不可阻挡，这才是改革年代所带来的社会变革更为深层的体现。

四　“环境”之外是“社会”

总之，不独《腊月·正月》，新时期诸多文学作品如《古船》（张炜）、《二程故里》（阎连科）等都展现了在20世纪中叶空前规模的社会改造运动之后的乡村，其实依然有“乡绅”这一类传统阶层人物的影子。只是他们却成了熟悉的陌生人。评论者对于作品中此类人物形象的隔膜——宁可蹩脚地借用“农村贵族”等来指称韩玄子，却遗忘了并不遥远的“乡绅”阶层；既感受到此类人物形象的“真实”与丰富，却否认其当代性——生动地显示了20世纪以革命为载体，现代性与现代国家携手对于乡土社会的强势进入与深刻改变。如果说当代文学世界中“乡绅”的消失，是以叙事建构的方式对于现代民族国家改造乡土社会这一历史进程的配合；那么批评家对于散落在城乡社会角落里此类人物形象的陌生，则显示了现代性逻辑的强大力量，它不但主导历史叙述，更型塑着人们看取历史、解读文本的视野。①

作家已经打开了新的文学世界，召唤着批评家亟须反思既有的认知思维。对韩玄子身份的模糊与隔膜，既与一些批评理念有关，更源于批评思维背后的现代性逻辑。细读文本，贴近作家的创作意图、辨析既有的批评理路，自觉的反思最终指向对当代社会科学“空间转向”大潮的呼应，即不但要更新批评理念、借鉴社会史的研究视野，更需要建立文学批评的空间维度，促进文学批评的“空间转向”。本文尝试将对既有批评理路的反思、对新的空间思维的认识析为“环境与社会”“国家与地方”“时间与空间”三个层面加以对比、申述。

对韩玄子身份认知的困难，首先囿于批评概念本身的束缚。

批评家大都赞许《腊月·正月》的清新文笔，肯定其展开了一组“风俗画卷”，呈现了商州的“地域文化”。然而，这些概括还停留在“环境描写”的意义上，对作家笔法的关注与赞赏常常只指向山川风物、民风民俗描写的生动细致，而忽视了在其中所渗透的浓郁的社会历史性，乃至“环境描写”所具有的社会本体论意义。事实上，作家本就不是在灵山秀水或者奇山异水的意义上呈现故乡，甚至也没有止步于塑造地域文化。贾平凹曾自述

① 参见拙作《宗族村落与民族国家：重读〈白鹿原〉》，《文学评论》2009年第6期。

其创作“商州系列作品”的路径:“我想着眼于考察和研究这里的地理、风情、历史、习俗,从民族学和民俗学方面入手。”[1]具体而言,“我在商州每到一地,一是翻阅县志,二是观看戏曲演出,三是收集民间歌谣和传说故事,四是寻吃当地小吃,五是找机会参加一些红白喜事活动。这一切都渗透着当地的文化啊!”[2]就作家的关注和用心而言,已经超出了自然环境、历史地理乃至地域文化的范畴。通过本文对《腊月·正月》的重读,尤其是揭示韩玄子与四皓镇街“环境”的内在联系,作家的用心及其背后的深意豁然。在这方村镇,自然地理与社会历史、风俗民情、传统文化已经融为一体难分彼此,构成人物得以存在的“地方社会空间”。——本文前述部分主要在社会史研究意义使用这一概念,下文将努力申述当代社会科学“空间转向”理论热潮可以赋予这一概念的新的内涵。

就字面而言,“空间”概念包容更广,更具综合性和整体感,更贴近叙事文本的全息性特征。其实批评家对于《腊月·正月》整体上的“空间”效果早有体会。如有人赞赏:“作家对于四皓镇周围的山水风习的描绘点染,是那样的古朴,是那样的宁静,和外界又那样的隔离,这就造成一种浓郁的气氛,似乎在这种气氛中只有韩玄子才能生活得自由愉快、得心应手,他的威望也似乎是永恒的,而王才在这种气氛中则不宜兴盛起来。”[3]所谓“气氛”是批评家对于一种整体性空间的感觉,不仅仅包含着自然环境描写,也不仅仅是风俗画的描绘能够达到的,而是自然山水、历史文化、民俗风情与现实的社会关系等融为一体的“空间”。

---

① 贾平凹:《〈腊月·正月〉后记》,《腊月·正月》,北京十月文艺出版社 1985 年版,第 423 页。

② 贾平凹:《答〈文学家〉编辑部问》,收《访谈——贾平凹文论集》,第 6 页。

③ 唐先田:《充满浓郁诗意和改革精神的农村画卷——评贾平凹的三部中篇小说》,《江淮论坛》1984 年第 5 期。

“空间”不仅仅包容更广、更为综合和立体；更重要的是，较之风俗画或地域文化等概念，当代空间理论所凸显的社会本体论意义。在传统地理学中，空间是先于甚至独立于社会而存在的客观自然，社会不过是给定的自然地理背景中的存在。而在当代空间理论看来，空间不是单纯的社会关系演变的舞台，反之它是在历史发展中生产出来，又随历史的演变而重新结构和转化。① 列斐伏尔明确指出，“空间其实是一个社会产物”。② “社会形成和创造了空间，但又受制于空间，空间反过来型塑着社会构型，人们之间的等级、政治、经济、种族、性别关系在空间中体现出来”。③ 由此回望《腊月·正月》中的“风俗画”，或有新的认识。时至岁末年初辞旧迎新之际，节日民俗格外集中，贯穿小说始终，诸如全镇办社火、拜大年、韩玄子家办送路酒宴，都不仅是一幅幅民俗场景，而构成了镇街上的社会场域。小镇上错综复杂的社会关系就生成并体现在这些民俗活动中，而且随着节庆活动悄然变化、重组、更迭。韩玄子与王才两个人的矛盾、竞争体现于民俗活动，并在其中发展、加剧、转折；镇街上无人能够置身其外，围绕两人的矛盾村民们之间的关系也在分化组合。社火、拜年、送路酒不仅仅是相传已久的风俗或地域文化，而就是现实的社会场域，它们构成小说情节，聚集矛盾冲突，体现着社会变化，塑造着人物形象。各种社会关系铭刻在空间中，空间中也在生成新的社会关系。

更重要的意义在于，空间理论建立在对传统的主客观二元对立论的超越之上，它凸显出存在的空间维度，揭示人与社会空间不可分割的内在关系。而无论是风俗画，还是“地域文化”，都

---

① 陆扬：《空间转向中的文学批评》，《吉林大学学报》2009 年第 5 期。

② ［法］列斐伏尔：《空间政治学的反思》，陈志梧译，收包亚明主编《现代性与空间的生产》，上海教育出版社 2003 年版，第 62 页。

③ 潘可礼：《社会空间论》，中央编译出版社 2013 年版，第 228 页。

是基于环境与人物二分的理念，无论这种论述多么充分，人物不过是被放置在这个“外部环境”中，从而对于人物或者环境的分析都难以避免相互割裂。由此，一方面无从深入揭示社会矛盾中人的因素，比如，关于韩玄子与王才的冲突，评论者常将其归因于韩玄子作为一个老年人的固执、保守性格，或者是他对于王才的“嫉妒”心理，并将嫉妒心理归纳为国民性缺陷来批判，以此来提升小说主题。[①] 这其实是将人物心理表现本身归结为矛盾的原因和故事发展的动力。另一方面，也不能充分揭示人物存在的社会性。既有批评对于韩玄子这一人物形象认知的模糊，原因就在于局限于这一人物本身，而没有充分认识他与“地方社会空间”之间互动生成关系，并在人物与社会的相互关系中阐释小说的情节进展与矛盾冲突。倘能打开空间视野，即可认识到，韩玄子的社会地位、身份和角色植根于这里的社会空间，其权威由社会空间中生成，其内心的波动，性格的变化也与社会空间的变化息息相关。反过来，韩玄子的存在也是这一地方社会秩序运转的重要因素，所以韩玄子的心底波澜才具有深广的社会历史内涵。这一人物形象之所以生动，不仅仅因为小说以出色文笔描绘了这里的自然环境与地域文化，更在于将主人公与他所得以生存的社会空间整体性地呈现出来。

五　国家之下有“地方”

《腊月·正月》对社会空间的展现，又是与商字山下这块具体的“地方”联系在一起的。或者说，因为叙事者立足于商字山下的这个镇街、立足于这一地方社会展开故事，才得以将环境描

① 苏奎：《改革文学标签的误用——重读贾平凹的〈腊月·正月〉》，《创作与评论》2014年8月号(下半月刊)。

写推进到“社会空间”，在塑造了韩玄子这一人物形象的背后，展现了地方社会空间的延续。相对于观念史的研究结论而言，这一叙事其实隐含着对国家与地方社会关系的改写。这无论对于贾平凹本人的创作道路还是对当代文学史而言，都具有尚未被揭示的重要意义。

文学史家注意到，“中国大陆当代，尤其是‘文革’期间的小说，地域、风俗的特征趋于模糊、褪色”，并认为这主要是由于阶级观念和政治意识对文学观念的制约。[①] 其实根源于现代国家主导的话语对于地方社会的覆盖与遮蔽。按照“国家政权建设”理论对于中国社会现代化进程的解释，自晚清以来，由于近代国家强化自身权力、向基层吸取资源，使基层秩序发生了一个前所未有的变化，尤其是乡绅阶层受到巨大冲击，这破坏了传统上以地方精英为中心的社会整合秩序。特别是在 20 世纪中叶，经过大规模的社会主义改造运动以后，“消灭了社区领袖和民间精英层，把一切资源和权力集中于国家机器”。[②] 这一过程不仅宣告了乡绅社会的覆灭，而且在话语层面确立了以国家为取向的单一视角，“基层社会是需要被改造的被动客体”，“基层社会秩序只是一个被改造、被控制的对象，从而失去了自己的主体”。[③] 对于文学叙事而言，抽空了地方社会内涵的地域文化，只具有自然地理上的差异，这样的“地方”主要是作为国家行政区划下的不同地域而已，“地域、风俗的特征趋于模糊、褪色”实属自然。

因而，《腊月・正月》中所谓“风俗画”的重现，实为“地方社会空间”的延续，包含着在 1983 年后的几年间贾平凹重回商州之旅的重要发现。商州是作家的故乡，他对此不可谓不熟悉：

---

① 洪子诚：《中国当代文学史(修订版)》，北京大学出版社 2007 年版，第 281 页。

② 沈延生：《村政的兴衰与重建》，《战略与管理》1998 年第 6 期。

③ 刘金志、申端锋：《乡村政治研究评述——回顾与前瞻》，《开放时代》2009 年第 10 期。

“我早年学习文学创作，几乎就是记录我儿时的生活，所以我正经第一本短篇小说集就取名《山地笔记》。确切地说，我一直在写我的商州。”[1]然而，1983 年这次回乡之所以后来显现出重大意义，所谓从“无意识地写商州”到“有意识地写商州”[2]的转折，不仅仅是因为作家比原来更广泛地了解了商州七县百余个乡镇更多的情况，积累了更多的材料，关键在于作家的“意识”发生了变化，看待故乡的眼光和立场逐渐发生了变化，从而作家对商州乃至于对自己都有了新的认识。他一方面风餐露宿，具体地搜集和记录着这里社会空间的知识和信息，另一方面，也在时时思考着作为一个整体的“商州”是什么：

> 商州固然是贫困的，但随着时代的前进，社会的推移，它也和全国别的地方一样，进行着它的变革。难能可贵的是，它的变革又不同于别的地方，而浓厚地带着它本身的特点和色彩。我便产生了这么一个妄想：以商州作为一个点，详细地考察它，研究它，而得出中国农村的历史演进和社会变迁以及这个大千世界里的人的生活、情绪、心理结构变化的轨迹。[3]

他一方面仍然在宏大的“中国农村的历史演进和社会变迁”视野下看商州；另一方面，“以商州作为一个点”，也意味着将“商州”与“中国”、与“别的地方”做相对的区分，以其为考察的主体。从而既“考察它，研究它”，深入地、综合地研究这里的“地理、风情、历史、习俗”，由此发现了商州作为一个地方社会共同体的存

---

① 贾平凹：《答〈文学家〉编辑部问》，收《访谈——贾平凹文论集》，第 1 页。
② 贾平凹：《答〈文学家〉编辑部问》，收《访谈——贾平凹文论集》，第 1—3 页。
③ 贾平凹：《〈腊月·正月〉后记》，《腊月·正月》，北京十月文艺出版社 1985 年版，第 422—423 页。

在："它具有本身的特点和色彩"；同时，作家也开始立足于商州反观其他地方，并将其放回整个中国中来打量："将这一切变化放入整个中国农村的大变化中加以比较、分析，深究出其独特处、微妙处，这就为我提供了写出《商州初录》之后的一系列中篇小说的创作素材"。[①] 在这样的审视、考察、比较和分析中，作家悄然建立了"国家—商州(社会)"的双向视野——相对于现代国家，商州也确认着自己作为"地方"的主体性。"商州"由此不仅仅是作为作家创作的素材库与背景墙而存在，贾平凹不仅仅在这里寻找图解国家政策的材料，更逐渐意识到地方叙事本身的价值与意义。从而，"商州"不但是写作的对象，也成为写作的主体。

关于 1983 年这次返乡，多有批评家称之为"发现商州"，只是对于"发现"的内涵语焉不详；而作家则自述为是"寻找商州"[②]之旅。其实，作为自然地理的"商州"一直存在，作为行政区划的"商州"历史沿革清晰可追。所谓"发现"，所谓"寻找"，不仅仅是积累的现实素材量的增多，更因为作家内在世界发生的变化：作家的地方意识逐渐萌发，体认到地方社会的主体性，发现了一个作为地方社会的商州的存在，逐渐开始立足于"地方"的创作。

对于作家这一内在的变化，即由现代国家政治主导的宏大视野转而立足于地方社会内部，既有评论尚未充分认识。然而，对此作家本人其实深有感觉并且想尽力表达。对于《小月前本》《鸡窝洼人家》《腊月·正月》这一组被批评家归结为"改革文学"的作品，贾平凹自陈："这一组，我的目的并不在要解释农村经济改革是正确还是失败，政策是好是坏，艺术作品不是作为解释的，它是一种创造。所以，这一组小说的内容全不在具体生产上

① 贾平凹：《答〈文学家〉编辑部问》，收《访谈——贾平凹文论集》，第 5 页。
② 贾平凹：《寻找商州》，《收获》2008 年第 1 期。

用力，尽在家庭，道德，观念上纠缠，以统一在三录(即商州三录)的竖的和横的体系里。”[①]然而，这一组小说仍然主要被纳入“改革文学”之列进行阐释，尽管也有研究者对小说的“改革”内涵提出质疑。[②] 这是因为评论者对于作家着意强调的与“商州三录”“统一的体系”缺乏认识。这个统一的体系，也即商州系列作品内在的追求，其实指向对于一个作为地方社会的商州的发现与建构。随着《腊月·正月》进入商字山下这个镇街社会内部，可以发现小说讲述了一个在改革大潮下，地方社会权威发生更迭的故事。权威阶层的构成要素开始变化，新一代的经济能人替代了老一代的文化权威，成为地方社会新的焦点人物。在这一更迭过程中，可以感知地方社会秩序的韧性延续与复苏，无穷的变化和活力正在其中。相比简单地以韩玄子的失意、王才的崛起来证实当时改革大潮的浩然之势，拓展视野，证之以改革开放以来整个中国社会历史进程，“地方社会”的复苏与活跃，无疑更接近这场历史巨变的核心，小说的“现实主义”力量由此更为强大而持久。——相比局限于以其时政策为取向的阐释，在国家与地方社会的双向视野中对于小说的品读无疑更加丰富而悠远。

六　“时间”之外有“空间”

韩玄子这一“乡绅”人物形象不但与现代国家叙事冲突，还与现代性逻辑矛盾。现代性主要体现为线性进化的时间观念，批评家惯用的“传统—现代”这一框架即奠基于此。在社会进化

① 贾平凹：《我的追求——在中篇近作讨论会上的说明》，《关于小说——贾平凹文论集》，生活·读书·新知三联书店2015年版，第24页。

② 苏奎：《改革文学标签的误用——重读贾平凹的〈腊月·正月〉》，《创作与评论》2014年8月号(下半月刊)。

的轴线上，乡绅阶层人物与其依存的乡土社会形态属于旧的、传统的、封建保守的社会阶段，必然也已经为现代社会进程所淘汰。因而，评论者一方面赞赏韩玄子这一人物形象富有魅力，另一方面却又对其社会身份很隔膜；一方面赞许他的真实、生动，另一方面却急忙定义其为一个落后的、过时的人物，只是封建社会一个残余而已。这里隐含的一个问题是：韩玄子这样一个属于旧社会的旧人物何以跨越“现代”尤其是革命时期而存在，从而生活在80年代新时期？

从小说中可见，民国时期韩玄子在县中学读书，打下了文墨功底。20世纪50年代到70年代在“外地”（县城）安稳地做着中学教师，直至退休返乡，现在成为镇街上的“头面人物”。他的历史似乎是清晰的，却隐含一段空白：这个“封建遗老”式的旧人物似乎从未面对“现代”或者“革命”的冲击。这一空白并不仅仅是出于简洁叙事的追求，更隐含着小说时间设置的策略。小说在时间设置上隐藏着跳跃：“现代”尤其是革命时期在这里似乎是缺席的。由此，由80年代改革大潮催生的个体户王才直接与“封建遗老”韩玄子碰撞了。而其间社会主义革命时期在这里仿佛没有多少痕迹。然而读者似乎并没有觉察到历史阶段的跳跃。诚如有评论者的感受：“生活给韩玄子提供了这样一种现实的活动舞台，在商山脚下这个小小的自然村落中，弥漫着一种古老的情调……巧妙地暗示着一种历史悠久的文化传统，以至于我们留恋其中，常常忘记了沧桑演变”。[①] 所谓“一种古老的情调”，主要来自对地方社会空间的呈现。如前所述，这里的村民生活节奏遵循民俗时间，家族力量依然存在，社会分层完全看不到阶级年代的影响，由此保持了以韩玄子为中心的地方社会秩

① 蔡翔：《行为冲突与观念的演变——读贾平凹的〈腊月·正月〉》，《读书》1985年第3期。

序。主要由革命驱动的前一个时代在“社会空间”似乎没有留下多少痕迹和遗产，除了已经被改革的大锅饭政策、依然叫“公社”的乡镇机构，和被砸毁的四皓庙。“这闭塞的天地似乎是不变的，过去重大的政治斗争掀起的波澜也很快被传统的生活方式所平息”，[①]不由得读者在其间“常常忘记了沧桑演变”。——小说以社会空间的延续掩盖了“现代”的缺席，或者说超越了现代性逻辑，从而回避了历史进化的意识形态，“旧人物”韩玄子的出场才给人“自然”“真实”的感觉。

因而，对韩玄子这一人物形象的塑造，对其置身的地方社会空间的呈现，其实隐含着对于现代国家与现代性逻辑的双重挑战。而现代国家与现代性逻辑紧密相联，正是评论者对于韩玄子身份认知模糊的深层原因。诚如有政治学者揭示，在中国乡土社会转型过程中，现代国家、现代性与地方性知识是最重要的三种逻辑。相对于村庄社会，国家的进入与现代性的进入往往是一体的，是一个过程的两个方面。“国家对于村庄的政治影响并不是一种单纯的权力进入与结构重塑，并且也不仅限于治理方式的变革，它同时还意味着作为文化意识形态权力的符号转换和现代性的进入。”[②]只是权力与话语的结合却遮蔽了地方社会的主体性与表达。然而，学者通过深入研究尤其是田野调查发现，社会现代化的历程并非表现为国家权力与话语对地方性权威空间的单向进占，而是“表现为一种更为复杂的交切、互渗与博弈，以及由博弈所导致的新的村庄权威与秩序形态”。[③]虽然“现代政治对地方社会的塑造从规模和力度上都是空前的”，看起来已无可争辩地取代了地方传统的位置，然而这只是表面

---

① 刘建军：《贾平凹论》，《文学评论》1985年第3期。
② 吴毅：《村治变迁中的权威与秩序》，中国社会科学出版社2002年版，第372页。
③ 吴毅：《村治变迁中的权威与秩序》，第22页。

现象，“上层政治”“依然与地方社会早已形成的传统行为逻辑密不可分地纠缠在一起，很难清晰地剥离开来”。[①] 一旦立足于地方社会，打开地方社会空间的内部视野，就会发现由国家与现代性主导的叙事的另外一面，一个更丰富的世界。正是在这里，可以窥见《腊月·正月》乃至“商州系列作品”艺术上突破的内因。或者说 1983 年之后的几年间作家多次往返故乡，所谓“发现商州”，其要义究竟何在？——作家重返故乡，立足于地方社会，获得了反观现代政治与现代性逻辑的场域，得以从两者携手建构的叙事模式中突围而出。随着地方意识的萌发、对于地方社会的更多发现并逐渐自觉立足于地方社会空间的写作，以及这种写作所得到的肯定，作家寻找、感知、确认着个人文学世界的时空维度：“商州”不再仅仅是国家版图下的一块行政区域，而是有着自己历史文化的地方社会；相比单一的政治，这里有包容更广的社会空间；相比现代性逻辑指示的直线向前的时间，这里时间形态更为多元，在大历史断裂的地方，作家发现了潜在的连续，在前进的意识形态下，作家发现了复苏与回归。

——正是在这个意义上，贾平凹发现了作为文学世界的商州；从而也发现了自己。因为商州也是作家的故乡，是作家成长的空间，在为商州定位的过程中，作家也逐渐确定了个人的时空位置。也只能在发现并建立文学世界的空间与时间坐标的意义上，作家当年就宣言，商州由此成为“参照”：“我这一辈子不可能目光老盯着商州，老写商州，但不论以后再转移到别的什么地方，转移到别的什么题材，商州永远是在我心中的，它成为审视别的地方、别的题材的参照。”[②]

---

① 杨念群：《“地方性知识”、“地方感”与“跨区域研究”的前景》，《天津社会科学》2004 年第 6 期。

② 贾平凹：《答〈文学家〉编辑部问》，收《访谈——贾平凹文论集》，第 7 页。

七　结语:“发现商州”与文学批评的“空间转向”

作家的创作不是被动地等待着批评家的评判,真正的艺术突破常常带来对批评理念的挑战。评论家往往在发掘素材、深入现实的意义上评价贾平凹这次返乡,也因此主要把“商州”看作其题材库和创作基地,这与作家的“参照”说其实有相当大的距离。这是因为评论家没有深入挖掘作家本人时空间的感觉与变化。相对于作家的突破与超越,批评显示出滞后、脱节,日益暴露出评论者在认识论上的局限,那就是空间维度的缺失。虽然20世纪90年代已有敏锐者提出“时间神话的终结”,[①]但现有批评主要还是在现代性逻辑下展开,传统与现代的二元对立即是最常见框架。现代性的历史就是时间高扬、空间受到贬抑的历史;历史决定论则是现代性逻辑的集中体现,也正是“空间贬值的根源”。[②] 然而,随着社会科学“空间转向”理论大潮影响日盛,正在改变这一局面。它强调社会存在的空间性,不是对于“传统与现代”话语的简单反思,而是在时间维度之外,凸显存在的空间维度,以建立时间—空间—社会存在的三元本体论。[③]“空间转向”正在改变文艺理论、文学批评的现状。

由《腊月·正月》打开的地方社会,重新进入“商州系列作品”可见,面对故乡商州,贾平凹虽然仍不乏基于传统与现代二元对立式的追问与思考,但空间意识已悄然萌发。20多年后,作家如此总结自己“寻找商州”的最终所得:“随着商州系列作品

① 唐晓渡:《时间神话的终结》,《文艺争鸣》1995年第2期。

② [美]苏贾:《后现代地理学:重申社会理论中的空间》,王文斌译,商务印书馆2004年版,第31页。

③ 潘可礼:《社会空间论》,中央编译出版社2013年版,第210—212页。

产生了影响，我才一步步自觉起来，便长期坚守两块阵地，一是商州，一是西安，从西安的角度看商州，从商州的角度看西安，以这两个角度看中国，而一直写到了现在。”①——“商州”到“西安”再到“中国”，“空间”的差异与转换，才是激发作家至今笔耕不辍的不竭源泉。

只有建立“空间”意识才能把握作家的艺术追求。批评家常以《商州三录》为代表，对作家的“环境”描写赞不绝口，其中的深意或者达到的境界却不如作家自述心曲更为切近：“对于商州的山川地貌、地理风情我是比较注意的，它是构成我的作品的一个很重要的因素……在一部作品里，描绘这一切，并不是一种装饰，一种人为的附加，一种卖弄，它应是直接表现主题的，是渗透、流动于一切事件、一切人物之中的。”②在这一时期，贾平凹正逐渐突破“环境描写”的层次，在《商州初录》的高起点上，进而追求“渗透、流动于一切事件、一切人物之中”的空间呈现。这一空间渗透、流动于一切事件、一切人物之中，是自然地理与社会历史的统一，主观与客观的统一，社会与空间的统一，所以它才“不是一种装饰，一种人为的附加，一种卖弄”，而是直接表现主题的。反过来讲，“渗透在一切事件、一切人物之中”“直接表现主题”的“山川地貌、地理风情”，就是“社会空间”。在作家这一寻求突破的过程中，《腊月·正月》的成功具有重要意义。如前所述，相比评论者单纯就韩玄子的人物形象大发议论，韩与此地的“山川地貌、地理风情”的共生共存才更能体现小说的主题：商州在改革年代的变化。相比简单地以一个退休返乡的老教师的失意、一个个体户的兴起来诠释改革大潮的进展，在二者竞争故事的表面下，地方社会空间的绵延与复苏，变化与重组，无疑

① 贾平凹：《寻找商州》，《收获》2008年第1期。

② 贾平凹：《答〈文学家〉编辑部问》，收《访谈——贾平凹文论集》，第6页。

更接近这一仍在进行中的改革时代的核心，由此也可以阐释这篇小说能够跨越“改革文学”浪潮而具有更为持久的魅力之所在。

从社会空间的发现与建构的视角，才可以对作家的创作道路有更深层的理解。评论者一般认为贾平凹前期作品偏于主观抒情，时代性模糊，社会性不强，因此大都肯定作家此次深入商州以后加强了创作的现实性、社会性。事实上，这一变化具体就表现在从环境描写到社会空间的提升，从而呈现了社会存在的空间性与空间的社会性。所谓作家发现了社会，源于发现了相应的空间——作为地方社会的商州。始于《商州初录》，终于《浮躁》告一段落，贾平凹的“商州系列作品”文体各异，长短不一，连通起来可以具体看到对于作为地方社会空间的“商州”的不断发现与建构。而《腊月·正月》在这一过程中具有特别的意义。如果说《商州初录》还给人“环境与人物相互剥离”，“缺乏现实生活内容”[①]的感觉，比如有研究者认为其价值还在于历史地理的踏勘，[②]那么到了《腊月·正月》这篇小说，不但如诸多评论者所言增强了现实性和时代感，更内在的突破在于，它立足于商字山下这片土地，发现了地方社会的绵延存在，从而直面现代政治和现代性逻辑，有突破、有回避、有调整，打通了自然与人事、历史与现实、传统与当代，以相对圆融一体的艺术创造使得商州世界初显。其后，对于20世纪50—70年代的历史，贾平凹并没有一再回避，如《商州又录》即有意记录“文革”时期的各地轶事；《浮躁》进而直面这一历史时期创作出更为阔大雄浑的作品。比如它直接表现了20世纪50—70年代革命政治主导时期，家族观念和势力在地方社会的实际存在和影响。由此，在地方社会空间中，前现代、革命时代与改革时代缠绕、回旋，改变与冲突浓缩在这

① 吴进：《商州系列作品：贾平凹创作的成熟期》，《延安大学学报》1991年第4期。
② 程光炜：《贾平凹序跋、文谈中的商州》，《文艺研究》2016年第10期。

片土地上，所以才浮躁不已。自“商州三录”惊艳亮相，继之以《腊月·正月》所代表的“改革文学”，然后是“远山野情”系列一路走来，其间还有小长篇《商州》不甚成功的试验，至长篇《浮躁》，作家对于商州的表现终于骨肉丰满，时空贯通。作家至此宣言：“在这里所写到的商州，它已经不是地图上所标志的那一块行政区域划分的商州了，它是我虚构的商州，是我作为一个载体的商州，是我心中的商州。”①

对于这一时期在贾平凹整体创作道路上的意义，也只有加入空间维度才能有更内在的认识。比如，从这一时期的改革颂歌到20年后故乡挽歌（《秦腔》）的变奏，只有立足于地方社会空间才能给予更合理的解释。“商州”不但作为作家创作基地，它还意味着作家由此建立了自己时空坐标，因而才成为此后创作道路的“参照”。

“商州系列作品”也被视为新时期“寻根文学”的重要一支。洪子诚先生认为，当代文学尤其是“文革”时期作品“地域、风俗特征模糊、褪色”，因为这一时期“日常生活，体现‘历史连续性’的民族文化的、人性的因素，自然会被看作是对于阶级意识的削弱而受到排除”。而到了20世纪80年代“寻根文学”大潮兴起，“不少作家认识到，特定地域的民情风俗和人的日常生活，是艺术美感滋生的丰厚土壤，并有可能使对个体命运与对社会、对民族历史的深刻表现融为一体”。② “特定地域的民情风俗和人的日常生活”何以能够解构主导前一时期文学的政治观念与阶级意识，成为体现“历史连续性”的因素？或许可以由本文对贾平凹商州写作内蕴的突破性的揭示得到新的认识。所谓“特定地域的民情风俗和人的日常生活”的结合不妨理解为“地方社会空

---

① 贾平凹：《〈浮躁〉序言一》，收《浮躁》，作家出版社1988年版。
② 洪子诚：《中国当代文学史（修订版）》，第281—282页。

间”，对其的发掘与呈现，内涵着对于由现代国家政治与现代性逻辑主导的叙事模式的突破，由此作家们可能自觉程度不一地获得了个人对时间与空间的感觉。这就是何以加强了解“某一地域的居所、器物、饮食、衣着、言语、交际方式、婚丧节庆礼仪、宗教信仰等”，可以成为作家“拓展创作视境的凭借”；这就是这一时期的批评家何以转而“重视特定时空的日常生活情景的创作，以之作为文学生命力的一个重要条件”。[①] 20 世纪 80 年代中期以后寻根文学大潮稍歇，家族叙事兴起，至今繁盛，包含“乡绅”“族长”等“传统”的社会阶层人物角色的小说独具引力，[②]乃至当下新农村建设中对“乡贤”的召唤，都可以由此视角重新认识或作参考。

推进文学批评的“空间转向”，将更新并深化对当代文学作品和文学史的认识。

（原载《中国现代文学研究丛刊》2019 年第 4 期）

① 洪子诚：《中国当代文学史（修订版）》，第 282 页及页下注。
② 参见拙作《宗族村落与民族国家：重读〈白鹿原〉》，《文学评论》2009 年第 6 期。

“主题原型”与新时期小说创作

王光东

在新时期文学的发展过程中，民间文化一直起着相当重要的作用，它成为不可忽略的内动力和精神资源。充分揭示民间文化的意义，不仅可以从本土文化的角度进一步解释新时期文学的生成和发展过程，而且能够发现文学史叙述中的民间文化与其他各种文化形态之间的联系，使新时期文学与本土经验、记忆、信仰、伦理、历史传统之间建立广泛的精神联系，推动民族的、个性的文学发展和建设。目前，对于这一问题学术界少有关注，而通过原型建起中国民间文学、文化与新时期小说之间的深厚联系，其研究成果更不多见。本文试图通过对中国传统民间故事、传说中的“原型”在新时期小说中的呈现，探求新时期小说中民间文化的意义、民间审美的特点及其文学演变的某些规律。

一　“原型”的概念内涵及本土化理解

从 1980 年代中期开始，已陆续出现了一些用西方的“原型批评”理论阐释中国当代文学的研究成果，在阐释新时期文学作品时，它们相对忽视了作为世俗神话的民间故事、传说在文学原型建构中的意义。在神话相对贫弱，民间故事、传说十分富有的汉语言文化背景下，我们更应从中国的立场出发，把建立在丰富神话谱系基础上的西方“原型理论”与中国经验联系起来。从中国现有神话和传说故事的保存情况来看，民间传说故事比神话丰富得多，仅以神话原型为基础，往往难以说明丰富的中国文学，特别是现当代文学创作与中国文化、文学传统之间的关系，因此，从中国民间故事、传说中发现“原型”在新时期小说中的呈现方式，也许能更深入地说明新时期文学与本土文化的关系，揭示汉语言文学的特点。在展开论题前，首先对“原型”概念的内涵和在汉语言文化背景下如何理解“原型”的几个相关问题作一论述。

“‘原型’的英文是‘archetype’，又译为‘原始模型’或‘民话雏型’。”①原型批评有两个文学之外的渊源：文化人类学和心理分析研究。在弗雷泽影响下的文化人类学家，特别重视从早期宗教现象（包括仪式、神话、图腾崇拜等）入手探索和解释文学的起源、发展。荣格在集体无意识的基础上提出了“原型”概念，“原型”指的是心理中明确的形式的存在。1957 年，加拿大文学批评家诺斯洛普·弗莱出版了《批评的解剖》，标志着原型批评理论的成熟。“弗莱的原型批评理论的核心是‘文学原型’。弗莱在构建其文学理论时对原型进行了移位，把心理学或人类学意义上的原型移到了文学领域，赋予原型以文学的含义。原先的原型是一些零碎的、不完整的文化意象，是投射在意识屏幕上的散乱的印象。这些意象构成信息模式，既不十分模糊，又不完全统一，但对显示文化构成却至关重要，现在经过弗莱的移位，原型成了文学意象，一个原型就是‘一个象征，通常是一个意象，它常常在文学中出现，并可被辨认出作为一个人的整个文学经验的一个组成部分。’”②弗莱的“原型理论”被归纳为如下四个

① 叶舒宪选编：《神话——原型批评》，陕西师范大学出版社 1987 年版，第 14 页。
② 朱立元主编：《当代西方文艺理论》，华东师范大学出版社 2005 年版，第 171 页。

方面:“第一,原型是文学中可以独立交际的单位。就像语言中的交际单位——词一样。第二,原型可以是意象、象征、主题、人物,也可以是结构单位,只要它们在不同的作品中反复出现,具有约定性的语义联想。第三,原型体现着文学传统的力量,它们把孤立的作品相互联结起来,使文学成为一种社会交际的特殊形态。第四,原型的根源既是社会心理的,又是历史文化的,它把文学同生活联系起来,成为二者相互作用的媒介。”[①]由此,文学史上无数千变万化的作品就可以通过某些基本的原型串联起来,构成有机的统一体,从中可见文学发展中变与不变的规律。把原型批评的理论和方法运用到新时期小说与中国民间文化研究中,其目的是进一步深入分析当代文学与民间文化的关系,那么,在中国民间文化、文学的范围内,怎样理解“原型”问题呢?

钟敬文曾说:“中国,是一个‘传说之国’……她也是极丰饶于民间传说的。有些学者说,中国是神话很缺少的国度,和这相反,她于传说却是异常的富有。中国是否为世界上于神话最贫弱之国,这还是一个有待商量的问题,但她于传说方面的富有,却是不容争辩的事实。”[②]那么,神话和故事、传说之间有哪些区别呢?周作人曾认为:“神话与传说形式相同,但神话中所讲者是神的事情,传说是人的事情;其性质一是宗教的,一是历史的。传说与故事亦相同,但传说中所讲的是半神的英雄,故事中所讲的是世间的名人;其性质一是历史的,一是传记的。”[③]依据周作人对故事、传说的理解,这样表述民间故事传说的定义似乎更为确切:“它是老百姓用口头语言描述自己的生活、讲述自己的故事、叙述自己的历史、表述自己的愿望的一种文学样式。”[④]当

---

① 叶舒宪选编:《神话——原型批评》,第16—17页。
② 《钟敬文文集·民俗学卷》,安徽教育出版社2002年版,第222页。
③ 周作人:《神话与传说》,原载《自己的园地》,北京晨报社1923年9月。
④ 黄景春:《民间传说》,中国社会科学出版社2006年版,第1页。

然，神话和传说故事也有内在的联系，神话不仅是传说故事的源头之一，而且都具有超现实性、奇幻色彩和“泛灵论”的认识世界的特点，称民间传说故事为世俗的神话的原因就在于此。西方的“原型”理论所背倚的是它的神话谱系和传统，在“神话”相对缺乏的中国，难以在神话原型与后来丰富、复杂的文学创作之间建立深厚的历史联系，丰富的民间传说、故事则有可能承担这一功能。当我们以民间传说、故事为“原型”理论批评的文学资源时，还应特别重视民间文学研究中的两个概念：类型和母题。民间传说、故事（含其他样式的口头文学）作为世俗的神话，有一个最明显的特征，“就是由不同人口中讲出的故事，它们的情节结构常常大同小异。甚至远隔千山万水的人，所讲的故事也惊人的相似……‘类型’是就其相互类同或近似而又定型化的主干情节而言，至于那些在枝叶、细节和语言上有所差异的不同文本则称之为‘异文’……‘母题’在文学研究各个领域的含义不尽一致，就民间叙事作品而言，它通常被认为是一种情节要素，或是难以再分割的最小叙事单元，由鲜明独特的人物行为或事件来体现。它可以反复出现在许多作品中，有很强的稳定性；这种稳定性来自它不同寻常的特征、深厚的内涵以及它所具有的组织连接故事的功能”。[①] 对这种世俗神话中的“原型”进行分析，所要讨论的就是这些民间叙事作品中的类型、母题以及与此相关的主题、人物、结构、想象等内容，在人们文化心理形成过程中所产生的意义以及在文人文学作品中的“置换变形”及其价值。因此，我们借弗莱的“文学原型”理论，把民间文化历史中相对稳定的民间故事类型、母题与文学创作心理、叙述方式、主题内涵、结构方式、想象方式等诸多方面联系起来，研究新时期文学中的民

① 刘守华主编：《中国民间故事类型研究》，华中师范大学出版社2005年版，第2页。

间文化传统及其民间审美特征。由于篇幅所限，不可能就中国民间传说、故事中的种种“原型”进行讨论，本文仅选取“主题原型”这一问题展开论述。由于中国民间传说、故事的类型繁复，其“主题原型”也较为复杂，在此，仅就与新时期小说创作密切相关的“主题原型”进行深入讨论和分析。本文运用的“主题原型”概念是指在民间故事、传统中反复出现、较为稳定的核心思想，与作为情节单元的“母题”是有区别的。

恩格斯说：“每一个民族的民族性不在于那一个民族秘密的服装与烹调，而在于理解事物的方式。”[①]讨论中国民间传说、故事中的“主题原型”，应重视儒、道、佛等多种文化因素对其思维方式的渗透和影响，正是这种影响使中国民间故事传说中的“主题原型”与西方有所不同。在西方的原型批评中，主题原型有创世主题、永生主题、英雄主题等，在中国的民间故事传说中，主题原型则有报恩主题、忠义主题、善恶相报主题、忠于爱情主题等，并且具有浓郁的伦理道德色彩，呈现出鲜明的中国化特点。这些主题则是在人与自然、仙境、阴间、阳世的相互联系和转换中体现出来的。由此就牵扯到了中国民间文化、文学认识、理解世界的方式问题。以庄子为代表的道家思想和以孔子为代表的儒家思想对民间传说、故事的影响是深刻的。庄子在《大宗师》中说：“夫道，有情有信，无为无形，可传而不可受，可得而不可见，自本有根，未有天地，自古以固存。神鬼神帝，生天生地，在太极之先而不为高，在六极之下而不为深，先天地生而不为久，长于上古而不为老。”这个“道”产生万物，而它本身并不是其他任何东西产生的，它就是它自身产生的终极原因，并且在时间上无始无终，空间上无边无际，存在于天地万物之中，人与道为一，也就

① 转引自王轻鸿：《汉语语境中的原型阐释》，中国社会科学出版社 2005 年版，第 108 页。

与自然界万物之间没了隔膜，而是彼此有着生命联系的统一体，“认出天地万物之一体，而本此一体之观念，努力于自我之扩充，由近而远，由下而上，横则齐家治国平天下，纵则赞化育参天地配天，四通八达，圆之又圆”。[1] 郭沫若认为这是儒家伦理的极致，人的意义是在与自然、社会的联系中体现出来的。显然，在民间故事、传说中，人与自然生命的联系及其对儒家伦理人格的表达都与这一文化传统密切相关，当佛教的轮回转世、善恶报应等观念与这样的文化融为一体时，在民间故事、传说中出现人、鬼、神，阳世、阴间、仙境可以自由转换的空间形式以及重视道德训诫功能也就不足为奇了。同时，我们还应重视中国本土的“道教”信仰对民间传说故事的影响。“中国的道教按照自己的学说，构筑了一个颇为生动完整的神秘幻想世界，它既是人们的信仰，又深刻地影响着各类民间叙事文学的创造和演变。道教以‘道’为最高信仰；道是统摄宇宙万物运动变化的虚无玄妙之物，修炼得道即可长生不死，飞升成仙，并能通达宇宙奥秘，成为无所不能的强者。神仙就是得道者，他们成为神秘幻想世界的中心。就整体而言，这个神秘幻想世界的最高统治者是玉皇大帝及其配偶王母娘娘，其左右有太白星君、天兵天将、日月北斗诸神、风雨雷电诸神等；掌管其他领域的神，幽冥地府有酆都大帝，水里有龙王，山里有山神，地里有城隍、土地、财神及闲游浪荡的八仙；居留千家万户的有门神、灶神等等，还有众多的鬼怪精灵混杂其间。能沟通这个神秘世界与凡俗世界的是道士，道士扮演着半人半神的角色，有的著名道士如张天师，甚至直接受命于玉皇大帝，具有支配人间众多神秘力量的巨大神通。天宫居住着众多的天仙，过着逍遥自在的日子，得道成仙特别是成为天

① 郭沫若：《〈文艺论集〉汇校本》，湖南文艺出版社 1984 年版，第 60 页。

仙，是修道者追求的最高境界。动植物年久即可成为精灵，幻化成人形。这些自然界的精灵如逞凶作恶就会被视为妖魔，受到惩处，道士的主要职责就是对付在人间威胁着普通民众的各种妖魔鬼怪。它们如按道教学说进行修炼，再加上给人们行善造福，也可以在完全化身为人的基础上得道成仙，位列仙班，进入道教设想的最美好境界。'仙道贵生'，在道教神秘幻想中，贯穿着珍爱生命和现实生活，渴望发挥人的潜能以创造奇迹的积极浪漫主义精神。"[①]在这样的文化背景下产生的中国民间故事、传说既具有超现实的幻想又具有强烈的现实性内容。

我们正是在这样的背景下，讨论中国民间传说、故事中的"主题原型"及其独特的表达方式和构成特点，讨论"主题原型"在新时期小说中"置换变形"的当代意义及其美学价值。

二　人与自然关系中的"主题原型"

不同民族的文学受着不同文化传统的影响。今道友信认为："在西洋的思想史上，人一开始就在宇宙中占据着独立的存在，人不是自然的兄弟，而是以自然为舞台的存在。"[②]中国人"天人合一"的观念，使传统文化呈现出与自然和谐共处、融为一体的文化精神。在传统的民间故事、传说中，人和自然、其他生命的关系是不可分离的，彼此共生共存于想象的艺术世界，他们彼此的交往方式有着浓郁的道德化、伦理化色彩，其主题原型往往与忠义仁厚、善恶相报等内容联系起来。在"动物报恩系列传说"和"感恩的动物、负义的人"等故事类型中呈现出的主题原型

① 刘守华：《道教信仰和中国民间叙事文学》，《中国文化研究》1996 年第 2 期。
② 今道友信：《关于爱》，徐培、王洪波译，生活·读书·新知三联书店 1987 年版，第 110 页。

与新时期以来小说创作的联系尤为密切。

钟敬文曾说:“中国古来传说中,有一个‘动物报恩系’,如隋侯救蛇得珠、杨宝救雀子孙四世为三公之类,不胜枚举。”[1]有人对于“动物报恩”的故事列举了两种类型:蜈蚣报恩与人虎情缘。“蜈蚣报恩”型故事的情节结构是:(一)一年轻人(书生)救了一条蜈蚣(或蟾蜍、蛇、青蛙),以后又一直喂养它,带了它上路。(二)途中听一声音叫他的名字,他答应了,别人告诉他:“这是恶蛇(或妖精),半夜里会来吃你的。”(三)他把蜈蚣放走,蜈蚣不肯离去。(四)夜里,恶蛇袭来,蜈蚣与其搏斗,杀死恶蛇,蜈蚣也中毒死去。与此类似的文本在浙江、四川、广西、山东等地都有流传。“义虎情缘”型故事的情节结构是:(一)受困获救。虎遇到困难,1. 刺卡住喉咙或钉入脚掌,2. 卡在树杈之间,3. 难产,4. 掉入陷阱或猎人的其他机关,得人帮助,困难解除。(二)恩人的厄运,1. 被诬陷,2. 负难度日,3. 无人赡养,4. 没有妻子。(三)出山报恩。这两种故事类型的情节单元有所不同,但所表达的思想却非常接近,即人与动物相互依存、和谐共处。但对于“感恩的动物”来说,却常常遭遇忘恩的人,因此,在民间故事、传说中还有一种类型是“感恩的动物、负义的人”,在这一类故事类型中往往是人救了动物—动物感恩—人心贪婪,负义索取—遭受惩罚。在这些民间故事、传说中,人的世界和自然的动物世界是相联系的,表达着彼此关爱、同舟共济的美好情感。除此之外,在民间还有人与动、植物幻化的精灵成婚,共同克服困难、幸福生活的故事、传说。民间故事、传说中的这些类型在中国数千年的发展过程中,虽然部分母题(或者说情节单元)发生置换,但其基本主题却没有太大变化。那么,在新

---

① 转引自刘守华主编:《中国民间故事类型研究》,第122页。

时期以来的小说中，这种主题原型是怎样被呈现出来的？在新时期小说中这种“主题原型”主要有两种呈现形态：（一）像民间故事、传说那样，通过想象使自然中的动、植物幻化为人形，与人共存于生活的世界中，发生着情感联系，构成虚拟的艺术世界。（二）自然世界的人格化或人回归自然的自然化，使人和自然构成亲密、和谐的关系，在此自然世界中的动、植物虽未幻化成人形，但作家却把自己的思想情感融入自然，使自然具有人性的意义，构成人的生命存在的一部分。

在新时期小说中，有许多把自然世界中的动、植物拟人化，让它们幻化为人形，具有人的情感和思想。韩少功《爸爸爸》中的蛇见了女人会动情，贾平凹《废都》中的牛会像人一样思考哲学问题，张炜《刺猬歌》中的动物会变成女人与人生活，等等。在通过这种艺术方式呈现“主题原型”的作家中，张炜最为典型，所以在此拟以张炜的作品为例作一具体分析。张炜的小说与民间文化、文学有着极其深刻的联系。从“主题原型”的角度看，张炜在20世纪80年代中期以后的《三想》《问母亲》《我的老椿树》《梦中苦辩》等作品应特别引起重视，在这几篇作品中，“主题原型”所生发出的意义，都体现在其后出版的《九月寓言》《刺猬歌》等长篇小说中。张炜的这几篇作品所着力表现的都是人与自然之间的关系，《我的老椿树》和《梦中苦辩》的主题原型特征十分明显，它是“感恩的动物”和“感恩的动物、负义的人”等民间传说、故事的变体。《我的老椿树》与“感恩的动物”的故事相比，传说中的“动物”在小说文本中转换为“有灵性”的植物——老椿树。老椿树和那位老人相依为命，老人对老椿树的照顾可谓无微不至，老树化为老翁与老人聊天时说：“我无非是一株草木，能有如此大寿，全仰仗小院主人几辈子的精心照料。”老人却感激老翁的慷慨周济，帮他度过了灾年，给他以生命。在张炜这篇小说中，老椿树与老人之间的关系并不仅仅是感恩，他们还在漫长的日常生活中建立了亲如父子的深厚情谊，就这一点来讲，民间故事中的原型在这里生长出新的意义。这种新意义的生成联系着张炜对当今社会与人、自然与人之间关系的思考。在张炜看来，人不能脱离自然和其他生命而独立存在。当代人对自然和其他生命的肆意摧残必将带来人类自身受到惩罚。因此，在这篇小说中，张炜不仅复活了人与自然及其他生命之间平等的亲情关系，而且以柔情和爱意确立了生命的尊严，以坚韧和无私构筑起生命的辉煌，而对世俗的丑陋给予尖锐的批判。张炜的《梦中苦辩》这篇小说中又出现了“负义的人”的原型，这个原型是“感恩的动物、负义的人”的变体，“感恩的动物”这一母题在这篇小说中不是叙述的重点，他重点叙述的是人怎样“负义”，怎样破坏植物、杀戮动物，人这样“凶狠残酷的对待生活、对待自然，必遭报应，你听说这样一个故事了吧？一个人无法战胜他的仇人，最后就在身上缚满了炸药，紧紧地抓住了仇人，然后拉响了导火索！人类身后此刻就紧紧跟随着这样的一个自然巨人”。[①] 张炜小说中的这段话可以看作是《梦中苦辩》的主题，人对“自然及其他生命的负义”必然带来自己的厄运。张炜在人与自然关系的思考中，所构建的小说世界的“主题原型”在《刺猬歌》中演变得更为复杂，但从整体上来说其情节结构仍然是：人粗暴地对待自然和生命—自然和生命给人以惩罚。这样的“负义”原型，在张炜小说中有着两方面的意义：(1) 在人与自然这一永恒的矛盾中展示了带有哲学意味的命题，呼唤着新的道德、伦理的产生；(2) 由此进入现实，展示当代人的某些所作所为潜在的深重危机，表现出深沉的忧患情思。

① 张炜：《美妙雨夜》，上海文艺出版社 1991 年版，第 418 页。

在新时期以来的小说中，人与自然的关系还有另一种呈现形态，在这些作品中自然界的动、植物虽然没有幻化为人形，以“人”的方式与人发生意义关联，但自然的整体化人格隐喻，使人与自然发生了深切的生命联系。人“与苍天和大地神交成为他日常生活不可或缺的一部分”。[①] 自然界中勃勃的生命力、灵性、智慧融于人的灵魂中，使人的生命获得有意义的存在形态，这样的艺术世界无疑蕴涵着对世俗化现实的反思和对人的理想生命形态的追求。在这些作品中，一方面可以看到道家“天人合一”世界观对作家的影响，另一方面也可以看到民间故事、传说中的主题原型的隐性存在。在民间故事、传说中，“感恩的动物”作为自然的一部分，往往化为“人形”或以人的方式去帮助、拯救危难中的人，体现出人与自然和谐共处的美好想象，但在这些作品中作家是直叙人与大自然的意义联系，并且不是在人所遭遇的具体事件上展开叙述，往往侧重于人的精神、灵魂方面的感悟和升华。从小说呈现形态的角度来说，这些作品是传统民间故事、传说的情节单元在新的文化语境中的“置换变形”——由拟人化的幻想向自然世界主观叙述的转换，所表达的仍是民间故事、传说中反复出现的人与自然和谐共处、相互依存的“主题原型”。张洁《从森林里来的孩子》中的“少年”被自然赋予了音乐天赋，在天籁之音的熏陶下，他成为出色的艺术家；张承志《黑骏马》中的白音宝力格，感悟着草原的仁慈、深厚与博大，获得了灵魂的升华，捕捉到草原上无处不在的灵性和人生价值坐标；《北方的河》中的“青年”在“黄河父亲”的身上，体验到了犷健、深厚的精神和人生力量；邓刚《迷人的海》、郑万隆《老棒子酒馆》则让我们感到汹涌大海和冰雪严寒背景下人的强悍气韵。这些作品

---

① 爱默生：《自然沉思录》，博凡译，上海社会科学院出版社 1993 年版，第 5 页。

中的“自然世界”都构成了人的生命存在形态的一部分，自然的精髓化作缓缓流淌的血液，给人带来生命和精神的活力。在这里我们也隐约听到了传统民间故事、传说中人与自然动、植物之间亲密呼唤的声音，这声音在人们心灵历史的演进过程中是那么深厚、有力、绵绵不绝。自然不仅是人类生命活力的来源，而且还是幸福、快乐的源泉；自然不仅赋予人们行动的力量，而且在人回归自然的自由中，还体验到生活的美丽和超越世俗的精神魅力。汪曾祺的《受戒》涌动着人生的自由和快乐，人在顺乎自然天性的生活状态中，演绎了一曲淳朴的爱情之歌。明海与小英子那种脱俗、自然的生命人格流露出的是人与自然合一的美丽。特别是小英子天然、纯洁、善良的形象与民间故事、传说中的那些幻化的自然精灵有着内在的一致性，与此相类似的女性形象在贾平凹、张炜等许多作家作品中不止一次出现过，这些自然化的女性形象寄寓着中国传统文化、民间文化对于真、善、美的追求。

在中国民间故事、传说中，人与自然关系中所呈现出的“主题原型”与新时期小说创作有着密切的关系。作家在与自然建起有意义的生命联系时，在现实层面指向的是，对中国现代化进程中所出现的一系列问题——自然生态的失衡、人的异化及生命力和道德伦理精神的萎缩等——的思考；而在文化层面指向的是，在与传统文化、民间文化对接过程中，构筑新的生命伦理和价值理念。主题原型的复现或转换的意义与价值也正在于此。

三　人与仙道幻境关系中的“主题原型”

在中国的民间文化传统中，虽然没有像西方那样发达的神话谱系，但却有着发达、丰富的神奇幻想故事、传说，其中的一个重要类型就是以神仙、佛道为重要角色与人间生活发生联系，在这样一些叙述文本中，人、神、仙境共处，日常的生活空间和日常生活之外的虚拟空间共存于一个文学的想象世界，并有着浓重的人性化、伦理化特点。这些神奇幻想故事与中国传统的道教信仰有着密切的关系。中国民间口头传承的许多神奇幻想故事尽管情节变化多端，有着不同的主题原型，却常常受到上述结构模式的支配。当然，在民间传说、故事中，它也受到了佛教观念、儒学思想的影响，有时纠缠在一起难以具体说明其来源，但在许多传说、故事中，道教的色彩是极为明显的。在新时期小说中，与道教相关的一些民间传说、故事中的"主题原型"仍在产生重要影响并生成新的意义。在新时期小说中出现的与道教信仰相关的民间传说、故事中的主题原型，往往不是通过单一的传说、故事的变形或情节置换来体现，而是体现为彼此相关的传说、故事的母题（情节单元）的融合，其主题也往往是一个或多个"主题原型"的集合。在此，有几个在新时期小说中体现得较为充分的"主题原型"值得进行具体分析。

（一）歌颂人经过考验、发挥潜能，张扬人的主观精神力量。这一"主题原型"主要体现在"神仙考验"这一类型的故事中。这类故事往往是说两个人（有时是多人）访道求仙：一个人意志坚定、心地善良、人格高尚，能克服种种诱惑和困难，终于获得成功；另一个则因意志薄弱，或心怀邪恶和私欲而失败或受到惩罚。类似的传说故事在民间广为流传，其主题原型也在文化发展过程中影响着人们对人生价值的理解。在新时期小说中，与这一"主题原型"相关的作品主要有阿城的《棋王》、史铁生的《命若琴弦》和《来到人间》、张炜的《九月寓言》等等。阿城《棋王》中的王一生，迷恋于下棋，"棋艺"的提升及其下棋时物我两忘的境界体现着人对“棋道”的追求,传说故事中是“得道成仙”,而他是得道成圣——成为棋圣。为了成为棋圣,他经受了常人难以忍受的磨难,忍饥挨饿,到处奔波,向高手学艺,不去留恋世俗的物质享受,他虽然喜欢“吃”,但“吃”仅仅是他生存的基本条件,他并非为“吃”而“吃”。《棋王》中的情节单元和得“道”目的虽与传说、故事有着很大的不同,但其基本结构模式和主题却无多大差异。这篇体现着道家精神和民间传说故事“主题原型”的小说的当代性意义何在?简言之,即是对现代人所面临的精神困境的自觉超越。《棋王》中的王一生迷恋于“吃”和“下棋”,“一旦外界需要他有所作为时,内力鹊起,阴极而阳复,获取九局连环之胜。小说最后对王一生下棋景象的描写,完全把一个人的生命之光,借助肉体与精神和盘托出,使之与茫茫宇宙气息贯通”。[①] 王一生成为超脱现实生活束缚的智者,成为审美化人生的理想形象。就《棋王》的情节单元来看,它与“烂柯山”的传说也有密切联系,“‘烂柯山’的故事讲述的是某人进山砍柴,见二人(童子或老者)下棋,他在旁观棋片刻,发觉手中斧柄已烂。回到家里,才知已过百年,同辈之人相继离世”。[②] “烂柯山”型故事中的两位老者身居深山,抛弃一切功名利禄,清心静气对弈,沉醉于悠然的快乐之中,把世俗生活的血腥风雨、艰难困厄置之度外,这恰是民众理想的乐园和内在的精神渴求,这一母题和“主题原型”也包含于阿城的《棋王》中,它与“神仙考验”型故事结合在一起,共构了《棋王》内在的精神意蕴及情节的演进和发展。发挥生命的潜能,在人生的执着追求中实现主体价值。这一民间传说、故事中的主题原型,不仅体现在阿城的《棋王》中,同时也体现在史铁生的《命若琴弦》和《来到人间》中。《命若琴弦》中有一个预设的前

① 《陈思和自选集》,广西师范大学出版社 1997 年版,第 252 页。
② 刘守华主编:《中国民间故事类型研究》,第 179 页。

提：老瞎子弹断一千根琴弦后就能从琴槽中拿出药方，让自己的眼睛重见光明，这就像凡人求仙要经过许多磨难才能得道成仙一样。当他最后发现药方是空白的纸条时，预设的目的成了虚空。然而，虽然如此，他的精神却得到了升华，并悟出了生命的意义。他知道了目的虽是虚空的，但一辈子被虚设的目的拉紧，生活中才有了生气，以往那些奔忙和兴致勃勃地翻山、赶路、弹琴，乃至心焦、忧虑都是快乐。人的命就像琴弦，拉紧了才能弹好，弹好也就够了。“神仙考验”型的民间故事意义指向“成仙”，《命若琴弦》则指向人的生命自身，虽然情节单元发生了置换，但主题意旨都是“得道以完成生命的升华”。《来到人间》中的残疾小女孩对于生命历程的理解也有相同的意旨。张炜《九月寓言》中的“金祥千里背鏊”的故事，在更加具体的日常生活中与“神仙考验”型民间故事的“主题原型”有着深刻的内在联系。金祥是小村中有着坚韧生命力的一个普通劳动者，他在小村里邂逅庆余，带来了小村生活中一个革命性的事件——人们由吃地瓜变成了吃煎饼。为得到做煎饼用的鏊子，他踏上了艰辛的寻鏊历程。正如凡人成仙一样，金祥含辛茹苦、餐风饮露，在漫长崎岖的山路上奔波，一道道山梁耗尽了他的气力，沿路乞讨的凄苦使其身体变得瘦弱不堪，但他终于把鏊子背回小村。在金祥这个人物身上，我们看到了源于民间自身生命要求的悲壮英雄行为，与“夸父追日”等神话原型也有内在联系。类似于“神仙考验”型的小说叙事，在新时期小说中并不少见，从原型的角度分析这些作品时，可以发现当代人的精神构成及其文学叙述方式，与民间文化是有着深层的联系的。虽然母题（或情节单元）或人物所经历的事件并不完全一致，但其主题却是一脉相承的。

（二）书写带有浓重理想色彩的神奇幻境，表达对现实的不满。这一“主题原型”在民间传说、故事中大量存在，许多故事在人、神、鬼的相互联系与转化中，表达了人们惩恶扬善、追求美好生活的愿望。从理想生活境界的角度来理解民间文学中的“主题原型”，我以为最有代表性的是《桃花源记》所表现出的那种没有战乱、自给自足、鸡犬之声相闻、老幼怡然自得的东方“乌托邦”世界，这一世界呈现出明显的“仙道”意味，所表达的主题在其后的文学作品中以各种不同的方式体现出来。在新时期小说中，汪曾祺的《受戒》、张炜的《一潭清水》、阎连科的《受活》等许多作品在世俗人生的层面上，都赋予了这一“主题原型”以新的意义。汪曾祺的《受戒》把“桃花源”世界转变为一幅世俗的民间生活图景，在单纯的人生中洋溢着生命的快乐和自由。这里虽没有幻境的神奇，却有民间的理想。张炜的《一潭清水》赋予了“桃花源”世界更多的现实性内容，理想的主题与现实世界发生了剧烈碰撞。作品中的两个老人和那个吃瓜的小孩，在责任制实行前，他们在一起烧鱼、吃瓜，过着田园牧歌式的生活，他们的关系单纯、洁净，就像瓜田间那一潭清水，传递着“桃花源”世界的纯朴与“仁义”。但是，世事的变化，瓜田的承包却打破了这种平衡，民间世界的纯朴与道义正在慢慢消失，作品呈现出明显地对现实进程的忧虑和不满。在此，《桃花源记》的主题原型作为一种情感向往和文化记忆，在张炜的作品里融化为对新时期伦理道德的生命呼唤，传递着东方古老文化的美丽之声。由《桃花源记》的主题原型所唤醒的文化记忆，在阎连科的《受活》中有着更深刻的当代性意义。阎连科的《受活》写到了“受活庄”的两个世界：一个是民间自在形态的受活庄，“受活庄”的人虽然都是有瞎、有聋的残缺户，但却扎扎实实种地、收割，忙秋忙夏。冬季里，家里有吃不完的粮食和蔬菜，日子过得殷实而富足。世外之事和“受活庄”的人遥遥相隔，他们过着“不知秦汉，遑论魏晋”的幸福生活；另一个是外部世界影响下的受活庄，受到中国社会整体潮流的冲击，“受活庄”的自在状态崩溃了，人们的命运受到一次次打击。为什么“受活庄”的人总被外力所摧残？他们在历史的发展进程中何以总是扮演悲剧性角色？是“受活庄”的人不能适应社会进程还是社会的运行法则出了问题？当我们追寻这些问题的答案时，就发现了阎连科作品中“桃花源——受活庄”这一意象置换所具有的深刻文化意义：从民间传说、故事中所演绎出的这一世界，是他抗拒社会变动对人所带来的深刻伤害的精神支撑，“桃花源”的现实虽是虚幻的，但这一虚幻世界成为他理解社会变化和人心残酷的参照物，他带着滴血的心，让笔下的人物伤痕累累地踏上返乡之路时，实际上走向的是民间文化的理想，民间的“主题原型”在他心中幻化为一个人类的宿命福地。

（三）在新时期小说中，许多作品表现出对重利轻义、贪得无厌之物化人格的批判。这一主题在20世纪80年代的山东作家作品中体现得极为明显。王润滋的《鲁班的子孙》、张炜的《古船》等作品都指向在历史发展过程中对人的道德精神的审视。《鲁班的子孙》的主题在“重义轻利”的老木匠和“轻义重利”的小木匠的冲突中体现出来。老木匠以道德、信誉、助人为乐为目标，可是奋斗了几十年，仍然家徒四壁，他穷得连老婆都饿死了；小木匠以经济为杠杆，迅速致富，可是由于过分贪心，结果弄得四面楚歌、逃之夭夭。张炜的《古船》也涉及“道德”与“实利”之间的冲突。《古船》中的隋见素精明、实利，获得了世俗的成功，但他却背负“不义”的罪名；其兄隋抱朴沉思苦难、追问人性、富有仁爱，成为道德精神的化身，在他身上显现的是作者对农民乃至整个社会和历史苦难的解剖，以及对理想道德价值的守望。类似的小说主题在矫健的《老人仓》、王润滋的《小说三题》、张炜的《秋天的愤怒》和《一潭清水》等作品中都有相似的体现，人物冲突大都在父子、兄弟、朋友之间展开。这样的主题表达及其所体现出的价值趋向，与民间传说故事中“人为财死，鸟为食亡”的故事类型相似，或者说“人为财死，鸟为食亡”的“主题原型”在新时期小说中生成了新的意义。这一主题原型主要体现在有关“太阳山”的众多传统民间故事中。“在众多的‘太阳山’型异文中，流传在山东的《拾黄金》较为典型，其故事梗概大致如下：两兄弟分家，哥哥欺侮弟弟。播种季节，弟弟向哥哥借种子。嫂子将高粱种子炒过后交给他。弟弟种下后，精心照看，长出一棵特大的高粱，老雕把高粱穗子叼去了，弟弟为此哭泣。老雕让弟弟准备一条布袋，驮他到太阳升起的地方去拾金子，关照他一听头鸡叫就得趴在老雕身上飞回来。到了那里，弟弟拾了半口袋金子，就赶紧回来了。哥哥知道此事，也学着这么做。老雕关照了一通后，把他驮到那里。哥哥贪心不足，拾个没完，眼看太阳升起，老雕飞走了，哥哥被太阳烤死了。”[①]这个在全国各地广为流传的故事，有大量异文出现，但故事的情节结构和主题都与山东的《拾黄金》大致相仿，都是表现对美与善的褒扬和对丑与恶的摒弃，人对物质贪得无厌的追求必然招致惩罚，而美的道德人格和修养却有好的回报。因为在人世间有着一种比财富更珍贵的东西——那就是仁义道德。显然，张炜、王润滋等人小说中的主题是这一传统民间故事的“主题原型”在当代生活的展开和转换，这里虽由奇境转向了现实生活，但道德训诫的功能仍在进一步延续。由此可见，儒家的“义利观”在中国文化中的强大力量，它不仅渗透在传统的民间故事中，而且深刻影响着新时期作家理解当代生活的价值观。

---

① 刘守华主编：《中国民间故事类型研究》，第313—314页。

四 “主题原型”转换的当代动力与意义

在新时期小说创作中，有许多与民间故事、传说相关的“主题原型”在不同作品中体现出来，除上之外，还有莫言小说中的“英雄主题”，苏童、叶兆言、李锐对“孟姜女哭长城”“后羿射日”“许仙与白蛇”神话传说的重叙，以及对其“主题”的新解等。在众多小说中，“主题原型”的复现显然不是简单重复，而是赋予了“原型”新的创造性意义。在西方的原型批评中，特别重视原型的复现功能及其相互间的意义联系，不过，我们更应重视“原型”的创新功能及动力，不然就无法说明“原型”为什么会在当代发生置换，也无法说明“原型置换”的当代意义和价值。正如王一川在对维柯《新科学》做出评述后所言，何以如此强调原型的复现功能而轻视其生成与创新功能呢？原型显然意味着复现、回忆过去，但同时或者更重要的是它极富生成能力，他说：“它既是一种规范，又是一种开放的空地，毋宁说它永远是一片充满种种可能性的空地，诗人们耕耘其上可以各得其所。与其说原型是一种胚胎，不如说原型是子宫，它只是孕育着什么，而不是像胚胎那样预示着什么。被孕育的东西就等同于子宫，它自有其独特的生命力和本性。”[①]那么，新时期小说中的“主题原型”独特的生命力是怎样被表达出来的呢？“每一时代的理论思维，从而我们时代的理论思维，都是一种历史的产物，在不同的时代具有非常不同的形式，并因而具有非常不同的内容。”[②]这种生命力

---

① 王一川：《意义的瞬间生成》，山东文艺出版社 1988 年版，第 144 页。

② 恩格斯：《自然辩证法》(1873—1883)，收《马克思恩格斯全集》(第 20 卷)，人民出版社 1971 年版，第 382 页。

的独特表达与当代历史发展进程和时代、现实问题紧密相关，即是现实的文化力量在推动原型的置换和意义生成。

首先是作家对“现代性”问题的反思。“现代性”是一个宽泛、笼统的概念，在不同的范畴谈现代性，其理解自会不同。但通常意义上说，“现代性”是与社会的现代化进程相关，它往往包含着现代科技的发展、商业规则的成熟、物质生活条件的提高、农业文明向工业文明的转变等内容，“其另一种表述就是现代同过去的断裂：制度的断裂、观念的断裂、生活的断裂、技术的断裂和文化的断裂。现代之所以是现代的，正是因为它同过去截然不同，它扭断了历史进程并使之往一个新的方向——我们所说的现代的方向——发展”。[①] “现代性”的历史发展向度有巨大的意义和合理性，但在发展过程中所引发的问题正在引起人们深刻的反思。在中国当代社会“现代性”展开过程中，人与自然、人与道德精神、人与生命的关系正面临前所未有的挑战。在人与自然的关系上，人们为了现代化的发展，对自然资源的开发、利用所带来的破坏和污染已严重威胁自身的存在空间；在人与道德的关系上，人们趋利的物质化冲动已带来道德伦理精神的萎缩；在人与生命的关系上，技术理性对于人生命的压抑已使人们日益感到生命的困扰与焦虑。如此种种必然引起作家对于现代性的反思，重思上述诸类关系。张炜在短篇小说《三想》中说：“事实上，哪里林木葱茏，哪里的人类就和蔼可亲，发育正常。绿树抚慰下的人更容易和平度日，享受天年。土地的荒芜总是伴随着人类心灵上的荒芜，土地的苍白同时也显示了人类头脑的苍白。这之间的关系没人注意，却是铁一般坚硬的事实。树木与阳光、空气、土地的关系，比任何其他生命都

---

① 汪民安：《现代性》，广西师范大学出版社 2005 年版，第 28 页。

来得更亲近……它们是真正具有灵性的扫帚，不断地扫去自然的尘埃。”[①]在这里，他呼唤人与自然要建构新的伦理关系，人与自然要相互适应，人与自然的一切生命要共同相处；他还认为，人只相信自己、依靠自己是绝不能生存的，人的可悲之处就在于自己决定了自己至高无上的地位，而这种决定的不合理性从根本上讲就在于忽视了大自然的一切。在当代文化语境中，张炜对人与自然关系的这种理解，所指向的是人在现代性追求过程中对“自然”的蹂躏和对人自身存在的反思，在这里他认识世界的方式呈现出“泛灵论”的特点。民间故事传说作为世俗的神话，也呈现出浓郁的“万物有灵论”色彩，他也就必然在一个新的层面与民间故事传说中的“原型”相遇。王润滋对于人的道德问题的思考以及在作品中对于物化人格的批判，也与当代社会出现的文化问题有关。在当代社会中，商品经济影响着城乡的每一角落，它以蓬勃的活力给社会带来生机，同时也以强烈的破坏力冲击着人们的生活方式和价值观念。不能回避的一个事实是，自私、贪婪和赤裸裸的物质正在使人们的道德人格发生变化，虽然对于历史的发展进程不能只用道德标准去要求和衡量，但以这种道德人格变化来完成现代化的进程，也未必是人类的福音，因此，对非道德化人格的批判也是现代性反思的一项重要内容。王润滋回到传统的民间文化中，发现纯朴道德的美好价值，把道德化“主题原型”在当代作品中呈现出来也就具有了重要的现实意义。对于阿城的《棋王》来说同样是如此，阿城作为寻根文学的重要代表性作家，回到传统，寻生命之根，是他自觉的文化追求，其目的就是复苏民族文化的生命力。在当代文化语境中，多种力量对于人的生命的压抑已日益激发出作家的这

① 张炜：《美妙雨夜》，第 313 页。

种追求，莫言、贾平凹、韩少功等许多作家作品中“生命意识”的觉醒，都潜在地承接了民间故事传说中的主题原型。可见，新时期小说中“主题原型”的复现并不仅仅是与传统民间文化建立联系，更重要的是从当代出发，发现了原型新意，正是这种思想发现的动力推动着“原型”在当代生活中展开其置换的过程。

其次是作家本土审美意识的觉醒。本土审美意识的觉醒也是“主题原型”呈现的动力之一。巴赫金认为：“艺术形象世界的结构形式不仅是对空间和时间因素的安排，而且也是对纯思想含义因素的安排；不仅有空间和时间的形式，而且也有思想含义的形式。”[①]从这个意义上说，“主题原型”作为文学的思想因素也是审美意识中的重要内容。在中国当代文学的发展过程中，政治意识形态和西方文化、文学对其产生了不可估量的影响。第一，相当长一段时间内，政治意识形态一直规范着文学的发展和变化，民间文化、文学中许多内容都被当作封建迷信予以批判，虽然在政治意识倡导下，也曾出现过“大跃进”民歌运动、传统戏曲的改编等文学现象，但其“主题原型”都包含于政治性主题的表现过程中，自身的思想力量未能充分呈现，仅仅成为一种结构性因素隐含于文本之中，民间文化、文学中的有益内容被忽略，甚至被遮蔽了。第二，新时期以来，伴随着对外开放的发展进程，西方的文化、文学成为文学创作的重要资源，作家对民间文化、文学的意义相对也重视不够。中国当代文学中本土审美意识的觉醒是源于 20 世纪 80 年代中期前后的“寻根文学”思潮，这种传统审美意识的觉醒，自然激活了民间文化、文学中的审美因素，把存于其中的原型主题、原型结构、原型想象、原型人物等纳入小说创作中。正如张炜所说：“假使真有不少作家在一

---

① 巴赫金：《巴赫金文论选》，佟景韩译，中国社会科学出版社 1996 年版，第 474 页。

直向前看，在不断地为新生事物叫好，那么就留下我来寻找我们前进路上疏漏和遗落了的好东西吧……我觉得艺术家应该是尘世上的提醒者，是一个守夜者。他应该大睁双目且应该负起道德上的责任。而道德方面的经验和尺度，也只有从长期形成的东西中去寻找……一个作家要写东西，只有从沉淀在心灵里的一切去升华和生发。他们整个工作简单说就是回忆。而回忆，就是向后看，眼前刚刚发生的事难以写成好作品。”①这种“向后看”的审美意识所确立的正是当代与传统、现代性与民间性的沟通与连接。那么，为什么包含了原型内容的一些作品能给人以审美愉悦，而有些同样包含了原型内容的作品却显得低劣庸俗呢？产生这种情形的根本原因就是：那些能给人审美愉悦的优秀作品，其原型内容包含有对当代生活的深刻感悟和理解，原型的置换变形体现着巨大的当代性力量；那些仅仅为“复现原型”而无视当代生活和思想的创作，自然会流于简单的重复和俗套之中。对于那些一味模仿西方的作品，他们不会自觉以“原型”连起与深厚文化传统的关系。由此，就引出了第三个问题，即作家应有自觉的原型意识，这是提升当代小说审美价值和文化价值的重要途径。在新时期小说创作中，一些优秀作家都有较为自觉的“原型意识”，贾平凹在《白夜》完成后答陈泽顺先生提问时说：“荣格说过：谁说出了原始意象，谁就发出了一千种声音。但是，得看到，太形而下，虽易为一般读者接受，也易被一般读者看走眼，而形而上的东西是给另一部分读者看的。形而上和形而下融合得好了，作品就耐读，就可产生多义的解释。”②韩少功谈到寻根文学时说，寻根“是一种对民族的重新认识，一种审美意识中潜在历史因素的苏醒，一种追求和把握人世无限感和永

① 张炜：《美妙雨夜·代后记》，第424—425页。

② 贾平凹：《答陈泽顺先生问》，《小说选刊》1996年第2期。

恒感的对象化表现”。[1] 这些作家虽没有明确提出“原型”的概念,但这种艺术追求中包含了对于“原型”的激情,“原型”与传统文化、民间文化是联系在一起的。因此,韩少功对那些具有传统文化、民间文化特点的作家,表示了由衷的赞美。他谈到 20 世纪 80 年代中期前后的小说时说:“近来,一个值得欣喜的现象是:作家们开始投出眼光,重新审视脚下的国土,回顾民族的昨天,有了新的文学觉悟。贾平凹的‘商州’系列小说,带上了浓郁的秦汉文化色彩,体现了他对商州细心的地理、历史及民性的考察,自成格局,拓展新境;李杭育的‘葛川江’系列小说则颇得吴越文化的气韵。”[2]这种与传统文化、民间文化的对接,必然与“原型”相遇,可能是中国当代文学优秀作品产生的前提,韩少功借助对高更的评价说出了这一道理,他认为高更之所以创造了杰作,是他到土著野民所在的丛林里,长年隐居,含辛茹苦,在原始文化中找到了现代艺术的支点。为什么有了这种“原型意识”,文学作品就会有价值呢?因为作家与“原型”的对接过程,就是历史与现实、传统与现代之间意义关系的确立过程,在这个过程中,不仅拓展了文化的纵深感,而且使作家心灵释放出独特的、蕴含着民族文化精神的审美能量。

总之,任何传统只有和当代生活发生联系时,才能成为有意义的传统,传统的活力也只有依靠当代精神才能被激活,“原型”的意义也只能在这种情境下才能呈现或置换。新时期小说中的“主题原型”就是在传统和当代的深层联系中建构起来的,这样的主题原型不仅联系着丰富的传统民间文化、文学思想,而且这些思想已进入我们当下的文化、文学发展。在如上所论的“主题

---

① 韩少功:《文学的根》,山东文艺出版社 2001 年版,第 79—80 页。
② 韩少功:《文学的根》,第 79 页。

原型”中所体现的“天人合一”的世界观、“重义轻利”的人生观、肯定道德生命人格和现实幸福的价值观，不仅丰富了新时期小说的文化意蕴和审美内涵，而且已成为当代作家理解、思考当代问题的重要思想组成部分。当下，中国正处于世界全球化和一体化的过程中，“正在经历实现现代化和反思现代性这双重的挤压，正在承受经济、政治、文化、社会习俗各方面的变化和震荡，每个人在这个大漩涡里寻求精神的救助”。[①] 在此情况下，我们更应重视传统民间文化、文学中的有益内容，因为它们很有可能成为我们回应现代生活、重建生活诗学的出发点。由此，我们更应以自觉意识激活传统，从而获得文化生命的更新和再生。

（原载《中国社会科学》2008 年第 3 期）

① 韩少功：《文学的根》，第 213 页。

概念与经验之间的叙事困境

——对小说创作现状的一种思考

贾艳艳

毋庸讳言，中国当代小说的创作中，长期存在着群体化的写作倾向。从“伤痕”“反思”“改革”“寻根”文学，到“先锋”“新写实”“新历史”小说，再到“私人化写作”“身体写作”，抑或按题材领域命名的“官场小说”“底层文学”等写作潮流，群体化的精神印记都相当明显。而到了晚近的小说创作中，表面来看，情况发生了变化，无论题材、观念，还是形式、手法，文学写作的差异性与多样性，似乎比既往时代更突出，也更加难以归类或命名。这是否意味着真正个人化写作时代的来临？这里，笔者以《收获》《小说界》《上海文学》2009 年以来发表的小说为例，深入探讨文本差异的背后，当下小说创作在概念把握与经验处理方面，呈现出的共性的叙事倾向与值得深思的问题。这些问题，既体现了时下的写作者们对现实的高度敏感，也暴露了当代小说叙事在深入精神现实、开掘心灵世界方面的危机。

一 “概念＋传奇”的叙事模式

作为一种以语言为载体的艺术体裁，小说在根本上不可能抽离概念，正如戴维·洛奇所说，“任何值得一读的小说都包含概念,激发人产生概念,而且可以利用概念进行讨论。”[1]能否恰如其分地运用概念,离不开写作者贴近心灵、深入表现生活尤其精神生活的能力。对于群体化的写作而言,作者在运用、选择与建构概念时,所承担的压力、难度与风险往往并不大,而时至今日,写作者作为个体的精神能力显然面临着更为严峻的挑战。“欲望”之后,还有什么足以堪当中国当代小说叙事的概念的大旗?笔者发现,当下小说文本中,概念的生产,很多时候仅仅依赖于对偶然、极端的经验的书写,充斥着主观、片面的逻辑,在此基础上形成的外在的文本差异与个体差异,因而也很难说是真正多元化的实现。与此同时,概念在小说叙事中的结构功能在文本中不约而同地被放大和强化,甚至被推向极端,许多文本直接按照一种简单化的概念构设人物。

先来看长篇小说。2009 年《收获》第 3 期推出的张欣的长篇小说《对面是何人》,展示了一种颇为典型的概念化叙事。张欣早年的小说婉约、细腻,但近年来的长篇日渐粗糙,凸显通俗影视剧风格。《对面是何人》的卷首,作者写道:“让一个女人低头的,是爱情。能把男人折磨得死去活来的,是他们的梦想。”一句话点明了主旨,接下来整部小说的叙事遂落脚于如何使这句话演绎为具体的情节。小说讲述了一个名叫如一的女人,在她的被武侠梦想折磨得死去活来的男人李希特面前,如她的名字一样,自始至终“如一”低头的故事。如一的爱情,无非是温良恭俭让的无限度付出,为表现她的“如一”,叙事安排了波澜起伏的情节,每一处跌宕转合都借助戏剧化的桥段。尽管作者的语言娴熟自如,但概念加传奇组接而成的叙事,看似精彩迭出,却始终缺乏内在的力量,透出热闹背后的贫乏。

① [英]戴维·洛奇:《小说的艺术》,王峻岩译,作家出版社 1998 年版,第 220 页。

类似的情形同样见诸张贤亮的长篇小说《壹亿陆》(《收获》2009年第1期)。张贤亮已多年没有小说创作问世,这篇重出江湖的新作中,往日那个徘徊于灵与肉之间的焦虑而困惑的知识分子,那种感伤、没落的贵族气息,连同他小说中一贯的视角与思维全然不见。《壹亿陆》用直白粗俗的叙述语言,匍匐于市井生存哲学的思维,为我们讲述了一个被设置于“未来”的都市传奇。没有了思辨的高度和对现实的怀疑、诘问,重新出场的张贤亮津津乐道地铺陈着都市社会的欲望景观,并时时植入为现实合理性辩护的夸张议论:为“小姐”和“二奶”辩护,为警察与“小姐”合流辩护,为暴发户王草根们的发家辩护,为“借精生子”的性行为辩护……与此同时,又将一个天真的、不谙世事的青年“壹亿陆”书写为未来的希望和理想,人欲横流的现代城市生活又处于小说隐在批判的对立面。然而,这样一个傻乎乎的、符号化的“壹亿陆”,在这样一个被作者认为充满合理性的现实之中,显然根本不可能担负起重建人类理想的重任。这样简单、粗糙地处理现实与理想的关系,只能是荒诞而毫无说服力的。这样的写作,似乎仅仅为了提供一个大众消费品或影视脚本,对比张贤亮过去的小说所达到的高度,难免令人失望。

当精神生活和内心世界被简化为概念,过程的曲折与情节的起伏就变得不可或缺,这也就是为什么看上去不搭界的“传奇”总能与“概念”如影随形的原因。由于长篇小说的篇幅与容量更能为不断变奏的传奇故事提供腾挪运演的空间,因而以通俗剧的方式写小说的思路,在长篇小说的叙事中尤为突出,如李森祥、薛荣的《水乡》,龙一的《接头》,那多的《甲骨碎》,商羊的《晚安,七井桥》,宗璞的《西征记》,周梅森的《梦想与疯狂》,谈歌的长篇《票儿》等作品,均表露出这样的叙事倾向。这些题材各异的小说,都有着极尽跌宕曲折的故事情节,这似乎也印证了当代小说的写作缺少的并非匠心与才气。

苏童的《河岸》、莫言的《蛙》与艾伟的《风和日丽》，这几位实力派作家发表在《收获》上的长篇，得到了评论界的较多关注，被认为是较能代表近年长篇小说叙事成就的作品，其中，苏童的《河岸》还获得了“曼布克亚洲文学奖”。这几篇小说不约而同地选择以个体记忆切入对历史的反思，主人公都有一个与“革命”相关的身世。比起那些不够成熟的写作，这几个长篇质量尚可，但跟几位作家以往的作品比照，就会有明显的重复感。苏童的《河岸》尤其如此。这篇小说讲述了 70 年代“文革”后期水乡少年库东亮的成长故事。一如既往的少年视角，类型化的意象符号，庸常而又传奇化的情节设置，苦难叙述中近于泛滥的诗意想象，几乎都是对作者“先锋”时期和“新历史”小说诸多元素的自我复制。河与岸的对峙，延续了作者以往小说中城与乡、北方与南方的叙事模式，交织着作者以往小说中“枫杨树乡”的历史回响与“香椿树街”的少年情怀。苏童希望能“在长篇小说中，清晰、明确地对一个时代作出我自己个人化的描述”。① 小说的叙述一如作者以往小说中的优美与感伤，然而，“革命”情势下的政治暴力，审父与驯子的场景，以荒诞的身体奇观，没有脱出既往的窠臼，“个人化的描述”再次沦陷于程式化的叙述，情节的曲折与意象的丰富难掩骨子里的虚弱。当然，这并不是独属于苏童的写作困境。

艾伟的《风和日丽》也讲述了一个寻根的故事。与苏童的《河岸》相比，《风和日丽》的叙事显得更有理性思辨的意味。女主人公杨小翼的人生故事被织入半个世纪的漫长历史中，她的一生都在为自己的血脉正名，而这血脉恰恰和革命化历史紧密

---

① 陈竞：《苏童：〈河岸〉距离我最远》，《文学报》2009 年 4 月 30 日。

相连，个人命运于是勾连起大历史的变迁。小说试图通过杨小翼的视角观照革命父辈的命运，思考他们留下的历史债务和精神遗产，然而叙事对于历史与革命价值伦理的反思，最终被符号化的时代传奇引向浮泛的概说。尤其小说的后半部，情节异常繁复，人物形象却越来越飘忽，其中可以窥见《今天》编辑部的再现，北岛、顾城、谢烨故事的翻版，1989 年中国现代艺术展的枪击事件的重演……这样的时代传奇，充斥着标识性事件的粗疏勾勒，能指丰富却营养稀薄。小说原本可能抵达的追问与思考被弱化，人物的命运，变成串联大历史的道具。结尾，主人公与命运达成的和解，也缺乏足够的逻辑支撑。

莫言的《蛙》讲述了乡村医生"我"姑姑在社会历史变迁中百味杂陈的传奇人生。身为革命烈士后代的姑姑在乡村雷厉风行地推行新法接生，由她接生的婴儿遍布高密东北乡，但自从实行计划生育政策后，昔日犹如送子菩萨的姑姑在乡亲们心目中变成了魔鬼。退休后的姑姑陷入对往事的忏悔，嫁给捏泥娃娃的民间手工艺人，用那些被中止出生的孩子的泥塑来给自己赎罪。莫言一向钟情于乡野传奇，《蛙》中姑姑的一生，尽管比以往的《檀香刑》《四十一炮》多了几分现实感，却依旧偏爱用奇人、诡事、梦魇等营造狂欢化的视觉奇观。小说虽然用一个名叫蝌蚪的剧作家写给日本友人的书信展开叙述，但却无意搭建不同文明之间的对话，而是迎着西方猎奇的目光，展示了又一面中国特色的乡土奇观。与张贤亮的《壹亿陆》不谋而合，莫言的《蛙》也聚焦于"生育"的主题，对秘密从事借腹代孕交易的"牛蛙养殖场"的描写，也触及商品经济时代生育被纳入生产/消费链条的社会现实。莫言没有像张贤亮那样急着为现实的合理性辩护，但叙事对这一现实的把握同样充满力不从心的浑浊感。在"计划生育"时代被引流掉的孩子，被姑姑借泥娃娃以灵魂转世的方式得到补偿，然而，被压榨与损害的代孕者陈眉，作者却无力去追问她的命运。叙事讨伐和审判了政治暴力，却悄悄归降于商业时代的隐形暴力。结尾处，代孕的新生儿出世，年近60的小狮子竟然分泌乳汁，“旺盛得犹如喷泉”，小说再次以狂欢与荒诞的奇观进行意义的增殖。

《收获》等纯文学杂志多年来源源不断地为影视改编提供着创作灵感，近年刊发的长篇小说更深受文化市场的青睐，以上提到的作品大多都正在和即将被改编成影视剧。《收获》执行主编程永新在回应杂志是否“变通俗”的质疑时说：“进入新世纪以后，作家自觉不自觉地注重小说的可读性、故事性，这点恰好与影视剧需要的人物命运的起伏跌宕、矛盾冲突是相一致的”；“通过通俗的故事表达严肃的主题，这也是一种尝试。”①能够包容各种不同风格的优秀写作，固然体现了“纯文学”写作的活力，与影视、网络以及其他文化资源的有机整合，也正在成为文学的现实并将是未来的趋势。然而，值得深思的是，健康、良性的整合与开放，并非一味迎合，而恰恰应当在与其他文化资源的互动中贡献自己的特质。对于作家来说，作品能够被改编为影视作品不是坏事，畅销或高产也不是贬义，但若直接以通俗剧的思路写小说，却极可能加剧现代汉语写作在表达精神、贴近现实方面已然陷入的困境。

事实上，中短篇小说的创作也处处可见概念化、传奇化叙事的痕迹，只不过由于篇幅所限，中短篇小说中的“概念＋传奇”倾向，常常表现为叙述逻辑的高度主观。如阎连科的中篇《桃园梦醒》(《收获》2009年第2期)便是一篇客观逻辑快被架空的奇文。仅仅因为“春天来了，该做些事了”，四兄弟就各自回家把老

① 程永新：《未来写作需重新整合》，《文学报》2009年12月24日。

婆猛揍一顿。人性的“恶”，成为一个被预设的、绝对化了的概念，四个兄弟在“恶”的支配下不由分说地被作者拎过来展开表演，写作者则置身事外旁观甚至把玩。阎连科以往的小说，就倾向于在理念的遥控下，对乡土中国做寓言化的、超现实的处理，《桃园春醒》把这一倾向做了极端的发挥。对“恶”的揭示，这样跳脱出现实的肌理，很难说还有什么阐释与反思的意义。

王蒙的短篇《岑寂的花园》(《收获》2009 年第 1 期)呈示了另一种主观化的叙事。小说的景物描写渗透了强烈的主观情感，间杂了大量议论，不长的篇幅里，豪宅别墅、博客、80 后网络才女作家、后现代画家走马灯一样轮番登场。小说的叙述流畅恣肆，从怀旧到悬疑，从精神分析到跨文本拼贴，各种技法的拼贴游刃有余，令我们再次领略了老作家深厚的语言功力，但同时也感受到作者渴望与时俱进的迫切与焦虑。整部小说的叙述主观任意、缺乏节制，符号的狂欢所渲染的时代感，由于缺乏真切的质感而显得苍白、刻意。

在经验不足的写作者那里，概念化、传奇化及由此而来的主观倾向，则表现得更为显著，往往导致叙事指向的随意、单调或模糊、混乱。中短篇小说中，也不乏猎奇色彩的故事。如光盘的中篇小说《错乱》(《上海文学》2009 年第 2 期)，以凌空蹈虚的想象讲述了一个荒诞离奇的故事。小说写地产富商孙国良被心怀鬼胎的各色人等咬定为神经错乱，在众口铄金的可怖力量下，他欲自杀但又缺乏勇气，遂雇佣杀手组织来结果自己，然而该组织却如法炮制了另一项莫须有的罪名，强加给他以诱其自杀。这篇小说的情节极其离奇，作者的叙述缺乏克制，过于调侃谐谑，玩弄机巧，弱化了思考。又如朱山坡的中篇《喂饱两匹马》(《小说界》2009 年第 5 期)写偏僻乡村贫困窘迫的兄弟俩合娶一妻的悲欢离合，作者在对故事的讲述中，对伦理困境的探讨几乎被完全抹平，人物形象单薄、面目模糊，小说最终仅仅模拟了一个通俗而又平庸的传奇。陈家桥的中篇《大象》(《上海文学》2009年第10期)写一个卧底警察与女毒枭间的爱情传奇，由于叙事遮蔽了人物内心深处本该有的犹豫与挣扎，极大地消解了故事的可信性和说服力。如此通过多种通俗元素的草率拼贴，很多小说的叙事堕为毫无实质内容的猎奇。

试图"通过通俗的故事表达严肃的主题"，在当下的小说写作中俨然已成为相当流行的写作趋势，这固然体现了"纯文学"兼有的"包容""可读"，但"概念＋传奇"的架构却不可避免地加剧了语言在表达心灵、贴近现实方面的无力感。

二 视觉与审美的膨胀

当精神世界与心灵生活被日趋简化，叙事的重心就会不断向"外部"转移，除了传奇化的情节设置，视觉化的细节描绘也成为当下小说叙事的突出特征。迈克・费瑟斯通认为："充斥于当代社会日常生活之经纬的迅捷的符号与影像之流"构成了"日常生活审美呈现"的重要层面。[①] 日常生活的审美化与视觉"文化转向"(詹姆逊)确有着不可割裂的密切关联，并且也正在愈来愈大的程度上演化为中国当代文化的语境和小说叙事的现实。

笔者通读了《收获》《小说界》《上海文学》2009年以来发表的近200篇小说，发现这些作品中，所有的人物均面目模糊，竟没有一个能让人记住的形象，但却不乏精彩的场景描摹，对市井生活画面的描写尤其突出。如前文提到的张欣的《对面是何人》，虽然人物类于概念，情节几近离奇，但充满粤式市井生活风

---

① [英]迈克・费瑟斯通：《消费文化与后现代主义》，刘精明译，译林出版社2000年版，第98页。

情的细节描写与场景刻画却还是为小说增色不少，作者对其所描写的人情世态、生活画面足够谙熟，一些细微处的描写因为精准而显出情趣。迟子建的《鬼魅丹青》(《收获》2009 年第 4 期)、王小鹰的《青玉案》(《上海文学》2009 年第 7 期)、薛舒的《那时花香》(《小说界》2009 年第 1 期)、江一桥的《好耍得很》(《上海文学》2009 年第 11 期)等中短篇小说，皆长于充满地域特色的风情画的描写，似一场场异相纷呈、风生水起的“生活秀”。然而，过分耽溺于世相百态的镜像与传奇化的故事演绎，这些小说的叙述往往缺乏必要的聚焦，人物缺乏清晰的个性，像个飘忽不定的影子，甚或直接就是传达某种概念的符号。如迟子建的中篇《鬼魅丹青》，在小城风云中书写作者最擅长的情感主题。围绕着蔡雪岚坠楼的命案，小说描写了与此事件有关的几对男女在情爱纠葛中的尴尬与痛楚，作者的场景调度可谓娴熟自如，但游荡在性爱与婚姻、欲望与伦理之间的内在精神冲突，却一不小心就被视觉细节遮盖。作者着力刻画的女主人公卓霞除了被津津乐道的女人味，无可触摸其内在的心灵律动；刘文波、刘良阖等男人形象更是苍白、黯淡；小说对世态人心的勾勒也有着简单化的二元对立倾向。

除了直接的画面呈现，“看/被看”的视点设置也构成了视觉化叙事的重要手段。如傅泽刚的短篇《七楼的风景》(《上海文学》2009 年第 8 期)从“看/被看”的角度叙写老年人的寂寞与孤单，平淡中有温情。王卡的短篇《韭菜为她而长》(《上海文学》2009 年第 8 期)中，温暖又悲伤的爱情因被纳入孩童视角而裂为藕断丝连的片段，诗意的感伤因“被看”而让位于情节的紧张。鲁敏的中篇《羽毛》(《收获》2009 年第 4 期)、叶弥的短篇《黑夜黑夜跑起来》(《上海文学》2009 年第 8 期)和吴文君的短篇《苍耳》(《上海文学》2009 年第 8 期)，这几篇出自女性写作者的作品，都通过“看/被看”的他者化的叙事视点，试图捕捉女性内心纤细的起伏与情感的震颤，然而，过于依赖画面感的营造以及故事的波折与机巧，叙事的指向或伤于主观、直露，或过于闪躲、隐晦。如鲁敏的《羽毛》试图通过“我”的“看”，走进周围那些“被看”的貌合神离的人物的内心。然而作者所选取的叙述主角“我”时而敏感多疑，时而又幼稚肤浅，未及窥破便急于宣判，那些原本可能丰富的人物在不无矫情的叙述中，木偶般地被“我”及作者的假想任意摆布。徐则臣的中篇《居延》(《收获》2009 年第 5 期)也用“看/被看”的视点讲述作者最擅长的“京漂”故事。小说的叙述流畅自如，但女孩居延的美丽痴情有着明显的男性审美趣味的想象投射，她从寻找依靠，到重拾自我的转变，同样完全依赖于作者在叙述上的主观选择。这个被“看”出来的“她”经由文字到达读者面前时，有种过目而难以入心的模糊，叙述者的目光遮蔽了这个人物内心的丰富性。

不乏写作者试图挺进人物更为个性化的心灵世界，表现一种内在的冲突，然而过分依赖于视觉化的书写，同样使人物的心理难以摆脱刻意的主观痕迹。残雪的短篇《紫晶月季花》(《上海文学》2009 年第 2 期)，如她以往的小说一样弥漫着神秘的氛围。小说中的煤、金夫妇把所有的家具都藏在布罩下，规避一切外来的干扰，过着内向、隐秘的生活，夫妇俩还种植朝地底下生长的紫晶月季花，养深水鱼。小说试图由此通向的精神世界，似乎是与喧闹、浮躁、朝向外部扩张的现代都市的时俗的对抗。然而对照小说，这种隐约的指向，并没有被奇异的视觉化意象和细节充分照亮，因而使人无从把握。薛舒的中篇《板凳上的疑似白癜风患者》(《上海文学》2009 年第 7 期)也意在触碰城市生活内在的疼痛。小说一开头，便是对认定自己患了白癜风的张永丽坐在小板凳上晒太阳的场面的详尽描写，奠定了整个小说神经质的基调。小说着力描写病态的精神表现，如晒太阳、用酒精棉花反复擦拭身体的洁癖、关于“孩子/牙齿/鸽子”的梦境，并不主动点破这些病象与作为背景的生活不幸之间的关联，似乎是有意给读者的思考提供留白的空间，然而也使得人物的行为像是一场“痛苦表演”，充满被设置与被观看的舞台感。

偏于外部化的叙述方式，使当下小说中多有对人情世故、往来应答的绘声绘色，鲜有直指人心的内在力量。最典型如阿袁的中篇《梨园记》(《上海文学》2009 年第 5 期)，小说写一群知识分子男女间的交往，几位主要的女性人物在猎捕男人时，充满鸡毛蒜皮的计较和笼络离间的手段。作者一边安排着演出，一边满足于观赏品味，所有的指桑骂槐或暗度陈仓处，都指点得一清二楚，以显示对世事的通透和了然于心，完全缺乏叙述所必要的分寸感，更难掩精神内核的空洞。诸如此类的作品，皆“形象而神散”，审美成为绝对的目标。当一切都可以被拿来审美，一切又只是为了审美，被纳入叙事视野的“价值”“历史”也不再指涉深度，而仅仅是服务于审美的道具。

由情节、画面所构设的外部景观波折而精彩，深隐于其间的内心世界含混而模糊，这使得在价值层面无可依凭的当代文学叙事，在触及精神和现实的冲突时，偏于内心的、精神化的一方，总是轻易地败下阵来。薛荣的短篇《网络诗人咚咚锵》(《收获》2009 年第 6 期)中，试图维护尊严的网络诗人可以因为女友陪领导跳舞而大声抗议，在知道女友主动被富商包养时，却只能低头离去。朱日亮的中篇《欠债人》(《上海文学》2009 年第 8 期)中。被生活挤压得几乎走投无路的老海一家面临着艰难的选择：或是像“我爸”“我妈”那样依旧老实、本分地做人，背负着大量债务艰辛地过活；或是像“我哥”那样顺应冰冷的生存法则，笃信金钱和利己的逻辑反身欺压别人。小说中，“我哥”最终付出惨痛的生命代价，“我”则始终徘徊在两者之间，作者显然无力回答。在李骏虎短篇《逆流而上》(《小说界》2009 年第 3 期)中，主人公孙开陆续与三个女人进行着情感的斡旋，在博弈与权衡中幻想得到美好的爱情，却发现不过是一次次不同形式的出卖和交换。

无论是否承认，表现人类生活的基本冲突与内在悖论以及由此而来的疼痛感，都是文学无法退避的宿命。无所依凭而又充满概念焦虑的写作者，专注于画面的精彩与故事的机巧，虽无力展开批判，却也不甘就此颓靡、沉沦。也许可以这样说，他们的写作实践本身，就是一种“逆流而上”的探寻。

三　“新”与“变”的叙事建构

虽然缺乏疼痛感和精神层面的纵深掘进，但时下的小说文本中却并不缺少经验层面的“新”与“变”，这足以体现写作者对现实的高度敏感。从题材的选择上，就充分显现出“祛中心化”：有底层人生，有官场风云，有都市百态，有乡土景观，有历史的回眸与凝望，有现实伦理的探究与追问，有工笔描绘的情爱画卷，有抽象隐晦的生存寓言……各式各类齐头并进，即使题材相近的文本所表达的经验与展示的画面，也可谓形态各异、繁复多变。伊恩·P.瓦特认为：“小说家的根本任务就是要传达人类经验的精确印象，而耽于任何先定的常规只能危害其成功。”同时，“小说是最充分地反映了这种个人主义的、富于革新性的重定方向的文学形式”。[①] 中国当代小说的创作，一开始却是从确定性价值支撑下的群体化写作起步的。进入 20 世纪八九十年代，当

---

① [美] 伊恩·P.瓦特：《小说的兴起》，高原、董红钧译，生活·读书·新知三联书店 1992 年版，第 6 页。

代小说叙事从“写什么”转向“怎么写”，如果说这种对于“确定性”缺失所作出的反应，多少带有逃避现实的意味，那么，到了晚近的小说创作中，曾被诟病为“背对现实”的当代文学叙事，正在以经验书写的推陈出新，寻求着对现实的触摸。20 世纪 90 年代小说中常见的“无常”的命运、“荒诞”的历史等主题，更倾向于对世界作本质化的概括，有着明显跟进西方形而上学的痕迹；而时至今日，当代小说叙事对于现实之“变”的勾勒，则更注重经验的还原与描摹。这使得叙事对现实的把握，在形态上呈现得更为个性、多元的同时，群体化的精神印记也必然更为深隐。不确定性，渐渐演变为一种公共化的认知和把握现实的方式，失去了先锋的外壳，但却正在成为一种广泛的、隐形的主题。

青年写作者那多的短篇《蒙冤者》(《上海文学》2009 年第 7 期)便聚焦于当下社会生活不可思议的灵活、流动的特质。这篇小说尽管文字显得粗糙，但却巧妙地通过连续发生反转的情节结构，勾勒出一种完全消融了界限的社会生活现实。是与非、下流与高尚的道德评判之间的转换，只不过是瞬间就可以完成的技术操作，在不断的反转中完全丧失了意义。对于世道人心变幻莫测的本质，主人公卢森心领神会，运用自如。王璞的长篇《我爸爸是好人》试图通过父子两代人之间的恩怨，挺进历史与人性最为暧昧难辨的深处。小说中的“我”对于如何判断父亲的茫然，正如作为叙述者的“我”所感受到的语言把握现实的困难，根源于“标准”与“分寸”的无可确认。“我”从工作的城市回到东北林场是为了调查父亲是否真的在下放时利用职务之便贪污了九块八毛钱，然而这件看似蹊跷的事却在众人的讲述中变得合情合理，并且最终不过是一个微不足道的细节，不足以回答“我”心中的疑问。小说中，不同的人从不同的经验出发，对父亲的回忆和讲述非但没有还原真相，父亲的形象在失去评判标准的虚实之间，漂浮得越来越远。“我”只好不了了之，放弃纠结与疑问，选择和解与相信。叙事在现代都市/东北塔玛沟林场、20世纪70年代/当下的不同时空之间穿插、变换，来自经验层面的不确定感上升到小说叙事的概念和结构层面。苗炜的中篇《日光机场》(《小说界》2009年第4期)则通过一个超现实的故事与人物玄想式的议论，探究那些听上去完全分离或不相干的空间，如生死两界、现实世界与虚拟世界、平行宇宙之间，随时可能的链接和转换。于是，一切皆有可能。所有的边界都可能瞬间位移或者消失，这究竟意味和昭示了什么？作者无意对此进行追问，而止步于揭示世界的“不确定性”。小说的结尾，是“我们”被“悬在空中”的飞行画面。

在不确定的现实面前，人与人之间的关系自然充满变数，这在一些描写男女性爱的小说中体现得尤为充分。如刘静好的短篇《换届》(《上海文学》2009年第2期)、王手的中篇《自备车之歌》(《收获》2009年第2期)、葛芳的中篇《南方有佳人》(《上海文学》2009年第12期)、晓苏的短篇《我们的隐私》(《收获》2009年第4期)、朱日亮的中篇《君子好逑》(《小说界》2009年第6期)等小说，几乎都触及情感与理智的冲突，又都对此轻轻带过。叙事者基本不作评判，也很少描写精神的疼痛感，但对于性爱关系中各种可能的变数，却不约而同地流露出探究的兴致。这些形形色色的性爱关系的描写中，也正是各自不同、充满机巧的经验与感觉之“变”，使它们面貌相异而又旨归相似。

这里，一批以当下的上海为叙事背景的作品特别值得注意。上海，在现代化经验方面相比于其他省区所占领的先机，使得关于“上海”的叙事，从“怀旧”风潮与“上海宝贝”为表征的“新人类的写作”开始，就充分显露出某种优势，当然，其潜伏的危机也更为尖锐。2009年的《收获》《上海文学》《小说界》，不约而同地出现了一些以上海作为背景的小说，其中不乏一些年轻的写作者，他们所描写的上海这个国际大都市中最时尚前卫的人群的生活，为当代文学注入带有鲜明时代印痕的海派气息。这些关于新一代"上海人"的叙事建构，正是以经验层面的"新"与"变"映现于我们的眼帘。

黄雯的短篇《好笑的爱》(《上海文学》2009 年第 9 期)是其中较为出色的一篇。这篇小说写活跃在都会派对中的女孩 APPLE 对一个男孩展开的收放自如的追逐，表现了现代都市瞬间万变的情感节奏。在女孩 APPLE 的心中，男人只是供她施展想象力的模具，她深谙能够愉悦自己的游戏方式，不露痕迹地设计、驾驭着两人关系的进展。小说中的"看/被看"颠覆了传统的模式，痞男孩"他"富有魅力的存在，完全取决于"她"的"看"。这篇小说对心理体验的描写大胆、率性，毫不扭捏，但小说的问题也同样在于经验未经过滤的泥沙俱下。

孙未的短篇《打火》(《上海文学》2009 年第 12 期)在经验与概念的平衡方面，作了有益的尝试。小说写两个如原子一般漂泊在都市的男女，因搭伴吃饭进而同吃同住，双方都只求最大的方便而恐惧最小的责任，仅仅因为煤气灶坏了，他们的关系就不再合拍。这篇小说的结构也颇巧妙，熄火的煤气灶自然地处于情节冲突的中心，生动地映照出都市男女间委顿、坏死的情感能力。同样写都市男女原子一样的关系的，还有于晓威的短篇《在淮海路怎样横穿街道》(《收获》2009 年第 4 期)。小说写一对时尚男女邂逅、偷情，然后横穿街道，"像从来不曾被占有过似的"回到了彼此的轨道。他们彼此试探，但稍遇不顺，即刻背转身去，谁也无心去触碰现实的坚壁。这两篇小说的叙事对于心理体验的处理，都是隐晦而又闪躲的，没有文本所描绘的画面感饱满。

商羊的长篇《晚安，七井桥》（《收获》长篇专号［2009 春夏卷］）写一个沪上知名杂志的女记者和她的时尚文艺圈朋友们的感情生活。小说中的都市时尚男女都不食人间烟火、毫无生存忧虑，只在情爱的变幻中身不由己。所有人都逃不出“三角”恋爱的框架，错综回合的情感关系令人眼花缭乱。小白的长篇《局点》（《收获》长篇专号［2009 春夏卷］）也试图表现当下城市生活的疼痛。小说写沪上漂流的玩世不恭的青年，在尔虞我诈的骗局中遭遇身心的创伤。小说中的城市像一个“用钢筋水泥堆起来的梦境”，人和人的距离遥不可及，“我”渴望爱情但又无力承担，只能被现实裹挟着一路游戏而去。小说的叙述玩世不恭，但又带着几分遮掩与刻意，正如“我”看似满不在乎、故作放荡不羁的外表下，潜藏着的恐惧与焦虑。这份既清醒又茫然的矛盾，正是人物的特质，但作为叙述者的“我”急于倾泻自己的话语欲望，过于黏滞、饶舌的叙述模糊了人物，叙事的指向也变得漂浮不定。

孙颙的中篇《午夜交易》（《收获》2009 年第 4 期）和朱晓琳的中篇《五星门童》（《小说界》2009 年第 4 期）都写青年主人公从大学毕业到踏足社会的生活与感悟，所描写的都市生活经验也都极富新鲜度与时代感。《午夜交易》的开头，子夜时分的上海，一群高智商的职业冒险家，在高楼深处的电脑屏幕前进行着毫厘牵动千里的期货交易。凭着对数字的敏感，大学毕业生小艾从围棋到股市再到外汇期货，一路扶摇直上，然而变故突至，巨额资产一夜间被掳骗殆尽。最终帮助小艾实现精神突围的，正是他的感恩之心为他招来的情感回报。善与善的因果循环，使耽溺于冰冷、残酷的都市生存竞争与数字化游戏中的小艾重拾希望，当汶川地震的消息传来，小艾欲投身赈灾，在对他人的爱心与扶持中重建自我与信心。可惜，小说的叙事过于依赖戏剧化的情节，概念的植入因而显出生硬。朱晓琳的《五星门童》

则讲述上海名牌大学即将毕业的崔小栋与同学、女友一起在五星级酒店当临时门童的经历。小说所要褒扬的，无非是作为新一代上海人的崔小栋们身上所象征的，顺应时世而又不卑不亢、“君子爱财而又取之以道”的价值观。小说的叙述，很像是对涉世未深的大学生们所做的“入世指导”。结尾，崔小栋们面临就业难的形势，决定正式去当“五星门童”，向着酒店处“迷人的灯火”走去，现实在此被作了高度简化的处理。

相比于《午夜交易》与《五星门童》中的成长传奇，滕肖澜的中篇《爱会长大》（《收获》2009 年第 6 期）、刘迪的长篇《中国宝贝》（《小说界》2009 年第 2 期）更具日常生活的质感。《爱会长大》写“80 后”闪婚一族的董珍珠，在婚姻中渐渐成长的故事。《中国宝贝》则采用了一个上海 90 后独生女小臭臭的视角，呈示了更加“新”与“变”的成长范式。“70 后”的“上海宝贝”恍如昨日，“80 后”“90 后”宝贝们已陆续纷至。两篇小说的格局都很小，也都充满温情。《爱会长大》写得精巧圆润，“80 后”的董珍珠们，在婚姻的摩擦和现实的变故面前，由刁蛮任性、满腹牢骚的少女成长为懂得克制、体贴与妥协的小妇人。《中国宝贝》的语言则清浅简洁，格调轻松愉快，“90 后”的小臭臭们把快乐作为生活目标，追求自由发展，张扬独特个性，同时又乖巧妥帖、善解人意，她们眼中的现实和中国，只有简单、清纯的亮色。小说采用了片段式小文章，轻松屏蔽了一切想要回避的或敏感或沉重的话题，其表达现实的力度自然受到影响。

这些以“上海”为题材的叙事建构，折射出写作者对急遽变革的社会生活现实的高度敏感，但也暴露了理性思考的不足与精神格局的狭小。这其实也是当代文学叙事的通病。诉诸经验的“新”与“变”，似乎成为小说叙事摆脱概念焦虑的捷径，这样的思路与策略注定是柄双刃剑，一方面使文学叙事对不断变化的时代能够作出快速的反应;另一方面又使文学对现实的揭示越来越依赖猎奇的经验与偏狭的概念。显然,仅仅在经验层面的求新求变,并不能从根本上解决,甚至无法暂时缓解概念的焦虑,反而可能使叙事在概念与经验的双重夹击中进一步沦陷,与之必然相伴的是,文学独立性的渐行渐远。期待这一远未充分展开的问题的提出与讨论,或可有助于当代文学写作开放出更大的可能性。

(原载《社会科学》2010 年第 12 期)

文献考论与史料研究

从“亡国沦种”到“欧亚同种”

——论严复《英文汉诂》的语言文化观

曹晓华

“我的对于文法书的趣味，有一半是被严几道的《英文汉诂》所引起的。在印度读本流行的时候，他这一本的确是旷野上的呼声，那许多叶的‘析辞’的详细解说，同时受读者的轻蔑或惊叹。而我却受了他不少的影响……”[①]周作人提及的这本一度引起“轻蔑或惊叹”的《英文汉诂》，以中文讲解英语语法，1904年由商务印书馆出版。作为一本严复编写的语法著作，该书显然未能像他的多数译著那样受到学界的关注。[②]

从严复1903年至1904年的通信记录来看，《英文汉诂》成书的直接原因是要为他的弟子熊季廉编写学习英语的教材。在严复致熊季廉的书信中，可以清晰地理出这本语法著作成书的

---

① 这段话出自周作人1923年写的一篇小文《〈日本语典〉(绿洲十四)》，两年后他在随笔《文法之趣味》中又将此段话原样誊抄了一遍，添上杂感数行，收入《雨天的书》，并声明这20多年来对文法的兴趣没有多大改变。参见周作人：《周作人书话》，姜德明主编，黄乔生选编，北京出版社1996年版，第104页。周作人：《文法之趣味》，收《雨天的书》，止庵校订，河北教育出版社2002年版，第156—157页。

② 已知的以《英文汉诂》为中心的论文有，邹振环：《翻译大师笔下的英文文法书——严复与〈英文汉诂〉》，《复旦学报(社会科学版)》2007年第3期；赵玉玲：《严复〈英文汉诂〉编纂特色研究》，《牡丹江大学学报》2013年第2期；欧梦越：《严复〈英文汉诂〉考辨》，《福建师范大学学报(哲学社会科学版)》2014年第2期。

时间线索。[①] 该书最初名为《英文汉读》、又改为《英文汉解》、最终定名为《英文汉诂》，严复在1903年完成翻译《社会通诠》后开始着手编写。《英文汉诂》成书的另一原因是当时中国译界人才急缺，严复曾忧心忡忡地表示——

> 方今谈洋务者如林，而译手真者最不易觏。支那境内，以仆所知者言之，屈指不能尽手，此以见士趋时逐利者多，而仆学求自得之懿者尠也。[②]
>
> 目下学习洋文人几于车载斗量，然其发愿皆以便于谋生起见，其为考察学问政治，而后肆力于此者，殆不经见。[③]

略知西文皮毛者，或借着洋务的虚名谋求私利，或忙于生计奔波，真正借英语经世致用的屈指可数，此外，严复还担心译本自身的局限性，“西书万万不能编译，通其文字，则后此可读之书无穷，仅读译书，则读之事与译相尽，有志之士，宜何从乎？”[④]授人鱼不如授之以渔，与其读不能遍译且很难保证质量的译本，不如自学西语直接读原著。因此，尽管严复早已察觉一些人学习西文为了趋时逐利，但在《英文汉诂》卮言中，他还是针对所谓学西语会导致“中才莫不牵于所习”，“冀为西人奔走以要利”[⑤]以及世俗之论最为担心的“西学即日兴，则中学固日废”——作出

---

① 严复：《与熊季廉书》，收孙应祥、皮后锋编《〈严复集〉补编》，福建人民出版社2004年版，第241—253页。欧梦越的《严复〈英文汉诂〉考辨》已对《英文汉诂》的成书时间作了考证，见《福建师范大学学报（哲学社会科学版）》2014年第2期。

② 严复：《与汪康年书（四）》，王栻主编《严复集》（第三册），中华书局1986年版，第508页。

③ 严复：《与张元济书（二）》，王栻主编《严复集》（第三册），中华书局1986年版，第526页。

④ 严复：《论译才之难》，王栻主编《严复集》（第一册），中华书局1986年版，第90页。

⑤ 严复：《英文汉诂·卮言》，iii，商务印书馆1933年版。

驳斥。他认为西方列国中，通数门外语且带官职者不在少数，同时指出学习西语者也分层次，不该将矛头指向急于谋生、恒产无资的学子，而至于国民中真优秀者，“必不出于不通西语，不治西学之庸众，而出于明习西语深通西学之流”。[①] 作为一名深感“世变之亟”，又深谙“天演之道”的中国近代学人，严复在《英文汉诂》中倾注的不仅有教育启蒙的热情，更有他对中西文化异同的思考，同时也为他晚年复守旧法埋下了伏笔。

一　中西言语合一说

清末两次鸦片战争将中国拖入“智勇俱困之秋”，在救国保种的考量下，当时中国社会推行的种种变革对于西方的借鉴模仿难免缺乏审慎的思考。在追求速变的背景下，中体开始崩溃，中西的差异被逐渐忽视，正如列文森论述的那样，“被当做‘用’来引进综合的西学，并没有像这个整齐的模式（即中体西用——笔者按）所要求的那样充当中学的补充物，相反取代了它”。[②] 1904年1月，《奏定学堂章程》（“癸卯学制”）颁行，外语正式成为中学修习课程；1905年，科举制度废除。严复出版《英文汉诂》，适逢西学大举“入侵”、中体作为中国传统士大夫立身之本摇摇欲坠之时，他曾在与熊季廉的通信中提及“科举已成弩末”。[③] 此时中西差异被人为模糊。严复的《英文汉诂》通过中

---

① 严复：《英文汉诂·卮言》，V，商务印书馆1933年版。

② ［美］列文森：《儒教中国及其现代命运》，郑大华等译，中国社会科学出版社2000年版，第50页。

③ 严复：《与熊季廉书（二十三）》，收孙应祥、皮后锋编《〈严复集〉补编》，福建人民出版社2004年版，第249页。原句为“科举已成弩末，而国之得人不在此论”。当时熊季廉欲赴开封参加甲辰恩科会试（1904年），1905年废科举后，这成为最后一次科举考试。虽然严复自己数次参加科举均以失败告终，但在该信中更多流露出的是老师对学生的殷切希望。

西语言溯源提出欧亚同种的理论，也可视为对当时中西学此消彼长的一种回应。

严复试图先通过打通表音与表意两种不同造字原则的界限，为中西语言追根溯源，然后得出“中西言语，本为合一”的结论。在结束对“八大词类”(Eight Parts of Speech)[①]的逐一介绍后，严复切入正题，“盖字各有职，以往八篇所论皆以著其职者也；其继此所言，则英文造字之要，求之中国，与文字之偏旁六书，乃最近也”。[②] 之所以铺垫了“八大词类”，是为了将中英文造字之要打通，为中西语言同源的结论做准备。在第十二章“制字”(Word-making)中，严复正式提出了他所认为的中英制字原理——

> 字之制成，其法亦有二，一曰会合 COMPOSITION，会合者，取分立之文字而合之，使成一也；如 lighthouse，inkstand 是。一曰转成 DERIVATION；转成者，由一字之根 root，以意义之殊，而变化其体成异字也；如 love 字为根，而 loving，lover，lovely，lovable 诸字由之而出。前之法，即中文六书之会意；后之法，即中文六书之转注……[③]
>
> (泰西拼切之字)独会意，转注，假借，三者，其为用于中文正同，会意，转注，既前论矣，其假借法，以一字而当数义，如 box 字有二十余诂，此则西文谓之 ambiguity，所最多者，

---

① 《英文汉诂》中的“八大词类”分别为名物部(Nouns)、区别部(Adjectives)、称代部(Pronouns)、云谓部(Verbs)、疏状部(Adverbs)、介系部(Prepositions)、挈合部(Conjunctions)、嗟叹部(Interjections)。严复在《穆勒名学》中将“八大词类”定名为名物、区别、代名、动作、形况、缀名、缀句、嗟叹，与《英文汉诂》在名称上略有出入。

② 严复：《英文汉诂》，商务印书馆 1933 年版，第 100 页。

③ 严复：《英文汉诂》，商务印书馆 1933 年版，第 101 页。

皆由假借而得之。[1]

严复将英语的词根词缀构词法套上了汉字会意、转注的外衣。根据现代语言学常识，汉语属汉藏语系，是缺少词形变化、注重词序的孤立语，而英语属印欧语系，有着丰富的词形变化，属屈折语。严复却将两者的构词法结合在一起，这其中的音形差别被有意消除，导致《英文汉诂》在解释中西词源时"自成体系"却又略显牵强。

《英文汉诂》从音训和后缀流变两方面考察中西言语同源。在解释英语五元音时就将其与中国古音宫商角徵羽相比附，并按照汉字韵部做成一张"英字元音表"，这种中英音比附的方式在全书中不止一次出现。严复认为英语中通过变化元音以改变词性的现象与中文的"破读法"相似，即通过平仄声调的变化来改变汉字词性。这种联系的结果就是通过考据汉字古音，将该古音与发音相似的某个英语词缀归为同源，以支持中西合一的论断。如论及英语常见前缀"-a"时，严复将其与"於"字联系，认为"於"的古音读为"鸦"，而"鸦"音与"-a"相近，因此"中西言语，当上古时，本为合一"。[2] 而在论及英语中的外来后缀"-oon""-one""-on"时，由于这些后缀都有"大"的含义，而"中文六书，凡字之从于声，及奔贲诸声者，皆含大意，如讦竽墳蕡诸字是，其制字之音义，于此乃暗合，于之古音正为 o，而奔贲收音则 oon 也"。[3] 严复通过考证从"于"声之字皆含"大"意，"于"字古音又与"-oon"发音相近，再次推导出中西言语同源。

英语后缀流变也被严复纳入相同的理论框架中。讨论音节

---

① 严复：《英文汉诂》，商务印书馆 1933 年版，第 101—102 页。
② 严复：《英文汉诂》，商务印书馆 1933 年版，第 111 页。
③ 严复：《英文汉诂》，商务印书馆 1933 年版，第 120 页。

划分时，他认为“但若于音无害，则其分之也，当依造字之意为之，此与中文偏旁之意正同”。[①] 如果用现代语法解释，划分音节时辅音连缀应看作一个音节，不可拆分。但严复显然没有用学理性的语言解释这一划分规则，而是将落脚点放在了强调“与中文偏旁之意正同”上。当然，他也承认英语的语音流变与汉语有所区别，但更多旨在感叹“假六书为合，易同拼切之字，则久之亦将化为尾声”。[②] 例如古英语单词复数加“-as”，继而依次演变为“-es”“-s”；古英语中动词过去式为“-ed”形式，由于“西文以拼切，故易磨损而合一，久之 love did 乃化为 love-d”，[③]而中文不易合，仍是“爱了”两字分立（严复将“了”视为中文表过去的“后缀”）。相类似的还有对英语副词后缀“-ly”的分析，同样将其与“不易合”的“某然”结构作比较。这些中西文字的差别在严复看来是中西文在漫长的历史演化中产生的不同结果，但他强调的并非演化的结果，而是演化起点的相同——中文与古英语本出同源。

二 欧亚古民同种说

在西学不可不治、西史不可不读的年代，在“亡国沦种”[④]的民族危机下，严复坚持最经济有效的方法仍是“先通其语言文字”。他的立场显然与固守中体、提防西学之人有所不同，但这

---

① 严复：《英文汉诂》，商务印书馆 1933 年版，第 8 页。

② 严复：《英文汉诂》，商务印书馆 1933 年版，第 20 页。

③ 严复：《英文汉诂》，商务印书馆 1933 年版，第 60 页。

④ 严复：《英文汉诂 · 卮言》，i，商务印书馆 1933 年版。原文为“又虑鞮寄象胥之业，古先圣王所视为至贱者，浸假乃遍于党庠术序之中，而吾之典籍文章，所谓支那之国粹者，举以扫地，此亡国沦种之先驱也，又恶乎可”，这是严复模仿那些守旧人士的口吻写的。他当时对这种故步自封以救国保种的行为十分反感，试图提出避免“亡国沦种”的另一套方案。

并不意味着他的语言观是全然西化的。严复曾在福州船政学堂学习、任教，自然科学格物致知的精神影响了他的一生，借西语以救国难本来就充斥着急迫感，从而也带上了强烈的语言工具论色彩。进一步说，严复大力提倡学习西语只是将西语定格在了交流工具层面，而一旦涉及语言背后的文化立场，他便举棋不定。

虽然《英文汉诂》也偶涉日语等其他语言，但中英语言的比较仍是讨论的重点。在考证了大量古英语与中文（主要是文言）的"相似之处"后，严复并不满足于仅仅停留在所谓中英制字之法上，而是进一步提出了"中西古语多同，西人如艾约瑟等所言多与鄙人合者，可知欧亚之民，古为同种，非传会也"。① 以一种中西语言参证的体系推得人种学的结论，这背后依稀可以感受到严复面对的民族压力。人类祖先起源于非洲，从这个角度看"欧亚同种"也是有一定说服力的。但如同在论证中西言语归同时没有采用严谨的学理分析那样，严复在论证欧亚同源时也未对此加以自然科学的证明，而是主要从语言断想上推导。事实上，在语言学界确实有一种"单一祖语说"，即所有的语言最初起源于同一种原始语言，但这也只是一种推测，学界也有反对质疑"单一祖语说"的声音。提出社会运行语言学的法国语言学家克洛德·海然热（Claude Hagege）就认为："语言的单一性是指只有人类物种才具有的天赋：言语活动（langage），而不是语言（langue）本身。从源头上看，人种虽然单一（种属单生性），语言却不是单一的（语言多生性）。"②他推测这种对单一原始语言的

① 严复：《英文汉诂》，商务印书馆 1933 年版，第 34 页。此处提及的艾约瑟，或系 Joseph Edkins(1823—1905)，英国传教士、汉学家，著有《中国在语文学上的地位》(*China's Place in Philology*)、《以汉语演变佐证人类语言的起源与发展》(*The Evolution of the Chinese Language as Exemplifying of the Origin and Growth of Human Speech*)等，余情待考。

② [法] 克洛德·海然热：《语言人：论语言学对人文科学的贡献》，张祖建译，北京大学出版社 2012 年版，第 3 页。

执着寻找只是人类对大同世界美好想象的一种体现罢了。1887年柴门霍夫也是本着全人类能够使用一种语言沟通交流的美好愿望发明了世界语，世界语在很大程度上影响了中国近现代学人，清末围绕“万国新语”的激烈辩论在当时就与“大同理想”“国粹”“民族存亡”等焦点密切相关。对于严复来说，他所论证的同源同种更多是出于强烈的民族情感，而一旦语言与民族命运相结合，只用讲求实证的结构语言学知识或人类学知识对《英文汉诂》体现出的语言文化观进行“证伪”，对严复显然是不公平的。

19世纪的德国语言学家威廉·冯·洪堡特开辟了一条和后来着重实证分析的结构语言学完全不同的研究道路。与庖丁解牛式的“解剖学”研究模式不同，洪堡特将语言研究视为一个“生理学”的过程。前者将语言视为静态孤立的研究对象，从而错失了后者研究带来的有机动态的成果。语言是人类内部精神活动作出的选择，“是精神不由自主的流射”，[①]洪堡特明确指出——

> 语言的所有最为纤细的根茎生长在民族精神力量之中，民族精神力量对语言的影响越恰当，语言的发展也就越合乎规律，越丰富多彩。语言就其内在联系方面而言，只不过是民族语言意识(der nationelle Sprachsinn)的产物……[②]

尽管洪堡特在解释“精神活动”等关键处总是语焉不详，可毋庸置疑的是，民族的精神力量是语言选择和应用、守护与更生的驱动力，可以说，语言是心灵的外化，其中的对应关系显然不

① [德]威廉·冯·洪堡特：《论人类语言结构的差异及其对人类精神发展的影响》，姚小平译，商务印书馆2010年版，第21页。
② [德]威廉·冯·洪堡特：《论人类语言结构的差异及其对人类精神发展的影响》，姚小平译，商务印书馆2010年版，第16—17页。

可能被作为抽象的孤立物来研究，这也就是为什么单从语法、学理是否正确的角度来讨论《英文汉诂》是无效的。需要特别关注的是，洪堡特归纳的语言的两大作用分别是内在的（immanent）和构建性的（constitutive），[①]他继续补充道：

> 一个民族不可能超越已经深深扎根于语言之中的内在规约。在这一点上，即使是最发达的教化（Ausbildung）也起不了作用。一种原初的语言，甚至可以控制以后的岁月从外部添加进来的东西，并按照自身的规律予以改造。[②]

严复以文言“诂”英语的过程，也是一个“控制”和“改造”的过程。面对与自己的母语体验迥异的异国语言，严复的文言经验自始至终制约着他对西文的理解、吸收和应用。来自本民族语言潜移默化的影响通过严复对于中西语言渊源和欧亚人种演变的想象表现了出来。特定的时代氛围又进一步强化了严复对自己语言文化比较体系的信心，这种信心同时掺杂着母语自信心和民族自尊心。由此，严复自觉或不自觉地用自身的民族语言规范“归化”西方文法体式，开始了由语言到民族合法性的申辩，尽管这种申辩从《英文汉诂》的编写上看遵循的是“由西到中”而非“由中到西”的顺序。印证中西言语同一，是为了给汉语“正名”以控制偏见，即“文明进步”的表音文字强于“原始野蛮”的表意文字。严复在《英文汉诂》中并未将表意汉字的字音搁置一边，而是用一种传统训诂学的办法由汉字的古音推延至古英语的构词成分发音，通过一种牵强的“求同”实现汉语与西语的

---

① ［德］威廉·冯·洪堡特：《论人类语言结构的差异及其对人类精神发展的影响》，姚小平译，商务印书馆 2010 年版，第 35 页。

② ［德］威廉·冯·洪堡特：《论人类语言结构的差异及其对人类精神发展的影响》，姚小平译，商务印书馆 2010 年版，第 36 页。

对话，实现中西“赏文之秘”的互补，并以此作为民族精神压力的突破口，在提高汉语地位的同时缓解民族意识的焦虑感。用语言推导出的欧亚同种理论，其实揭示了这样的内在逻辑——语言生命力强弱的背后是民族精神力的强弱，古老的汉语既然与古英语同源，就意味着中华民族在先天上与西方民族相比不存在劣势。通过改造、更新、再生，汉语的危机能够化解，“亡国沦种”的危机也能缓解，因为“语言仿佛是民族精神的外在表现；民族的语言即民族的精神，民族的精神即民族的语言，二者的同一程度超过了人们的任何想象”。[①] 正如严复所说的那样，“吾闻国兴而其文字语言因而尊重者有之矣，未闻徒尊重其语与文，而其国遂以之兴也”。[②]

三 “旧法可损益，必不可叛”——语法的“重负”

严复在《与〈外交报〉主人书》中对日腾于士大夫之口的中体西用说不以为然，这并非是因为他固守中体，也不是由于他全盘西化以西代中。在他看来，中西学各有“体用”，且两方之体用皆不可二分，即同时强调中西学各自的特点——“体用者，即一物而言之也。有牛之体，则有负重之用；有马之体，则有致远之用。未闻以牛为体，以马为用者也。中西学之为异也，如其种人之面目然，不可强谓似也。故中学有中学之体用，西学有西学之体用，分之则并立，合之则两亡”。[③] 这样的思想也可以在两年后付梓的《英文汉诂》中找到踪迹，“中国文字最古，然先民从未为

① 严复：《英文汉诂》，商务印书馆1933年版，第52页。
② 严复：《英文汉诂·卮言》，V，商务印书馆1933年版。
③ 严复：《与〈外交报〉主人书》，收王栻主编《严复集》（第三册），中华书局1986年版，第558—559页。

之律令……今欲示学者以中西之相合，试取诗古文中一二语为式而驭以析辞之法，庶几可互相发明也”。[1] 他以中国古诗文为例，借鉴西文划分句子成分的方法加以“中式”的阐释，而这部分成了周作人所说的被“轻蔑或惊叹”的部分，其中可见严复以汉“诂”英振兴中学的良苦用心。他自述析辞之用“不独见于西文而已，乃至通之中文亦将擘理分肌，寻条讨源，而得其用意之所在，此赏文析义之秘也”。[2] 学习西文整饬严密的句法结构是为了进一步分析完善中文的行文修辞，严复转了一圈似乎又回到了原地。

事实上，严复从未否认过自己对于古文的痴迷。他因为译书好用生僻古字受到梁启超的质疑，[3]曾多次为自己进行辩解——

不佞之所从事者，学理邃赜之书也，非以饷学僮而望其受益也，吾译正以待多读中国古书之人。[4]

其谓仆于文字刻意求古，亦未尽当；文无难易，惟其是，此语所当共知也。[5]

可见在严复心中，选取古字已经成了一种情结，用考证过的精心选取的古字翻译西书是最为恰当的，而且严译作品的理想读者本就是具备一定古文功底的知识分子，这是一种非常特别

① 严复：《英文汉诂》，商务印书馆 1933 年版，第 191 页。
② 严复：《英文汉诂》，商务印书馆 1933 年版，第 232 页。
③《绍介新著·原富》，《新民丛报》1902 年第 1 号，第 115 页。原文为“但吾辈所犹有憾者，其文笔太务渊雅，刻意模仿先秦文体，非多读古书之人，一翻殆难索解”。
④ 严复：《与梁启超书(二)》，收王栻主编《严复集》(第三册)，中华书局 1986 年版，第 516—517 页。
⑤ 严复：《与张元济书(十四)》，收王栻主编《严复集》(第三册)，中华书局 1986 年版，第 551 页。

的“坚守”。严复翻译的一字一句，不仅是中西思想碰撞的结果，也是中西语言互换纠缠的印记，他视为根本的汉语表述形式不是从梁启超建议的通俗易懂出发，而是从溯源固本出发。《英文汉诂》虽不能算译著，但书成之后严复对汉字的执着和自信仍然可见一斑：“窃意此书出后，不独学英文者门径厘然；即中国之文字语言，亦当得其回照之盏[益]也。”①严复给《英文汉诂》增加了语法的“负担”，语法对于他来说不仅只有语用层面的意义。

严复并非是第一位也不是唯一一位试图借西语重振国语的人。1898年，马建忠出版《马氏文通》，以中国古汉语为研究对象，借用西方的语法体系创建了中国的语法学，是中国第一部汉语语法著作。书中古诗文例句的罗列占了很大的篇幅，单纯语法层面的解释并不十分详尽，对于基本的“字”“词”概念仍然十分模糊，但这种借用西方语言学的外壳填入中国文法例句的撰写方法成为一种语法书的模式。马建忠在后序中自述著书原旨：

> 斯书也，因西文已有之规矩，于经籍中求其所同所不同者，曲证繁引以确知华文义例之所在，……则是书也，不特可群吾古今同文之心思，将举夫宇下之凡以口舌点画以达其心中之意者，将大群焉。夫如是，胥吾京陔亿兆之人民而群其财力，群其心思，以求夫实用，而后能自群，不为他群所群。②

《马氏文通》作为一本语法书在试图沟通中西的同时还承载

---

① 严复：《与熊季廉书(十八)》，收孙应祥、皮后锋编《〈严复集〉补编》，福建人民出版社2004年版，第244页。

② 马建忠：《马氏文通》，商务印书馆2009年版，第13—14页。

了“不为他群所群”的民族自强愿望，这与严复作《英文汉诂》以期国人自强何等相似。马建忠又自记《文通》“人苟能玩索而有得焉，不独读中书者可以引通西文，即读西书者亦易于引通中文，而中西行文之道，不难豁然贯通矣”，[①]若干年后严复的《英文汉诂》试图揭示“中西赏文析义之秘”，对于语法著作出版后的影响力有另一重期待，可见此二者著书立意相同之处。

1907年，章士钊出版《中等国文典》，这部贯彻章氏“保旧增新”之意的语法书，作为被“教育部审定”的中学语法教科书，同样借鉴了西方语法系统，先后再版20余次，可见其影响之大。《中等国文典》的结构大略与《马氏文通》十分相似，同样是参照西语词性将汉字分门别类，各列数章，并加古典章句作为例证，只是已将“字”“词”做了区分。章士钊在该书《序列》中同样寄希望于以西文句法明晰汉语行文规律，使学子文采斐然——“以桐城姚氏之类纂择授诸女士而诠释之，时辄按之西文规律”，[②]这也是他在凡例中自诩的“国文风味”。[③]

马建忠、严复、章士钊的这三本语法书都试图构建起中西文对话的桥梁，三者编纂语法书的出发点都是相似的。虽然《英文汉诂》不直接以汉语语法为研究对象，但在介绍英文语法时，中西参照之意十分明显。《英文汉诂》在详尽分析西文语法的同时，汉语的地位借助比附有所“提升”；《马氏文通》和《中等国文典》则直接跳过了分析西方语法的步骤，借西方语法的系统结构分析古汉语语法，事实上也是迫切希望展示汉语的生命力。从

① 《上册付印题记（建忠自记）》，收吕叔湘、王海棻编《马氏文通读本》，上海教育出版社1986年版，第12页。

② 章士钊：《中等国文典·序列》，收《民国丛书 第二编 54 语言 文学类》，上海书店，据1935年商务版影印，第1页。

③ 章士钊：《中等国文典》，收《民国丛书 第二编 54 语言 文学类》，上海书店，据1935年商务版影印，第3—4页。

这个层面来说，严复的“同道中人”并不少。

1906年在环球中国学生会的演说中，严复怒斥“歧趋”①做派，即西学乍兴之时，轻浮少年薄古人之智，取西学皮毛逞一时之快。本指望学子能觅得西学门径，重振古文，但事与愿违。“西学之用”不再辅“中学之体”，严复担心的“以牛为体，以马为用”没有发生，可在他看来情况更糟，西学东渐不是他想象的那么含情脉脉，而是充满了攻击性。当西学冲击古法时，严复把“民德”置于“民智”和“民力”之上，毕竟他的启蒙教育接受的是传统教育，②考进福州船政学堂的文章是“大孝终身慕父母论”，他求学的起点已昭示了他未来的归宿。

对于“三十年以往，吾国之古文辞。殆无嗣音者矣”③的预言，老年严复“蹴然应之曰”——

> 物之存亡，系其精气，咸所自己，莫或致之。方其亡也，虽务存而犹亡，及其存也，若几亡而仍存，非人之能为存也，乃人之不能为不存也。……④

严复的一度趋前可以视为存旧法精气的特殊努力，他晚年的复守旧法其实只是这种努力与传统伦理的关系凸显了出来。这也就不难理解他遗嘱中的“须知中国不灭，旧法可损益，必不可叛”，⑤在他看来旧法即是根脉，古文是旧法的呈现，“英文汉诂”的终点必须是“汉”而不可能是“英”。

---

① 严复：《论教育国家之关系》，收王栻主编《严复集》（第一册），中华书局1986年版，第168页。

② 参见皮后锋：《严复大传》，福建人民出版社2003年版，第11—13页。

③ 严复：《涵芬楼古今文钞序》，收王栻主编《严复集》（第二册），中华书局1986年版，第275页。

④ 同上。

⑤ 严复：《遗嘱》，《严复集》（第二册），王栻主编，中华书局1986年版，第360页。

“有王者兴，必来取法；虽圣人起，不易吾言”，[①]从1906年严复自拟的书房联语中不难看出“老骥伏枥，志在千里”之意，无奈“烈士暮年”，纵然“壮心不已”，也不能无视病体华发。严复及其学说最终也完成了在中国近代史中的新陈代谢，《英文汉诂》虽然不是严译名著，但也见证了严复借西语以益国文、借延续古文精气以求民族自强的尝试。

（原载《湖南大学学报》2015年第6期）

① 严复：《自拟书房联语》，收孙应祥、皮后锋编《〈严复集〉补编》，福建人民出版社2004年版，第83页。

晚清改良新戏和女学的互动

——以《惠兴女士传》和《女子爱国》为中心

曹晓华

20世纪初的晚清戏曲界有过一次戏剧改良的热潮，矛头直指传统戏曲中“诲淫诲盗”的粉戏、淫戏，只为能有开通风气、教化人心的新戏。国势衰微，梨园却畸形繁荣。1906年，《京话日报》载曾存吴所写《戏曲改良的浅说》，论及“奸盗淫邪”的戏，尚且能让观众厌恶；“顽笑戏”，也能偶尔给观众带来乐趣；这些“却比不得掐头去尾的粉戏，看了会坏人的德性”。[①] 所谓“掐头去尾”的粉戏，实指当时一些戏园将完整的戏进行删节，仅挑取男女风花雪月的片段表演，其急功近利的丑态昭然若揭。一年后，民政部官方发文令各省推行戏剧改良，“拟由各省就所演戏剧各按地方加意改良，务使名义纯正，词曲简明，以为移风易俗之助”。[②] 官方文牍对改良戏剧的主题和词曲都提出了要求，用词可通俗但主题不能偏邪。就在民政部发文前夕，有一名天津士绅就将当时“戏”和“曲”的困局一语道尽，“盖古乐之节奏，意既深远，词尤清高，非妇孺之所晓，流俗人之所好，是以猥亵鄙俚之调得以攘正乐之席而占之”。[③]

晚清戏剧改良者的论述，几乎都带有“新一国戏剧”以“新

① 存吴：《戏曲改良的浅说》，《京话日报》1906年6月第638号。
② 《通咨改良戏曲》，《广益丛报》1907年第131期，第1—2页。
③ 《天津士绅上袁宫保改良戏曲禀》，《广益丛报》1906年第118期，第2页。

民”的梁氏文风,“改良新戏”成了他们眼中有“不可思议之魔力”的启蒙利器。且不论新戏实际教化之功究竟如何,就从历史发展的时间轨迹来说,正与刚起步不久的晚清女学相合。传统女学指“妇德、妇言、妇容、妇功”的女子修身之道,学习场所基本限定在家庭内部。而本文所讨论的女学主要是吸收了西方教育理念的晚清女学,包括女子学校的开办以及全新教育课程的设立,还有随之而来的女性意识的萌芽。改良新戏和晚清女学碰撞后,产生了许多值得探讨的空间。从国民意识的灌输到教育兴国的宣传,假想的新戏启蒙受众中总有女性列其中。戏曲教化的手段融合进了晚清女学体系,简言之,“戏教”与“女学”相辅相成。也正因为如此,女性表演者在戏台上的身份特殊,既是启蒙他者之人,也是被他者启蒙之人。与此同时,台下女性观众的存在也一直是当时社会争论不休的议题。文本旨在围绕晚清戏剧改良,分析台上台下女性在这次风潮中扮演的诸多角色,并结合报刊史料及新戏作品探究新戏内外女学的实际样态。

一 《惠兴女士传》与《女子爱国》:新戏与女学的联动

对于改良新戏,以启蒙愚下为宗旨的各大白话报如《天津白话报》《吉林白话报》《安徽俗话报》等格外关注,不仅刊登相关的论说,也直接登载新戏戏文。其中,直接涉及女学问题的剧目《惠兴女士传》《女子爱国》更是屡次见报,风行一时,且因其内容丰富、留存完整,对后世影响深远。

此时新戏之“新”,尤重内容之“新”,提倡者认为戏曲内容既趋新,其教化作用则愈加显著。对于戏曲形式的改良虽也有人提及，但终究碍于时势未成主流。[①]《惠兴女士传》和《女子爱国》作为提倡女学的新戏，其“新”也在于与女学有关的内容。田际云排、董竹荪改的新戏《惠兴女士传》在1906年上演，该戏取材真实事件。满人惠兴女士历经坎坷，自办贞文女子学校，但却因学校资金短缺难以为继，留遗书自杀。直到1909年4月第12期，依靠京友寄稿，《惠兴女学报》才开始连载该戏文，到了第19期来稿中断，连载也戛然而止。而《女子爱国》的剧本完成于1905年，1906年首演于北京广和楼，由崔灵芝主演，剧本作者是梁漱溟的父亲梁济。同年，彭翼仲主编的《京话日报》连发广告为《女子爱国》的上演造势，并在第635期（1906年6月2日）至第664期（1906年7月2日）连载其剧本，署名梁济别号“桂岭劳人”。两部戏同样轰动一时，也同样获得了官方的嘉奖，可谓互相应和。

从内容来看，两部戏都是关于女性自办女学的，且不失时机地把兴女学和兴国联系在一起。《惠兴女士传》由于取材自戏本外的真实事件，人物血肉丰满。有学者围绕戏曲界、学界、女界的互动，详细分析了《惠兴女士传》上演前后的人事纠葛。[②]

---

① 《天津白话报》主笔李镇桐曾写戏剧改良论说《听戏》，分两期登载于1910年5月7日（第107号）和1910年5月8日（第108号）。文章提到改良新戏一开始搬上舞台时确实颇受民众关注，但随着时间推移，观众的猎奇心理逐渐淡化，对改良新戏的热情也不比从前。李镇桐认为，这种现象的原因在于改良新戏高不从低不就，在观众的接受水平还只在淫戏这类鄙俗戏曲的阶段，就强行要求他们欣赏内容雅正的剧目，结果就是无人捧场。李氏在该文中最主要的观点是，“改良新戏，不宜太骤，总得有新旧过渡的阶段……凡爱听戏的，都谈不到情趣如何，全讲究唱的怎么样。我故此说新旧戏出过渡时代，断不可少了唱工、做工这两项啊”。对于李镇桐这样的资深戏迷来说，戏文内容早已烂熟于心，而唱工、做工才是他听戏的目的所在。现在看来，这种观点不无道理，但囿于时局，当时并没有充足的时间也没有从容的心态对各方戏剧改良的观点加以消化吸收。

② 参见夏晓虹：《旧戏台上的文明戏——田际云与“北京妇女匡学会”》，收陈平原、王德威编《都市想象与文化记忆》，北京大学出版社2005年版；夏晓虹：《王钟声与〈惠兴女士〉新戏》，《文艺研究》2007年第10期，第151—153页。

1904年，惠兴自办贞文女学校，夏晓虹考证她当时被汉人所办女学校拒收，所以下决心自己办学，[①]也就是说这所女学校在某种意义上是满汉矛盾的特殊产物。翌年，由于经费短缺，学校难以为继，惠兴自杀身亡。《惠兴女士传》中的惠兴女士并未一开始就登场，而是先铺陈了一番张之洞作《劝学篇》的来龙去脉。接着，观众从惠兴之子金贤的口中得知惠兴思想开明，嘱咐儿子上街买"文明新书"。金贤在街上看到了张之洞《劝学篇》的告示，回家后转告母亲，使一直有志于办学的惠兴深有触动。既然有官员鼓励，惠兴就与亲友商议开办了贞文女学校。《女子爱国》则是借鉴战国时鲁国漆室女的故事，着重表现漆室县爱国女子鲁至道领导众姐妹开办女学校。这部戏中女学堂兴办的过程比较理想化，鲁至道虽是戏中主角，但她的性格基本淹没在了国家大义的宣讲中。该戏不厌其烦地点明戏中几位女性的家境和身份，教导每个女性在女学兴起的过程中自觉"对号入座"，以力所能及的方式成为合格的国民。比如有资金的不妨像钟华仁那样捐款，有房产的可学毕可兴提供场地，如果家境贫寒也不妨，可以像鲁至道那样授课，如果官太太如卞夫人也能热心女学，那就更好不过。与《惠兴女士传》比较，这样"齐心协力"的景象虽然美好，却显得有些苍白。

当然，如果仅凭戏台上的人物宣讲，无论是《惠兴女士传》还是《女子爱国》都不足以造成深远的社会影响，况且表现女子兴学乃至女子爱国，新戏旧戏的界限并不清晰。以阿英所编的《晚清戏曲录》为例，与女性相关的有传奇《花木兰》《血海花》《巾帼魂》《花兰侠》《女英雄》等，杂剧《碧血花》《侠女魂》《女中华》等，还有各种地方戏，包括《女豪杰》《女子爱国》《姊妹投军》以及几

① 夏晓虹：《晚清女性与近代中国》，北京大学出版社2014年版，第230—231页。

种同名的《木兰从军》等等。[①] 但《惠兴女士传》和《女子爱国》还是从众多同类戏目中脱颖而出，原因不仅在于兴女学的主题，更在于它们同时提供了女学兴办之难的社会背景。新戏台上不仅人事纠葛错综复杂，戏本中还与时俱进加入了例如“阅报栏”“讲报人”“闹学”“破迷”等题材，减少了传统戏曲“女子从军”之类的俗套，一定程度上淡化了类型化的缺陷，也让观众和读者对女学蹒跚起步之时的社会背景有了比较深刻的印象。

两部戏都真实地还原了女学兴办过程中受到的阻挠。《惠兴女士传》中，张之洞的《劝学篇》张贴在街上，目的是让更多的民众了解开办学堂的重要性。百姓围观的场景不仅出自观众正常的好奇心理，更出自当时风行的阅报栏现象。正如《女子爱国》中心术不正的吴明玉，因为稍通文墨可能会成为讲报人，《惠兴女士传》里也有一位不合格的讲报人，台上的金贤和台下的观众一起目睹了这场围绕《劝学篇》的讲报“闹剧”。讲报者是一位食古不化的老学究，因为围观的百姓大多不识字，即便识字也看不懂文言，于是他堂而皇之地曲解文章的意思。有趣的是，在他煞有介事的“讲报”之前，有两个围观百姓的对话，因为都不识字，互相揶揄打趣，随后老学究登台“讲报”，金贤忍无可忍指出其误读之谬，围观民众似乎也意识到这位讲报者并不可信，于是用“唐朝的夜壶”取笑厚古薄今的老学究。这一街头众生相是证明《惠兴女士传》编排精妙的极好例子。众人对话的出发点都是《劝学篇》，其中不同人物之间的诙谐对话，都是顺着《劝学篇》延伸出去的线索。如果仅是“绝对正确”的讲报人通过解读告示劝导众人，那么底层民众和代表官方立场的“告示”之间的隔膜就很难呈现出来，而告示被不同的讲报人进行不同的解读，也是当

---

① 阿英编：《晚清戏曲小说目》，上海文艺联合出版社 1954 年版。

时阅报讲报时会真正出现的问题。《劝学篇》鼓励办学，编者的巧妙安排使戏中不同层次、不同角度的误读或隐或现全部指向兴学的主旨，充分照顾到了台下文化层次不高的观众，在博得大家会心一笑的同时也起到了警示作用。再看《女子爱国》中的算命先生吴明玉因为害怕学堂破迷而故意闹事，最后因为女学堂里供奉的孔子牌位，加上县官的义正词严，他只好作罢，这个情节值得玩味。第一，破迷的不止女学堂，同时兴办的男学堂同样也破迷，但是吴明玉却选择在女学堂闹事。除了女子柔弱这一层因素以外，吴明玉的选择其实暗示了两点，首先是当时女学亟须“正名”，其次是迷信已经是当时众所周知“属于”女性的陋习。正是因为女学需要正名，作者才“请出”孔子牌位，将女学也纳入圣贤之学的体系里。女学在当时若想获得官方的承认，只能在传统的修身之学里寻找理论支撑，1907 年颁布的《奏定女学堂章程》就顺应了这样的需要。此外，虽然漆室县办学伊始就热火朝天，但是兴女学的路还很漫长，作者对此也留下了一二伏笔。大闹女学堂铩羽而归的吴明玉因为粗通文墨可以去做讲报人，他心中窃喜：“幸亏我识字，可以看报，又可以混饭吃，我今天好险呀。”[①]这其中暗指一部分心术不正的讲报人可能会成为女学的绊脚石。还有女学堂建成时，“母教根源”的牌匾需要众女子落款，但卞县令却怎么也想不起自己夫人的名字，只知道她娘家姓“万”，最后还是卞夫人说出自己的名字是“万年长”。这其中很有意思的场景是，卞夫人一开始不愿自己说出名字，坚持要丈夫回想起来。从象征层面来看，万年长将赋予名字的权利交给丈夫，但是丈夫只是在新婚那天看到过她的名字，从此她不是卞夫人就是万氏。万年长“失名”的状态本可以通过参与女子办学

① 《女子爱国》，《京话日报》1906 年 6 月第 658 号。

改变，但是她本能地依赖丈夫，虽然文本将这个细节处理为万氏的娇嗔，但这个细节恐怕不只是为了有趣而已。《女子爱国》讲的是女子兴学的故事，可对于男女学的秩序，依然做了不动声色地保留。因为官费和政策的限制，只能官办男学堂，女学堂只能依靠民间自筹经费。关于男女学堂的教习问题，也在暗自应和男女学的秩序，鲁至道的见闻依赖的是留洋兄长的指导和寄回的刊物，县令建议鲁至道写信给其兄长，请他回国担任男学堂的教习。也就是说，指导者的角色和地位是固定的，鲁至道和她兴办的女学还只是追随者的角色。可以说，在《惠兴女士传》中，女学虽然是主线，但却不是唯一的线索，戏中还反映出了诸如新学与旧学、官方和民间的种种议题。戏台上对当时社会生活细节的精确复原也使兴女学的倡议即便在后来者看来，也有了丰富的背景以供挖掘。

上述这些细节的安排都如实反映了当时男学和女学的基本情况。可从中也可以看出，同样是为女学背景“织网”，《女子爱国》更类似于在戏台上的女学“排演”，虽然也由女学实际申发出来，终究还只是“纸上谈兵”。而《惠兴女士传》却是更为真切的血泪经验，其中女学兴办之难，读者观者皆似有“切肤之痛”。

二　戏本内外的女学困境

旗人贵林曾以文言写就《杭州惠兴女士为兴女学殉身节略》，概述了惠兴女士办学缘由，办学中遭遇的困难，以及为学殉身当天的情形，还带了几句办学之外的生平。整个《节略》总共才只有三四百字，而贵林用了近三分之一的篇幅，详细记录下了办学之初，各位捐款人的姓名、身份和捐款数目，这些款项细节，其实颇有深意。正是这些为数不多的捐款者让贞文女学校的开办成为可能，这也从一个侧面反映出惠兴当时收到的精神乃至物质援助并不多，因而也为女学校仅开办一年就因为经费问题难以为继埋下了伏笔。《惠兴女学报》还登载了惠兴女士写给全校学生的遗书，这份白话写成的遗书虽以《杭州贞文女学校校长惠兴女士绝命遗众学生书》为题，可字里行间都在哀求几位赞助人资助款项维系学校正常办学，没有半点校长对学生的劝导之意，而是字字泣血，一方面感叹女子办学不易，另一方面为满人对女学的态度着急，个中冷暖恐怕只有当事人心知肚明。新戏《惠兴女士传》在戏台上细腻还原了惠兴办学时遇到的挫折。现实中的惠兴因为办学不顺，在筹备会议上当众割肉立誓，加上之后的服毒自杀，这样惨烈的细节既容易引起社会各方的关注，也容易引起误解和争议。田际云和董竹荪在排演该戏时设置了一个胡搅蛮缠的老顽固角色，激化了惠兴和其他讨论开办女学者的矛盾。老人作为议席上惠兴等人最无法说服的对象，将惠兴遭受的非议具象化了，一开始他甚至对惠兴自残明志的行为还有所怀疑。根据贵林的《节略》，对惠兴割臂一事仅是寥寥数语，言及惠兴在请人商议办学事宜的当天，“忽当众前袒一臂，用刀割肉一片，誓曰：‘今日为杭州旗城女学校成立之日，我以此血为纪念。如此校关闭，我必以身殉之！’”[①]没有任何细节铺陈，也没有任何情绪酝酿，惠兴立誓虽然惨烈，在这简短的文字中却不免突兀。而田际云戏剧化的处理最大限度地展示了惠兴劝说众人时不被理解时的焦急、绝望，联系当时已经广为人知的自杀事件，既能充分还原事情的来龙去脉，也凸显了她的刚烈和决绝。

惠兴办学的事迹其实是晚清女学困境的缩影，晚清女学发轫之时受到种种阻力，在其自身的发展脉络中留下了深深的痕

① 贵林：《杭州惠兴女士为兴女学殉身节略》，《惠兴女学报》1908 年第 1 期，第 9 页。

迹。中国的女学自古有之，最早可以追溯到先秦。《礼记·内则》就已明确了“闺门之仪”，此时所谓的“女学”只是一个教育模式的雏形，更注重培养女性礼仪规范。两汉时期有刘向的《列女传》和班昭的《女诫》。到了明代，班昭的《女诫》、明成祖徐皇后的《内训》、唐代宋若莘和宋若昭姐妹的《女论语》和明代王相之母刘氏的《女范捷录》被并称为“女四书”，以对应一般意义上的“四书五经”。这些女学材料和晚清所提倡的“女学”有异有同。最大的相同之处在于无论是哪一个时期的女学都注重“妇德”的培养，也就是个人的品德修为；而最大的不同在于授课方式和授课内容，也就是整个知识结构的变化。中国古代女性接受教育的场所都是在家庭内部，与外界的接触极为有限。但如果以当时的女学标准进行评判，也可以找出德才兼备的优秀女性。从明清开始，女性一方面被剥夺财产权，同时通过对各种贞节烈妇的表彰进一步固化女性的道德意识和价值取向，限制了女性的发展自由，但另一方面女性在家庭内部，也就是在私人领域中的活动还是十分丰富的，从一般的女性结社、闺阁唱和到以名妓为代表的另一种社交网络，女性的才能虽然从外部来看一直被压抑，但是从微观上来看，女性依然能够在家族治理甚至诗文唱和中施展才华。这是一种隐藏的活力，正在等待着摆脱桎梏，充分释放的契机。

到了 19 世纪，西方传教士在华开办教会学校，这才真正开启了女性走向学堂、接触新知识的大门。一般讨论在中国创办的教会女子学校，就会提到 1844 年由阿尔德赛女士（Miss Aldersey）在宁波所办的女子学堂，这是西方传教士在中国本土建立的第一个女子学校。其实在此之前，西方传教士对中国女学的关注早已开始了。1825 年，来自英国的格兰脱女士（Miss Grant）在新加坡开办了一个专门教授中国女子的学校。1834

年德国传教士郭实腊(Charles Gutzlaff)之妻温施娣(Mary Wanstall)在澳门开了一个小型女塾,招收的是穷苦女孩。这两个女学堂教授的对象无一例外都是中国女性。同样在1934年,英国成立了“东方女子教育协进会”(Society for Promoting Female Education in the East),顾名思义是一个旨在推动东方女性教育事业的组织。1837年,这个组织派遣阿尔德赛女士在爪哇设立了一个专门学校,只教中国女子。阿尔德塞女士在1842年来到中国宁波,筹备妥当才有两年后宁波女塾的开办。基督教义与中国传统的女学时有冲突,又正值多事之秋,国人对西方来华人士的误会加深,阿尔德赛女士的女塾处境艰难可想而知。即便在天时地利人和均未取得主动的情况下,宁波这所女塾的学生还是从开办第二年的15人增长到1852年的40人,学员人数增长虽然缓慢,但考虑到办学背景,能够取得这样的进步实乃不易。[①] 教会女校的开办尚且如此一波三折,不用说国人自办的女校。1898年5月31日中国女学堂在上海开办,才有了国人对女学的直接改造之路。可惜的是,仅仅过了两年,学校主办者经元善横遭通缉,这第一所国人自办女校也在仓促间关闭了。

中国近代女性意识的发端,和女学自身的演进、现代女子学校的开办息息相关,其间也离不开报纸、文学作品的宣传造势。首先是空间的转换,女学的宣传总是和肉身的解放——即反缠足相伴相生。放足带来的象征意义超过了现实意义。相当一部分女性由于足部已经残疾,放足并没给她们的生活带来更多便利。但是,放足的象征意义在于女性行动力的自由,女性接受教育的场所从家庭转移到了学校,从私人领域转向了公共场所。一部分女性勇敢地迈出家门,默默承受着社会中不同目光的注

① 何晓夏:《教会学校与中国教育近代化》,广东教育出版社1996年版,第222页。

视。这种转换不仅是家庭到学校，也可以家庭为起点，到其他公共场所，比如演说集会、工厂或是戏园等等。这种转变不是一蹴而就的，它的发生通常掺杂着各种社会争议，例如下文会提及的女戏登台和女看客入戏园。女性原先并不开放的生活环境，使其迈出家门无论去往何处，都成为一种“景观”。其次是女学校的课程设置不同程度地打开了女性的视野，这其中少不了学制的支持和限制。1904 年颁布的《奏定学堂章程》（又称“癸卯学制”），承认了女子教育的重要性，却并没有将女学校纳入官方体系。清末第一份兴办女学的官方文件是 1907 年 3 月 8 日颁布的《奏定女子小学堂章程》和《奏定女子师范学堂章程》。该章程明确了女学的必要性，“倘使女教不立，妇学不休，则是有妻而不能相夫，有母而不能训子”。[①] 虽然 1907 年颁布的这份《章程》对女学堂和女学生依然有很多约束，但毕竟承认了女学堂的合法性。民国期间中华教育改进社曾经做过一个统计，[②]除去教会学校，1906 年全国女学生总数仅有 306 人，占该年学生总数的 0.07％；1907 年女学生的数量骤增至 1 853 人，占该年学生总数的 0.2％；到了 1909 年，全国女学生总数终于破万，达到 12 164 人，虽然在当年学生总数已有 1 536 909 人，女学生仅占其中的 0.79％，但回首过去的 3 年，女学进展之神速毋庸置疑。这其中官方将女学合法化的举措无疑起到了巨大的推动作用。以女子师范学堂为例，此次官方文件中设立的女学科目有 13 门，包括修身、教育、国文、历史、地理、算学、格致、图画、家事、裁缝、手艺、音乐和体操。课程体现出的知识结构已经比较完备，女学堂终于可以名正言顺地开办了。多样化的课程拓宽了女性

① 《奏定女学堂章程》，收璩鑫圭、唐良炎编《中国近代教育史资料汇编・学制演变》，上海教育出版社 1991 年版，第 574 页。

② 中华教育改进社编：《中国教育统计概览》，商务印书馆 1924 年版，第 5 页。

的视野，也进一步解放了戏台上下女性的空间，但这种解放依然是有限的，因为女性入学仅仅是一个开端，由此带来的社会观念变革还需要漫长的过程。

颇有意味的是，1918 年《女子爱国》的作者梁济自杀谢世。《春柳》编者随即全文刊载《女子爱国》的戏文，并在注中提到了对女学某些课程的意见："此戏在十三年前，却有功于女学不浅。虽尚未鲁变至道，而梁巨川先生之编脚本，与崔灵芝之现身说法，亦有功效。惜乎近日女学，多重皮毛。窃以为家政一科，与夫裁缝烹饪，宜加注意。否则昔日为女子谓二万万废人。今日纵有学堂，不从事根本以求之，仍恐将不免为高等废人也。"[①]作为民国年间发行的刊物，回首十多年前的戏剧，再看近来的女学状况，评判标准和观察角度难免有所偏差。作为晚清官方女学教育体系的规训手段，家政无疑是传统与现代标准相融合的典型产物。晚清学人已经意识到传统的"女诫""阃教"已经不能够满足女学发展的需要。下田歌子在日本"华族女学校"任职期间，曾编写数本教材，其中即有《家政学》一书。该书引入中国后，成为癸卯学制的推荐教材。此时女学还未有官方文件承认，但是家政已经悄然融入教育体制改革中。从这个角度来看《女子爱国》中供孔子牌位的细节，意味更加深长。既可视为"民间办学"的女学在向官方"示好"以获取更多资源的策略，也可能是以梁济为代表的一大批提倡女学的戏曲先驱试图寻找女学在传统和现代之间的平衡点。

三　新戏和女学视角下女性意识的解放与束缚

无论是教会女校还是国人自办女学堂，都对当时的中国女

---

① 梁巨川：《女子爱国》，《春柳》1919 年第 2 期。

性有启蒙开化之功，这点不言而喻。女学的主体虽以女学堂为主，但还包括了一时期围绕女性建构起的知识谱系和性别话语结构。正如前文所言，以"戏教"为中心的改良新戏正与开始起步的女学话语构建发生碰撞。戏台上下的女性空间因为女学风气渐开也发生着改变，同时考察女性表演者和女性观者，都可以找到女性意识萌芽的线索。

有学者认为中国戏曲"在相当大的程度上构成宗法社会公共机制与文化意识形态基础，塑造了民间意识形态的形式与观念"，[①]事实上晚清识者对此多有阐释，颇有心得，夏曾佑、梁启超、陈独秀等人多次强调戏曲的教化作用，这也形成了戏剧改良风潮的理论先声。1902 年，梁启超在《释革》一文中提道"有所谓经学革命，史学革命，文界革命，诗界革命，曲界革命，小说界革命，音乐界革命，文字革命等种种名词矣"，[②]同年他在《论小说与群治之关系》中提出后来为人熟知的"欲新一国之民，不可不先新一国之小说"，虽然通篇未及"戏曲"二字，却提到了王实甫的《西厢记》和孔尚任的《桃花扇》来证明戏曲的强大感染力——"我本肃然庄也，乃读实甫之《琴心》、《酬简》，东塘之《眠香》、《访翠》，何以忽然情动？"[③]以此可知，梁启超将"小说""戏曲"二者并置，所有对小说魔力的议论对戏曲同样适用。事实上，将此二者并置加以阐述的做法早在 1897 年严复和夏曾佑的《本馆附印说部缘起》中就有涉及，文章作者将《长生殿》等戏文也纳入了"说部"之中。[④] 当时有识者仿照梁启超阐发小说魔力之语，论述戏剧改良之必行，"欲破除迷信，必破除戏曲之迷信始；改良风俗，必改

① 周宁：《想象与权力：戏剧意识形态研究》，厦门大学出版社 2003 年版，第 44—45 页。

② 梁启超：《释格》，收《饮冰室文集第九》，中华书局 1936 年版，第 42 页。

③ 梁启超：《论小说与群治之关系》，《新小说》1902 年 11 月 14 日。

④ 几道、别士：《本馆附印说部缘起》，《国闻报》1897 年 12 月 11 日。

良戏曲之风俗始”。[1] 1904年陈独秀对戏曲改良的意见以“三爱”为笔名发表在《安徽俗话报》上，先是提出“戏馆子是众人的大学堂 戏子是众人大教师”，[2]接着又强调戏曲内容大于戏曲形式。文章认为戏曲表演者乃至戏曲作为一种艺术形式之所以被视为“俚俗淫靡游荡无益”，在于某些旧戏内容欠佳。为了给戏曲正名，更为了充分发挥戏曲的教化作用，戏曲内容改良势在必行。正因为晚清学人普遍赞同“戏教”的功用，戏剧改良才会演变成曲艺界的一股风潮。

虽然“戏教”已成共识，但对于女性出入戏园等场所，有关“男女大防”的议论还是甚嚣尘上，毕竟在时人看来戏园是鱼龙混杂的邪狎场所，对于连入学堂才勉强合法化的女性来说，实在不是适合出现的场所。

1903年，创刊于福建厦门的《鹭江报》登载了一则不起眼的本地新闻，说是有“女戏一班”在当地一书院连演七出“毛儿戏”，观者甚众。[3] “毛儿戏”指演出者均为女性的戏班子，这无疑是一个招揽观众的噱头。演出后戏班还一度考虑在鼓浪屿设戏馆长期安顿，但几经辗转去留不定，原因是当地官府认为“以若辈聚处难免滋事”。[4] 官府所称的“若辈”显然带有贬义，这个戏班不仅是为人不齿的“戏子”，还都是“女流之辈”，难免要成为“有碍风化”的“心腹大患”。1907年全面推行改良新戏时，《吉林白话报》曾经登文声讨戏曲界泥沙俱下的情形，提出一个当时流行的观点：正因为戏园风气不正，所以才要干涉女性入戏园，同时施行戏剧改良，待戏台为新戏“净化”后女性方可观戏——

---

① 《论川省戏曲宜改良之理由》，《重庆商会公报》1909年第163期。
② 三爱：《论戏曲》，《安徽俗话报》1904年第11期，第1—2页。
③ 《女戏登台》，《鹭江报》1903年第49期。
④ 《女戏行踪》，《鹭江报》1903年第50期。

如今各戏班，要是没有好花旦，班运必不兴旺。上海天津哈尔滨各处，更是奇想天开，实事求是，添聘了许多女角，专演各样淫戏。船厂这个地方，也跟着学。弄得风俗败坏，要人的人一天多着一天。如此的戏曲，人心怎么会正，风俗怎么会良。所以北京城的戏园子里，不准妇女入座，固然是怕人多起哄，也未始不因为戏文不好。大庭广众之下，实难以为情。果真戏文好了，劝化日久，人人知礼，妇女看戏，却又何妨？[①]

晚清虽然国运不济，但戏曲市场异常兴盛，对比梨园繁盛，礼教的约束力和执政者的行政约束力却越来越弱。换言之，“礼崩乐坏”的时局中人心浮荡，导致了梨园的畸形繁荣。仅以上海为例，戏园上演淫戏可以追溯到 19 世纪后半叶，前文论及的“毛儿戏”，也被时人视为淫戏的一种。清政府多次颁布相关法令禁演淫戏，《钦定吏部处分则例》还特意对妇女演出加以限制。

严禁秧歌妇女及女戏游唱

一、民间妇女中有一等秧歌脚堕民婆及土妓、流娼、女戏游唱之人，无论在京在外，该地方官务尽驱回籍。若有不肖之徒，将此等妇女容留在家者，有职人员革职，照律拟罪。其平时失察，窝留此等妇女之地方官，照买良为娼，不行查拿例罚俸一年。

《钦定吏部处分则例》卷四十五《刑杂犯》[②]

从康熙到光绪，类似法规层出不穷，可谓“三申五令”。无奈

① 《改良戏曲之关系》，《吉林白话报》1907 年 11 月 1 日。
② 王利器辑录：《元明清三代禁毁小说戏曲史料（增订本）》，上海古籍出版社 1981 年版，第 20 页。

地方政府对此采取的态度依然是“禁者自禁，演者自演”，有历史学者将当时上海淫戏风行归咎于“晚清上海绝大多数官员只是循例申禁淫戏，而并不切实贯彻……禁令形同具文，以致于由会审公廨差役所开办之戏园之中也公然演出淫戏”。[1] 既然连官员都可以漠视法令，民间淫戏成风几乎无人可以抑制。

出于各种原因违反法令登台演出的女性已经开始出入各种公共场所，似乎在行动上更加自由，和养在深闺的女性相比她们早已经“走出家门”。但她们不是走向“学校”，而是走上戏台，承受着各种目光。也正因为她们的行为处事在“礼仪规范”之外，所以一直被归入地位卑贱的“戏子”之流，并不能成为接受正统教育的女性典范。此外，撇开旧戏的内容，在例如京剧这样的剧种中，女性不得登台。所以就算在戏曲界内部，女演员也时常受到压抑。如今女戏班有与淫戏勾连，更是降低了戏台上女性的地位。戏台上女性地位低下，戏台下女性的处境也十分尴尬。

直到 1910 年还有报道戏园失火，“妇女听戏出丑”，以此规劝妇女不要再入戏园：

> 上月二十四日晚十一点多钟，河东四义茶园失火的时候，妇女们有丢靴子鞋的，也有掉在泥水里头的，并有被匪徒引诱到僻静地方，掳镯子抢首饰等事。
>
> 这以上都是大家知道的事。此外大家不知道的，还不定有什么丑事啦！大概吃哑巴亏的必不少。但不知爱听戏的妇女们，对于这次火灾，也有点儿戒心没有？[2]

---

① 魏兵兵：《“风化”与“风流”：“淫戏”与晚清上海公共娱乐》，《史林》2010 年第 5 期，第 4 页。

②《妇女听戏出丑》，《天津白话报》1910 年 9 月 4 日。

此时戏剧改良已经推行了四五年，可是观者对台下女性在戏院中的身份仍有所质疑。报道者暗示的不见报的“丑事”，指向暧昧，读者心知肚明，而需要多加防备的不是火灾本身，而是“妇女听戏”的行为。妇女听戏虽不像妇女演戏那样，三番五次被官方文件明文禁止，但当台上女性出演时，台下女客却还受到各种风俗礼教的约束。饶有意味的是，无论是怕观众起哄也好，怕戏词不堪也罢，都是以保护台下妇女的名节为出发点的。此时台下妇女和台上妇女虽然近在咫尺，却又天涯两隔。

女戏登场，观众喝彩，起哄声将女客和女戏的界限模糊，原本处于“看客”位置的女客突然和女戏一起成了“被看”的景观，而“被看”中狎邪的成分应是每个“良家妇女”要避免的。这样的考量还在暗示，如果戏文改良，去除那些淫词，台下妇女就会处于一个相对安全的位置。这样一来，改良戏剧的焦点就永远会在戏台之上，而戏台上的新女性角色则承担了所有“被看”的宣传“重任”。“戏教”和“女教”此时互相补充，实现了戏台上下女性无声的“对视”。但无论是出演《惠兴女士传》的田际云还是出演《女子爱国》的崔灵芝，都是男扮女装的，也就是说从这两部戏来看即便“戏教”成功，依然还是男性主导的女性启蒙，依然是男性代替女性角色发声，这恰恰也和晚清最初提倡女学者多为男性相似。

惠兴女士自杀事件传播开后，《北京女报》的主编张展云找到玉成班班主田际云，共商义演助学之事。两人决定一起组织“妇女匡学会”，筹备义演，并将此事禀告官府。在《禀立妇女匡学会小启》中，除了简述办会义演的缘由，还特别提到了“演戏三日，专卖女座”。[1] 有趣的是，在这次义演的传单中，还详细写出了妇女听戏的“规则”：

---

① 景孤血：《三十年前北京妇女匡学会义务戏传单》，《立言画刊》1939 年第 16 期，第 9—10 页。

……

本会一概不卖男座。

……

本会为匡学筹款起见，非借此射利营私，听戏诸女士，均因热心助善而来，总祈诸位谅此区区苦心戏，凡所用男丁，如车夫跟班人等，务须自为约束，令其在戏场外静待，不许擅入，以昭慎重，以省口角，如有买物套车等事，可令随带仆妇传言，即本会亦雇有女仆，预备使唤。

此三日所演戏文，经工巡总局审定，均系光明正大之戏，凡有伤风化者一概不演。

……①

可以看出田际云等人对于这三场只卖女座的新戏还是有所顾虑的。“只卖女座”意味着准许女性入戏园，得到了官府的批准，女子看戏更是合法。而本来《惠兴女士传》就是为了却惠兴女士兴女学的遗愿，转为女子开放，除了筹资也可以扩大女学在女性中的影响，合情合理。此等合法、合理、合情的新戏，田际云等人依然很不放心地“叮咛”女看客们千万不要让男性家仆入内，并且一再声明自己演的是“光明正大”之戏。个中缘由，恐怕除了重申改良新戏内容革新的宗旨，还要针对戏园中一直存在的“男女大防”。毕竟在女学校尚不合法的年代，女性虽然有机会进入戏园，但是重重礼教约束仍如影随形。

新戏《惠兴女士传》的成功也促使了《女子爱国》的上演，后者的剧本已经沉睡了一年，此时终于找到合适的机会加入新戏宣扬女学的热潮。而两部新戏引发的女学热议在某种程度上推

① 景孤血：《三十年前北京妇女医学会义务戏传单》，《立言画刊》1939 年第 16 期，第 9—10 页。

动了一年后《奏定女学堂章程》的颁布。只不过这官方文件如同《惠兴女士传》上演前给女性立下的“规矩”一样，虽然赋予了女性合法入学的权利，却仍不忘强化“女德”，“其一切放纵自由之僻说（如不谨男女之辨及自行择配，或为政治上之集会演说等事），务须严切屏除，以维风化”。①

晚清兴女学频频受挫，适逢新戏改良，内容革新。女学启蒙于是成为最引人注目的改良题材之一，新戏《惠兴女士传》和《女子爱国》推动了女学官方文件的颁布，同时也为戏剧演员正名。在这种良性循环之下，实际还隐藏着女性意识萌芽之初依然需要借助男性发声的现象。而礼教的束缚并没有因为制度的推行而立刻消散，相反连提倡女学的新戏中也处处留有向风俗和制度妥协的影子。在推动女学的大背景下，女性无论是登上戏台还是只成为戏文中的“她”字符号，抑或是坐在台下成为观众，都艰难地在进与退、去与留的夹缝中取舍。在女性走出家门成为“景观”的一瞬间，私人领域向公共领域的转移就已经开始。正如汉娜·阿伦特所论：“既然我们对现实的感受完全依赖于表象，从而也就依赖与公共领域——事物能够脱离其黑暗的、隐蔽的存在形态，而进入公共领域——的存在，因此，就连照亮我们的私人生活和隐私生活的微光最终也是来自公共领域的更加刺目的光芒。但是，有许多东西根本抵挡不住公共舞台上其他人恒久在场的那道无情亮光。”②面对围绕着戏台乃至整个晚清社会大舞台的灼热注视，女学道路漫长，而女性的脚步还需要更加坚定。

（原载《现代中文学刊》2017 年第 2 期）

① 《奏定女学堂章程》，收璩鑫圭、唐良炎编《中国近代教育史资料汇编·学制演变》，上海教育出版社 1991 年版，第 576 页。

② ［美］汉娜·阿伦特：《公共领域和私人领域》，刘峰译，收汪晖、陈燕谷主编《文化与公共性》，生活·读书·新知三联书店 1998 年版，第 82 页。

报章所见之周福清案

陈占彪

1893年，周福清科场贿考案发之年，绍兴周家祠堂中“翰林匾额忽平空堕落，鬼神先示机缄，而不知儆，宜其及祸矣”。[①]

“予性介，运复蹇。”[②]这是1899年在杭州狱中的周福清写给孙辈的《恒训》中的夫子自道。对他来说，最“倒霉”的事，莫过于光绪十九年(1893)的“科场舞弊案”。这也是其家庭从“小康之家坠入困顿”的转折点。此案在当时可是一桩“钦案”，“哄动了一时”(周作人语)，在全国都有一定影响。

不管当时社会风气如何，此案无论如何在当时都不算是一件光彩的事。周作人曾对其祖父的案子有过较为详细的客观交代，并对其本人在杭州陪伴入狱的祖父的生活有所回忆(如《鲁迅的故家》[③]《知堂回想录》等)。而鲁迅对其祖父，特别是“贿考案”，却含糊叙述，似有所回避，不愿深谈。比如，在其著名的《呐喊·自序》中，他只是以“有谁从小康之家坠入困顿的么”间接地暗示此案。而在《俄文译本〈阿Q正传〉序及著者自叙传略》中，他说，“听人说，在我幼小时候，家里还有四五十亩水田，并不很

① 顾家相：《五余读书廛随笔》。收薛绥之主编《鲁迅生平史料汇编》(第1辑)，天津人民出版社1981年版，第127页。

② 周介孚：《恒训》，赵淑英整理标点，收《鲁迅研究资料》(第9辑)，天津人民出版社1982年版，第28页。

③ 房兆楹先生在《关于周福清的史料》一文对周作人的一些史实错误有所纠正。(见于台北：《大陆杂志》1957年第15卷第13期)

愁生计。但到我十三岁时，我家忽而遭了一场很大的变故，几乎什么也没有了。”[①]这也是很含糊的说法。

既然周福清案在当时是“哄动了一时”，自然就不缺对周福清，特别是“贿考案”资料的搜集与考证。[②] 今天，此一案件的来龙去脉基本上可以弄清楚的。大致如下：

1893 年 2 月 16 日，鲁迅曾祖母戴老太太病逝，其祖父遵制丁忧，此时适逢慈禧六旬万寿，朝廷举行“恩科”以贺。担任浙江主考的殷如璋与鲁迅祖父周福清有同年之谊，9 月 7 日，殷如璋路过苏州之际，周福清遣家丁陶阿顺呈递信函，许以一万元洋银嘱与关节取中包括鲁迅父亲周用吉在内的同乡考生六名，由此案发，周福清投案自首，虽然交通贿买未成，但是 1894 年光绪皇帝还是上谕，“周福清著改为斩监候，秋后处决，以严法纪，而儆效尤”。然而，一年后的 1895 年，被关在杭州的周福清因“关节

---

① 鲁迅：《集外集·俄文译本〈阿 Q 正传〉序及著者自叙传略》，收《鲁迅全集》（第 7 卷），人民文学出版社 2005 年版，第 85 页。

② 湖南人民出版社编的《鲁迅研究文丛》第 1 辑（湖南人民出版社 1980 年版）中的《周福清科场案资料汇编》一辑将周福清案的史料收录得比较完备。该资料录有朱寿朋《东华续录》中与周案相关的八个文件。分别是：一、光绪癸巳九月辛巳（初二日。公元一八九三年十月十一日）御史褚成博奏（见“光绪一百十五”第一页）；二、九月辛巳上谕（见同页）；三、九月癸未（初四日。公元一八九三年十月十三日）浙江巡抚崧骏奏（见同页至第二页）；四、九月癸未上谕（见“光绪一百十五”第二页）；五、十一月乙酉（初七日。公元一八九三年十二月十四日）御史林绍年奏（见“光绪一百十六年”第三、四页）；六、十二月庚申（十二日。公元一八九四年一月十八日）浙江巡抚崧骏奏（见“光绪一百十六”第十九页）；七、十二月癸酉（二十五日。公元一八九四年一月三十一日）刑部奏（见“光绪一百十六”第二十三、二十四页）；八、十二月癸酉上谕（见“光绪一百十六”第二十四页）。这些文献在当时的《申报》上亦多有所登录。此外，还收录了周作人著作中关于其祖父周福清一案的章节以及郭嵩焘日记中关于咸丰九年顺天乡试科场案的记述等材料。此前，1979 年 9 月 5 日和 10 月 10 日《光明日报》分别刊载的钱碧湘的《关于鲁迅祖父档案材料的新发现》（其中四个文件分别是，崧骏两个奏文，光绪十九年九月四日上谕和诸成博奏文，薛绥之主编：《鲁迅生平史料汇编》第 1 辑，天津人民出版社 1981 年版录有）和张守常的《关于鲁迅祖父科场贿赂案》两文都是对周案资料的发掘。对周福清一案的研究有美籍华裔学者房兆楹先生的《关于周福清的史料》，此文经胡适推荐发表在台湾的《大陆杂志》上。《鲁迅研究资料》第 7 辑（天津人民出版社 1980 年 12 月）收录此文。

未成，赃亦尚未与人”而被“免勾”，得以保命。

人们通过御史、巡抚等人的奏章、上谕等官方文献“基本上”还原了周福清贿考案，当然，如果不加分析和批判地应用这些“权威”材料，就难免会得出一个与事实有差距，甚至在有些情节上与事实完全相悖的描述。上面说过，这个案件在当时可是“哄动了一时”，当时报刊，特别是《申报》，对此案进行了相对密集的跟踪和评论，这部分文献鲜见人提及和使用。通过对当时报刊上关于周福清一案的报道和反应，可以了解周案发生之背景（科场的普遍舞弊以及当年发生的三大弊案，而这与周最终受到重罚有关），补充周案之过程（案发后的缉拿及入监后的秋审），还原周案的细节（讯问时周福清从“理曲气壮”到“恣意逞刁”的表现），辨析官府的应对（崧骏奏折的曲护和用心），特别是知晓当时社会上关于此案的舆情。

案发：守正之士咸怀愤叹

周案发于 1893 年 9 月 7 日，当场被查拿到物证、人证。人证是递信之陶阿顺，随后，讯问陶阿顺，在陶阿顺的供述中，他与周福清的关系出现了矛盾的说法，报称，当初在苏州时陶称并非跟从周福清的，其后在杭州时又称他是跟从周福清的。

> 杭垣官场传说，谋通乡试关节之周姓家丁前日由臬司赵廉访询问，初在苏州府王可庄太守提讯时，据称小人跟周老爷到苏，属送信与主考，信中何事，实不得而知。至此口供与在苏不同，称小人非跟周老爷者，与主考之信，不过代递而已，其中情节更非所知云。[①]

① 《再述谋通关节事》，《申报》1893 年 10 月 5 日，2 版。

据浙江巡抚崧骏的奏折称，他本是绍兴府陈顺泉家佣工，7月间，周福清向陈顺泉借伊去伺候。陶前后所称的陶与周的关系出现的矛盾，也不难理解，在苏州事发之际，当然急于撇清关系，说自己与周无关，仅是代为递信，在杭州，恐怕逃脱不了，只得承认当初确是周的跟班。至于信中何事，即便他真的知道，他都会说他不知道的。

事发后，周福清畏避上海。10月2日，报称，浙省差人前往绍兴，要将周福清之妻(即鲁迅祖母)拿解省城。

> 浙江乡试谋通关节被获一案前已有闻，兹闻关节则用“仁宗茂育”四字，而省垣已饬差廿八□东渡至绍郡周姓家，将周姓之妻某氏拿获解省，闻俟抚宪出闱后审问也。①

此处“仁宗茂育”四字关节与浙江巡抚崧骏奏章上的关节“宸衷茂育”四字略有不同。当以后者为准，因为后者是从原信中摘出上奏皇帝的。等浙崧骏出闱后，开始处理此案并将此案上奏皇帝。

1893年10月11日，《申报》有则《上达宸聪》的消息。

> 浙江乡试有绍兴周太史谋通关节，以致家丁被获一案，前已屡见报章。兹闻浙抚崧振帅出闱后，即于某日将周姓六人并投递书函之家丁陶某，在苏省如何破案，如何捉解来浙，现将周太史即周福清革职密拿查办，至今尚未到案，一切详细情形，恭缮夹片，望北叩头，直达天听矣。又闻官场传说，前饬差往拿周福清之妻某氏，系札饬绍兴府俞太守②

---

①《谋通关节续述》，《申报》1893年10月2日，2版。

② 绍兴府为“霍太守”，绍兴府札令会稽县办理，其县令为俞邑尊。

办理，太守饬差过多，以致事机泄漏，周得以避匿不出，今已将太守记大过三次，而周妻禀称氏夫丁忧回籍守制，于三月间游幕在外，至今并未回家云。[①]

这里所提的浙抚崧振帅将周案上达宸聪，是指浙江巡抚崧骏于 10 月 1 日所上奏折。[②] 崧骏在奏章中将周案的经过详细上奏，这些史料已经见诸其他研究，这里不详细引述。

现在要做的事是拿获周福清，归案审讯，可是，人们尚不知周本人躲往何处。“并经臬司转饬会稽县查明，周福清系丁忧内阁中书，同治辛未科进士。惟周福清遣信函贿属关节一案，系在江南苏州地方，是否潜回浙江，即经饬司密饬仁和、钱塘两县查复，未曾来省，并由司飞饬会稽原籍，迅速查传省垣质讯。”[③]鲁迅、周作人正是在这查拿其祖父之际，被送往其舅家躲避的。这则消息称，绍兴府走漏了消息，以致使周得以避匿不出，太守因此被记大过三次。

后来报上纠正受到处分的不是绍兴府太守，而是会稽县县令。“九月初二日本报‘上达宸聪’一节，兹悉周福清一案绍兴府霍太守奉文后，未出一差，即札饬会稽县查办，县中奉札后，饬差持片往请，周妻以夫出外未归等语复县，县中即以其语禀详，上宪以该县承缉不力，纪过三次，与霍太守并无干涉，现在周福清父子已由县□次第寻到，于本月初二解往省垣矣。”[④]等周福清到案后，会稽县知令俞凤冈三次大过亦取消也。“前纪绍兴府会

① 《上达宸聪》，《申报》1893 年 10 月 11 日，2 版。

② 这个奏折在《光绪朝东华录》等文献中不难看到，这个奏折当时在光绪十九年九月初六日的（1893 年 10 月 15 日）《京报》已全登录，上海的《申报》于光绪十九年九月十七日（1893 年 10 月 26 日）转载。

③ 朱正：《一个人的呐喊：鲁迅 1881—1936》，北京十月文艺出版社 2007 年版，第 13 页。

④ 《谋通关节案续闻》，《申报》1893 年 10 月 20 日，3 版。

稽县俞邑尊凤冈纪大过三次，兹因谋通关节之周福清已获到案，即行消释云。”①

崧骏就周案上奏后，10 月 11 日，御史褚成博上奏彻查此案，同日，上谕崧骏严查并定罪。上谕称：“科场舞弊，例禁綦严，若如所奏各情，殊堪诧异。著崧骏严切根究，务得确情，按律定拟具奏。原折著抄给阅看，将此谕令知之。钦此。”10 月 13 日，又发上谕将周福清查拿到案，10 月 14 日，《申报》登录上谕如下：

> 九月初四日奉上谕，前据御史褚成博奏浙江正考官殷如璋行抵苏州，忽有人投递书函，中有考生五人姓名，并银票一万两，嘱与关节取中。经殷如璋将其人扣留，交苏州府看管，转解浙江请饬究办，当经谕令崧骏严切根究，本日据崧骏奏，据臬司赵舒翘禀称，准江苏臬司移咨此案，并将投递书函之家丁陶阿顺解交浙省讯，据陶阿顺供称，系周福清令伊投信，查周福清系丁忧内阁中书，请饬革职归案审讯等语。案关科场舞弊，亟应澈底查究，丁忧内阁中书周福清着即行革职，查拿到案，严行审办，务得确情，按律定拟具奏，该部知道。钦此。②

以钱来贿买功名，此事一经“爆料”，如巨石投诸镜泊之中，激起大家的不满。因为此举破坏了社会“公正”，特别是被视为最为“公正”的考试制度，有才者可能因此落榜，而有钱且舞弊者则高中，莘莘学子不答应，整个社会不答应。

御史褚成博、浙抚崧骏先后上奏后，“守正之士咸怀愤叹”，《申报》发表评论文章《书御史褚浙抚崧奏折后》对周福清以钱贿

---

① 《杭城官场摘要》，《申报》1893 年 11 月 9 日，2 版。
② 《本馆接奉电音》，《申报》1893 年 10 月 14 日，1 版。

考一事加以抨击。文章全文如下：

天道三十年而一变，古人有此语，窃以为亦未必可信也，而孰意其竟信而有征哉。咸丰戊午(1858)顺天乡试科场舞弊，以至杀人如麻，屈指于今三十余年，而今年乃又有浙江一案。岂稗官小说家言，谓大巡环三十年一巡阳世，[①]凡世间有不平之事，皆赖以反正。此言果不谬乎？

昨阅邸钞，见褚侍御及崧中丞同日上本，奏陈投书贿嘱一节，而不禁为之悚然也！夫近年以来科场积弊，盖已深且久矣，而浙省则尤甚。论者谓科场中之弊，实莫甚于广东。广东因有闱姓之赌，故往往有无中生，有偷天挖月之举，然未必通场皆然也，亦未必悍然不顾也。至于浙江科场，则历科以来大都皆不能弊绝风清，以故每一出榜，众论哗然，世绅巨族、大腹之贾，其子弟辈每取青紫如拾芥，此其中未必无弊，特无人焉发其覆耳。积久成为司空见惯，乃更肆无忌惮，若此次周福清之沿途投书贿嘱，是直视为寻常之事，绝不顾及王章国法，尚复成何世界？夫银票一万两可以卖中举人五名，并其小儿亦可叨光，则真所谓钱可通神。彼寒士终年咿唔，惟望三年一次，希冀振翮云霄，而苦于阮囊羞涩，贿嘱无资，虽有金陈章黄之文，亦莫不为钱神只手所蔽如此者，又岂少哉？

褚侍御之奏，犹属得之传闻，然所闻浙江正考官，在苏州境内拿获投书贿嘱之人，当交苏州府转解浙省，则已言之凿凿，且云内中有考生五人姓名，并银票一万两嘱与关节取中。甚至此事苏浙地方遍处传说，守正之士咸怀愤叹，而都

① 蒲松龄的《聊斋志异·于去恶》中有云："桓侯翼德，三十年一巡阴曹，三十五年一巡阳世，两间之不平，待此老而一消也。"

中士大夫亦有互相传述咤为罕闻者，诚哉其为罕闻也。至于崧中丞所奏则更非风闻可比，其折内云：八月初六日据浙江臬司赵舒翘，转准江苏臬司移，浙江主考殷如璋于七月二十七日路过苏州，有名周福清者，遣人赴浙江正考官殷如璋舟次，呈递信函。经殷如璋将投书之家丁陶阿顺扣留，押交苏州府收审，查知信中系嘱托关节情事，提讯该家丁，供词闪烁。由县委员管解陶阿顺，并移案到浙，督饬臬司会同藩司，督饬杭州府陈璚亲提审讯。家丁供词但言周福清遣其递信，信内何事，伊实不知。而据臬司抄呈所递之原信，则信内计纸二张，一书凭票洋银一万元等语，一书生五人马官卷、顾、陈、孙、章，又小儿第八，均用“宸衷茂育”等字样，又周福清名片一纸外，年愚弟名帖一个。则是真凭实据，毫无遁饰。且马姓官卷止有马家坛一名，暨周福清之子周用吉，均即扣考。顾、陈、孙、章，则褚侍御折内谓其有名姓，而崧中丞折内则谓信中有姓无名，总之，皆案中应办之人也。

夫周福清既属进士出身，则于此中滋味亦已尝过，以三年之功夫，九日之辛苦，或且入棘闱者不止一次，则尤为困顿，而坐令有钱者强占其位置，又岂甘乎？己则侥幸两榜，而顾不知自爱，培植其子，而欲附于叨光之列，果其可以叨光，则举人进士直将半文不值矣。所尤可怪者马姓官卷，亦在此列，夫既为官生，则必其父兄早经通籍，为文学侍从之臣，其教子也必以义方，俾得继起有人，书香不坠，此分内事也。子弟而不肖，不克担荷，则亦当严加管束，勿令其舍正路而入旁门。即曰望之情殷，急不及待，又岂有关节贿嘱以自干法纪之理？乃竟至于身罹法网，此诚有索解人而不得者矣。

此事传说纷如，大都非亲目所睹，不敢取以为信，将来此案作何办理，亦尚难悬揣而知。惟此二公奏折，则明明具在，固有确凿可凭者，故吾知科场之积弊，将自此而尽发其覆也。

鸣呼！士子读书攻苦，郁郁不得志于当时，秋风铩羽，点额龙门，咸以为限于时运，无可与争，而乃竟有长袖善舞，多财善贾者厕乎其间，则未免灰壮士之心，而短英雄之气，即于国家求贤若渴之至意，不将大相剌谬也哉？

周案一出，人们自然而然、不约而同地想起30余年前，咸丰戊午(1858)的顺天乡试科场舞弊。《清史稿》对此案有记：

咸丰八年戊午，顺天举人平龄硃、墨卷不符，物议沸腾，御史孟传金揭之。王大臣载垣等讯得正考官大学士柏葰徇家人靳祥请，中同考编修浦安房罗鸿绎[①]卷。比照交通嘱托、贿买关节例，柏葰、浦安弃市，馀军、流、降、革至数十人。副考官左副都御史程庭桂子郎中炳采，坐接收关节伏法，庭桂遣戍。盖载垣、端华及会审尚书肃顺素恶科目，与柏葰有隙。因构兴大狱，拟柏葰极刑。论者谓靳祥已死，未为信也。然自嘉、道以来，公卿子弟视巍科为故物。斯狱起，北闱积习为之一变。[②]

报纸在谈周案的时候亦将此案详细介绍。

闻之父老言，咸丰戊午科场一案，为亘古所未有。是科以大学士柏葰为正考官、兵部尚书朱凤标、署户部右侍郎、左副都御史程庭桂副之。揭晓后，言官奏平龄等朱墨不符，请旨特行覆试。旋查得兵部主事李鹤龄代刑部主事罗鸿泽

① “罗鸿绎”在《申报》上也有写为“罗鸿泽”的。
② 赵尔巽等撰：《清史稿》卷108，中华书局1977年版，第3156页。

> 订正关节，以条子送同考官浦安，浦托柏葰家人靳祥恳求中式，柏葰允之，平龄则讯得曾在票班唱戏奏入。上赫然震怒，召见惠亲王、怡亲王、郑亲王、军机大臣、内务府大臣等，谕以科场为抡才大典，交通舞弊，定例綦严，柏葰身任大学士，在内庭行走有年，且系科甲进身，岂不知科场定例，竟以家人求请，辄敢撤换试卷，既有成宪可循，朕即不为已甚。着照王大臣所拟即行处斩，浦安、罗鸿泽、李鹤龄、均照例斩决。副考官朱凤标、尚无知情情弊，从宽革职。邹应麟亦即革职，永不叙用。等因。钦此。嗣又讯出程炳采、陈景詹、谢森墀、李清凤、李旦华、王锦麟、熊元培、胡祖彝诸人均有弊窦，或斩、或流、或革，治罪有差。[1]

杀人如麻倒未必，但交通各方，一一问斩，包括担任正考官的大学士柏葰，此案足以震动人心，一定程度上起到了以儆效尤之作用。当然，周福清一案称之“丑闻”比较恰当，毕竟未遂。有了顺天科场的前例，周福清的脑袋就难保。“甚矣！科场舞弊之多也。前者浙江主试殷、周二星使过苏州时，有周福清者，胆敢遣家丁投递信函，中藏银票一万两，意欲为人贿通关节，侥幸成名。幸殷星使铁面无私，将家丁获交苏州府解至浙江讯办，屡经严讯，所供终属游移，在旁观拟议之词，咸谓作奸犯科，欺君罔上，一经定谳，首领恐难保全，薄海人民应亦不寒而慄矣。”[2]

背景：三大科场弊案

周福清科场弊案绝非个案，在当时，科场舞弊几成一普遍现象。

---

① 《科场舞弊论》，《申报》1893 年 11 月 12 日，1 版。
② 同上。

清朝考场严防作弊，不可谓不严。如此次乡试中，浙省主考官殷如璋的家丁病死闱中，也只能从墙外竖起十字架，将其尸体吊出。足可见其制度之严。

> 浙江正主考殷星使之家丁跟随入帘，屡觉胸膈郁闷，禀请星使传供给所购办西瓜，时已深秋，一时无从寻觅，乃多方设法由荐桥水果店代购硕大无朋者数枚，价亦不甚昂贵，计每斤大钱七十二文，传送内帘，以供大嚼，不料食瓜后，愈加烦燥，遍体焦灼不堪，服药罔效，延至廿六日病故，照例于墙外竖直木，作十字形，引绳其上，将尸吊出，并闻内龙门内患病者十之五六云。[①]

但是即使如此防范，仍防不胜防。“至于浙江科场，则历科以来大都皆不能弊绝风清，以故每一出榜，众论哗然，世绅巨族、大腹之贾，其子弟辈每取青紫如拾芥，此其中未必无弊，特无人焉发其覆耳。”明知有弊，却苦于无把柄、无证据也。当然也有现场抓获的。“第二场出，粪夫某甲，由场外飞递入场，至号门，问监军第几号相公在否，当时巡绰官在旁询以何事，甲无辞以对，搜其身，得经艺五篇，立即禀提调王观察，转饬仁钱两县枷号贡院东桥脚下一月责放云。”[②]

外贼易防，内贼难防，很多情况下，问题正出在监考者身上，这些人不光没能正确履职，而且利用职务之便，竟主动索求传递差使以自肥。有监军便“夫子自道”，大谈其“观人之法”。

> 科场作弊，防不胜防，传递文字，均由巡绰官，跟丁送

① 《浙闱客述》，《申报》1893 年 10 月 11 日，2 版。
② 《棘闱谈助》，《申报》1893 年 10 月 2 日，2 版。

往，而头号监军亦分其肥，自四元起价至十余元止。场外飞卷，则由供给所而来，然交与考生非过跟丁之手不可。流字号某生倩人抢代，由某号传来，一应费用出鹰饼十三枚。张字号某生，闻传递费一百元，大约由场外飞来，不然价何若是之昂乎？三场风声，遍传号舍，监军闻而垂涎，竟有向考生谋传递者。旁一人叹曰，传递何事，竟可直言不讳乎？及晚，监军向叹者附耳低语曰，文章非监军所能传递，谅非相公所知，上科即有人告我，观人之法，如法而行，上科得洋二元，本科首场得五元半。问其如何观法。答曰，说破则人人能看，亦不值钱，所患者不留心耳。人有两种，一种衣服京式或洋式，考具精美，考食即多且满，略带三四部洋版书籍，一进号舍，并不铺设帐幔，忽忙而去，久之始来，默坐号中，与左右邻号不过问姓道名而已，竟有默不一言者，此乃倩代做者也；一种布衣粗食，仅能饱暖而已，考具旧破，所带书籍尽是坊家木版，进号舍忽忙而去，瞬息即回，亦不甚言语，此乃为人作嫁者也。大略如是，其中细微有不能以言宣者，总之逐事留心为第一要着。即有看错，十得六七矣。相公不信，请问老于监军者未有不知也，彼监军者描摩可谓尽致矣。①

考试作弊，历来就有，今天亦时常见于新闻。当时，在周福清只是“不幸”被发现而已，这也是周福清被讯问时，还能“理曲气壮”的原因。但我们不能不看到，如果一旦被抓住，那可是“玩命”的事。清代对科举舞弊的惩罚也是极为严苛，与今日自不可同日而语，交通考官，是要“杀头”的，周福清自然不是不清楚。因此，他其实是“提着脑袋”做这事的，最终落了个“斩监候”的下场。

①《棘闱谈助》，《申报》1893 年 10 月 2 日，2 版。

与周福清交通关节未遂案发生的同时，此届科举还有两起科场案。一是顺天科场请人代书案，一是陕西科场谋求考差案。此三案都是该年被发现并“上达宸聪”的三件科场案。

虽然咸丰八年顺天科考案杀了主考的头，但仍阻止不了后来科场作弊的冲动。且看与周案同期的顺天科场的舞弊行为。

乃不谓如联侍御□所奏，则顺天科场之弊，更有可骇可惊者。奏折中略谓近来顺天乡试弊端滋甚，富豪者目不识字而出赀倩代，几于成市。奴才风闻今科中式举人周学熙、汤宝霖、蔡学渊、陈步銮、黄树声、万航皆纨袴不能读书，自录科以至乡场无一非倩人者。揭晓之日，道路哓然。盖周学熙场屋之文系假手邻铺，而不识其佳，出场又倩人代作三篇，归以骗其父，其父官河南，即以此三篇传示同僚，及观闱墨所刻，众皆哗然。汤宝霖在场中出号觅传递，几为监试所执，而尚咆哮不服，闻其草稿亦系贿人代书者。蔡学渊尤愚谬，其录科卷中“丰”书作“壹”，“顾”书作“颜”，已被黜落，其后不知以何手段而竟补出，遂尔弄弊获中。陈步銮身家不清，其祖父曾为皂隶，其捐京官时，以万金买同乡官印结，得以猥厕部员，恣其儌幸。此二人榜发后，不理于口，即皆逃归，冀息风浪。黄树声系换卷所中，现虽观望风声，闻已检点行装，将遁矣。万航素不通文，录科系倩人，正场系传递。亦有风声，外间传言今科舞弊幸中者数十人，而奴才所闻较确者，惟此六人云云。

噫！科场条例，何等森严，奈何竟胆大如天，不知罪戾耶。所最可笑者周学熙之父现官河南，则是一宦家子弟也，承椿廷之庇荫，席丰履厚，正宜闭户读书，与我辈橐笔依人，饿来驱我，以致旧学荒落，笔墨榛芜者，实有天渊之隔。乃既已不能搦管而倩邻铺代作，又不知其佳，出场后更雇人另作三篇以骗其父，其父复遍示寅好，以炫其子之才华，卒至闱墨传观，酿成笑柄。谚云，知子莫若父，何老犁牛竟聋瞶若此，岂真生有誉儿之癖者乎？此次幸逢恩榜，封章既递，蒙皇上派麟芝荞、徐荫轩二大臣覆查试卷文理笔迹，随即奏请将蔡学渊、黄树声、万航斥革，其周学熙、汤宝霖、陈步銮定期另行覆试。否则科场巨案，澈底根求，大狱之兴，其能已欤？

这是当年顺天科场的乱象。时人称："呜呼！噫嘻！成案（按，指咸丰八年顺天科考案）昭然，何等严厉，迄今仅隔三十余载，奈何竟愍，不畏法若此，之胆大妄为耶，此次犯者固已犯矣，顺天周学熙等覆试若何，目下尚无从知悉，即浙江周福清若何定案，亦不能悬揣，而知惟转瞬明年甲午正科，所望在事，各员悉心整顿，而士子亦鉴于刑宪，束身自好，无复舞弊，以冀幸功名，庶不负我国家慎重抡才之至意乎。"[①]

除此之年，是年，陕西科场也出了事。《清史稿》记有，"光绪十九年，编修丁维禔典陕试，同年友饶士腾先期为之辗转嘱托。事觉，俱逮问。士腾自杀，寻并削职"。[②] 这次是为丁维禔谋得考差，其同年饶士腾托族弟二酉堂书铺掌柜饶丹诏，饶托方小山、方托杨少舫，杨托裁缝吕德魁、剃头赵三，吕、赵托御膳房饭局掌案太监张秀林谋办。这的确够辗转的了。事后，"太监数人手携票据，向索谢银，互相争执，将经手之二酉堂书铺吵闹摔打数次，街邻聚观，该铺为之关闭者累日"。[③] 因此事发，事发后饶士腾自杀。

---

① 《科场舞弊论》，《申报》1893 年 11 月 12 日，1 版。
② 赵尔巽等撰：《清史稿》卷 108，中华书局 1977 年版，第 3156 页。
③ 《光绪十九年十一月三十日京报全录》，《申报》1894 年 1 月 27 日，10 版。

一年遇到这么多事，自然，没被发现的恐怕不计其数。是可谓当年科考“三大案”。时人评曰：

乡会取士，谓之科场，巨制煌煌，垂诸汇典，草茅下士，何敢妄赞一词，虽然今之科场其流弊亦可谓极矣，枪替传递，忌惮全无，关节交通，略不避人耳目，甚至简放主考出自宸衷，而亦有藉内侍夤缘以期幸获者。去年癸巳庆榜恃开，多士观光，欢腾寰宇，而科场之弊，莫有多于去年者。余江南人也，目击南省秋闱扰扰纷纷，棼若丝乱，意谓他省当不如是，不料试毕遄返，即闻浙省周福清以传递关节被拘矣，及榜发而顺天幸中之万航等六人，又被言官以笔迹文理不符封章严劾矣，时将岁暮更闻山西[1]主考丁维禔于回京时，有太监索取贿赂，牵涉某书铺中人，以致奏交刑部推鞫矣。

噫！辟门吁俊，典礼弥隆，不肖者乃舞法弄文，若此其甚，即幸而得隽，亦觉有玷声名，反不若我辈康了一声，依然席帽，犹为太璞之可以自完也。顺天案革者已革。其未革者另行覆试，恐一露庐山真面，亦难免鞶带之褫。山西案严□□堂未经覆奏，其中曲折，外人尚难悬揣而知。所急欲知者，为浙江周福清一案，乃迟之又久，究竟如何供认，如何谳成，虽有道路传言，未敢信以为实，坐令闷葫芦无从打破，以迄于今，直至岁杪，恭读纶音，始知周福清已定斩监候之罪，数日前邸抄邮至，乃恍然于此案之始末根由。[2]

这多起舞弊案，恐怕也是光绪皇帝赫然震怒，并决心严惩周福清的一个背景。

---

① 《清史稿》为“陕西”。
② 《科场刍议》，《申报》1894年2月18日，1版。

讯问：从“理曲气壮”到“恣意逞刁”

案发地在苏州，据说，苏州知府王仁堪本可将这事办得轻微一些，但不幸的是周福清却遇到了当初的仇人。陈云坡在《鲁迅家乘及其轶事》中云：“据绍兴周冠五先生告诉人，周介孚的亲戚陈华汉（进士，陈章锡之子，礼房周诰的女婿）恰任苏州府的发审，他为了过去周介孚说他住在岳家无出息的事，就在这案子上施行个人的报复，结果周介孚自首这件罪行而坐狱于杭州。”

关于周福清与陈华汉的恩怨，周观鱼在《三台门的遗闻佚事》中有详细的记述：“陈秋舫是致房仁派礼系的女婿，和介孚公辈份相并。初来做新姑爷时，岳家照例留住盘桓。礼系屋宇无多，就让他俩夫妇住在百草园的三间头里，他留恋忘返，经久不去。介孚公背地说：‘布裙底下躲躲（绍俗读作 kou）的是没出息的东西，哪里会得出山。’不知怎样一来传达到陈秋舫的耳朵里，他经这末一刺激，立即向岳家告辞，并扬言不出山不上周家门。果然有志竟成，他回家后苦读精研，没好久居然也中了进士，只差没有点翰林，闷气已伸，也应该释嫌言好。偏偏他的肚量狭隘，他中试后不做官而游幕，科举案发，他正在苏州府任名法幕友，而这件案子也发生在苏州府知府的手里。事发后介孚公忙去找他，他竟托故不见。苏州府知府王仁堪为的案情过大，深恐株连太多，和陈秋舫商议办法，想把案情缩小。陈秋舫执法如山，坚执不允，就这样的据实揭参出去，介孚公又吃了一个好讥评人家长短的大亏。”①周案不能“大事化小”是否与陈秋舫对周福清的忌恨相关不得而知，但周观鱼所云周福清对陈秋舫的讥

① 薛绥之主编：《鲁迅生平史料汇编》（第 1 辑），天津人民出版社 1981 年版，第 92—93 页。

讽似也合其“口不择言”“恶语伤人”的乖张脾性。

“跑了和尚跑不了庙。”在官府的“通缉”下和舆论的风口浪尖中，躲在上海的周福清回籍自首。10 月 12 日，他来到杭州投案。报上说到周福清乘蓝呢大轿投案之情形。

> 杭垣官场传说，谋通乡试关节之周福清于初三日到案。是日，乘蓝呢大轿，家人手持名片，诣抚院，口称拜会。适抚宪崧振帅进闱，尚未回署，而府县差役尾其轿后者数十人，见其由抚院而出，即上前不由分说，拥护至杭州府署，陈六笙太守当即饬仁、钱两县看管云。[①]

关键证人拿到后，10 月 17 日，杭州府陈六笙太守对其闭门讯问，虽说闭门讯问，但仍有“传闻”传出。周福清不光没悔改认罪，反而“以退为进”，“直视为寻常之事”，可谓“理曲气壮”。他直供不讳，“语涉疯癫”，还历数某科某人以某关节花了多钱，听得人胆战心惊，“太守知其为疯人，不复再讯”。其讯问情形颇为精彩，如下：

> 浙江乡试谋通关节被获一案，已革周太史即周福清拿获到案，早已列报。现闻杭州府陈六笙太守于初八日晚在花厅讯问。先将仪门内饬差役把守，不准闲人入内，关防严密，供词无从探悉。惟据传闻，周福清从仁和县狱中提出，至府署见太守，傲不为礼。太守谓尔在京供职有年，当知科场舞弊，功令森严，竟不自重脑袋乎？答称，这个脑袋岂仅一次？遂将关节事和盘托出，直供不讳。并述某科以某字为关节，买

① 《再述谋通关节事》，《申报》1893 年 10 月 18 日，2 版。

中者几人，某姓某名其价若干，意在牵扯，语涉疯癫，约一点余钟，滔滔汩汩如数家珍。值堂人役闻之，不觉毛发悚然，无不咋舌。太守知其为疯人，不复再讯，当即退堂，饬差役小心看守。周福清既到狱中，狱卒周旋其侧，若形影之不离。周福清曰，尔等如此看管，未免劳苦我，若畏罪当时避匿不出，尔等将从何处寻觅，今既到此，岂肯在狱中轻身自殉。我烟瘾已发，速取洋烟来。于是一榻横陈，呼吸之声，达于户外，烟云之气，遍布室中。以上均由传闻而得未知确否。[①]

周作人说到其祖父周福清投案被讯时的情形说，"知府王仁堪想要含胡了事，说犯人素有神经病，照例可以免罪。可是介孚公本人却不答应，公堂上振振有词，说他并不是神经病，历陈某科某人，都通关节中了举人，这并不算什么事，他不过是照样的来一下罢了。事情弄得不可开交，只好依法办理，由浙江省主办，呈报刑部，请旨处分。"[②]周作人所云正与《申报》所报道的内容相合。只是此处讯问的不是苏州府知府王仁堪，而是杭州知府陈璚，周福清投案于杭府。顾家相也记录了类似的尴尬的讯问情形。"陈鹿笙太守(璚)犹欲全之，曰，君清华贵客，宁知法犯法，其中岂有诬枉耶？介夫侃侃而谈，曰，近年浙闱如某科某人，皆以贿式中者历历可数，吾亦效若辈所为，非独异也。太守不敢穷诘，乃就本案定谳问拟大辟，浙人为作联曰：年谊藉賌缘，稳计万金通手脚；皇仁空茂育，伤心一信送头颅。"[③]

---

① 《初讯谋通关节案》，《申报》1893 年 10 月 23 日，2 版。

② 周作人：《鲁迅的青年时代》，止庵校订，北京十月文艺出版社 2013 年版，第 13 页。

③ 顾家相：《五余读书廛随笔》，收湖南人民出版社编《鲁迅研究文丛》(第 1 辑)，湖南人民出版社 1980 年版，第 215 页。亦可见薛绥之主编：《鲁迅生平史料汇编》(第 1 辑)，天津人民出版社 1981 年版，第 127 页。

对于周福清供述的“交通关节者已不止一科”的内容，经监察御史林绍年上奏给了皇帝。林称殿试时，考生事先常常呈递诗片予殿试读卷大臣，这在一定程度上说，这也是交通关节，而大臣却不以为过。至于如何杜绝关节，他提出变通阅卷章程以杜绝此弊。其所奏内容如下：

京畿道监察御史臣林绍年跪奏为大臣狥私，考政不肃，请饬妥议变通阅卷章程，以清弊源事。

窃维近来考事风气卑坏，弊窦丛生，外闲所传，令人骇怪。风闻浙江一案周福清所供交通关节者，已不止一科，京闱乡会试舞弊幸中者，更指不胜屈，毫无顾忌，一至于此，良可慨矣。推原其故，其不谨实自大臣始。何也？大臣之不讲风裁者日多，故遇殿廷考试相识者，竞以诗片纷投于其门，而大臣坦然受之，匪特不即奏参，竟且乐为搜讨，甚至所受之条，逾于所取之数，不惜谄颜代向他人通融者，此非关节而何？乃小臣以躁竞丧品，大臣以狥庇辜恩，风俗人心，尚可问哉？无他，私昵情亲，岁时礼厚，遂致罔知国法，不恤人言，且暧昧之事觉发，本难即闲有知者，人亦惮于指实，故此风日甚一日，几于视为故常，而无从禁绝。

臣愚以为，欲清其源，非变通阅卷章程不可。查殿试读卷诸臣，向于前期听宣，宿文华殿等候，次日卷到校阅，似可酌量仿照办理。拟请嗣后朝考散馆考差乡会覆试各场，均于考日宣阅卷诸臣入文华殿，候卷校阅，庶诗片之弊，不禁自除。若虑诸臣多此候阅时日，有旷部务，则阅卷员数，原可量减，责成更专，时刻从容，亦不虑草率。至供应一切，则闲年不过数场，每场不过二日，更可无虑烦费。似慎重试事，先清弊源，无有过于此者。应否饬部妥议变通阅卷章程，谨候旨施行，臣又闻近科殿试内阁刷印题纸之时，亦竟有漏泄策题情事，应如何添派官兵严密稽察，认真关防，亦请一并饬部妥议，以期无弊。臣愚昧之见，是否有当，谨具折上陈，伏乞皇上圣鉴。谨奏。奉旨，览。①

周福清虽然抱着“别人都这样，我为何不能这样”的心理，给杭州知府来了个“下马威”，但是，别人可没被抓住，而你却被现场抓获。他之“疯言疯语”虽然十有八九就是“事实”，但暂无人证物证，而你的事，可是人证物证俱全，总得有所交代。

于是，周福清不得不低下他那“骄傲”的头颅，坚称信中所写五人俱不知情，且银票实系空票，事到如今，只有如此，才能将罪行“最小化”。《谋通关节确供》中称：

浙江乡试时革员周福清谋通关节一案为前报所已登，某日杭州府陈六笙太守升坐花厅，饬将周从仁和县狱中提出，由管狱官押解至署。太守向之研问，供称犯官于丁忧回籍后，游幕于外，旋于七月间至苏州，实因名心太切，是以沿途往拜殷主试，主试因关防回避，归寓即修就书函，倩人投送，当场被获，身犯王章，今已知悔。太守问信中马姓等五人知情否，供称均不知情，问银票何来，供称实系空票，并无银两。初意马姓等五人均身家殷实者，倘文字果能中式，将来可设法往取，若不获中，此票亦无处支银。太守再三讯问，周仍执定前语，矢口不移，遂交管狱官带回狱中监禁，一面将口供已照录申详。②

---

①《光绪十九年十一月初七日京报全录》，《申报》1893年12月31日，12版。
②《谋通关节确供》，《申报》1893年11月3日，3版。

杭府讯问后，随后浙抚崧骏于 1893 年 12 月 25 日（“人犯于本月十八日早堂解候”[1]）进一步提讯。恐怕内容还如陈璚所讯一同。

上奏：经不起推敲的崧骏奏折

1893 年 12 月 17 日，崧骏复奏光绪。[2] 有意思的是，当光绪为考场弊案频发大为光火，要严查重惩周福清的时候，浙抚崧骏却怀曲护之心，采取了周福清的“一时糊涂”，临时起意，他人俱不知情，银票实系空票的说法。倘按法办事的话，“遍查律例，并无作何治罪专条”。

> 七月二十日，周福清携仆陶阿顺，由绍郡起程进京探亲，二十三日路过上海，探问浙江正考官殷如璋与伊有年谊，周福清一时胡涂，起意为子求通关节，并欲为亲友中马、顾、陈、孙、章五姓有子弟应试者嘱托，希图中式，各主考允诺，再向各亲友告知，择其文理清通诸生列名。周福清素知各亲友家道殷实，不患无人承应，事后必有酬谢之资。即由上海雇船开驶，二十五日晚至苏州停泊，周福清独自拟写关节一纸，内开五人马官卷、顾、陈、孙、章，又小儿第八，均用“宸衷茂育”字样，并写洋银一万元空票一纸，加具名片，装入信封。二十七日，正考官船抵苏州阊门，码头周福清嘱令陶阿顺先去投帖拜会，如不见，再投信函。陶阿顺将名帖信

① 《提讯要犯》，《申报》1893 年 12 月 26 日，2 版。

② 此件亦可见于光绪十九年十二月十七日（1894 年 1 月 23 日）的《京报》，转录于 1894 年 2 月 14 日的《申报》。因此件不难找到，此处不加以全文征引。1893 年 12 月 17 日的崧骏奏折居然晚于报上所云“人犯于本月十八日（1893 年 12 月 25 日）早堂解候”。

函一并呈送正考官船上，当经正考官扣留，押交苏州府收审，转解到浙，饬府讯供，将官卷马家坛，暨周用吉一并扣考，并经奏请将周福清革职，委员查拿。周福清先避住上海患病，随后回籍，闻拿畏罪自行赴县投首，并饬查提马家坛、周用吉到案。由县先后解省，发委讯办。钦奉谕旨，遵经饬据讯认前情不讳，诘无预谋买求中式之人，矢口不移，案无遁节。①

崧骏在奏章中将事件的来龙去脉说得一清二楚，这自然是最权威的描述，然仔细推敲，这其中"曲折良多"。

崧骏所奏该案是周福清一时糊涂，临时起意，与涉案五家无关，且银票系自写虚赃。这就是说该案无预谋、无牵扯、无后果。这种说法最大限度地避免了牵连他人，减轻了罪过，也免去了钱赃之罚没（"票洋系属自写虚赃，该革员又供家计贫寒，应免著追"）。牺牲一个，人财得保。

可是，他这种解释，或者说崧骏等人情愿认同的他这种解释，却不符合逻辑和常识。他在五人俱"不知情"的情形下自作主张，写万元银票，如果此事果成，而五家不愿出钱，岂不是"戏弄"殷同年主考吗？可能吗？同年发生的丁维禔辗转谋得考差一案就是事成后，办事太监为索取"辛苦费"而案发的。

对周福清案中表现的显而易见的刁钻、顽固、滑头、狡辩，时人不信、不服且不平。

嘻！周福清之恣意逞刁，竟至于此乎？天下暗昧之事莫有过于买通关节，岂有前途尚未倩托，而先行纳赇，然后

① 《光绪十九年十二月十七日京报全录》，《申报》1894 年 2 月 14 日，12 版。

告知者？天下郑重之事莫过于银钱，岂有银两尚未兑交，先肯代函空票者？周福清殆自知罪无可逭，任意扳出与一身承当，同一法网难逃，故为是巧言供认耳。独怪马传煦以木天清望，分位何等高华，乃不思责令其子励志芸窗，突被此案牵累，岂不有玷清班耶？在中丞（按，指崧骏）之意岂不知此案颇末曲折良多，特周福清既已直认不辞，惩之即足以为儆，故特仰体皇上吁俊辟门之意，此外略而不究，以安多士之心。[①]

事实上，周作人就说这都是亲友的主意，事先预谋的。"正主考殷如璋可能是同年吧，同介孚公是相识的。亲友中有人出主意，招集几个有钱的秀才，凑成一万两银子，写了钱庄的期票，请介孚公去送给主考，买通关节，取中举人，对于经手人当然另有酬报。介孚公便到苏州等候主考到来，见过一面（按，当没见过面，'沿途往拜殷主试，主试因关防回避'，正因没见面才修书，如果就史实而论，周作人关于其祖父的回忆可谓差错百出），随即差遣'跟班'将信送去。"[②]至于"对于经手人当然另有酬报"，对周福清来说，此酬报恐怕并非什么银钱，而是其子，即鲁迅的父亲周用吉一并沾光得以取中。五家子弟，万两洋银，每家二千两，而周福清不用出银，其子周用吉亦得高中，不就是最大的报酬乎？有钱出钱，没钱出力，这恐怕是周福清起劲并冒险的动力。"银票一万两可以卖中举人五名，并其小儿亦可叨光。"[③]借他人银钱，以关系来"叨光"，当是他做此事的实情，其时已有人如是点明也。

① 《科场刍议》，《申报》1894 年 2 月 18 日，1 版。
② 周作人：《鲁迅的青年时代》，止庵校订，北京十月文艺出版社 2013 年版，第 13 页。
③ 《书御史褚浙抚崧奏折后》，《申报》1893 年 10 月 28 日，1 版。

如前所述周福清的供述，骗不过今人，骗不过时人，自然也骗不过崧骏、陈璚。然而，常说，一个谎言要用无数个谎言去掩饰，今天要拿周福清的不合常理之言骗得光绪相信，就不能不通盘考虑，以期不露破绽。比如，为与其向无预谋，纯系个人临时起意的说话相合，就不得不将“专门”前往打通关系之行说成是“由绍郡起程进京探亲，二十三日路过上海”。可是，是年 2 月周福清母亲去世，周本人回籍丁忧守制，潘姨太、小孩周伯升都带在身边（“在‘五七’以前他同了潘姨太和儿子伯升回到了家里”[①]），进京探哪门子亲呢？为了不连累其他五姓子弟，将本是为五姓子弟谋通关节，并使小儿“叨光”的情形说成是“周福清一时胡涂，起意为子求通关节，并欲为亲友中马、顾、陈、孙、章五姓有子弟应试者嘱托，希图中式”。只有这样，五姓子弟的干系才能得以剥离。即使是他“自作主张”开列的五姓子弟也不是不学无术之辈，而是“文理清通”者。从这奏章的遣词用句都可见崧骏的曲护之心。的确，所托六人中，因为周福清的承揽责任，撇清与他们的关系，而免予株累。其信中所书有两个可以查实，没法完全逃脱关系。“马姓官卷”，全省只有马家坛一名，即翰林院编修马传煦之子，而“小儿”自然就是他的儿子周用吉，然此二人并不知情，分别斥革。而另四人顾、陈、孙、章，有姓无名，自然“更不知情”，免于追究。

对于周案，崧骏在奏折中知道该写什么，不该写什么，什么要详写，什么要略写，这都是大有讲究的。

又如，崧骏在描述当时案发时的情形是这样说的，“二十七日，正考官船抵苏州阊门，码头周福清嘱令陶阿顺先去投帖拜会，如不见，再投信函。陶阿顺将名帖信函一并呈送正考官船

① 周作人：《鲁迅的青年时代》，止庵校订，北京十月文艺出版社 2013 年版，第 12 页。

上，当经正考官扣留”。就是说，陶阿顺递信殷如璋时，即被殷如璋扣留。这真是今人所说的，“字数越少，事情越大”。陶阿顺被扣留的过程，在奏折中寥寥数字带过。倘若按此说法，这显然不合情理的。倘殷如璋此时有意接受贿赂，自然就不会扣押陶阿顺，退一步讲，即使惮于国法王章，不愿接受这贿赂的话，那完全可以或明或暗地拒绝，何至于翻脸将同年弄到大牢里。可见，将陶阿顺扣留，殷如璋有其“不得不”如此做的苦衷。

案发时的情形如何？徐珂在《清稗类钞》中称是苏州太守王仁堪谒见过苏的殷如璋时撞破此案的。

> 光绪癸巳，殷如璋、周锡恩衔命南下，主试浙江。至苏州，船泊阊门外。时苏州府为王可庄太守仁堪，循例谒见。谈次，忽有人以密函至，立待复书。功令，典试者在途，不得与戚友通音问。防弊也。殷得密函，请王启视。王阅之，色变，即呼拿下书者。书中所言，皆贿买关节语，并一万两银票一张，署名者周福清。周即浙江翰林院庶吉士散馆授知县，革职捐内阁中书者也。殷见事已泄，亦拍案大怒，请将下书者严究，以明心迹。于是，周遂被祸。[①]

周作人则说当时是副主考周锡恩撞破此案的：“那时恰巧副主考正在正主考船上聊天，主考知趣得信不立即拆看，那跟班乃乡下人，等得急了，便在外边叫喊，说银信为什么不给回条。这件事便戳穿了。”[②]周作人所云案发当时的情形与顾家相的《五余读书廛随笔》所述相同，周的说法当来自此叙述。顾云：“时两

① 徐珂编撰：《清稗类钞・浙江乡试关节》（第 2 册），中华书局 2012 年版，第 655 页。

② 周作人：《鲁迅的青年时代》，止庵校订，北京十月文艺出版社 2013 年版，第 13 页。

主司泊舟阊门外，副主考方过正主考船中闲话。殷公得信，暂庋一旁，谈笑如常。而副主考久坐不去，送信人以久待无回信，哗曰：'似此万金干系，岂并不给回信耶？'副主考乃攫来信阅之，殷公不能隐，乃执送信人发苏州府讯问，奏参介夫革职逮捕至杭。"①看来，主考得信的表现颇近情理，事情坏就坏在陶阿顺身上。

当时案发之情形，过去人不易弄清，现在却已经明了。近来，有学人发现副主考周锡恩1894年底写给自己的老师、翰林院编修赵次珊的一封信《奉座主赵次珊师书》，信中谈及案发时的情形。

> 惟锡恩细人德薄，福过灾生。戊子往陕，丧其长男。去秋适浙，又丧嫡女。回京忧恸，一切酬应多未及周。且往浙路过苏州，不幸遇内阁中书周福清，函通正主考殷秋樵京卿买求关节，被恩在船遇见。其时，主议揭发者，实锡恩所为也。浙抚入奏时，有正考官而无副考官，实因福清私函贿正而非贿副，故直以为正考官举发；若云副考官举发，则正考官反成被告矣。此崧镇青中丞所言，且亦系锡恩意也。不意外人疑谤，反由此起，误传周福清与恩同宗。称副考官已许贿买被正考举发，吠影吠声，不可复辨。而秋樵在浙则言系恩所为，以避仇雠之怨；到京则言系彼所为，以掠正直之名。而锡恩则一事而两面受过矣。福清同县至好李御史慈铭代其报仇。去腊，因未得京察，发愤广劾京外四十余员，将恩名罗入其中，有正主考举发周福清一案，副主考未经举发之人尚多，操守甚不可信等语。奉旨交掌院察看，徐荫师知恩者十余年矣。去冬，京察保列一等，当以查无实据，复

① 顾家相的《五余读书廛随笔》。薛绥之主编：《鲁迅生平史料汇编》(第1辑)，天津人民出版社1981年版，第126—127页。

奏事已了结。而忌嫉者总不甘心，浸润媒蘖扇之使怒，徐师复疑恩于福清一案，恩实未预在浙实有不可深信之处。乃于奏结之后，重加苛罚，于京察扣其引见，并议扣其考差，以致京师纷纷谣播，不可向迩。韩退之黑白倒置、南北易位，不亦枉哉？锡恩自维束发受书，沐父师之教，即以砥名励节，自期海内贤豪，妄以学行相期许。今乃持正不阿，被人诬陷，以毫无凭据之词，令受知师坐以废锢之罪，不亦冤哉？虽然，锡恩闻古人之言曰："何以止谤"？曰："不争"，又"御寒莫如重裘，止谤莫如自修，君子责诸己而不求谅于人，是非久久自定，听之而已，不欲辩也。"①

这信中交代的比较明白，确如周作人等所云当时系副考官周锡恩而不是王仁堪在座，倘当时周锡恩不在的话，此案无论贿与不贿，都不会发展到将周福清脑袋差点砍掉了。实际主张举发的是副考周锡恩。身为正考官的殷如璋自然不想将事闹大，这也是可以理解的，因为周福清请托的是他本人。然而，崧骏入奏时，只写了"当经正考官扣留"，这当然是"欺君"之言，但是只有如此写才能撇清正考交通周福清的嫌疑，不致有所牵连沾染。索性不提副考，且将主张检举的副考换成正考，也是崧骏和他们商议好的。"若云副考官举发，则正考官反成被告矣。此崧镇青中丞所言，且亦系锡恩意也。"从中可见，虽居九重之上，皇帝要了解实情也不是那么容易。因为忽略此一情节，就让主张检举的副考周锡恩就有了不免蒙谤。《清稗类钞》这样记道："有作联以嘲科场者。光绪朝某科，浙江正主考为殷如璋，副主考为周锡恩，联云：'殷礼不足征，业已如聩如聋，那有文章操玉尺；周人有

① 陈春生：《周福清科场舞弊案的另一方：从新发现的一则资料说开去》，《湖北师范学院学报》2015 年第 5 期，第 16—17 页。

言曰，难得恩科恩榜，全凭交易度金针。’”[①]从周锡恩的信中亦可见，他因主张揭发周福清而受到“福清同县至好李御史慈铭”的“报仇”。李慈铭讲到科场舞弊之风之盛时说到周锡恩，“今科副考官周锡恩，虽周福清一案举发，而尚多异论，且有鄙亵之事，臣不敢形诸奏牍。”[②]

论理崧骏的奏折是给皇帝看的关于周案最权威的官方文献，但是崧骏对此案之描述却大有讲究，什么当说什么不当说，什么当详什么当略，如何掩饰，如何措辞，都是颇费周章的。看来，倘只依官方“权威文献”来看周福清案，而不加批判性分析，终不能还原周案之本相。

定罪：从“斩监候”到“出狱”

基于崧骏所述之案情，由于此案犯罪未遂，外加有自首情节。1894 年 1 月 31 日，刑部尚书臣松溎拟定处罚建议为，交通贿买考官论斩罪，此案当减一等，拟杖一百，流三千里。[③] 对此拟罪，光绪不满意，光绪决定杀周以儆效尤。发出上谕：“科场舞弊，例禁綦严，该革员辄敢遣递信函。求通关节。虽与交通贿买已成者有间，未便遽予减等，周福清着改为斩监候，秋后处决，以肃法纪，而儆效尤。”[④]当初报上还一度误传光绪的旨意是“斩立

---

① 徐珂编撰：《清稗类钞·嘲科场联》第 4 册，中华书局 2012 年版，第 1635 页。顾家相的《五余读书廛随笔》亦有此联，文字不尽相同，联曰：“殷礼不足征，既已如瞶如聋，安识文章量玉尺。周任有言曰，难得恩科恩榜，早来交易度金针。”（薛绥之主编：《鲁迅生平史料汇编》第 1 辑，天津人民出版社 1981 年版，第 127 页）

② 转自姚锡佩：《坎坷的仕途——鲁迅祖父周福清史料补略》，收《鲁迅研究资料》（第 7 辑），天津人民出版社 1980 年版，第 214 页。

③《刑部尚书臣松溎遵旨议奏折》，可见光绪二十年二月初三日（1894 年 3 月 9 日）《京报》，转载于《申报》1894 年 3 月 20 日 12 版。

④《本馆接奉电音》，《申报》1894 年 1 月 31 日，1 版。

决”。“浙江乡试谋通关节之周福清奉旨科罪，已见报章，兹经本馆派赴杭州访事人来书，云是案初经杭州府陈太守听断拟以充发黑龙江，申详抚辕，缮折恭奏，皇上赫然震怒，朱批，斩立决。噫！在周福清固罪无可逭，而倩其谋干者，将何以为情乎？”[①]光绪的惩罚可以说偏重，毕竟人家犯罪未遂，当然与“斩立决”相比，还是略有余地。

考虑到这一年科考中发生这么多的事，特别是三件科场弊案，就不难理解光绪的恼火了，这或许也是光绪加重处罚周福清的一个因素。当时就有人称：“本届科场之案层垒如山，如浙江周福清、顺天周学熙、汤宝森、蔡学渊、陈步銮、黄树森、万航先后事发，以致或办、或革、或另行覆试。兹陕西又挂弹章，宜乎圣上赫然震怒也。”[②]后来研究者亦称：“清德宗因为这一年发生了三件乡试舞弊事件，要振刷一番，所以周福清才不幸被‘钦点’死刑。”难怪周福清在杭州狱牢中大骂光绪为“呆皇帝”了。得知光绪对周案的旨意后，报刊自然少不了又一番评论：

> 乡会取士，谓之科场，巨制煌煌，垂诸汇典，草茅下士，何敢妄赞一词，虽然今之科场其流弊亦可谓极矣，枪替传递，忌惮全无，关节交通，略不避人耳目，甚至简放主考出自宸衷，而亦有藉内侍夤缘以期幸获者。去年癸巳庆榜恃开，多士观光，欢腾寰宇，而科场之弊，莫有多于去年者。余江南人也，目击南省秋闱扰扰纷纷，棼若丝乱，意谓他省当不如是，不料试毕遄返，即闻浙省周福清以传递关节被拘矣，及榜发而顺天幸中之万航等六人，又被言官以笔

① 《灵鹫嬉春》，《申报》1894 年 2 月 21 日，2 版。
② 《严查纳贿》，《申报》1894 年 1 月 8 日，2 版。

迹文理不符封章严劾矣，时将岁暮更闻山西[1]主考丁维禔于回京时，有太监索取贿赂，牵涉某书铺中人，以致奏交刑部推鞫矣。

噫！辟门吁俊，典礼弥隆，不肖者乃舞法弄文，若此其甚，即幸而得隽，亦觉有玷声名，反不若我辈康了一声，依然席帽，犹为太璞之可以自完也。顺天案革者已革。其未革者另行覆试，恐一露庐山真面，亦难免鞶带之褫。山西案严□□堂未经覆奏，其中曲折，外人尚难悬揣而知。所急欲知者，为浙江周福清一案，乃迟之又久，究竟如何供认，如何谳成，虽有道路传言，未敢信以为实，坐令闷葫芦无从打破，以迄于今，直至岁杪，恭读纶音，始知周福清已定斩监候之罪，数日前邸抄邮至，乃恍然于此案之始末根由。

与刑部拟定的刑罚来看，此案属于重判，与科考舞弊当斩的判例来看，此案属于轻判。时人认为这“斩监候”的判决已算是宽大的了。

虽然，莫谓此案既已从宽，而日后尚可以幸试也，独不观咸丰戊午年科顺天巨案乎？是科仅误中一小伶耳，仅徇情收受条子耳，而相首柏葰既婴槃水加髦之显典，此外市曹骈首者，更累累若贯珠。今者弊窦之多不亚于当日，设一旦皇上赫然震怒，援成案以定罪名，恐处以极刑者，尚不第周福清一人已也。至于陕西一案，关涉主考行贿，尤足骇人听闻，本馆章定，凡局外人所送论说新闻概不登报，案之未经谳定者，虽登而不得著为论说，此案甫经讯究，未定

[1]《清史稿》为“陕西”。

爰书，仆虽不才，惟有遵守章程，暂安缄默而已，欲观议论请俟他时。①

1894年5月9日，浙省各县人犯集体审理，这其中最著名的案子就是周案，第一号人犯即为周福清。报上报道了当时的情形。

浙江各县秋审人犯业已陆续解至省垣，护□宪刘中丞于初五日在抚署大堂，会同司道亲鞫。是日黎明，藩臬两司及巡道首府首县先在官厅伺候。至辰刻，中丞盛服而出，四营武弁率同兵丁站围，司道各官进谒，中丞升座后，各官均就位，挝鼓三通，辕门大开，按经历带同差役将各犯由四角门进，共计四十一起，犯人四十三名，逐一提讯录供。

第一起系犯官周福清。由杭府特委府照厅至，府监亲提。该犯官乘舆而来，身穿元青外褂，头戴空梁凉帽，头套细练，至辕门外下轿，俟抚宪升堂，即由西角门带入，先望阙叩谢天恩，然后向公座行一跪礼，各宪均拱手相答。即将原供重录一遍，仍由方照磨带回府监收禁，该犯官所犯事关科场大典，部拟杖一百、流三千里，旋奉谕旨改为斩监候，秋后处决，本在不赦之例，本年恭逢皇太后六旬万寿，已奉恩诏情实，各犯一概停勾，该犯官虽得暂稽显戮，然恐终难幸逃法网也。②

照例，各犯分发日常用品，“每名给草席一床、扇一柄、手巾一块、青蚨二百翼、角黍四枚、凉鞋一双”。这时，周氏做出一惊

① 《科场刍议》，《申报》1894年2月18日，1版。
② 《杭垣秋审》，《申报》1894年5月15日，2版。

人之举，竟将所给钱物抛掷中丞！“兹闻当日犯官周福清由府监提出，押解抚辕审勘后给以钱物，周福清将所给各物向中丞抛掷，幸站立各员遮护不致被其击中，中丞不与计较，但微哂而已。”[①]其胆子不可谓不大。也可见其内心之不平。

幸运的是，周福清正遇到他骂作“昏太后”的慈禧六旬大寿，得以“停勾”，但停勾不是免勾，论理，只是多活命几天而已。

随后7月，中日甲午战争爆发，是年秋决之日，报上还有误传周福清被处决的传言。

> 杭垣癸巳科乡试谋通关节之周福清奉旨斩监候，秋后处决，至今适当其期。上月二十八日，接部文钉封斩盗犯二名、女犯二名，不知者悮以为周福清，遍传城厢，言之凿凿，竟若目睹也者。卒之仍系囹圄，尚未明正典刑，兹又谣传初三日处决不知确否？[②]

转眼一年过去，甲午败战后，1895年5月2日，又是一年一度的秋审之时，同时给各人犯发钱发物。“司狱官督同禁役将各犯由东角门带入逐一勘录，即由执事官将应给各物按名分给每犯大钱二百文，草席一条，角黎四枚，手巾一方，扇一柄，给毕后，由西角门带出。司道各官起立打恭告退，抚宪乃退入后堂，升炮掩门。”“又上年缓决犯官周福清一名，已减作军罪，因未充发，尚未过堂也。”[③]从中可知周福清已由斩监候减为充军。

1896年浙省秋审中，“每四月举行秋审大典，各属应录重囚，由该管府委员解至省垣，刻有陆续解到内有犯官周福清一

① 《犯官无礼》，《申报》1894年5月20日，2版。
② 《要犯未决》，《申报》1894年9月7日，2版。
③ 《浙省秋审》，《申报》1895年5月9日，2版。

员，羁禁府监已有三载，原定斩监候秋后处决，甲午秋审时归入下届办理，去岁特奉恩诏，除十恶不赦外，各省应勾人犯概行停勾，是以归入本年补录。系属官犯，例应另派委员提解，日前杭州府林太守特派本署照磨方参军亲提，赴院会勘，所有提讯之期，已奉抚宪牌示，定于初六日举行”。① 5月18日秋审时，我们可以看到，“有犯官周福清一员，系由府照厅方参军提解带至堂上，先行谢恩，然后勘录，该犯系乘舆而来，头戴空梁缨帽，身穿元青褂，颈系铁练，差役传语，犹称为周大人云”。②

1900年，庚子事变。1901年初，刑部尚书薛允升上奏：“依照庚子年乱中出狱的犯人，事定后前来投案，悉予免罪的例，也把他放免了。”③署理浙江巡抚、湖南布政使余联沅上奏：“官犯周福清一名已准部咨，奏准开释。”4月9日，周家雇船至西兴埠接周福清回绍，这时他已经在狱中待了八年了。而他的儿子周伯宜已于1896年病逝，他的孙子鲁迅此时也将完成江南陆师学堂附设矿路学堂的课程，准备远赴日本留学了。1904年，周福清去世，享年六十有七。

（原载《鲁迅研究月刊》2018年第3期）

---

① 《浙省官场纪事》，《申报》1896年5月22日，3版。

② 《浙省秋审》，《申报》1896年6月5日，2版。

③ 周作人：《鲁迅的青年时代》，止庵校订，北京十月文艺出版社2013年版，第14页。薛允升原折，查阅多种史料，惜未查到。关于周福清获释还有一种说法是说，1939年，无名氏称，“过了数年，听说他（按，指杭州知府陈六笙）的老师赵书（按，舒）翘向慈禧太后去说了一说，说他年老多病，不如释放了倒好。慈禧太后答应了，这件事情总算告了结束。”（《文艺阵地》1939年第4卷第1号，薛绥之主编：《鲁迅生平史料汇编》（第1辑），天津人民出版社1981年版，第92页）

江南陆师学堂附设矿路学堂考

陈占彪

1898年9月，正值鲁迅为入学不数月的江南水师学堂的“乌烟瘴气”倍感失望之际，江南陆师学堂附设的矿路学堂开设并招生。于是，鲁迅投考该学堂，并于光绪二十四年九月十二日（1898年10月26日）被录取。从此，他开始了在矿路学堂的三年学习生活，直到光绪二十七年十二月十八日（1902年1月27日）毕业，被公派选送赴日留学。

无论是此前在江南水师学堂，还是此后在仙台的医学专门学校，由于诸种原因，鲁迅都没能在那里完整地完成自己的学业，然而，在江南陆师学堂附设的矿路学堂，他却是完整地、顺利地完成了三年的学习生活，并获得了两江总督刘坤一颁发的文凭。后来，他在演讲时就这样说：“诸君的所以来邀我，大约是因为我曾经做过几篇小说，是文学家，要从我这里听文学。其实我并不是的，并不懂什么。我首先正经学习的是开矿，叫我讲掘煤，也许比讲文学要好一些。”[①]文学是他一生最大的成就，但开矿才是他本来的专业，而且是他“正经学习”过的，在他的求学生涯中，能“有始有终”地完成一个完整的学业，可并不多见。准确地说，正是在这矿路学堂中，他接触到了诸多新鲜的西学知识，开拓了眼界。对鲁迅来说，江南陆师学堂其实比江南水师学堂更为重要。

① 鲁迅：《而已集·革命时代的文学》，收《鲁迅全集》（第3卷），人民文学出版社2005年版，第436页。

对这所曾经打开其文化视野、刷新其知识结构的新式军事学堂，鲁迅在《朝花夕拾·琐记》对他当年的学习生活有所回忆，在《呐喊·自序》《集外集·俄文译本〈阿Q正传〉序及著者自叙传略》等文章中时有提及。这些零星的回忆材料的特点在于其着重于个人在学堂中的学习、生活经历，是印象式的描述，因此相对个性、感性、随意。显然，仅据这些材料来了解这所学堂是不够的，除此之外，我们还能在当时的奏议、报刊中找到关于这所军事学校的相关材料。这里通过一些原始文献和当时的报刊报道等材料，我们可以约略了解该学堂的开办时代背景、现实需求、学习生活，以及鲁迅留日初期所做的与矿学专业相关的工作。

背景：开矿富国，亟于储材

矿路学堂附设于江南陆师学堂。江南陆师学堂系张之洞于光绪二十一年十二月十九日（1896年2月2日）奏请创设并于同年开办。该学堂仿照德国军制，以培植将材为目的。张之洞在提出筹设江南陆军学堂的同时，也奏请设立铁路学堂，并将之附入陆师学堂。他说：

> 又铁路一项，学有专门，与陆军尤相关系。外国铁路衙门略如中国六部，设有极品大臣专司其事，大小学堂林立。闻德国通铁路学术者至数万人之多，方敷全国铁路十万余里之用。盖研求利弊，考验物料，图绘器具，推算工程，监督行驶，稽察修理，随在与本利相关，亦随在与军国相关。中国方经营铁路，而人材缺乏，势必多用洋人，费且不资，是非亟备人材不可。从前北洋亦经设有铁路学堂，其学业有成者业经臣调用数人，惜为数不多，殊不敷用。今拟另延洋教

习三人，招习学生九十人，别为铁路专门，附入陆军学堂，以资通贯。约计常年经费亦须二万数千两。[①]

张之洞所提与陆军尤为相关的铁路学堂，虽附在陆师学堂中，但规模并不算小，陆师学堂学生名额是150名（后来实际上招收学生名额是120名），铁路学堂名额是90名。可以看出，在其时张之洞的建议中，这附设的只是“铁路学堂”，与“开矿”并不相关。而鲁迅就读的是附设江南陆师学堂之中的“矿路学堂”。

至于中国为什么要“开矿”，或为什么要设立培养矿务人才的矿务学堂，其时人们已经将这其中的道理和逻辑说得非常清晰了。强兵必先富国，富国莫如开矿，开矿急需人才。

> 今日当务之急，莫先于精练海军，而练军必需筹饷，筹饷必先理财，盖富国强兵两相表里，强则未有不富者。理财无他，首在得人而已，有土此有人，有人此有财，[②]有财此有用。圣经垂训至当不易之论也。财有出于地利者，有出于人力者，有出于民间输纳者，有出于邻国征收者，请得而分言之，而其利之最先者莫如开矿。[③]

“中国各省矿产之旺为五大洲冠。”[④]当年德国地质地貌学家李希霍芬调查中国地质后，曾称中国为“世界第一石炭国”。[⑤]

---

① 张之洞：《创设陆军学堂及铁路学堂折》（光绪二十一年十二月十九日），《张之洞全集》第3卷，赵德馨主编，吴剑杰、周秀鸾等点校，武汉出版社2008年版，第325页。

②《大学》原文云：有人此有土，有土此有财。

③《论理财宜先开矿》，《申报》1890年2月9日，1版。

④《论中国矿务宜及时兴办》，《申报》1890年5月21日，1版。

⑤ 鲁迅：《集外集拾遗补编·中国地质略论》，收《鲁迅全集》（第8卷），人民文学出版社2005年版，第7页。

由于中国陆续创立了船政局、制造局、铁厂、军械厂等，势必需要煤铁等矿产，然而，拥有丰富的矿藏的中国由于不能自己开矿，只得进口，不仅坐失利源，而且资本流失外域。“窃查光绪十五年一年内英吉利、奥斯的呀、日本三国之煤售至中国者共二十六万八千趸，价共二百余万元，而办用铁机枪炮之价数尚不止于此，嗟乎！银钱之流出域外者亦甚多矣！即以煤铁二项之价值而论，曷怪富强之遽难收效乎。”①正所谓“抱着金饭碗，却要去讨饭”是也。

可是，开矿就需要开矿的人才。中国暂无此人才，可以从外国引进，可是，好的矿师虽重金亦招致不来，能招致而来的却多是诳利无能之辈。“盖矿师之应聘而来者，皆其国之无赖穷困无聊，特□中国以糊其口耳。而所谓名矿师者，虽诱以重利弗至也。”“所招矿师并无真实本领，曾未试之于实事，徒以大言欺人，其来也必需索重币，又必以三年为期，多者岁俸万金，既至则令购机器若干，机器至后，布置需时，倘机器相有损坏，又必俟其修理，旷日费时，一事未成，而三年之期已届，待所开之矿一无所得而縻□已巨万矣。”到头来花了巨款，往往办不成一件实事。“外来的和尚好念经”，却不是“好和尚”，自然也“念不好经”，可是中国的和尚更是连经都不会念。

于是培育采矿之专门人才的矿务学堂之开设就成了顺理成章的选择了。“将来中国必于通商各省建设矿务学堂，教以相度土脉，寻觅矿苗，以及化学镕炼各法，讲求既稔，能自得师，所有各矿必将次第开采。”②1888 年，有论称中国广办矿务学堂，“欲为持久之道长远之计，非亟于储材不可，欲亟于储材，非设立学堂不可。……中国此时而欲开办诸矿，广求人才，则必当开设学

---

① 《综纪中国去年购用洋煤价值之数》，《申报》1890 年 3 月 19 日，1 版。
② 《论理财宜先开矿》，《申报》1890 年 2 月 9 日，1 版。

堂以教矿务，庶几不数年间，中国可出无数矿师，不但无俟借材于异地，抑且可以开中国富庶之基，此举之不可缓也明矣”。[1]

直到甲午战败后不久，报上仍在老调重提不得合适外国矿师之烦恼，历数培养自己的开矿人才的好处。

> 历来所延矿师多借材于异地，必先隆其礼貌，优其廪禄，立合同三年，以为要约，至于所得之赀绌则与彼无预焉，赀则彼居其功，绌则彼不任其咎。一切置办机器，彼已先获其利，一旦事或无成，半途中撤，则彼反得逍遥于局外。或谓中国今日襄办矿务之人，其由聘请而来者，类皆阘茸之流，头等矿师未必肯至，故往往有此弊端。然则居今日而论，矿政所以为整顿之方，而握要以图者，实莫先于造就矿务人才。我中国人民心思材力，初不在西人下，特为上者，未尝鼓舞而振作之，斯在下者，无由闻风而兴起。诚能开设矿务学堂，延聘西人之精于矿务者为教习，详订规条，妥立课程，招集聪颖子弟，必畀以资斧使之游学泰西，则数年之后，继温君（按，文中所指粤东温君秉仁，曾远游欧西在伦敦矿艺大书院学习开矿之法，在该书院考试得列高等荣膺头等矿师之选）而成名者必不乏人。上以此求，下以此应，感发之机，捷于桴鼓，夫而后以中国之人开中国之矿，不至求材于域外，而以大权倒授于人，一利也；声气相通，语言相同，指挥如意，操纵从心，二利也；薪水既可稍视洋人为廉，而又无虑其居奇婪索，三利也；矿学既明，凡滇、黔、秦、蜀等省，其矿苗旺富之处，皆可售股开采，官创商继，相与辅相而成，然后商务盛而可以挽已去之利权，获将来之利

---

[1] 《论中国兴办矿务学堂事》，《申报》1888年8月8日，1版。

益，四利也；百姓既足，君无不足，由富而强，国家于以收无穷之效，五利也；然则造就矿务人才，以振兴矿政，谓非今日之要务哉？[1]

这便是中国急需开设矿务学堂以培养自己的开矿人才的原因所在。

设立：发现矿藏，因矿设学

关于江南陆师学堂附设的矿路学堂，鲁迅曾云，“这学堂的设立，原是因为两江总督（大约是刘坤一罢）听到青龙山的煤矿出息好，所以开手的。”[2]确系如此。

1895年，御史陈其璋奏称镇江之东南山，有煤、铁、五金可采。光绪着刘坤一察勘，于是，刘就派员勘察了该处矿产分布情形，要开矿就要有冶炼矿产的煤，就得就近挖煤，于是，又勘察了煤层分布情况。光绪二十二年九月初十日（1896年10月26日），刘将察勘的情形上奏朝廷，最后刘建议用官商合办的方法开发这些矿产，优质煤矿由官方开采，其他矿产由商办，官方稽察。

原折如下：

奏为筹办江宁等处矿务，谨将大略情形，恭折具陈，仰祈圣鉴事：

窃查光绪二十二年二月初九日，钦奉谕旨：“据御史陈其璋奏，镇江之东南山，煤、铁、五金皆有可采，着派熟悉矿

---

① 《广育矿务人才论》，《申报》1894年5月21日，1版。
② 鲁迅：《朝花夕拾·琐记》，收《鲁迅全集》（第2卷），人民文学出版社2005年版，第306页。

务办事实心之员，按照所指地名，认真履勘，拟定办法具奏。”等因，钦此。

臣等伏查目下时局日艰，财用日匮，非广兴矿产不足以资利用。年来风气渐开，虽商民亦知开矿之利，特以办理未能得法，以致有名无实。现拟开矿，必须先行由官勘验确实，然后再分官商办法，步步从实，庶免复蹈前辙。当经臣等分委江宁盐巡道胡家桢、常镇通海道吕海寰招延矿师，各就辖境，分投履勘。又以沿江一带，前因群情疑阻，曾禁开挖；复将办法示谕居民，俾知此事实为利国便民之举。

嗣据吕海寰勘得镇江丹徒县属西面曹王山中段上名中德古有石如铅，似炭质与铁所成，镕去炭质而见铁渣，其质似佳。又离江十余里，山名西德古，有千层纸石，其色黄，土民误以为金；并有铁石露出。又毗连曹王山之光头山，有吸铁石露出，约含铁六七分，可炼精铁，试挖察看，似产铁较厚。惟须附近觅有矿煤，方便镕化。现在委勘，尚未觅到煤矿。

又据胡家桢勘得句容县属之龙潭、上元县属之栖霞山、林山、祠山、胡山、圆山、青龙山、马扒井、石澜山等处，均有煤苗。当饬设局派员雇夫，分别试挖，虽煤层厚薄不等，媒质优劣互异，然均系可采之矿。惟龙潭一处，试开两井，煤层忽有忽无，断续无定，尚须另行探验。

现就各矿，酌定官商办法。查青龙、石澜两山，验系烟煤，煤质有油，火力亦足，堪供轮船机器厂之用。南洋厂船用煤多资洋产，该两处现定酌拨经费，由官开采，将来煤层果能宽厚，即可供厂船之用。其余各矿，或产柴煤，或系铁煤，种类不一，定为商办。现已由绅民分请承领，饬令验资接办，仍由官局随时稽察。将来各矿出煤，应完税厘，按照利国、贵池各矿定章，分别征收。据各该道等将筹办情形，详请核奏前来。

查煤矿之利，虽不若金、银诸矿之优，近来商务盛兴，机厂林立，需煤至巨，苟能广为开采，亦属收回权利要图。惟南方地势低洼，土脉薄弱，滨江之处，开采尤易见水。现饬酌购应用机具，妥定章程，实力筹办。俟有头绪，再赴各属次第履勘，如有可开之矿，仍当接续酌办。铁矿需费较巨，且必就地产有合用之煤，方便取以镕炼；仍饬俟觅有煤矿，即行镕化试验；分别禀办。

除咨部查照外，谨合词恭折具陈，伏乞皇上圣鉴。谨奏。[①]

“开矿不难，难在察矿”。1897 年，矿师法人白郎特受聘前来勘察，勘得青龙山之煤藏“尤丰”。

金陵访事人云，朝阳门外之祠山、湖山、青龙山望气者，谓矿苗甚旺，惟质之厚薄、苗之深浅，非素精矿学者不能洞悉。现因各省所开之矿半多不实，正坐考究未精，是以督宪特委火药局总办蔡观察世保、盐巡道胡观察家桢、各挈熟悉矿务者数人，详加勘视，据实禀知。爰于今岁鸠工开凿。日前闻有矿师法人白郎特君，由欧洲来华，盖为蔡观察所延请也。三月二十三日，白君偕同翻译张君抵埠，乘舆至观察处拜谒，是日观察适赴汉口公干，故由其大公子设筵款接。公子虑主宾酬答言语不通，遂请在贡院东首教习法文之某君陪宴，席上倾谈颇称欢洽，直至更阑始散。翌日，由火药局文案蒋君偕白君乘四人肩舆，并有局勇数名，同赴山中勘

① 刘坤一：《筹办江宁矿务折》(光绪二十二年九月初十日)，中国科学院历史研究所第三所主编：《刘坤一遗集》第 2 册，中华书局 1959 年版，第 947—948 页。

视，据云祠山及湖山之矿深十五丈有奇，青龙山约二十丈，旋换矿衣入矿探验，据言所产之煤倍于他省，而青龙山为尤丰。察验既毕，仍偕蒋君乘四人肩舆回火药局，小憩片刻而散。白君精于廾人之事，为各省开采煤矿，百不爽一，此次既称丰旺，则将来自必出产无穷也。①

开平矿师米海利亦受聘察矿。不过，鉴于“商民狃于近功，有矿即挖，浅尝辄止，徒耗凿空之费”。他建议刘坤一，毋狃于近功，毋求以速效，“必先讲究察矿之法，待各矿察验明白，然后一举而百废兴，势如破竹，迎刃而解矣”。②

开矿正是设置矿路学堂的目的。辛丑年九月二十七日至十月初九日（1901 年 11 月 7 日至 19 日），③鲁迅在矿路学堂毕业的前夕，就曾到刘坤一奏折中所提的出产优质煤矿的句容的青龙山煤矿考察实习过。他看到的情形是这样的：

待到开学时，煤矿那面却已将原先的技师辞退，换了一个不甚了然的人了。理由是：一、先前的技师薪水太贵；二、他们觉得开煤矿并不难。于是不到一年，就连煤在那里也不甚了然起来，终于是所得的煤，只能供烧那两架抽水机之用，就是抽了水掘煤，掘出煤来抽水，结一笔出入两清的账。既然开矿无利，矿路学堂自然也就无须乎开了，但是不知怎的，却又并不裁撤。到第三年我们下矿洞去看的时候，情形实在颇凄凉，抽水机当然还在转动，矿洞里积水却有半尺深，上面也点滴而下，几个矿工便在这

① 《矿师莅止》，《申报》1897 年 5 月 2 日，1 版。
② 《米矿师上刘岘帅书》，《申报》1897 年 10 月 7 日，2 版。
③ 周作人：《鲁迅小说里的人物》，止庵校订，北京十月文艺出版社 2013 年版，第 279 页。

里面鬼一般工作着。[1]

鲁迅看到的"矿洞里积水却有半尺深，上面也点滴而下"的情形，正是刘坤一奏折所提的"南方地势低洼，土脉薄弱，滨江之处，开采尤易见水"原因所致。煤矿方因薪水太贵，而辞退技师，辞退技师后，"连煤在那里也不甚了然起来"，这样的事情是鲁迅入学后的官办煤矿上发生的事。

我们从 1897 年 3 月 13 日《申报》上的一则《改聘矿师》的消息中可知，这种事情同样发生在商办煤矿。

金陵访事友人来函云，江宁府属矿务由官办者，系正任巡道胡芸台观察为总办，此外另有商办矿务如钟山等处，则由本地绅董余、张二君禀明各大宪领山开采。自去岁以来，招商集股，凑成巨款，延聘矿师某君督同工役千余人，就本山近处，缒幽凿险，畚挶兼施。所获矿产，以煤油为大宗，铁硫杂质亦属不少，现闻绅董等因该矿师未能一一明晰，故改聘基督医院化学教习曹君为矿师，未知其果能无忝斯任否也。[2]

矿的确有的，但因缺乏专业技术人员，往往无法措手。基于此，"因事制宜"，设立矿务学堂就提到议事日程。

光绪二十四年(1898)，就在鲁迅对江南水师学堂大感失望之时，六月，光绪发出上谕如下：

中国创建水师，历有年所。惟是制胜之道，首在得人。

---

① 鲁迅：《朝花夕拾·琐记》，收《鲁迅全集》(第 2 卷)，人民文学出版社 2005 年版，第 306—307 页。

②《改聘矿师》，《申报》1897 年 3 月 13 日，1 版。

欲求堪任将领之才，必以学堂为根本。应如何增设学额，添制练船，讲求驾驶，谙习风涛，以备异日增购战船，可期统带得力，着南北洋大臣、沿江沿海各将军督抚一体实力筹办，妥议具奏。至铁路矿务，为目今切要之图。造端伊始，亟应设立学堂，预储人才，方可冀收实效，所有各处铁路扼要之区及开矿省分应行增设学堂切实举办之处，着王文韶、张荫桓悉心筹议，奏明办理。[①]

此系各地矿路学堂之设的“最高指示”。

同年，江南陆师学堂附设的“矿务学堂”开始招生。《集成报》刊载有矿务学堂即将开建并招生的消息。

近年中国风气大开，凡西法之有益于中土者，莫不次第举行。又以开采矿产为拯救时艰之急务，南洋大臣特委江南盐巡道胡云台观察，为督办矿务之专官，屡经督同地方绅董，在省垣龙潭栖霞石烂山双石岭等处，察有煤铁等矿，先后兴工开采，虽小有所获，要皆得不偿失，亏折不资。观察因思开矿未能获利，皆缘无精于矿学之人。拟仿照储材水师、陆师、电报、铁路各学堂之例，创设矿务学堂，招选年在三十以内，十五以外之生童，聘请泰西著名矿师为之教授，专课以矿学各书，以冀徐收实效。近已妥议章程，详明上宪，在水、陆两师学堂之间，卜定基址，择吉兴工，即拟延聘矿师示招学生矣。似此实力讲求，其成效当必大也。[②]

---

① 朱寿朋编：《光绪朝东华录》第四卷，张静庐等校点，中华书局 1958 年，第 4157—4158 页。

② 朱有瓛主编：《中国近代学制史料》，华东师范大学出版社 1983 年版，第 495 页。

注意，这里所提到的是“矿务学堂”。前面张之洞所提开设“铁路学堂”时，他称“铁路一项，学有专门，与陆军尤相关系”。其实，开矿与铁路亦相关，因为开矿还要解决“运输”问题。“所开煤矿必须近水，为轮船所直达，方易转运，否则濒河舟楫可通亦无不可，由出煤之处以至近□亦须铁路以速其行，如此人工既省，价值亦贬”①。这恐怕也是“矿路学堂”揉成一体、一并设置的原因所在。

学习：风气开通，教授西学

1898 年，对江南水师学堂不满的鲁迅投考此一新设学堂，学堂的总办即陆师学堂总办钱德培。鲁迅在矿路学堂的同学、后来教育部的同事张协和回忆称，“入学考试分初试及复试两场，都只是作文章，初试的题目我已忘却，复试的题目是《不以规矩不能成方圆论》”。② 10 月 15 日，“总办陆师学堂钱观察，传授各考生到堂前面试”。10 月 26 日发榜，“计正取二十名，副取十五名，俟西国技师到宁，即开堂授课”。③ 这中间就有鲁迅。1899 年 2 月，新录取的学生入学开课。但是到了第二年，就听说该学堂要被裁撤，这让“鲁迅们”颇为不安，(鲁迅曾云，“但我们也曾经有过一个很不平安的时期。那是第二年，听说学校就要裁撤了”。)但终究没有裁撤。

由于鲁迅在江南水师学堂待的时间太短，不足四个月时间，

---

① 《论理财宜先开矿》，《申报》1890 年 2 月 9 日，1 版。

② 张协和：《忆鲁迅在南京矿路学堂》，收鲁迅博物馆等编《鲁迅回忆录》(散篇上)，北京出版社 1997 年版，第 37 页。

③ 《路矿总局开学》，《中外日报》光绪二十四年九月十四日(1898 年 10 月 28 日)。薛绥之主编：《鲁迅生平史料汇编》(第 1 辑)，天津人民出版社 1981 年版，第 443—444 页。

可以说,鲁迅接触和吸收西学知识主要是在矿路学堂的三年学习时间中。“鲁迅在南京这四年的修业,对于他的影响的确不算小。关于文史方面的学问,这一部分的底子他是在家里的时代所打下的,但是一般的科学知识,则是完全从功课上学习了来。”[1]

在陆师学堂接触到的自然科学(格致、地学、金石学……)对鲁迅来说,“都非常新鲜”。鲁迅本人并没有过多地提及在学校的学习,他的同学张协和回忆了他们在矿路学堂的学习生活和鲁迅的成绩。

> 矿路学堂顾名思义,应该是学有关矿物的学问了,的确在校三年中也学了这方面的课程,例如矿物学、地质学、化学、熔炼学、格致学(即现在的物理)、测算学(即现在的算术、几何、代数、三角等)及绘图学。但当时读的都是纸上谈兵,并且在讲堂上抄讲义,每天仅上、下午各上两堂课(每课约一小时余),讲解是很少的,只是抄书而已。而鲁迅在下课后从不复习课业,终日阅读小说(笔记小说、《西厢记》等),过目不忘,对《红楼梦》几能背诵。由于他的聪慧过人,所以在考试时,总是他第一个交卷出场,而考的成绩又是名列前茅。当时学堂规定每星期只作文一次,凡获得第一名者赏三等银牌一个;每月月考一次,名列第一名者,亦赏三等银牌一个。四个三等银牌换一个二等银牌,四个二等银牌换一个三等金牌。同学中独有鲁迅换得金牌,这可见鲁迅获得银牌之多和成绩之优良了。[2]

---

① 周作人:《鲁迅的青年时代》,止庵校订,北京十月文艺出版社 2013 年版,第 109 页。

② 张协和:《忆鲁迅在南京矿路学堂》,收鲁迅博物馆等编《鲁迅回忆录》(散篇上),北京出版社 1997 年版,第 37 页。

从这也可以看出，身为“理工男”的鲁迅仍改不了他爱好文学的兴趣和阅读小说的嗜好，而这为他以后成为小说家和小说研究者打下了一定的基础。

与相对保守的水师学堂相比，矿路学堂的风气相对开通。后来学校的总办俞明震亦是开通之人。“总办俞明震乙未之夏，以署台湾藩司内渡，候补于江南，尝以新学名于时，即总办江南陆师学堂，与学生甚相得也，新书新报，购阅无禁，故总督刘忠诚公，尝以事欲易置总办，学生联名上书以留之。”[①]可见其颇受学生欢迎。鲁迅回忆称：“第二年的总办是一个新党，他坐在马车上的时候大抵看着《时务报》，考汉文也自己出题目，和教员出的很不同。有一次是《华盛顿论》，汉文教员反而惴惴地来问我们道：‘华盛顿是什么东西呀？……’”[②]的确，陆师学堂与水师学堂不可同日而语。

> 看新书的风气便流行起来，我也知道了中国有一部书叫《天演论》。星期日跑到城南去买了来，白纸石印的一厚本，价五百文正。翻开一看，是写得很好的字，开首便道：“赫胥黎独处一室之中，在英伦之南，背山而面野，槛外诸境，历历如在机下。乃悬想二千年前，当罗马大将恺彻（今译恺撒）未到时，此间有何景物？计惟有天造草昧……”
>
> 哦，原来世界上竟还有一个赫胥黎坐在书房里那么想，而且想得那么新鲜？一口气读下去，“物竞”“天择”也出来了，苏格拉第（今译苏格拉底）、柏拉图也出来了，斯多葛也出来了。学堂里又设立了一个阅报处，《时务报》不待言，还

① 寄斋：《江南陆师学堂学生退学记》，《经济丛编》1903年第26期，第4页。
② 鲁迅：《朝花夕拾·琐记》，收《鲁迅全集》（第2卷），人民文学出版社2005年版，第305页。

有《译学汇编》(按,实为《译书汇编》),那书面上的张廉卿一流的四个字,就蓝得很可爱。[1]

在鲁迅的"琐记"中,他将这段读西书、看时报的生活错置在水师学堂头上了,其实这是他在陆师学堂的生活。

从 1898 年 10 月被录入矿路学堂,到 1901 年 12 月毕业,鲁迅在矿路学堂读了整整三年书,随后被选派日本留学。就在其毕业前夕,1901 年 10 月,报上有人发表议论称,朝廷应不惜费用,选派学生到欧西的专门学堂学习矿务,而不是为了图省钱去到作为"二传手"的日本学习。

今日惟欲得精于矿学之人,非选聪颖子弟入专门学堂肄业不可。中国向无专精此道之人,非使赴外洋肄业不可。现朝廷既诏令各疆吏挑选子弟拔送日本各学堂肄业,惟并未指明肄习何项,想新法应需之学无一可少,须到彼后,俟学堂中因材施教耳。蒙意矿学在各项学问之中尤为紧要,宜挑选聪颖子弟拔往肄业,并以拔往欧西为尤妙。日本虽海程较近,经费较省,而其法究出自欧西,所谓取法乎上,仅得乎中,倘竟取法乎中,不将得其下驷乎?若虑经费浩大,则衹习矿学一门,所费究为有限,将来学成回华所收利益何止倍蓰,且少则五年,多则十年,其收效并不至迂且久也。若高谈矿务而不能求其本原则,将来利必为西人尽得,不亦大可惜哉?[2]

议论归议论,鲁迅等人还是被选派前往日本留学。鲁迅于

① 鲁迅:《朝花夕拾·琐记》,收《鲁迅全集》(第 2 卷),人民文学出版社 2005 年版,第 306 页。
② 《欲兴矿务宜选子弟赴欧西矿务学堂肄习论》,《申报》1901 年 10 月 15 日,1 版。

光绪二十八年正月十三日(1902 年 2 月 20 日)回绍辞行,二月初八日(3 月 17 日)返回南京。二月二十五日(1902 年 3 月 24 日),当时的总办俞恪士(明震)亲自将鲁迅、顾琅、徐广铸、刘乃弼、伍崇学和张协和送往日本留学去了。据张协和的说法,矿务学堂去的人有六个,据鲁迅的说法,共有五个人,而且“其中的一个因为祖母哭得死去活来的,不去了,只剩了四个”。

当年的《申报》上还刊载了俞明震亲送这批学生前赴日留学的消息。

> 金陵访事友人云,江南陆师学堂总办俞恪士观察前奉两江督宪刘岘庄宫太保饬,赴日本查考各学校章程,并带领格致陆师水师各学堂毕业生前往肄业。洎抵日即诣中国节辕,谒见蔡和甫星使,旋由星使咨请日本文部省调取各学校课程详细抄录,一面亲送诸生赴塾中肄习专门之学,然后航海回华,本月初六日已行抵白门,趋诣督辕禀覆矣。①

随从俞明震赴日留学的这一干学生中,就包括周树人同学。

关于俞明震携周树人等赴日之行,1903 年 6 月 3 日的《苏报》上有这么一条有趣的消息,对俞氏在南京掌学时之品性大加挞伐。

> 去岁俞明震赴东,亦欲携妾,为人劝阻,乃送其妾于苏州。此另有情节,明震在南京以钓鱼巷为窟穴。此等獭淫狗贱之徒,指不胜屈,而居然握全国教育最高之权,而欲教

① 《观察回华》,《申报》1902 年 5 月 25 日,2 版。

育之不坠地、学生之养有完全人格，其可得哉？记者书至此，直欲与学界主动者作百日哭何如？[①]

江南陆师学堂附设的矿路学堂是一个短命的学堂，1898 年开办，鲁迅是第一届，也是最后一届学生，1902 年该学堂停办。“这个学堂仅空前绝后的招了一次生，共收了二十四名学生，到毕业时已不满这个数目了。”[②]

鲁迅留日：发现秘本，编纂矿志

在矿路学堂完成学业的鲁迅来到日本后，先是在弘文学校学习语言，随后又决定到仙台学医，学医时又因受到了“幻灯片事件”的刺激，于是放弃学医，决定从事文学运动，以唤起国民之精神。其实在日本时期，他仍继续做与他所学过的采矿专业相关的事，那就是与其同学顾琅合作《中国矿产志》这一曾产生广泛影响的著作，这一点，我们常常会忽略。

1902 年 3 月 24 日，鲁迅从宁启程赴日时，随身带了三种书，分别是：《科学丛书》第一集十本、《日本新政考》二本、《和文汉读法》一本。[③] 可见其初志还是矿学本业，亦当如此。鲁迅在日本留学期间发表过数篇论文。[④] 这其中，他发表在 1903 年 10 月的《浙江潮》第八期上，以自树为笔名写的《说鉬》和以索子为

---

① 李敖：《砸掉那铜像！》，收李敖《李敖大全集》（卷 25），中国友谊出版社公司 2010 年版，第 98 页。

② 张协和：《忆鲁迅在南京矿路学堂》，收鲁迅博物馆等编：《鲁迅回忆录》（散篇上），北京出版社 1997 年版，第 37 页。

③ 周作人：《周作人日记》，大象出版社 1996 年版，第 319—320 页。

④ 1907 年到 1908 年发表的《人之历史》《科学史教篇》《文化偏至论》《摩罗诗力说》《破恶声论》等文章，多与文艺、思想相关。虽有的涉及科学，但其用意多不在就科学论科学。

笔名写的《中国地质略论》(随后扩展为《中国矿产志》一书)两篇文章，与其所修矿学专业相关。他对这些问题的关注和钻研，自然与他刚从矿路学堂毕业相关。

“鈤”即今天所说的放射性元素镭。镭是居里夫人与她的丈夫(皮埃尔·居里)于1898年发现的，这一“不可思议之原质，自发光热，煌煌焉出现于世界，辉新世纪之曙光，破旧学者之迷梦。若能力保存说，若原子说，若物质不灭说，皆蒙极酷之袭击，跄踉倾欹，不可终日。由是而思想界大革命之风潮，得日益磅薄，未可知也!”[①]镭的发现在当时震惊了整个物理学界，鲁迅对居里夫人(“古篱夫人”)对放射性元素镭的发现、提炼，镭的验证、放射性、衰变、次级射线、导电性、速度等特性有所介绍。注意，他追踪了其时镭的最新研究信息。[②] 鲁迅之所以对此敏感，恐怕正与其刚刚学过矿学相关，当然，他更看到了由此而产生的“电子说”致使“关于物质之观念，倏一震动，生大变象”。今天我们物理学上的“量子纠缠”，同样使人们有“关于物质之观念，倏一震动，生大变象”之感。

与此同时同期，鲁迅发表的另一个论文为《中国地质略论》。这自然与其所学专业相关，这也是写作此文的专业基础。但更是出于外人对中国矿产的染指和觊觎而产生的“忧惧”之心。

就远的来说，此前各国探险家、地质学家先后来中国作地质调查，他们如果是纯粹地“为了学术而学术”倒也罢了，问题在于，这些地质学家的调查或多或少都别有用心。著名者如

---

① 鲁迅：《集外集·说鈤》，收《鲁迅全集》(第7卷)，人民文学出版社2005年版，第21页。

② 如文中有云，“此最纯品，即鈤绿二也。昨年古篱夫人化分其绿，令成银绿二，计其量，然后算得鈤之分剂为二百二十五。”(鲁迅：《集外集·说鈤》，收《鲁迅全集》(第7卷)，人民文学出版社2005年版，第23页)

德国地质地貌学家李希霍芬(F. von Richthofen,1833—1905,鲁迅译为"利忒何芬""聂诃芬"),今天我们耳熟能详的"丝绸之路"即其提出。他曾于1868年至1872年,七次旅行中国,调查地质地貌。"历时三年,其旅行线强于二万里,作报告书三册(按,即其《中国——亲身经历及其研究报告》),于是世界第一石炭国之名,乃大噪于世界。其意曰:中国大陆均蓄石炭,而山西尤盛;然矿业盛衰,首关输运,惟扼胶州,则足制山西之矿业,故分割中国,以先得胶州为第一着。"李希霍芬固然在学术考察,但他之考察却是着眼于如何在列强分割中国的大潮中使其本国获得更大利益。无独有偶,在其出版的中国旅行日记中,他又提出扼住舟山群岛以控制中国北方与日本之间的交通要道。他说,"如果有哪个政权,比如说普鲁士想占领一座自由港的话,舟山群岛是个不错的选择。港口很容易就能被封锁,只需一只舰队就能控制中国北方和日本之间的交通要道。作为贸易地,舟山群岛也具备很高的价值,如果宁波和上海都丧失了重要性的话,把产业放在这里会更安全些。"[①]后来,德国果然强据中国胶州!在日本的青年鲁迅悲叹道,"呜呼,今竟何如?毋曰一文弱之地质家,而眼光足迹间,实涵有无量刚劲善战之军队。盖自利氏游历以来,胶州早非我有矣。今也森林民族,复往来山西间,是皆利忒何芬之化身,而中国大陆沦陷之天使也,吾同胞其奈何。"他大声疾呼,"中国者,中国人之中国。可容外族之研究,不容外族之探捡;可容外族之赞叹,不容外族之觊觎者也。"[②]继李氏外,匈牙利、俄国、法国、日本各国"学者"

---

① [德]费迪南德·冯·李希霍芬:《李希霍芬中国旅行日记》上,李岩,王彦会译,商务印书馆2016年版,第37页。

② 鲁迅:《集外集拾遗补编·中国地质略论》,收《鲁迅全集》(第8卷),人民文学出版社2005年版,第6—7页。注意,此类愤激之言在其后来的《中国矿产志》中概行删去,也许是因为前者是文章,后者学术著作。

联翩而来，调查中国，这些“学者”的调查不能不引起“鲁迅们”的焦虑。

就近的来说，当时发生了两件国内奸商“引盗入室”，将矿产售与外人开采的事。一是梁显诚将矿产卖与俄国。“今者俄复索我金州复州海龙盖平诸矿地”。“初有清商某以自行采掘请，奉天将军诺之，既而闻其阴市于俄也，欲毁其约，俄人剧怒，大肆要求。”此事是 1903 年 10 月 1 日日本大阪《朝日新闻》云：“九月三十日天津特电：奉天将军（增祺）以金州厅、复州、盖平、海龙厅等矿山许请清商（梁显诚）出资开采，该清商联络俄国人，自俄国人出资，其权利尽落俄国人之手；故奉天将军近令禁止，俄国领事盛气诘问，奉天将军乃电请外务部，乞与俄国公使开议，以保护矿山权云。”一是高尔伊将矿产卖与意大利。“浙绅某者，窃某商之故智，而实为外人伥，约将定矣。”1903 年，“浙绅高尔伊借开设宝昌公司承办浙东衢、严、温、处四府矿产之名，暗中以二百五十万两银价将四府矿产全部出卖给意大利惠工公司。同年十月三日，浙江留日学生曾在东京上野三宜亭集会抗议，并发布公开信声讨高尔伊的卖国行径。”[①]类似这样留日学生愤恨、抗议国家利权的丧失的事情后来也有。1906 年，山西留日学生李培仁因外人索办平定州矿事，愤激投海而死。其遗书大旨云：“前抚胡聘之卖国，晋人绝无团体，今日发电，明日上禀，但空言抵制而无切实办法，故拼一死以为留东学生之策励。”[②]鲁迅作地质论、矿产志也是捍卫矿权的一种方式。

写完《中国地质略论》后，鲁迅与同学顾琅（原名芮体乾）于

---

① 参见该文文末注释。鲁迅：《集外集拾遗补编·中国地质略论》，收《鲁迅全集》（第 8 卷），人民文学出版社 2005 年版，第 24 页。

② 程淯：《丙午日本游记》，岳麓书社 2016 年版，第 43—44 页。

1903 年到 1905 年间，合著《中国矿产志》，[①]并于 1906 年 7 月正式出版。此书精神和内容与《中国地质略论》一脉相承。系顾、周二人依据在日本看到和发现的外人对中国矿产勘探调查材料编纂而成，看到这些材料，他们为之心惊，为之着急，于是作是书将中国之家藏告知国人，引起国人对自家矿藏之注意，以杜外人之觊觎。

书成后，顾琅、鲁迅请旅日的马相伯为该书作序，马氏在序中说到这两个青年著作的内容和著述之用心。“顾周两君，学矿多年，颇有心得，慨祖国地大物博之无稽，爰著《中国矿产志》一册，罗列全国矿产之所在，注之以图，陈之以说，使我国民深悉国产之所自有，以为后日开采之计、致富之源、强国之本，不致家藏货实为他人所攘夺，用心至深，积虑至切，决非旦夕之功所能致。”[②]而其时中国，“言矿者，则迄今无一善本”，因此此书虽系编纂之作，“实吾国矿学界空前之作”。[③] 这本书不光在学术上有开创意义，而且在现实上亦有警世意义，没有专业的学术训练，做不出这样的书，没有拳拳爱国之心，亦做不出这样的书。

正因为此，此书被农工商部“通饬各省矿务议员、商务议员，暨各商会酌量购阅”，被学部批作“中学堂参考书”。我们在 1907 年到 1911 年《申报》的学部新编印行学堂应用各种教科书的广告中，时时能看到鲁迅与顾琅的这部《中国矿产志》。鲁迅

---

① 唐弢曾说鲁迅与顾琅合署的《中国矿产志》与在《浙江潮》上发表的鲁迅单独署名的《中国地质略论》“内容和文笔完全相同”，由此可证《中国矿产志》“确是鲁迅先生一人的作品”。据当年与鲁迅同室的沈瓞民回忆称，他曾目睹了鲁迅与顾琅合作了《中国矿产志》，而《中国地质略论》单独署名鲁迅一人，“这是当时的风尚，署不署名，本无所谓”。（沈瓞民：《回忆鲁迅早年在弘文学院的片断》，收鲁迅博物馆等编《鲁迅回忆录》[散篇上]，北京出版社 1997 年版，第 47 页。）

② 马良：《中国矿产志·序》，收鲁迅著，唐弢编《鲁迅全集补遗续编》（下），上海出版公司 1952 年版，第 466 页。

③《〈中国矿产志〉广告》，收鲁迅著，唐弢编《鲁迅全集补遗续编》（上），上海出版公司 1952 年版，第 446 页。

与顾琅合作的这本书可谓是鲁迅第一本具有全国影响力的著作。与之相比，其后矢志文学的鲁迅与其弟周作人在日本翻译的《域外小说集》，却几乎没有产生什么反响。

为做此书，鲁迅与顾琅"特蒐集东西秘本数十馀种，又旁参以各省通志所载，撮精删芜，汇为是编"。[①] 在这些秘本材料中，最为宝贵的就是日本农商务省地质矿山调查局的《中国矿产全图》。日人一面参考西人的调查，一面派人亲自调查，方才绘成此图，"彼邦视此图若枕中鸿宝，藏之内府，不许出版"。而这幅全面调查并标明中国矿产的地图，是"留心矿学有年"的顾、周二人"忽于教师理学博士神保氏处得见此本，特急转借摹绘。放大十二倍"，以贡献国人。[②] 从中可见日本对中国的调查和了解，实甚于中国对自己的了解，也从中也可见日人对中国一向怀有的不轨之心。

《中国矿产志》的写作基本依据"东西数十种秘本"，或者还有广告所说的"旁参以各省通志所载"，或者还有广告所说的"采取名师讲义若干帙"。显然，光有这些"二手资料"是不够的。就学术而论，撷拾这些"二手资料"的问题有二：一不全面。"中国矿产，因幅员广大，检索未详，故下举诸矿地，皆仅就已知者志之，非谓已尽于此也。"二没有检验这些材料是否正确。"然亦多拾外人之言，正确与否，纂者亦难自决，第近臆说者，则固已节去之矣。"[③]

---

① 《〈中国矿产志〉广告》，收鲁迅著，唐弢编《鲁迅全集补遗续编》(上)，上海出版公司 1952 年版，第 446 页。在另一处图书广告中云，"爰搜辑东西秘本数十种，采取名师讲义若干帙，撮精删芜，已成是书。"鲁迅：《集外集拾遗补编·〈中国矿产志〉征求资料广告》，收《鲁迅全集》(第 8 卷)，人民文学出版社 2005 年版，第 453 页。一处说是"旁参以各省通志所载"，一处说是"采取名师讲义若干帙"。

② 《〈中国矿产全图〉广告》，收鲁迅著，唐弢编《鲁迅全集补遗续编》(上)，上海出版公司 1952 年版，第 444 页。

③ 《中国矿产志·例言》，收鲁迅著，唐弢编《鲁迅全集补遗续编》(上)，上海出版公司 1952 年版，第 469 页。

看来，顾、周二君当然知道拾取二手材料之不足所在。为获得更详细的、更全面的资料，他们随书发出“征求资料广告”，向国人征求各地矿产的分布信息。

> 惟望披阅是书者，念吾国宝藏之将亡，怜仆等才力之不逮，一为援手而佽助焉。凡有知某省某地之矿产所在者，或以报告，或以函牍，惠示仆等，赞成斯举，则不第仆等之私幸，亦吾国之大幸也。其已经开采者，务详记其现用资本若干，现容矿夫若干，每日平均产额若干，销路之旺否，出路之便否，一以供吾国民前鉴之资，一以为吾国民后日开拓之助。其未经开采者，现有外人垂涎与否，产状若何？各就乡土所知，详实记录。①

其实类似鲁迅所做的记录、调查中国矿产分布的事，1899年的清政府就做过。其时出使美日秘大臣伍廷芳奏称，中国地大物博，各国环伺乘间要求，非第利其土疆，实亦羡其矿产，我诚定计于先，广为筹办，既可贻我民之乐利，即可杜他族之觊觎。鲁迅不就于1903年在东京发表《中国地质略论》时说过类似的话吗？“况当强种鳞鳞，蔓我四周，伸手如箕，垂涎成雨，造图列说，奔走相议，非左操刃右握算，吾不知将何以生活也。”“中国者，中国人之中国。可容外族之研究，不容外族之探捡；可容外族之赞叹，不容外族之觊觎者也。”②对于伍廷芳开矿建议，矿务铁路总局大臣遵旨议覆时，就建议令各地方官将所辖境内矿产情形详细上报。

---

① 鲁迅：《集外集拾遗补编·〈中国矿产志〉征求资料广告》，收《鲁迅全集》（第8卷），人民文学出版社2005年版，第453—454页。

② 鲁迅：《集外集拾遗补编·中国地质略论》，收《鲁迅全集》（第8卷），人民文学出版社2005年版，第6页。

惟二十一行省产矿地方所在，多有与其由总局派员往勘势不能周，不若由各该地方官就地查明，较为切实，应如该大臣所请，由各省将军、督抚转饬各该地方官于所辖境内察访产矿处所，无论已开、未开及开而复闭者，详细探明确勘，绘图贴说，于六个月内咨报总局以凭核办，如蒙俞允，即由臣等咨行各直省遵照办理。①

光绪批曰“依议”。不知，此批材料存在否，倘这样的材料存在，且能为鲁迅所知和使用，当是其补充和完善其《中国矿产志》难得之材料，至少这比他向一般读者征集的信息更为准确和权威。

鲁迅在日本著述的《中国矿产志》完成了一件当时中国人“应当做而没有做成”的事。可以说，在日本留学的鲁迅，仍在继续着自己的矿路学堂的专业，而这却往往为人们所忽视。

要之，鲁迅所就读的“矿路学堂”为江南陆师学堂的附设学堂。1896 年，张之洞在提出筹设江南陆军学堂的同时，就奏请设立“铁路学堂”以附入陆师学堂。强兵必先富国，富国莫如开矿，开矿急需人才，而其时所请外国矿师，往往多是诳利无能之辈，于是培育中国自己的矿务人才、开设矿务学堂就成为顺理成章、迫不及待的事情。这时适逢江南各地发现矿产，矿路学堂的设立正是“因矿设学”的产物。1898 年鲁迅考入这所新设的学堂，并成为该学堂第一届也是最后一届学生。在该学堂的三年学习生活中，他系统地接受自然科学知识，阅读了大量的西学新学，这对其一生影响至深至巨。1902 年，毕业后的鲁

① 《照登矿务铁路总局大臣议覆出使大臣伍星使陈奏矿务事宜折》，《申报》1899 年 2 月 15 日，1、2 版。

迅被公费派送日本留学，在留学之初，他实际上仍在继续着他的矿学专业，他关注并介绍了发现不久的放射性元素镭，特别是与同学顾琅编纂了《中国矿产志》这一曾产生了广泛影响的著述，而这些与“矿学”相关的工作多为关注并重视其文学活动的人们所忽视。

（原载《新文学史料》2018 年第 3 期）

附：本书作者简介

王进，湖南岳阳人，文学博士，上海社会科学院文学研究所助理研究员。主要研究中国现当代文学，著有《魅影下的“上海”书写》、编有《中国新文学大系 1976—2000 第一集·文学理论卷一》《城市文学：知识、问题与方法》等。

王光东，山东临朐人，文学博士。曾为上海大学中文系教授，现为上海社科院文学研究所研究员、副所长，中国现代文学研究会常务理事，中国当代文学研究会常务理事。主要从事中国现当代文学研究。著有《现代·浪漫·民间：20世纪中国文学专题研究》《民间理念与当代情感：中国现当代文学解读》《民间：作为中国现当代文学研究的视野和方法》《民间原型与新时期以来的小说创作》《朴素之约》等；在《中国社会科学》《文学评论》《当代作家评论》等刊物发表论文多篇。

朱鸿召，安徽庐江人，文学博士。曾任《解放日报》主任记者、上海文化研究中心研究员、中共上海市委宣传部理论处处长；现任上海社科院文学研究所副所长。长期从事抗日战争时期延安社会历史文化研究、现代城市文化研究，著有《延安文人》《延安日常生活中的历史(1937～1947)》《延安曾经是天堂》《延安缔造》《天上星星延安的人》《延安文艺繁华录》《图说延安》等，主编《红色档案：延安时期文献档案汇编》(60卷)。

陈占彪，陕西韩城人，文学博士。现为上海社会科学院文学研究所研究员。著有《五四知识分子的淑世意识》《自由及其幻象：当代城市休闲消费的发生》《五四细节》等。编有《五四事件回忆（稀见资料）》《五四现场》《五四图史》《百年纪念中的五四》《甲午五十年（1895—1945）：媾和·书愤·明耻》《三岛蜷伏日月重光：抗战胜利受降现场》《清末民初万国博览会亲历记》《思想药石：域外文化二十家》等，主编有《琉球认同与归属文献丛刊》。

张炼红，上海浦东川沙人，文学博士。现为上海社会科学院文学研究所研究员，中国现代文学研究会理事。主要研究领域为中国现当代文学、新中国戏曲改革和当代文化研究，著有《历炼精魂：新中国戏曲改造考论》等，编有《海上文学百家文库·当代戏剧文学卷》等。

贾艳艳，河南洛阳人，文学博士，现供职于上海社会科学院文学研究所，主要从事中国现当代小说研究和城市文化研究，在《社会科学》《江苏社会科学》《人民日报》等期刊发表论文数十篇。

袁红涛，河南南阳人，文学博士，现供职于上海社科院文学研究所。主要从事中国现当代文学研究，关注社会史研究与文学研究的结合，在《文学评论》《中国现代文学研究丛刊》《文艺争鸣》等期刊发表论文数十篇，另编有《"文学城市"与主体建构》《突破与转型：新世纪以来网络文学研究文选》等。

曹晓华，上海人，文学博士，上海社会科学院文学研究所助理研究员。主要研究中国现当代文学语言转型，关注性别话语在文白转型中的生成和嬗变。发表论文《"诗""歌"传统的消长与晚清新女性的诞生》《潘光旦笔下的"冯小青"及其他》等。并在各类报刊发表评论文章若干。